Brice Nadin

Les Étoiles d'Orion

Cluny, 1095

Pour Natacha, Camille, Mathilde et Loris.

Retrouvez et suivez

Les Étoiles d'Orion

sur

https : //www.facebook.com/NadinBrice/

Site Web : www.lesetoilesdorion.com

Comté de Mâcon en 1095

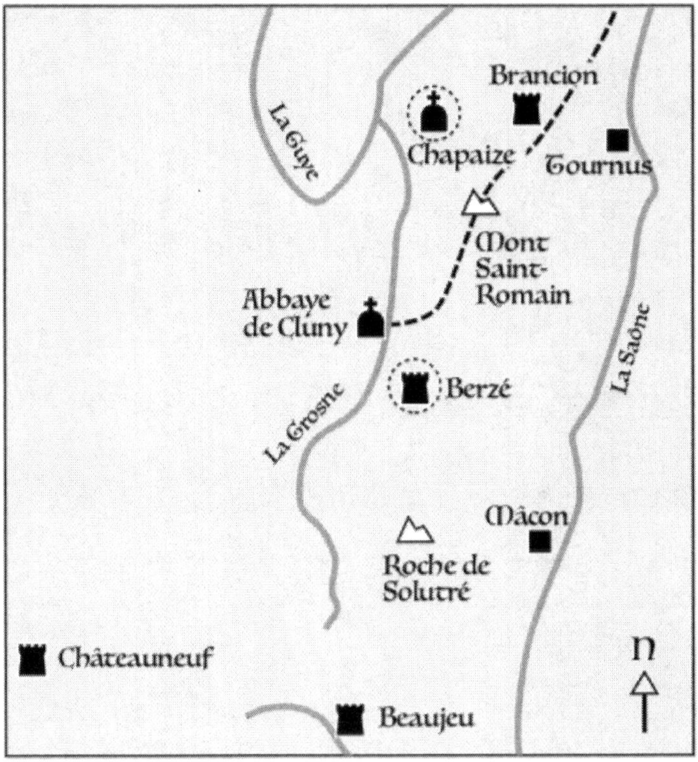

0 10km

- Chemin des moines
- Abbaye de Cluny
- Château
- Roche / Relief
- Emplacement fictif du prieuré de Beaulieu (église de Chapaize)
- Emplacement fictif du château de Saint-Germain (château de Berzé)

PROLOGUE

Tel un oiseau dans le ciel, je survolais la terre. Le voile sombre de la nuit avait recouvert l'horizon. J'y voyais aussi clair qu'en plein jour, quand le soleil au zénith dévore les ombres terrestres dans des éclats de feu et de safran.

Que faisais-je là-haut ? Tout à l'heure encore, le monastère et l'office de nuit. J'y étais... Le chant monodique des frères dans la lumière vacillante du chœur, puis le retour au dortoir des jeunes pour le second sommeil... Et maintenant ici, flottant dans l'air comme une plume dans le vent.

La nuit étoilée s'étendait à perte de vue. D'un regard, je pouvais appréhender le ballet des astres. La constellation d'Orion... Les moines de Beaulieu m'avaient appris à lire la carte du ciel à partir de ces sept étoiles identifiables dès le solstice d'hiver : en haut, Bételgeuse, la géante rouge, toisait Bellatrix, la guerrière, et plus bas, Saïph jouxtait Rigel, l'étoile bleutée. Au centre de ce sablier céleste trônait cette triade admirable que nos astronomes appellent « les trois rois ». Trois points lumineux alignés, rigoureusement équidistants, à l'éclat si intense qu'ils paraissaient former un seul et même corps.

Au sol, s'étendaient les collines de Bourgogne, camaïeu d'émeraudes où mille nuances de vert côtoyaient les touches de blanc de la roche calcaire qui, partout, affleurait. De là-haut, je devais surplomber la terre de plus de mille pieds. Comment était-ce possible ?

J'aperçus le fleuve. Je pouvais suivre son cours entre les cités de Chalon et de Mâcon dont je distinguais les masses sombres et endormies. La Saône, vers Cluny, laissait place à la Grosne et à la Guye qui serpentaient en jetant mille reflets entre les roches primitives.

En bas, la présence des hommes se confondait à la création : des villages s'étaient nichés dans des replis rocheux, ou blottis autour de châteaux et d'églises dont les petites lueurs vacillaient dans la nuit terrestre.

Une question s'imposa, de plus en plus insistante. Je flottais dans les airs, mais avais-je un corps... Avais-je un corps ? Je risquai un regard inquiet vers ce qui devait être mon bras, mais je ne perçus qu'une forme diffuse, une sorte de halo lumineux. Je fus pris de panique. Je me mis à hurler... mais aucun son, ne sortait de ma bouche ! La seule perception tangible que j'avais de moi était les battements de mon cœur.

Alors une idée me glaça l'esprit : étais-je mort... mort pendant mon sommeil ?

Était-ce cela, la mort ?

Chapitre 1
Joachim de Saint-Ange

— Joachim... Joachim de Saint-Ange...

Presque imperceptible, une voix m'appelait. Je tendis l'oreille vers le cri qui avait résonné au loin.

— Joachim, réveille-toi ! Odon te demande.

Je me retournai sur mon lit et demeurai un moment immobile, comme si le temps, un instant suspendu, hésitait à reprendre son cours.

— Alors ! repris Clément, mets ta tenue en ordre et sors de ce dortoir au plus vite. Ton maître te demande sur-le-champ.

Je tendis la main dans le vide à la recherche de repères tangibles. Quel rêve étrange... Ecarquillant les yeux, je jetai un bref regard à travers l'ouverture : l'aube ne distillait pas encore ses premières lueurs. Mon vol de nuit m'obsédait et me laissait un goût d'inachevé. J'émis un grognement et dus faire un effort pour articuler quelque chose de sensé. Que pouvait bien vouloir le prieur de Beaulieu à une heure si avancée ?

— C'est toi qui fais erreur ! L'office de nuit a déjà eu lieu. Il reste du temps avant les laudes. Retourne te coucher.

La ponctualité aux offices était de rigueur à Beaulieu, comme dans tous les prieurés bénédictins. Mais j'étais sûr de moi et je me recroquevillai sur ma couche, bien décidé à poursuivre l'étrange songe et à en vivre le dénouement.

— Tu plaisantes ! File d'ici au plus vite si tu ne veux pas que ton maître vienne te chercher lui-même. Oublie les offices, nous partons pour Cluny.

L'invitation à prendre la route eut sur moi plus d'effet que mille discours. Je me levai d'un bond, rajustai ma chemise de laine, récupérai mon couteau pour enfiler la coule des novices et me précipitai tête basse dans le sombre couloir. Je rejoignis très vite les appartements du prieur, au cœur du monastère.

Odon avait le privilège d'occuper une cellule comprenant une pièce principale et une antichambre dénuées de tout confort comme l'exigeait la règle de saint Benoît. Une carte, sur le mur face à la vaste table d'étude, en était le seul ornement. Depuis mon arrivée à Beaulieu, à l'âge de onze ans, ce parchemin me fascinait. Il représentait les terres habitées de notre monde. Ce que les Grecs Anciens appelaient « l'œkoumène[1] ». L'est, la direction du levant, y était situé vers le haut et le couchant vers le bas.

Elle se présentait comme un disque entouré d'océans où le monde était divisé en trois continents, l'Asie, l'Afrique et l'Europe, correspondant respectivement aux territoires des descendants des trois fils de Noé : Sem, Cham et Japhet. Les terres étaient séparées par des cours d'eau ou des mers intérieures comme la Méditerranée, le Nil et le Bosphore. Au centre se situait Jérusalem, la ville sacrée du christianisme et le noyau du monde.

Cet ancien voyageur qu'était Odon n'avait eu de cesse de la compléter par l'adjonction d'inscriptions nommant chaque contrée, chaque ville et chaque monument qu'il avait visité ou dont il avait eu connaissance. J'avais passé tellement de temps devant cette cartographie que je pouvais identifier les yeux fermés n'importe quelle cité et la situer entre les colonnes d'Hercule et le sable des mystérieux déserts de l'Est.

Le prieur était assis à sa table de travail. De haute taille et bien proportionné, il possédait la sérénité nécessaire pour contenir un naturel que je savais bouillant et impatient. Plongé dans la lecture d'un parchemin placé devant lui, mon maître ne leva

1. **L'œkoumène** (« terre habitée ») désigne depuis le Grec Strabon (Ier siècle ap. J.C.) la partie de la terre occupée par l'humanité.

pas immédiatement les yeux à notre entrée. Comme la plupart des abbés et des prieurs bénédictins, il ne s'accordait pas de second sommeil après les vigiles. Nuit après nuit, il vouait ce temps paisible aux passions qui avaient fait sa renommée dans le comté et au-delà : l'étude de la médecine et la traduction de manuscrits anciens.

Deux lampes à huile en terre cuite, disposées de part et d'autre, éclairaient la cellule d'une lueur orangée et renforçaient son air bienveillant. Aussitôt, l'odeur âcre du naphte me saisit. Le prieur employait comme moyen d'éclairage ce liquide visqueux provenant de la lointaine Perse. Il le préférait aux combustibles traditionnels et le conservait précieusement dans une outre en peau de bouc. J'avais eu l'occasion de copier récemment un manuscrit de Pline l'ancien, un savant romain du 1er siècle de notre ère. Il y décrivait le naphte comme « une sorte de substance qui coule comme du bitume, dans les environs de Babylone ». Selon l'auteur, le feu avait une grande affinité pour cette substance : « Il s'y jette dès qu'il est à portée » écrivait-il. Odon ressentait une fascination pour ce combustible malodorant à l'origine des mystérieux feux perpétuels brûlant dans ces contrées. Aussi en avait-il rapporté lui-même à Beaulieu. Il était persuadé que ce naphte entrait dans la composition du feu grégeois que les Byzantins projetaient sur les bateaux ennemis grâce à un système de siphons pressurisés. Il soutenait que l'utilisation du naphte était promue à un grand avenir dans bien des domaines. À ses visiteurs de passage, dont la curiosité était à coup sûr éveillée par son âcreté suffocante, il adorait raconter l'utilisation guerrière du feu grec contenant le liquide nauséabond. Il interrompit sa lecture et posa sur nous des yeux bleus qui semblaient vous sonder l'âme.

— Enfin te voilà ! Pensais-tu passer le reste de ta vie à dormir ?

N'osant m'asseoir, je me demandai quelles bévues j'avais pu commettre. Avais-je été dénoncé ? Pour un office manqué ? Pour avoir parlé trop fort pendant un repas, rompant ainsi la règle de l'ordre bénédictin ? Odon sourit devant mon air pantois et poursuivit de sa voix grave.

— Ma présence est requise à Cluny par le grand prieur Orderic. Je dois y réceptionner de nouveaux manuscrits et je veux que tu nous accompagnes. Ce sera l'occasion de vérifier tes progrès en grec. Préviens le frère lai chargé de l'écurie pour qu'il te prépare une monture. Nous partons tous les trois.

Un peu plus tard, sous la conduite de deux hommes d'armes assurant notre sécurité, notre groupe de cinq cavaliers quitta le monastère de Beaulieu. Le son des cloches de l'église masqua le cliquetis du mécanisme de l'imposante porte de bois, manœuvrée par le frère portier, au moment où nous en franchîmes le seuil. C'était l'office des laudes qui, selon un rituel immuable, appelait dès l'aurore, les moines à la prière, pour consacrer à Notre Seigneur les premiers mouvements de l'âme et de l'esprit.

Je me retournai et jetai un œil au clocher qui s'esquissait dans l'aube. Du haut de ces cent pieds romains, il témoignait de la victoire quotidienne de la lumière sur les ténèbres. Dès mon arrivée à Beaulieu, ce lieu avait été mon refuge. Situé à la croisée du transept, on y accédait par un escalier en pierre qui vous menait d'abord au-dessus de la voûte de la nef. De là, il fallait escalader de périlleuses échelles qui vous conduisaient à trois plates-formes de bois pour gagner enfin le sommet. Perché entre ciel et terre, vous pouviez alors observer la vallée grâce à de vastes baies jumelées présentes sur chacune de ses quatre faces. Combien de temps n'avais-je pas passé là-haut, entre deux offices ou deux classes, à contempler le grand marais au nord et la multitude d'animaux et d'oiseaux qu'il abritait ! Y avait-il meilleure place pour écouter le chant des grenouilles et les admirer gonfler leurs joues blanches et vertes...

Nous chevauchions à vive allure et je respirais l'air du matin à pleins poumons. Du haut de ma monture, je profitais du panorama qui s'offrait désormais à mes yeux. Au loin, on distinguait une montagne sans véritable sommet. Des clairières à flanc de pente succédaient à de vastes forêts aux crêtes boisées où les lignes douces des feuillus alternaient avec les horizons crénelés des conifères.

L'odeur de printemps qui flottait dans l'air me rappelait que je venais d'entrer dans ma dix-septième année. En ce début d'avril 1095, cela faisait maintenant près de six longues années que la vie monastique m'avait happé et sans trop encore oser me l'avouer, je savourais chaque moment passé en dehors du cloître. Mes parents étaient tous deux originaires du sud du royaume de Francie mais issus de comtés différents. Comme c'était fréquemment le cas pour ceux qui étaient « bien nés », ils ne s'étaient pas unis par hasard. Leur mariage avait permis de créer une alliance entre le puissant comté de Toulouse dont était issue ma mère et la vicomté de mon père. Mariée dès l'âge de quinze ans, ma mère avait rejoint son époux dans son fief. J'y étais né et j'y avais passé une enfance paisible.

Je n'avais pas huit ans, lorsqu' à l'appel du pape Grégoire VII, mon père s'était lancé comme bon nombre de chevaliers chrétiens à la reconquête du royaume d'Espagne dont une immense partie était occupée par les Maures. Au côté du roi de Castille Alphonse VI, ces Francs, soutenus par Cluny, avaient combattu les guerriers almoravides et les infidèles établis en Espagne depuis près de quatre siècles.

Mon père, hélas, trouva la mort dans la région de Valence, d'une flèche dans le cou. Ma vie bascula une première fois. Devenue veuve, ma mère fut contrainte de retourner vivre à Toulouse sous la protection de sa famille et du comte Raymond, dont le pouvoir dépassait celui du roi de France Philippe 1er lui-même. Son domaine regroupait plus de treize comtés du sud-ouest de la Francie jusqu'en Provence, à la frontière de l'Empire romain germanique. C'est là que je reçus une solide éducation physique et intellectuelle et qu'il fut décidé que mon avenir serait religieux. Je fus confié, à l'occasion de mon onzième anniversaire, à Cluny, la plus prestigieuse abbaye du royaume, pour servir Notre Seigneur et faire honneur à ma famille et à mon père, mort pour le Christ lors de la Reconquista[2].

Au bout d'un long voyage vers le comté de Mâcon, en terre de Bourgogne, on me conduisit directement dans l'abbatiale Saint Pierre-le-Viel de Cluny où je fus « présenté » comme novice. « Abandonné » devrais-je dire, tant la chose était irréversible. Face au maître-autel, je dus me prosterner devant les reliques de Saint Pierre et de Saint Paul. Autour de moi, de mystérieuses formes noires aux capuchons relevés se mirent à prier à l'unisson. Je n'avais rien demandé, mais quand la cérémonie fut achevée, mes proches s'éloignèrent… et les portes du cloître se refermèrent. Ma vie venait de basculer une seconde fois.

Les premières nuits furent très dures. Je ne les souhaiterais à personne. Les novices présents, âgés pour la plupart de treize à quinze ans, étaient tous de grandes familles bourguignonnes. Hélas ! Pour eux, je fus tout de suite « l'étranger », celui qu'on raille parce qu'il vient d'une région lointaine, que son teint est plus mat, que son langage et que son accent sont différents. Je fus relégué au bout du dortoir des jeunes dans le coin le plus sombre, sur un grabat rêche et humide, même pas digne d'un chien. Trois nuits durant, abandonné par les miens, j'y implorai ma mère, pensant que j'allais mourir en cette terre inconnue.

Noyé dans une ronde incessante d'offices et de prières, je finis par me convaincre que, pour survivre dans ce lieu inconcevable pour mon jeune âge, il fallait que je m'offre une nouvelle naissance. Mais cette fois sans mère ni père.

Pouvais-je me douter que lorsque le Seigneur ferme une porte, il ne tarde pas à en ouvrir une autre plus large… Oui ! Elle s'ouvrit cette porte, lorsqu'au bout du désespoir, Odon se présenta dans la grande salle capitulaire de Cluny. Le prieur

2. **Reconquista** est un mot castillan ou espagnol qui désigne la reconquête de l'Espagne par les chrétiens sur les Maures musulmans.

de Beaulieu était venu me chercher, un matin, un peu après l'office de none. Je quittai alors Cluny à la suite de mon nouveau maître pour devenir novice au prieuré voisin de Beaulieu. C'est lui qui devait prendre en charge mon apprentissage, jusqu'à la cérémonie de la profession où je deviendrais un moine clunisien à part entière.

Que serais-je devenu sans Odon ? Il sut très vite combler les vides laissés par l'absence de mes parents et m'apporter bien plus que la richesse de son enseignement. Loin de vouloir m'épargner, et dans le souci de développer chez moi une appréhension saine des choses, il m'expliqua les raisons de ma venue à Cluny et le jeu d'intérêt réciproque qui avait conduit à mon déracinement précoce. Combien de fois, dès lors, n'ai-je pas entendu les explications justifiant mon placement comme novice et ma présence à ses côtés :

– Le comté de Toulouse d'où ta famille est issue est un relais idéal entre Cluny et le royaume de Castille, se plaisait-il à me répéter. Nos monastères fleurissent en Espagne au fur et à mesure que nous repoussons les Sarrasins vers le sud.

Ma présence en Bourgogne et la prise en charge de mon éducation par les moines bénédictins n'étaient donc qu'un juste retour des choses. Elle assurait à ma famille des liens forts avec l'Eglise et le pape Urbain II[3], en contrepartie du soutien d'Alphonse de Castille dans la guerre incessante livrée contre les Maures en Espagne. Cluny devait faire de moi un lettré et un dignitaire religieux capable, dans un futur proche, d'asseoir un peu plus la pérennité des comtes de Toulouse au sein de la Francie et auprès de la papauté romaine.

3. **Eudes de Chatillon** est né dans la noblesse champenoise en 1042. Il reçut une formation de moine bénédictin et devint grand prieur de l'abbaye de Cluny vers 1073 sous l'abbatiat **d'Hugues de Semur**. Il resta à Cluny une dizaine d'années, se forma à la politique ecclésiastique et y forgea ses convictions. Il devint un conseiller intime du pape Grégoire VII et soutint la réforme grégorienne. Il devint pape lui-même en 1088 sous le nom d'Urbain II. Il fut à l'origine de la première croisade en lançant, le 27 novembre 1095, l'appel de Clermont, qui en sera le déclencheur.

Loin de me réjouir, cet avenir tout tracé me contrariait au plus haut point. J'avais perdu mon père, puis été arraché à ma mère et à mes proches, afin de rejoindre une vie faite de silence, de discipline et de prière. À l'image de mon père mort au combat, mes dix-sept ans avaient soif de sentiers, d'aventures, de mers et de vent. Je ne rêvais que d'une chose : quitter le cloître pour découvrir enfin le vaste monde.

Depuis Beaulieu et jusqu'à Cluny, nous devions franchir une série de chaînons plissés et parallèles où le sol souple, saturé par la brume matinale des vallées, alternait avec les roches dures des hauteurs. Un léger vent de sud caressait la cime des arbres, apportant avec lui le printemps. Des jours meilleurs s'annonçaient. Bientôt, le froid, la neige et la boue auraient définitivement disparu.

Pour arriver plus vite à l'abbaye, nous avions opté pour le « chemin des moines », un sentier sinueux qui serpentait le long des crêtes entre Laives et Cluny. C'était la voie la plus rapide, bien que traversant des parcelles situées dans la juridiction du seigneur de Brancion, en guerre ouverte avec Cluny pour le contrôle des terres de la région. La route escarpée, mal empierrée, montait et descendait sans cesse, nous interdisant le moindre trot. Mais elle nous permettait aussi d'éviter l'attente aux nombreux péages de la plaine où s'agglutinaient voyageurs et pèlerins en route vers la grande abbaye, et qui se voyaient soulagés à chaque passage de quelques deniers.

À l'approche du mont Saint-Romain, je levai la tête vers les nuages clairsemés. Mon étrange rêve de vol de la nuit précédente ne quittait pas mon esprit. Si nos songes ordinaires s'estompent dès les premiers instants du réveil, un souvenir précis de mon aventure nocturne restait présent et me laissait perplexe. Je pouvais m'en remémorer les moindres détails, comme si tous mes sens avaient été magnifiés. Les couleurs des collines en particulier. Malgré l'obscurité, j'étais certain d'avoir perçu des teintes inhabituelles que je n'avais jamais vues.

— Joachim ! m'interpella Odon.

Le prieur, qui chevauchait jusqu'ici à la tête de notre petit groupe, ralentit sa monture pour se placer à ma hauteur.

— Vois-tu cette stèle au sommet de la colline ?

— Oui ! répondis-je.

Je vis en effet une sorte de stèle, surmontée d'une croix blanche à la cime du mont.

— Mais encore ?

— C'est une stèle de pierre. Elle est surmontée d'une croix.

— Cela, c'est ce que tu vois !

Ne sachant où mon maître voulait en venir, je m'arrêtai sur le côté du sentier et fis mine d'observer plus attentivement l'édifice. Pour moi c'était une stèle de pierre et rien de plus. Sans doute un détail m'avait-il échappé.

— C'est un monument longiligne, constitué de blocs de pierres taillées. On voit une petite niche sur la partie supérieure, surmontée d'une croix. Sans doute un oratoire ? dis-je, un lieu de prière comme on en voit beaucoup dans la région !

— Oui, mais encore ? dit Odon insatisfait. Pourquoi avoir érigé un oratoire dans un lieu si isolé ? Voilà la bonne question à se poser !

Je dus paraître si surpris que Clément dissimula un sourire moqueur.

— Sans doute pour célébrer la beauté du lieu, répondis-je spontanément.

Le haut du mont Saint-Romain nous offrait une vue panoramique extraordinaire. Vers l'est, se dessinait la majestueuse silhouette des monts alpins qui laissaient deviner, plus bas, les cols empruntés par les voyageurs et les pèlerins en route vers Rome.

— La beauté du lieu joue sans doute un rôle dans le choix des bâtisseurs, reprit Odon. Mais ce n'est pas la raison principale. Regarde plus attentivement l'entourage de la stèle…

— Il y a une sorte de pierre plate couchée sur le flanc, répondis-je. Elle a vraisemblablement dû servir de socle.

— Nous y voilà, reprit Odon. Il s'agit en effet d'un oratoire chrétien dédié à la prière, oratoire construit sur un monolithe, au sommet le plus élevé de la région. Crois-tu que cela soit le fruit du hasard ?

— Ils l'ont choisi pour être plus proche du ciel ?

— C'est mieux ! Ce monument a bien été érigé ici pour célébrer la relation avec Dieu parce que nous sommes justement ici au plus près du ciel. Plus qu'ailleurs, ce monument permet un échange vertical entre la terre, domaine des hommes, et le ciel, domaine de Dieu. Et la pierre couchée ? demanda Odon. A-t-elle une justification ?

Je fixais, indécis, la masse blanche érodée, dont la mousse avait envahi la majeure partie.

— La pierre semble beaucoup plus ancienne que la stèle, continuai-je. Elle évoque ces pierres levées qu'on voit parfois à travers champs. On dit qu'elles ont la vertu d'attirer les troupeaux. Les paysans racontent que des sources coulent à leurs pieds.

— Exact ! Mais tu oublies le sens religieux de ce monolithe. De mémoire d'homme, il a toujours été là. Il y était effectivement bien avant la construction de la stèle. Autrefois, cette pierre, considérée comme sacrée, constituait à elle seule un lieu de culte symbolisant la verticalité entre les hommes et les Dieux d'avant le christianisme. À l'époque, cette pierre se dressait vers le ciel et la symbolique de sa verticalité suffisait. Un jour, la pierre est tombée. Plus tard les chrétiens l'ont utilisée comme socle pour ériger la stèle actuelle surmontée d'une croix.

— Vous voulez dire qu'on a choisi un site païen pour y ériger un oratoire chrétien ? m'exclamai-je, indigné.

Cette fois, Clément éclata d'un rire franc.

— Eh oui ! répondit Odon d'un air amusé. Avec le christianisme, les anciens sites sacrés ont servi à la construction des nouveaux édifices religieux. La plupart de nos églises ou chapelles ont été construites sur des lieux sacrés comme celui-ci.

— Mais pourquoi ne pas plutôt avoir choisi d'autres endroits et ainsi affirmé une séparation claire avec le paganisme ? rétorquai-je.

— C'est une bonne remarque. Le choix des anciens lieux de culte était volontaire. Il a permis une transition en douceur, échelonnée sur des centaines d'années. Il fallait une phase d'évolution suffisamment longue pour construire une nouvelle foi sur les fondements même des anciennes croyances. Le procédé s'est généralisé partout et il a été efficace.

— C'est vrai qu'aujourd'hui, plus personne n'évoque ces anciennes divinités !

— Cela n'a pas toujours été le cas. Dans ma jeunesse, on racontait encore que l'endroit était fréquenté certaines nuits par des druides venus y célébrer les anciens cultes. La croix située en haut de cet oratoire était encore fréquemment arrachée et jetée en contrebas.

— Des druides ici, à quelques lieues de Cluny ?

— Oui, la christianisation a été rapide dans les villes, comme Mâcon et Chalon, et dans les plaines habitées. Elle a en revanche été plus lente et plus tardive dans les zones escarpées et dans les collines, car les habitants, moins nombreux et isolés, sont restés plus longtemps fidèles à leurs anciens Dieux.

— Alors le christianisme n'est donc qu'une simple évolution des cultes qui existaient déjà auparavant ?

— Non, notre religion est en réalité bien différente. Les hommes d'alors étaient coupés de Dieu. Ces druides s'étaient investis eux-mêmes d'un pouvoir énorme. Ils étaient seuls habilités à prier le ou les dieux d'alors. Le mouvement se faisait toujours des hommes vers le ciel, avec ces druides comme seul point d'intercession. Dans le christianisme, le mouvement est double. Chacun est libre de s'adresser à Dieu directement, de construire, de faire grandir sa foi. Dans l'autre sens, le Seigneur ne s'adresse pas qu'aux seuls prêtres. Il parle à chacun d'entre nous. Rappelle-toi que notre religion est celle d'un dieu qui s'est fait homme grâce à l'Incarnation du Christ. C'est une énorme différence avec les anciens cultes. Dieu a envoyé son propre fils au-devant des hommes pour leur montrer la voie.

— Les moines et les prêtres sont tout de même indispensables dans la relation entre les hommes et Dieu ! dis-je.

— Oui, répondit Odon. Mais leur rôle est d'encourager la relation entre l'homme et son créateur et en aucun cas de se l'approprier.

Nous reprîmes notre route, descendant cette fois-ci le sentier abrupt. L'étroite bande caillouteuse devait nous conduire dans les environs de Blanot avant d'arriver enfin à Cluny, terme de notre chevauchée matinale.

Fidèle à sa méthode d'enseignement, mon maître savait profiter des circonstances les plus inattendues pour faire évoluer et nourrir ma vision du monde. C'était son approche : par le jeu d'un questionnement bienveillant, il n'assénait jamais des connaissances brutes mais il laissait son élève modeler sa réponse afin qu'il puisse se l'approprier. Le procédé me gênait un peu car mes réponses farfelues provoquaient l'hilarité des plus instruits. Mais au fil des échanges j'en venais à reconnaître l'efficacité.

Délaissant les bois et cheminant à flanc de pâturages, je guettais l'instant où j'apercevrais en contrebas les tours de la grande abbaye. Cluny, monastère aux dimensions peu communes situé à la frontière du Royaume et de l'Empire. Les pèlerins en provenance des plus lointaines contrées venaient y reprendre leur souffle avant de se diriger vers Conques, Rome ou Saint-Jacques. Après une longue descente, le gigantesque chœur et le transept en construction de la nouvelle église abbatiale nous apparurent enfin. Au gré de la pente, un véritable vaisseau prenait forme dans la plaine en contrebas.

Les deux tours jumelles de la Galilée, marquant l'entrée de la nef de l'actuelle abbatiale Saint-Pierre-le-Viel, émergeaient toujours du vaste ensemble en construction. Jugée trop modeste pour porter les ambitions clunisiennes, cette église serait remplacée par le nouvel édifice, dont l'ampleur serait sans égale.

De la vallée, montait un lourd nuage de poussière, annonçant les travaux qui dévoraient le flanc nord de l'enceinte. Echafaudages, engins de levage, empilements de pierres, artisans, manouvriers et bêtes de trait se mêlaient dans une intense agitation. Sept années après la pose de la première pierre, les trois immenses clochers prévus n'étaient pas encore achevés et l'édification de la future nef commençait à peine. Sous la direction de son talentueux architecte, Hézelon de Liège, Cluny s'apprêtait à donner à la chrétienté la plus grande église jamais construite de main d'homme. Mais la réalisation de cet édifice majeur transformait une grande partie de l'abbaye en un immense chantier.

Dès lors, il avait semblé plus raisonnable de confier à un prieuré de tutelle la traduction et la copie de certains manuscrits. Beaulieu et son prieur Odon s'étaient alors imposés. L'équipe de copistes dont je faisais partie pouvait ainsi travailler sans subir les tracas incessants de la poussière, du mouvement et du bruit dus à la future Mayor Ecclésia du monde chrétien.

Chapitre 2
Cluny

Un soleil paresseux dissipait la brume du matin lorsque nous traversâmes un petit hameau dont les maisons de schiste arboraient des vitres en papier huilé. Sur une minuscule place, un ânier essuyait de son visage l'eau d'une fontaine. Puis il remplit une courge évidée du précieux liquide pour abreuver sa bête. Comme la plupart des villageois présents, habitués au passage des moines convergeant vers Cluny, il ne nous accorda qu'une attention relative.

Plus loin, sur la route conduisant à Cluny, un homme attendait en compagnie d'un chien. À notre approche, il fit retentir une clochette au bout d'un bâton. Odon s'arrêta.

— Te voilà bien seul sur cette route. As-tu besoin de quelque chose ?

— Non, Seigneur, merci. J'attends qu'un charretier me conduise jusqu'à la grande abbaye. Vous n'êtes que cinq cavaliers. Je ne suis pas pressé. J'attendrai.

Odon mit pied à terre, délia le cordon de sa bourse, en sortit deux deniers qu'il tendit à l'homme.

— D'ici peu, un ânier va passer ici même. Donne-lui ceci pour qu'il t'y conduise sur son âne. Garde l'autre pour toi.

Avec empressement, l'aveugle saisit la main du prieur et l'embrassa pour le remercier. Pour nous Bénédictins, tous les indigents que nous croisions devaient être toujours identifiés au Christ. « Ce pauvre que tu évites, c'est Jésus que tu renies » me rappelait Clément lorsqu'il m'arrivait de détourner les yeux à l'approche d'un nécessiteux.

Tout homme se doit d'exercer un devoir de fraternité. Les plus démunis, nombreux aux portes des monastères, étaient les instruments de notre salut. Tous les revenus produits et collectés par l'ensemble des abbayes et prieurés clunisiens, champs, fermes, moulins, pêcheries étaient considérés comme propriété des pauvres et donc redistribués sous forme d'aumônes généreuses. Sous la coule de chaque abbé, de chaque prieur, se cachait donc une petite fortune. Aussi, une escorte accompagnait chaque déplacement pour dissuader les attaques. Des fortifications telles que celles de Lourdon, financées par Cluny, abritaient des soldats afin de protéger le monastère et d'assurer la sécurité de nos dignitaires au cours de leurs voyages.

Enfin, peu avant l'office de sexte, nous franchîmes le mur d'enceinte pour pénétrer dans le bourg qui entourait l'abbaye. Les rues étaient pleines d'une foule cosmopolite et bruyante où se mêlaient joyeusement aux habitants une multitude de marchands, d'hommes d'armes désœuvrés, de nombreux pèlerins et les inévitables mendiants, faux infirmes et vagabonds attirés par la richesse de Cluny et sa générosité systématique vis-à-vis des nécessiteux. Des maisons cossues aux façades soignées et fleuries s'alignaient devant des rues pavées. Quelques tavernes et hostelleries accueillaient les pèlerins n'ayant trouvé place à l'intérieur de l'abbaye. En dehors des périodes de pèlerinage, le bourg était habité par ceux qui remplissaient toutes sortes de fonctions utiles à l'abbaye, cuisine, jardinage, entretien.

J'étais fasciné par cette foule de pèlerins originaires du nord et de l'est. Ils venaient en nombre se recueillir sur les reliques de saint Pierre et saint Paul lors des principales fêtes de l'année liturgique, au cours de processions organisées dans l'église abbatiale et dans son célèbre déambulatoire aux riches chapelles rayonnantes. Ils pouvaient aussi y faire une simple étape avant de poursuivre vers Conques, Saint-Jacques, Rome et même Jérusalem, la Terre sainte, pour les plus audacieux. Je ne me lassais pas d'observer avidement ces visages singuliers. Chaque détail, chaque trait, les vêtements, les langages me laissaient entrevoir l'existence de lointaines et mystérieuses contrées, comme une irrésistible invitation au voyage !...

Alors que nous atteignions la place centrale, notre attention fut attirée par un attroupement d'hommes et de femmes. Un individu, de taille modeste, juché sur un ballot de paille, dominait ainsi le petit groupe qui s'était formé autour de lui. De cette estrade improvisée, l'homme haranguait la foule, tout en agitant devant lui un bâton menaçant. Son regard vif jetait des éclairs tandis qu'il apostrophait les personnes massées devant lui.

— Chrétiens ! Supporterez-vous encore longtemps que l'accès à Jérusalem vous soit refusé par ces mécréants ? Que les lieux où ont vécu le Christ et les apôtres soient occupés par d'autres que ceux qui ont évangélisé le monde ? Tolérerons-nous encore, qu'après avoir supporté les maux d'un si long voyage, nous, pèlerins, nous, chrétiens, soyons rançonnés, humiliés et battus par les partisans de la loi de Mahomet ?

Un murmure d'approbation traversa la foule. Mon maître nous fit signe de nous arrêter tout en restant en selle. Il souhaitait manifestement entendre la suite.

— Je vous le dis mes frères : mes yeux ont assisté, impuissants, à tant de brimades, que ma bouche ne saurait rester muette plus longtemps. Les routes qui mènent à la Ville sainte sont infestées de pillards qu'aucun chef ne contrôle plus. Sans escorte armée pour vous accompagner là-bas ce serait folie de prendre la croix et de vous y aventurer. J'en appelle ici devant vous à Sa Sainteté Urbain. Notre Pape ne doit-il pas faire le nécessaire pour nous permettre de nous rendre librement au Saint Sépulcre ? Pour prier librement sur le tombeau du Christ sans nous faire occire par ces Sarrazins ?

Un homme près de moi, cria « Il a raison ! ».

— Jérusalem est une terre chrétienne, lança une femme au premier rang.

— Il faut dire au Pape de faire libérer la Ville sainte, hurla un autre.

— Dieu le veut ! cria un troisième.

— Dieu le veut ! Dieu le veut ! reprit en chœur l'assistance, galvanisée par le prédicateur qui rythmait les cris à l'aide de son bâton.

Sur un signe du prieur, nous reprîmes notre route. La clameur du bourg se perdit dans le brouhaha de la foule tandis que nous nous éloignions de la cohue du centre, empruntant la rue la plus riche de Cluny : celle qui menait à la grande abbaye.

Pour éviter l'avant-cour, nous avions franchi « la porta Méridiana » au pied de l'imposante tour des Fèves. J'y retrouvai immédiatement des images et des sons familiers. Là encore régnait le même mouvement perpétuel d'hommes de toutes conditions se mêlant aux moines aux capuchons sombres. Des pèlerins, des indigents, des artisans et des artistes qui contribuaient, année après année, à l'extension et à la splendeur de Cluny.

Reconnaissant le prieur de Beaulieu, l'hôtelier du monastère, chargé d'accueillir les cavaliers et les hôtes de marque, s'occupa aussitôt de nos montures. Je compris très vite que je n'aurais pas la chance de profiter de l'ambiance joyeuse de la cour et de son soleil radieux. J'étais encore en selle quand mon maître déclara à l'hôtelier :

— Nous sommes attendus par le grand prieur Orderic, merci de nous conduire directement au scriptorium.

Le gros homme s'approcha servilement, s'empara des sacs que mon maître lui tendait et les déposa dans les casiers destinés aux bagages des visiteurs extérieurs. Abandonnant notre escorte, nous suivîmes tous trois l'hôtelier vers le centre du monastère. Contournant l'atrium, nous passâmes trop vite, à mon goût, à proximité de la cuisine principale et de la boulangerie. Je respirai avec regret la bonne odeur de pain chaud qui envahissait le large couloir dallé.

Cela faisait plus d'une heure que mon estomac criait famine, mais mon maître était pressé et je savais qu'il me faudrait encore attendre jusqu'à la fin de l'entrevue pour calmer ma faim.

Nous longeâmes à la hâte le cloître, où des sièges mobiles permettaient aux moines de s'asseoir pour profiter de la quiétude ambiante. C'était aussi un des rares endroits où il nous était possible de rompre le silence imposé par la règle bénédictine car nous pouvions librement y converser, à des heures bien définies. C'est lors de l'un de ces moments quotidiens, appelés *locutio*, que le lieu présentait son aspect le plus animé. Peu après sexte, un bruit confus et joyeux rompait le silence habituel. Comme un village un jour de fête, les conversations y allaient bon train.

Mon maître tirait littéralement l'hôtelier dans son sillage. Nous traversâmes le cloître au pas de course pour nous présenter, hors d'haleine, devant le scriptorium. L'hôtelier prit aussitôt congé d'un petit signe de main. Je le vis se cacher derrière une statue-colonne. Trahi par un embonpoint généreux, il tentait d'y reprendre son souffle. M'apercevant, il me jeta un regard noir et disparut au coin du couloir en pestant contre ces visiteurs pressés.

Mais Odon avait déjà franchi le seuil du scriptorium. Nous allions enfin connaître les raisons de cette convocation hâtive à Cluny.

Chapitre 3
Agatharchide de Cnide

La vaste pièce était baignée par la lumière vive de mi-matinée qui entrait par une douzaine de baies géminées, dont le vitrage était volontairement non coloré. Cette clarté naturelle profitait au labeur quotidien des copistes jusqu'à ce que le soleil du soir disparaisse derrière les collines.

Campé au milieu des pupitres du scriptorium, Orderic nous attendait. En l'absence de l'abbé Hugues de Semur, le grand prieur de Cluny était le seul maître de l'abbaye. Tous deux formaient un binôme capable de diriger les milliers d'hommes issus des monastères et prieurés dépendant de Cluny. Orderic commandait : il était craint. L'abbé était aimé et il représentait le système clunisien au plus haut niveau. Fin diplomate, ce dernier avait les faveurs du pape Urbain II, lui-même ancien prieur de Cluny. Nos moines devenaient fréquemment évêques, puis cardinaux, et même papes. Cela n'avait pour nous rien de surprenant.

Orderic avait ce je ne sais quoi dans le regard qui évoquait un général romain. Il parlait vite, sans jamais faire référence au moindre livre, contrairement aux autres lettrés. Sur l'art du commandement, il en savait autant que n'importe quel suzerain. Il évoquait les batailles, les stratèges et leurs tactiques. Il connaissait tous les comtés et les duchés et pouvait citer tous leurs chefs en détaillant leurs forces comme leurs faiblesses.

Un bref signe d'Orderic et les copistes affairés quittèrent promptement la salle. Seul restait, avec le grand prieur, un autre moine nommé Aldebert, occupant la fonction enviée d'armarius de Cluny. Ce géant blond administrait le second trésor de l'abbaye après les reliques de Pierre et Paul : la fastueuse bibliothèque du scriptorium, où plus d'un millier d'ouvrages concentrait l'essentiel du savoir du monde chrétien.

Un voile de contrariété passa sur le visage d'Odon. Quelque chose n'allait pas. Percevant le trouble de mon maître, Orderic abrégea les salutations d'usage, puis enchaîna.

— Les frères chargés des achats de manuscrits sont de retour. Comme nous l'avions planifié, ils ont pu se rendre à Constantinople puis à Tripoli pour y faire quelques acquisitions. Ils sont rentrés par voie de mer en débarquant à Gênes, ont traversé les Alpes puis effectué une dernière étape de nuit à l'abbaye de Notre-Dame d'Ambronay.

— Mais alors où sont-ils ? intervint Odon, inquiet. Pourquoi Jacques de Molesme et Moïse d'Antioche ne sont-ils pas ici avec toi ?

Orderic, dont le visage demeura de marbre, ajouta :

— Nos frères sont tombés dans une embuscade. Alors qu'ils traversaient un bois, à une demi-journée de marche de Cluny, ils ont été agressés et détroussés avant d'être laissés pour morts.

Ne quittant pas Odon du regard, Orderic poursuivit, pesant chaque mot.

— Moïse est vivant mais sérieusement blessé. Nous ne savons pas ce qu'il est advenu de Jacques de Molesme. Des forestiers ont pu donner l'alerte et les soldats du comte ont transporté Moïse jusqu'ici dès que son état l'a permis.

— Et Jacques, s'écria Odon horrifié, qu'est-il arrivé à Jacques ?

— Son corps n'a pu être trouvé. Malgré son état, nous avons interrogé Moïse cette nuit. Il pense qu'il a dû succomber aux coups reçus et que ses agresseurs ont fait disparaître son corps. Je t'ai fait appeler dès que Moïse a été rapatrié. Il attend ta visite à l'infirmerie.

Mon maître était livide. Pendant plusieurs années, il avait lui-même initié Jacques et Moïse au monde des manuscrits anciens.

Lors d'expéditions précédentes, ils avaient fait route ensemble de Constantinople au Caire, visitant les métropoles de l'Empire byzantin, de Syrie, de Palestine et d'Égypte, se mêlant aux populations et apprenant les langues des contrées traversées. Ils avaient été ses deux premiers élèves. Ils étaient aussi nos deux meilleurs émissaires, capables de représenter Cluny auprès des dignitaires locaux et de négocier des documents inédits pour le compte de l'ordre.

Laissant à peine au prieur le temps de se reprendre, Orderic continua son monologue d'un ton sec et dénué d'émotion.

— Le sacrifice de nos frères n'a pas été vain puisque, malgré l'attaque subie, Moïse d'Antioche a pu rapporter un manuscrit qui a échappé à ses agresseurs.

Orderic pointa du doigt un pupitre situé à ses côtés, puis fit un pas sur le côté, comme pour inviter Odon à prendre connaissance du document qui s'y trouvait. Déstabilisé, mon maître semblait hésiter sur l'attitude à adopter. Il fit deux pas en direction du pupitre et se résolut à jeter un coup d'œil au parchemin. Un examen rapide lui permit d'établir un premier diagnostic.

— Ce n'est pas un original, dit-il, mais une copie réalisée par Jacques de Molesme dont je reconnais la calligraphie.

Odon m'avait souvent parlé de ce procédé. Il arrivait fréquemment que nos moines ne puissent acquérir un original intéressant dont le propriétaire refusait de se défaire. Toutefois, à défaut, ce dernier pouvait accepter que les moines puissent en réaliser une copie, totale ou partielle, sur place. C'est ce qui avait dû se passer dans le cas présent.

— Cette copie est rédigée en grec, poursuivit-il. Mais sa traduction est impossible pour le moment.

— Et pourquoi donc, demanda Orderic ?

— Tu le sais parfaitement ! répondit Odon d'un ton agacé. Tu parles grec aussi bien que moi ! Et tu as donc bien vu que ce texte est codé : les mots y sont écrits sans logique, en désordre, comme si on les avait jetés dans une boîte et secoués vigoureusement avant de les disposer sur le parchemin. Jacques de Molesme n'a pas seulement copié le manuscrit. Il a aussi pris soin de le coder... Impossible pour quiconque de le lire sans disposer de la clef de cryptage utilisée par l'auteur. Voici la véritable raison de notre convocation. Tu veux nous contraindre à dévoiler le code utilisé par Jacques et te donner ainsi accès au sens caché du texte.

— Tu te méprends sur mes intentions, Odon. Je t'ai fait appeler dès que j'ai eu connaissance de l'infortune de tes frères de Beaulieu, et afin qu'en qualité de médecin, tu puisses te rendre au chevet de Moïse. Mais peut-être que ce manuscrit pourrait aussi nous donner des indications sur la raison de cette attaque et sur l'identité des agresseurs ? Il peut sans doute nous aider à comprendre ce qui est arrivé à tes moines !

Orderic s'était tu, fixant maintenant Odon comme pour mieux lui faire comprendre ce qu'il attendait de lui. Odon paraissait de plus en plus irrité. Il savait Moïse d'Antioche blessé, et je voyais qu'il appréciait modérément l'insistance du grand prieur. Ce parchemin pouvait bien attendre ! Il voulait avant tout se rendre au chevet de son compagnon blessé.

Je tentai de mettre de l'ordre dans mes idées. Si Jacques s'était donné la peine de coder sa copie, c'est que le manuscrit devait être très important. Ce qui avait, bien sûr, attisé la curiosité et l'insistance d'Orderic. Cette situation agaçait mon maître au plus haut point. Il n'était pas homme à se faire dicter sa conduite, même par le grand prieur de Cluny.

— L'écriture secrète est complexe à appréhender, reprit Odon. Il y a plusieurs codes possibles. Le scribe a pu intervertir dans sa copie les mots du texte original, mais aussi certaines syllabes, voire certaines lettres, en fonction du degré de complication souhaité.

Devant l'air soupçonneux du grand prieur, Odon décida de pousser un peu plus loin la rhétorique pédagogique, dans laquelle il excellait.

— Prenons par exemple le mot feu, *ignis*. Le copiste pourra employer le mot chaleur, *calor,* ou fumée, *nebula,* et rendre le texte incompréhensible.

Pas dupe, Orderic décida de prendre le prieur à son propre jeu.

— Tu connais mieux que quiconque ici l'art de la cryptographie. Je ne doute pas un instant que le décodage de ce texte sera pour toi un jeu d'enfant. Je souhaite donc que tu décryptes ce document au plus vite.

Odon semblait de plus en plus exaspéré par l'audace du grand prieur. Ce n'était un secret pour personne qu'il n'avait jamais supporté qu'Orderic le traite comme un simple subordonné.

— Impossible ! Seul son auteur pourrait nous donner la clé de lecture pour nous éviter de longues et fastidieuses recherches. Nous avons donc ici un sérieux problème.

— De quel problème parles-tu ?

— Je veux parler du copiste : celui qui a transcrit le manuscrit original sur ce parchemin et l'a aussi codé... Le copiste a disparu. Le copiste, c'est Jacques de Molesme et Jacques a emporté les secrets de son code avec lui...

Le grand prieur resta silencieux. Il connaissait Odon, sa réputation de sage était célèbre jusqu'à Rome. Même s'il avait les pleins pouvoirs en l'absence d'Hugues de Semur, il ne pouvait affronter le prieur de Beaulieu frontalement sans s'attirer les foudres de son supérieur. Ce dernier avait une réelle affection pour le vénérable Odon et un grand respect pour son travail, indispensable au prestige de Cluny et à sa bibliothèque. Il lui fallait calmer le jeu.

D'un signe de tête, il invita l'armarius, demeuré silencieux à ses côtés, à intervenir. Aldebert était un homme brillant et cultivé. Grand, beau et blond comme les blés mûrs, il était issu d'une grande famille bourguignonne. Il était doté d'une autorité naturelle qui s'exprimait subtilement. Je ne l'avais jamais vu donner un seul ordre, mais partout où il passait, il était obéi et respecté. À Cluny, Aldebert incarnait mieux la règle que saint

Benoît[4] lui-même. Ses compétences lui permettaient d'occuper une pléthore de fonctions, dont celle d'armarius, mais il était également écolâtre et professeur des novices âgés de quinze ans. Lors de mes nombreux séjours à Cluny, j'assistais donc à sa classe où il enseignait l'éducation religieuse, la théologie et la philosophie. Répondant sans hésitation à l'invitation du grand prieur, il rejoignit le centre de la pièce.

— Cher Odon, je suis comme nous tous éploré par la disparition de notre frère Jacques de Molesme et je rends hommage à son courage et à sa générosité. Je salue également le dévouement de notre frère Moïse d'Antioche, dont l'abnégation a permis de rapporter ce document. Afin d'honorer le sacrifice de ces deux hommes, ne crois-tu pas qu'il est de notre devoir de tout faire afin de ne pas le rendre inutile ?

Face à l'impassibilité d'Odon, Aldebert ajouta :

— Je te suggère de te rendre au plus vite au chevet de notre compagnon. Ta présence apaisera sans doute ses maux aussi bien que les remèdes de notre infirmier. Il n'a pu, hélas, répondre clairement à nos questions, mais peut-être que réconforté par ta présence et tes soins, il pourra mieux révéler de précieuses informations sur leur voyage, les manuscrits volés, et, sans doute, les clefs du code utilisé par Jacques.

— Très bien ! reprit Odon. Je vais donc rejoindre Moïse. Et, se retournant vers moi : « C'est Joachim de Saint-Ange qui va entreprendre le décryptage de ce texte ».

Odon me fit signe de m'approcher du pupitre.

Je me doutais bien que mon maître connaissait le code utilisé par Jacques, mais sa rivalité ancienne, à laquelle s'ajoutait

4. **Benoît de Nursie** (né vers 480 à Nursie en Italie), mort vers 547 dans le monastère du mont Cassin. **Saint Benoît** (en latin Sanctus Benedictus de Nursia), pour les catholiques et les orthodoxes, fut le fondateur de l'ordre bénédictin et a inspiré le monachisme occidental. Il est considéré comme le patriarche des moines d'Occident grâce à sa règle qui a eu un impact majeur sur le monachisme occidental et même sur la civilisation européenne médiévale. Il est souvent représenté avec l'habit bénédictin (coule noire), une crosse d'abbé, ainsi qu'un livre.

l'attitude d'Orderic, l'avait vraisemblablement conduit à manifester de la mauvaise volonté.

Me penchant sur le manuscrit, je me mis d'abord en quête de l'identité de l'auteur. Je savais exactement où chercher cette information. Comme tous les élèves d'Odon, Jacques avait l'habitude de faire figurer le nom du rédacteur à la place du second mot de la seconde page du document crypté, en inversant l'ordre des lettres. Sur le manuscrit grec, cela correspondait au mot *ςηδιχαθαγΑ*.

Je remis mentalement les lettres en place et je restai pétrifié par le résultat obtenu : ***Agatharchide***. M'étais-je trompé ? Je rétablis fébrilement une nouvelle fois les lettres inversées : c'était bien le même résultat inespéré : *Agatharchide*. Incroyable ! Jacques et Moïse avaient mis la main sur le manuscrit d'un géographe grec dont Odon et ses moines copistes avaient cherché les œuvres pendant des années dans toutes les bibliothèques d'Orient...

Agatharchide de Cnide !... Je savais qu'il avait vécu cent cinquante ans avant la naissance présumée du Christ. Géographe aguerri, il avait parcouru le monde de son temps et produit d'étonnantes descriptions. Ce savant grec avait été notamment le secrétaire du pharaon égyptien Ptolémée VI et avait résidé lui-même en Egypte pendant plusieurs années.

Odon était persuadé que l'homme avait forcément mis à profit ses séjours au Caire pour étudier les trois pyramides situées à proximité. Plusieurs sources antiques semblaient formelles : il en avait sûrement réalisé une description détaillée. Ces édifices gigantesques, et notamment la plus massive des trois, fascinaient les savants, tout comme mon maître, depuis des années. Il les avait lui-même approchées une fois lors d'un voyage réalisé dans cette lointaine contrée et depuis, le plus grand monument du monde connu exerçait sur lui un irrésistible attrait. Dès lors, à chaque fois qu'il franchissait le seuil d'une bibliothèque, il y cherchait d'abord la trace des différents travaux du géographe grec et ceux pouvant concerner la grande pyramide en particulier.

Tentant de conserver mon calme, je m'adressai à Odon sans quitter le nom d'Agatharchide des yeux :

— Maître ! vous devriez tout de même jeter un œil sur ce document.

Interloqué, Odon s'approcha et déchiffra rapidement le nom de l'auteur que je lui indiquais du doigt.

Le prieur de Beaulieu devint blême, et se retournant vers le grand prieur et l'armarius :

— Tu as raison Aldebert. Nous devons d'abord penser à réconforter ce pauvre Moïse. Peut-être pourrait-il nous en dire plus sur ce manuscrit.

Sans ajouter un mot, mon maître sortit du scriptorium, nous entraînant dans son sillage. Il avait une seconde raison de se rendre au plus vite au chevet de Moïse d'Antioche.

Chapitre 4
Moïse d'Antioche

« On prendra soin des malades avant tout et par-dessus tout. On les servira comme s'ils étaient le Christ en personne, puisqu'il a dit : « J'ai été malade et vous m'avez visité » et « ce que vous avez fait à l'un de ces petits, c'est à moi que vous l'avez fait. » (Matthieu 25 : 40)

Règle de saint Benoît.

L'infirmerie se tenait tout près du noviciat. C'était un lieu agréable et apprécié de tous. Les malades y formaient une petite communauté, avec leur propre rythme : dortoir, cuisine, réfectoire et chapelle. La discipline était moins sévère que pour les moines en bonne santé. On leur servait deux repas quotidiens tout au long de l'année. Ils avaient droit à la viande et n'étaient pas astreints à la règle du silence total, tout en évitant les bavardages.

À mon grand réconfort, le frère lai affecté à la cuisine du lieu me gratifia d'un clin d'œil lorsqu'il me reconnut, ce qui me rassura définitivement sur mes chances de me restaurer rapidement.

Nous fûmes accueillis par le prêtre infirmier. Il existait bien dans notre communauté quelques moines médecins tels qu'Odon, mais dans la majorité des monastères que j'avais visités, la santé des malades était prise en charge par un prêtre chargé de célébrer les messes et les offices.

Nous vivions dans un monde voué à la prière ; même à l'infirmerie, les malades devaient pouvoir suivre chaque jour les divins offices. Le long des murs de la vaste pièce, se succédaient une ribambelle de flacons de verre de toutes les tailles et de toutes les couleurs, qui me rappelaient les guirlandes de fleurs que nous réalisions à l'occasion des fêtes de Pâques. Chacun d'entre eux contenait une plante ou une racine qui, une fois séchée puis broyée en une fine poudre, était utilisée en tisane ou transformée en onguent, destinés à traiter les maux courants : rhume, constipation, coliques, asthme, allergie, insomnie...

À Cluny, la culture des plantes était confiée au moine infirmier. Elle se déroulait dans les jardins du monastère ou dans les collines et les bois aux alentours. Nous, les novices, étions souvent sollicités pour l'assister dans ces travaux que j'appréciais particulièrement puisqu'ils permettaient de découvrir le monde qui nous entourait et d'échapper un instant à la routine monastique. Une à deux fois par an, nous organisions des campagnes de cueillette dans les vallons avoisinants. J'avais déjà pu participer à de véritables expéditions, se déroulant parfois pendant plusieurs journées de marche, afin de cueillir une grande diversité de simples connues pour leur usage thérapeutique.

Moïse d'Antioche occupait seul le dortoir. La grande pièce principale se composait de deux rangées de lits confortables, garnis de draps, de couvertures et d'oreillers rembourrés de plumes d'oie. On avait envie de s'y jeter sans retenue tant ils paraissaient mœlleux et rompaient avec l'aspect austère de nos dortoirs usuels. Moïse était étendu, immobile, les yeux clos, le visage contracté par un invisible étau, le front recouvert d'une compresse de lin qui exhalait une forte odeur d'herbe humide. À notre approche, l'infirmier retira délicatement la couverture qui masquait son corps, dévoilant un tableau terrifiant. Ses bras, jaunes et enflés, gisaient lamentablement le long de ses flancs. Son corps tout entier n'était qu'une immense plaie.

Sentant peut-être notre présence, Moïse reprit conscience. Son visage se détendit légèrement en nous découvrant mais son regard désespéré trahissait son inquiétude. Il résidait à Beaulieu depuis des années, aussi n'avait-il aucune confiance dans la médecine telle que nous la concevions dans le royaume. Même si chez nous le malade était au centre de toutes les attentions, il nous semblait évident de nous en remettre d'abord à la volonté divine et à la prière pour obtenir une guérison, lorsque nos plantes et nos remèdes s'avéraient inefficaces.

Antioche se situait dans le nord de la Syrie, sur la route reliant Constantinople à Jérusalem. Moïse m'avait plusieurs fois raconté l'histoire de sa cité et il aimait à nous rappeler que, selon les Actes des Apôtres, c'était ici même que les disciples du Christ avaient reçu pour la première fois le nom de « chrétiens ». Depuis l'époque de Jésus, Antioche avait maintes fois changé de mains et de religion. Jusqu'au quatrième siècle de notre ère, elle avait été la troisième ville la plus importante de la chrétienté après Rome et Alexandrie. Puis, conquise successivement par les Perses au 6e et par les Arabes au 7e siècle, elle était redevenue chrétienne un peu avant l'an mil et l'était restée jusqu'à l'arrivée des envahisseurs Seldjoukides.

Cette ville opulente, protégée par d'immenses fortifications, était alors le point de passage obligé pour de nombreux pèlerins se rendant au Saint-Sépulcre par voie de terre. Issu d'une famille de notables, Moïse y avait reçu une éducation chrétienne soignée et avait choisi de devenir moine dans l'un des nombreux monastères de l'enceinte.

Mais l'année 1084 fut maudite pour tous les chrétiens de Syrie. Le jour de son vingt-troisième anniversaire, il dut fuir précipitamment son enceinte. La cité venait, une fois encore, de changer d'âme et de religion. Comme la plupart des métropoles de Syrie et d'Anatolie, c'était cette fois les turcs Seldjoukides qui venaient d'arracher sa chère patrie à l'Empire chrétien d'Orient.

Lorsque ces redoutables assaillants, guidés par la loi de Mahomet, avaient donné l'assaut final, le moine avait pu quitter son monastère, échappant de justesse au massacre. Sa famille n'eut pas la même chance. Il m'avait confié un soir, les yeux emplis de larmes, que ses parents, comme la plupart des lettrés et des notables chrétiens byzantins, avaient été rançonnés puis finalement massacrés par les nouveaux maîtres de la ville. Seuls les plus robustes, hommes, femmes, enfants, avaient été épargnés afin d'être vendus comme esclaves.

C'est un peu plus tard, à Constantinople, où il avait fini par trouver refuge, que Moïse fit la connaissance d'Odon. Séduit par la culture et l'érudition du moine clunisien, ils avaient cheminé un temps sur les routes de l'Empire grec puis Moïse avait finalement suivi mon maître jusqu'à Beaulieu où il avait décidé de mettre sa culture et ses connaissances de l'Orient au service d'Odon et de l'ordre clunisien.

Cloué dans son lit, Moïse faisait maintenant peine à voir. Lui faisant signe de garder le silence, et avant même qu'il n'ait pu prononcer un mot, Odon souleva la chemise de laine et examina la blessure qu'il portait juste au-dessus du genou droit. Moïse scruta le prieur et attendit, anxieux, son diagnostic. Il avait une entière confiance en Odon et savait, lui mieux que quiconque, qu'il était la personne la plus à même de lui venir en aide.

Pendant des années, à Salerne[5] en Italie, alors qu'il n'était encore qu'un tout jeune moine, mon maître s'était consacré à l'apprentissage de la médecine. Il y avait étudié avec assiduité les différents traités de médecine d'Hippocrate et de Galien, et mis en pratique ses connaissances aux côtés de praticiens reconnus tels que Constantin l'Africain.

Dans tout le comté de Mâcon, il jouissait d'une excellente réputation de moine médecin. Nombreux étaient ceux, clercs comme laïcs, qui venaient le consulter afin de soulager leurs maux. Son examen terminé, le prieur se tourna vers moi :

— Joachim, demande à l'infirmier de faire bouillir de l'eau dans deux récipients. Dis-lui également de préparer une décoction de millepertuis.

5. Historiquement, **l'école de médecine de Salerne** sur la zone côtière du Mezzogiorno en Italie, a été non seulement la première école de médecine fondée en Europe (vers le IXe siècle), mais encore l'une des plus importantes (apogée aux XIe siècle et XIIe siècle). Elle s'illustra par l'étude des sources de la médecine, antique, byzantine et arabe, et par leur divulgation en Occident.

Odon extirpa de sa besace en cuir un petit coffret de bois, dévoilant un objet enveloppé dans une étoffe épaisse. Une fois déroulé, le tissu de lin laissa apparaître de petits outils métalliques, soigneusement rangés dans des sortes d'alvéoles cousues à cet effet. Il aligna alors avec soin sur une table une série d'instruments dorés ou argentés, scalpels, pinces, spéculums et divers objets métalliques finement ouvragés. Odon veillait jalousement sur cet ensemble, fabriqué spécialement par un orfèvre italien, et dont il ne se séparait jamais.

— Ecoutez-moi attentivement vous deux. Je vais recourir à une petite intervention afin de remettre l'os de Moïse en place. Vous serez mes assistants.

J'assistai alors à une scène bien surprenante. Le prieur s'agenouilla près de Moïse et prit ses mains dans les siennes. Il le regarda fixement en s'adressant à lui d'une voix si basse et si douce que personne dans l'infirmerie ne put saisir la teneur de ses propos. Après quelques instants, Moïse sembla plus serein et étonnamment détendu. Sa respiration se fit plus lente. En un instant, les stigmates de la douleur avaient miraculeusement disparu de son visage.

Alors, Odon releva la chemise de laine pour dégager la blessure. Nous ne pûmes retenir un cri : la jambe de Moïse était brisée, un bout d'os saillant sortait de la plaie juste au-dessus du genou.

— C'est cet os, qui relie le genou à la hanche, qui est fracturé. L'un de vous peut-il me dire quelle est sa particularité ?

Refoulant une nausée naissante, Clément répondit d'une voix mal assurée :

— C'est le fémur, et c'est l'os le plus long du corps humain.

— Et quoi d'autre ?

— C'est aussi l'un des plus solides.

— C'est juste. Retenez que ce type de blessure est rare. On la constate généralement lors d'un choc très violent, comme celui porté par une arme lourde. Cela confirme que Moïse et Hugues ont bel et bien été agressés violemment. Nous allons devoir remettre l'os en place afin qu'il puisse se ressouder naturellement. Vous allez immobiliser Moïse par les épaules afin de l'empêcher de bouger.

Sur l'indication d'Odon, je pris un petit sachet d'herbes que je plongeai aussitôt dans l'eau de l'un des deux récipients préparés par l'infirmier. De son côté, le moine médecin s'était emparé d'un scalpel, à l'aide duquel il pratiqua une petite incision dans la chair au-dessus de la blessure. Puis il se saisit d'un autre instrument, en argent plat, à bout arrondi, d'une aiguille étonnamment courbée et d'un fil de lin. Il plongea le tout dans l'eau bouillante du second récipient.

Se lavant soigneusement les mains dans la solution aux herbes, il s'assura que Clément et moi étions bien en place derrière Moïse. J'étais fasciné par l'expression du moine. Il regardait Odon paisiblement. Conscient mais étrangement ailleurs, un vague sourire sur son visage.

Une fois la plaie méticuleusement nettoyée, Odon s'empara de l'outil en argent et l'introduisit d'un geste vif et précis à proximité de l'os brisé et saillant. Le moine médecin prit appui à l'aide de son autre main sur la cuisse du blessé. Un bruit sec retentit alors qui nous fit sursauter.

Moïse n'avait pas bronché. Ailleurs et pourtant présent, il souriait toujours alors même que mon maître, d'un geste vif et précis, avait remis l'os brisé en place.

Puis Odon disposa soigneusement les chairs meurtries, et à l'aide d'une aiguille courbe et d'un fil de lin, il recousit la plaie et la nettoya de nouveau avec la décoction de millepertuis. Ce fut une opération rapide et sans complication. Odon donna la consigne à l'infirmier d'appliquer régulièrement des compresses de sauge sur le front du patient et des cataplasmes de mauve sur sa blessure plusieurs fois par jour.

Il savait désormais Moïse hors de danger. L'esprit libre, il allait pouvoir concentrer son attention sur le manuscrit rapporté au péril de sa vie par son moine copiste.

Chapitre 5
Aldebert de Chalon

Je ne pouvais m'empêcher de repenser à l'opération dont Moïse venait de faire l'objet. Clément m'avait déjà parlé de la capacité d'Odon à détourner l'attention de ses patients quand les conditions l'imposaient et je mourais d'envie de le questionner à ce sujet.

Je dus pourtant me contraindre à rejoindre les autres jeunes de l'abbaye. À Cluny, j'étais toujours « l'étranger » des premiers jours pour ces jeunes issus de la noblesse bourguignonne et un fossé s'était creusé entre nous. Mais je ne pouvais rester indéfiniment dans le sillage de mon maître et Odon m'avait discrètement suggéré de retrouver les autres novices.

Je faisais partie du groupe des jeunes âgés de quinze à dix-sept ans. Nous étions tous des « bien nés » ; nous avions reçu une base d'éducation au sein de nos familles avant d'être acceptés par le monastère. En qualité de *litterati*, nous apprenions rapidement à lire et écrire le latin dans sa forme savante. Des professeurs spécialisés dans de nombreux domaines, attentifs à nos progrès, nous encourageaient à l'art de l'écriture et de la copie afin que les connaissances accumulées puissent être diffusées. À partir de notre vingtième année, nous pourrions accomplir notre « profession ». Au terme d'une cérémonie en présence de l'abbé lui-même, nous deviendrions des moines de chœur à part entière, intégrés définitivement à l'abbaye et au système clunisien.

Les autres jeunes, de provenance plus modeste, entrés à l'abbaye dès le plus jeune âge, étaient nommés *innutriti* (nourris). Certains monastères accueillaient généreusement ces enfants, même infirmes, ce qui causait souvent leur ruine. À Cluny, ils étaient plus rares. Ces jeunes ne pouvaient que très difficilement accéder à ce statut envié de moine *profès,* mais ils faisaient néanmoins partie de la communauté monastique en devenant frères lais. Ils prenaient alors en charge les travaux manuels indispensables au bon fonctionnement de tout monastère, cuisine, jardinage, gardiennage, entretien. Ils formaient une catégorie distincte des moines de chœur qui se consacraient, eux, à « l'Opus Dei » c'est-à-dire l'œuvre de Dieu, par la prière.

Notre salle de classe se trouvait dans le « noviciat » près d'un cloître secondaire qui nous était réservé. Sous le regard sévère du circateur, moine encapuchonné chargé de la discipline, nous entrâmes dans la salle d'étude. Malgré la fougue de nos jeunes années, les bousculades étaient rarissimes car sévèrement réprimandées. Dès notre plus jeune âge, nous étions soumis à une discipline de fer. Les punitions corporelles étaient monnaie courante pour ceux qui n'adoptaient pas la bonne attitude. Lors des déplacements, il était interdit de parler, de se pencher, de balancer les épaules, de lever la tête ou de laisser les yeux vagabonder. Quand nous étions assis dans le chœur ou dans le cloître, nos manches devaient être repliées sur nos genoux en forme de croix. Interdit également de croiser ou d'écarter jambes ou pieds, il fallait les tenir posés décemment sur le sol.

Lors des temps consacrés à la lecture, il fallait garder encore un silence total et maintenir un intervalle d'au moins un siège entre soi-même et son voisin. « Pour un moine, l'attitude du corps est aussi la voix de l'âme » disait saint Ambroise, ce qui résumait parfaitement la torture imposée à notre adolescence qui explosait cependant dans nos corps et nos têtes.

Enfin… il y avait le circateur. Personne ne connaissait son visage dissimulé sous sa capuche. Personne ne connaissait son prénom ! Chargé, comme dans tous les monastères de Francie, d'appliquer une discipline de fer, le soir venu, il se munissait d'une lanterne qu'il dissimulait sous sa manche afin de voir sans être vu. Tel un inquisiteur, il explorait les coins et les recoins les plus sombres à la recherche d'impardonnables négligences. Quels que soient la période et l'endroit, du dortoir au réfectoire, du cloître au scriptorium, du chapitre au chœur, rien ni personne ne pouvait échapper à sa vigilance.

Dans la classe, le cours commençait. Faisant taire d'un seul regard les chuchotements, l'écolâtre Aldebert ne parlerait que lorsque nous serions tous prêts à l'écouter attentivement. Le maître avait un regard si intense qu'il pouvait transformer sur-le-champ un novice en statue de sel. En sa double qualité d'armarius et d'écolâtre, il partageait son temps entre l'enseignement et la direction de la bibliothèque. Quatrième personnage de la grande abbaye, pur produit clunisien, sa réputation dépassait largement les frontières du comté.

Sous sa conduite et celle des différents maîtres chargés de notre éducation, nous devions étudier les textes religieux, l'Ancien et le Nouveau Testament ainsi que les sept arts composant le septivium, fondement même de notre éducation : la grammaire, la rhétorique, la philosophie, la musique, l'arithmétique, la géométrie et enfin l'astronomie.

— Quelqu'un parmi vous peut-il me dire quel est la provenance du mot abbé ?

Devant notre mutisme éloquent, le maître balaya du regard les travées de la classe.

— Je vais nourrir votre ignorance : gravez ceci dans vos jeunes têtes : le mot « abbé » est la traduction du mot araméen *abba* que Notre Seigneur Jésus utilisait pour parler de son père. Le Christ et les apôtres s'exprimaient en araméen et non pas en latin comme vous et moi.

Nous échangeâmes des regards incrédules : il y avait donc une langue appelée araméen et des gens aussi prestigieux pour l'utiliser ? Amusé, Aldebert descendit de l'estrade, s'adossa contre le mur et reprit le cours de ses explications.

— Les premiers chrétiens d'Orient, les premiers évangélisateurs des villes de Palestine et de Syrie ont spontanément repris *abba* pour désigner le mot « père » en araméen. Plus tard les premiers moines chrétiens l'ont utilisé pour désigner « le père supérieur » chargé de les guider. On trouve ainsi un abbé – un père – à la tête de chaque monastère.

— Maître, quelle différence y-a-t-il entre un abbé clunisien et un non clunisien ?

— Les deux abbés ont le même pouvoir au sein de leur monastère. Ce qui change en revanche c'est la façon dont ils sont nommés et à qui ils obéissent. Il y a deux siècles, le fondateur de notre abbaye, Guillaume le Pieux [6] était un seigneur puissant et reconnu. À cette époque, contrairement aux autres seigneurs régionaux qui dirigeaient les monastères et nommaient eux-mêmes abbés et évêques, Guillaume eut le mérite de renoncer à tous ses droits sur Cluny pour placer cette nouvelle abbaye sous l'autorité immédiate du pape. C'est là la différence avec un monastère classique, où l'abbé est soumis à un évêque ou à un seigneur ou à un comte.

— Maître... et qui donc choisit un abbé clunisien si ce n'est pas l'évêque ou le comte ? lança un élève du fond de la classe.

— Notre fondateur Guillaume a su également réinstaurer la vieille règle bénédictine qui permettait – depuis le 6e siècle – aux frères d'un monastère de choisir librement leur abbé. L'abbé est élu par les frères lorsqu'ils sont réunis dans la salle du chapitre. Ils votent afin d'élire celui à qui Dieu a donné la sagesse nécessaire pour guider un groupe d'hommes et le garder dans l'unité. C'est un homme digne de confiance, avec lequel chaque moine va pouvoir travailler à construire la communauté, qui est donc choisi par la majorité des frères réunis. Cette règle est en vigueur dans les centaines de monastères et de prieurés

6. Le 11 septembre 910, le duc d'Aquitaine Guillaume Ier, dit « le Pieux », céda un bout de lande à un groupe de douze moines bénédictins. L'endroit fut appelé Cluny. Situé non loin de la Saône, il fut appelé à devenir une abbaye, la plus illustre et la plus grande du monde occidental, grâce aux privilèges dont elle avait été dotée à sa naissance.

qui dépendent désormais de Cluny en Francie, en Espagne, en Angleterre et en Italie.

— Maître... pourrons-nous devenir abbés nous-même ?

— Certainement. L'un de vous aura peut-être l'honneur de se mettre au service de la communauté dans son monastère. Combien d'entre vous envisagent cette éventualité ?

Plusieurs novices levèrent la main. Je dus alors faire un bruit ou une grimace, qui m'attira l'attention d'Aldebert.

— Joachim ? Envisages-tu de devenir abbé ? Qu'en penses-tu ? Tu sembles bien contrarié...

Tous les yeux me dévisagèrent. Je blêmis... Je ne savais quoi répondre. Au plus profond de moi-même, je n'aimais pas cette vie qu'on m'obligeait à suivre et à subir au quotidien. Devenir abbé ? Incarner la vie monastique et imposer aux autres ce à quoi je n'aspirais pas moi-même ? Peut-être... était-ce le moment de faire valoir mes interrogations... ? J'avais confiance en Aldebert... Tout comme Odon, je le savais capable de discernement. Je décidai de saisir l'occasion qui m'était donnée.

— Maître, j'ai besoin de votre avis sur une question qui me préoccupe grandement.

Devant l'air compatissant de l'écolâtre, la voix tremblante, je décidai de me jeter à l'eau.

— Maître... Je ne comprends pas pourquoi nous devons sans cesse prier... J'ai un doute vis-à-vis de la prière et je ne crois pas que mes prières servent à grand-chose en réalité. Depuis que je suis tout jeune j'ai toujours beaucoup prié. J'ai prié pour que mon père revienne de la guerre, mais il y est mort et il m'a laissé seul. J'ai prié ensuite pour rester avec ma famille et grandir parmi les miens. Au lieu de cela, on m'a envoyé ici à Cluny loin de tous ceux que j'aimais. J'ai prié enfin pour découvrir le vaste monde, et pourtant je suis toujours là, à prier et à prier encore toutes les heures du jour et de la nuit.

Je n'osai aller plus loin... Peut-être en avais-je beaucoup trop dit... Je vis les yeux de mes camarades s'écarquiller comme si les ailes du diable avaient subitement poussé dans mon dos. À ce moment précis, j'aurais voulu que la terre s'ouvrît pour disparaître de sa surface.

Sur l'estrade, Aldebert m'avait écouté.

— Eh bien ! Joachim, je te propose de débattre de tout cela et d'en faire bénéficier tes camarades. Peut-être certains d'entre eux ont-ils les mêmes interrogations que toi sans oser les formuler... Tu te fais une opinion erronée de la prière et de son but. Qu'est-ce que la prière en vérité ? La prière est indispensable, fondamentale, pour notre monde et son équilibre. Tout part d'un malentendu que nous commettons tous lorsque nous sommes jeunes ou peu éduqués. Pour le commun des mortels la prière se résume à joindre les mains ou à prendre une attitude étrange, comme se mettre à genoux, voire face contre terre, et à réciter des phrases apprises par cœur, sans même comprendre leur signification. Pour d'autres, la prière est une demande à Dieu pour bénéficier de circonstances plus favorables dans une existence difficile, recevoir une importante somme d'argent si on est dans le besoin, la victoire dans une bataille si l'on s'apprête à combattre, la guérison si l'on est malade... Mais crois-tu vraiment que Dieu soit une sorte de juge qui passe son temps à écouter les requêtes ou les lamentations des uns et des autres ? Crois-tu vraiment que Dieu puisse accorder la victoire à un camp plutôt qu'à l'autre alors que chacun lui demande de gagner en exigeant la mort de ses ennemis ?

Dans la salle, un profond silence se fit. Un autre novice osa une objection :

— Maître, dans ce cas, si personne n'est là pour nous répondre, à quoi bon prier ?

Aldebert ferma les yeux un instant, afin de répondre avec le plus grand sérieux.

— C'est pour les autres que l'on prie avant de prier pour soi ! C'est la raison pour laquelle il vous semble que vos prières ne sont pas exaucées. En réalité vous devez apprendre à prier et à tourner vos prières, non pas vers l'objet de vos désirs ou de votre mieux-être personnel, mais vers celui d'autrui. La prière, c'est d'abord un don de soi. La prière, c'est l'amour de son prochain, la prière, c'est mettre la force de sa pensée aux services des autres. La prière, c'est la force du désintéressement.

— Maître, mais alors, si nous souffrons et si nous sommes malheureux, Dieu ne pourra rien faire pour nous venir en aide, même si nous le prions ?

— Non, ne vous méprenez pas sur ce que j'ai dit. Dieu entend toujours notre prière. Au départ, notre prière est maladroite, on demande des choses pour soi, on confie à Dieu nos malheurs et nos frustrations, quoi de plus naturel ! Et puis au fil du temps, notre prière se fait plus profonde. Elle nous permet d'approcher Notre Seigneur, d'entrer à « petits pas » dans son univers, tout en partageant le nôtre avec lui. Au travers de la pratique, notre prière devient pure et se dégage peu à peu de toute pensée égoïste pour se tourner vers les autres et le bien commun.

Lorsqu'on atteint ce stade, l'on comprend alors que c'est à Dieu le Père Tout-Puissant que l'on s'adresse mais aussi à soi-même. N'oubliez pas que nous sommes les créatures de Dieu. Nous sommes d'essence divine. Soyez convaincus que Dieu a conçu l'homme à son image. Si vous souffrez, si ce monde n'a pas de sens pour vous, Dieu ne pourra rien pour vous si vous ne faites rien pour vous-même. Nous sommes tous les acteurs de nos propres vies et Dieu nous a donné la liberté. Rappelez-vous ce vieil adage : « Aide-toi et le ciel t'aidera ! » Il prend tout son sens dans la vie monastique, où par la prière, les moines se mettent au service des hommes et prient pour leur salut.

Je n'avais jamais appréhendé la prière de cette façon. Mais je restais sceptique...

— Maître, si les moines prient pour le salut des hommes, qui prie pour le salut des moines ?

— Joachim, on s'assiste soi-même en assistant les autres. On reçoit lorsque l'on donne. C'est donc en priant pour le salut des autres que les moines gagnent leur propre salut.

— Maître, cela signifie-t-il qu'il faut donner pour recevoir ?

— Oui ! mais à condition que le don soit gratuit et qu'on ne demande rien en échange. En vérité, il faut donner pour pouvoir donner davantage. Le don de soi par essence est désintéressé. C'est une loi universelle. Saint Antoine, le fondateur de la vie monastique, qui vécut en Egypte, pays chrétien au 6e siècle, disait la chose suivante :

« Efforcez-vous de persévérer dans la prière de tout votre cœur et il vous sera donné, car cet Esprit habite les cœurs droits. Quand donc vous le recevrez, il vous révélera tous les mystères d'en-haut et bien d'autres choses que je ne peux exprimer sur le papier avec un calame et de l'encre. Il éloignera de vous la crainte des hommes, des bêtes sauvages, de la famine et de toute autre chose semblable. Une joie céleste s'emparera de vous nuit et jour, et, tout en étant encore dans le corps, vous serez comme si vous étiez déjà dans le Royaume. Vous ne vous contenterez plus désormais de prier pour vous-mêmes mais vous prierez pour les autres aussi. Quiconque, en effet, reçoit cet Esprit ne doit plus prier seulement pour lui-même mais aussi pour les autres, comme le fit Moïse. Quand il eut reçu cet Esprit, il pria pour le peuple, en disant à Dieu : « Si tu les fais périr, efface mon nom du livre de vie ».

Les paroles du maître résonnaient dans la salle en même temps qu'elles faisaient écho.

C'est alors qu'un novice nommé Renaud de Vignoray se leva et dit :

— Maître, je suis choqué par les paroles de Joachim de Saint-Ange. Ne pensez-vous pas qu'il a gravement offensé le Christ en affirmant devant nous tous qu'il ne croyait pas en la prière ? N'est-ce pas le fondement même de notre ordre qu'il discrédite ainsi par des propos dignes d'un infidèle ? Ne pensez-vous pas qu'il devrait être traduit pour cela au chapitre et battre sa coulpe pour cette faute grave devant la communauté tout entière ?

L'attaque était brutale. Je me levai aussitôt pour répliquer, mais d'un geste, Aldebert me fit signe de m'asseoir et de me taire. Pris à parti, il se devait de répondre d'abord. Mon tour viendrait ensuite.

Renaud souffrait d'un complexe de supériorité aggravé par un narcissisme aigu. Agé de dix-neuf ans, il était le fils d'un riche seigneur de Bourgogne. Fait aggravant, il avait comme maître le prieur claustral de l'abbaye, troisième personnage après l'abbé et le grand prieur. Renaud me détestait, et pour être franc, je le lui rendais bien. Lors de mon arrivée, quelques années auparavant, c'est lui qui avait été à l'origine du traitement spécial dont j'avais été la victime. Depuis cette sombre histoire cause de mon départ pour Beaulieu, la haine de Renaud à mon égard n'avait pas baissé d'un pouce. Dévoré par une ambition qu'il dissimulait à peine, il cherchait à s'imposer aux novices en usant de subterfuges dont il était passé maître. Il montrait une arrogance fourbe et traînait en permanence dans son sillage trois ou quatre acolytes qui lui obéissaient au doigt et à l'œil. Même si, dans la hiérarchie monastique, nous étions tous deux novices de grade équivalent, Renaud ne supportait pas que le comte de Toulouse, dont je portais aussi le nom par ma mère, puisse avoir une influence grandissante auprès de l'institution clunisienne. Dès que je mettais les pieds à Cluny, il tentait à la moindre occasion de m'humilier, en rabaissant le prestige de ma famille ou celui de mon maître, Odon.

— Eh bien, voilà un jugement très catégorique ! Quelqu'un d'autre ici aurait-il été choqué par les doutes de Joachim sur la prière ? interrogea Aldebert.

La tension était palpable. La classe tout entière semblait paralysée. Manifestement, la clique de Renaud ne souhaitait pas se mettre l'armarius à dos en prenant ouvertement position contre moi. Vert de rage, mon accusateur fulminait.

— Et donc, selon toi, émettre un doute sur une chose si sérieuse, c'est offenser Notre Seigneur ? lui demanda le maître.

Imperturbable, Renaud répondit.

— Oui maître. Ici, on ne peut pas remettre en cause une vérité aussi fondamentale que la prière. C'est un blasphème. Il doit être puni pour cela et exclu de notre ordre.

L'armarius marqua une pause.

— Renaud... pose-moi cette question précise : « Dieu existe-t-il ? »

— Maître, comment pourrais-je poser une question pareille ? Vous connaissez la réponse : bien sûr que Dieu existe !

— Dans ce cas tu ne risques rien à me la poser !

Déstabilisé, Renaud obéit :

— Maître... est-ce que Dieu existe ?

— Je vais sans doute tous vous étonner... je ne peux répondre avec certitude à cette question... J'ai la conviction profonde de son existence, mais je n'en ai pas la preuve.

— Maître, êtes-vous sûr ? Comment pouvez-vous affirmer une telle chose ?

— Simplement parce que la foi chrétienne n'est pas un bloc opaque de vérités où toute interrogation serait un sacrilège. À t'entendre, émettre un doute sur l'utilité de la prière relève du domaine du mal. Tes paroles me rappellent celles de ces dévots dont la foi n'est que terreur du jugement. Mais en réalité, sachez tous que le doute est à l'intérieur même de la foi. Il la fait progresser et l'empêche d'être un simple savoir. La foi se nourrit du doute. Je dirais même plus : la véritable foi se construit par le doute. Pensez-vous réellement que le chemin qui mène à Dieu est un chemin tranquille rempli de banales certitudes telles que « bien sûr que Dieu existe ! » ?

Non ! Mille fois non. Celui qui ne doute pas n'avance pas car il est bloqué par ses propres certitudes. Ainsi le doute est inévitable et je souhaite que vous sachiez l'utiliser sans le redouter afin de fortifier votre foi. Prenez exemple sur les apôtres dans les évangiles qui marchent vers le Christ avec leurs questions, leurs insuffisances et leurs fragilités. Le Christ les punit-il pour autant ? Non, car leurs limites relèvent de leur condition humaine et ne sont pas du domaine du péché. Prenez encore exemple sur saint Augustin qui disait « Si l'homme doute, il comprend. S'il doute, il veut être certain, s'il doute, il pense ; s'il doute, il juge qu'il ne doit pas donner son assentiment à la légère. ».

Rassurez-vous : le doute est inévitable, tout comme la liberté de questionner. C'est fondamental pour celui qui s'engage sur une voie spirituelle.

La classe fut interrompue par la cloche. Renaud était toujours désireux d'en découdre. Croisant son regard, je pus lire la haine dans ses yeux et une expression farouche qui semblait m'avertir que je ne perdais rien pour attendre. Mais le temps imparti au travail intellectuel était terminé. Au signal d'Aldebert, sans un mot, nous prîmes la direction de l'église où l'office allait se dérouler.

***

Après vigiles, laudes, prime, tierce, sexte et none, les vêpres marquaient le septième et avant-dernier office de jour. Cette ronde immuable s'achèverait un peu plus tard par complies, l'heure où, dans le silence nocturne, les moines pourraient se reposer enfin... La ronde des offices... La certitude que Dieu intervenait dans le temps des hommes... Comment en douter ? Cette liturgie trop solennelle à mon goût, ces sonneries de cloches incessantes annonçant des offices perpétuels réglaient les moindres détails de notre existence.

Pour l'heure, nous nous rendions silencieusement à l'église, où nous devions pénétrer selon un cérémonial précis. À proximité de la croisée du transept, le chœur accueillait d'abord les enfants. Venaient ensuite les novices, puis les convers et enfin les moines.

C'est dans la partie arrière du chœur, l'abside, que prenaient enfin place les plus hauts magistrats du culte : l'armarius Aldebert, le prieur Aymeri et le grand prieur Orderic. Devant eux, malgré l'étroitesse de la petite abbatiale, plus de cent cinquante moines assistaient à l'office.

Une lumière subtile s'immisçait dans l'édifice par les claires-voies de la partie supérieure et donnait aux grandes arcades en berceau des aspects de voûte céleste. L'air était teinté d'éclats d'or. La lumière transversale s'irisait du haut du transept juste au-dessus du chœur, des volutes bleutées teintées de feu flottaient au-dessus de la nef de la Galilée jusqu'au chevet.

Lorsque les moines réunis entamèrent leur chant monodique, je fus bouleversé par l'unité et la beauté de l'instant. Le chant, la lumière, la pierre s'unissaient subtilement et formaient un tableau irréel tout droit sorti de l'imagination d'un architecte talentueux. L'église abbatiale et sa voûte grandiose incarnaient à merveille « la Jérusalem céleste », ce haut lieu où les hommes perçoivent le souffle de l'Esprit-Saint.

Les psaumes grégoriens s'enchaînèrent, entrecoupés harmonieusement de versets, de lectures brèves, de répons chantés seuls par les enfants et de prières d'intercession. L'office atteignit son apogée au moment du magnificat, cantique à la Sainte Vierge Marie. Autour de nous, l'architecture de pierre semblait transcendée par l'énergie conjuguée du chant à l'unisson et de la lumière vespérale. Tel un immense navire voguant sur les ondulations subtiles des psaumes, le somptueux édifice me sembla un instant immatériel. Au travers de l'office, de ses prières et de ses chants, depuis l'office de laudes jusqu'à la fin du jour, les moines, au nom des hommes, remerciaient Dieu pour les merveilles de la création et de sa présence sur la terre.

Chapitre 6
Première mort

L'office s'était éternisé. L'heure de prendre l'unique repas était enfin arrivée. N'ayant rien avalé depuis la veille, affamé, je comptais bien me rattraper.

Nous sortîmes de l'église en file ordonnée vers le réfectoire lorsqu'un mouvement inhabituel attira mon attention : un des acolytes de Renaud de Vignoray rompait la file pour venir se placer derrière moi. Quel mauvais coup préparait-il ? Avec l'offensive avortée de son mentor et la remise en place publique d'Aldebert, je m'attendais à une riposte. Je n'avais pas oublié le comité d'accueil que ces novices m'avaient réservé lors de mon arrivée à Cluny, sept années auparavant, et depuis ces jours sombres, l'attitude de cette bande à mon égard n'avait pas évolué. Depuis longtemps j'avais compris que, même dans un monastère, la joie et l'harmonie divine ne régnaient pas toujours..., j'étais donc sur mes gardes. Je n'eus pas longtemps à attendre. Le novice passa à l'action en glissant sa main sous ma coule, comme un voleur de foire. Il en voulait à mon couteau ! Objet précieux pour un moine, devant être porté en permanence... Sans couteau au réfectoire, je serais pris en défaut, dénoncé au chapitre du lendemain pour négligence, et une punition me serait infligée sur-le-champ, en présence de toute la communauté réunie...

« Faire appel à la force en dernier recours ! »... ce principe des comtes de Toulouse me décida à contre-attaquer immédiatement. À la façon d'un lutteur, je saisis son avant-bras, pliai sur mes jambes et, me retournant, le fis basculer violemment vers l'avant.

Surpris par la manœuvre, il poussa un cri de douleur lorsque son crâne percuta le sol.

Il se releva avec peine, la tête entre les mains. La file des novices se transforma alors pour former un cercle, pressentant un spectacle inespéré, qui romprait avec la quiétude de l'après-vêpres. Je croisai son regard. Ses yeux étaient remplis de haine.

— Sale petit Toulousain, tu vas regretter d'être venu ici !

Pour rien au monde, il n'aurait voulu passer pour un lâche : il lui fallait donc me faire payer ma contre-attaque surprise.

Ma riposte inattendue ne devait rien au hasard. Vers l'âge de neuf ans, alors que mon avenir oscillait encore entre la chevalerie et les ordres, un vieux garde nommé Carles, chargé de la protection de ma famille, m'avait patiemment enseigné quelques prises et prodigué quelques conseils. Cette fois-ci la menace était bien réelle et j'allais pouvoir, malgré les années, mettre en pratique ses apprentissages.

— « Rappelle-toi, fils, la vantardise et l'agitation sont les armes du faible ; le fort, lui, reste calme et serein devant l'adversité ».

Je me préparai mentalement à la lutte. Je me postai de profil et plaçai mes deux bras devant moi, paumes de mains tournées vers le sol. Silencieux, je plongeai un regard farouchement déterminé dans les yeux de mon adversaire. Dans cette position, j'avançai vers lui très lentement, à petit pas, gardant l'initiative, en le maintenant sous pression. Cette posture d'intimidation fonctionna à merveille.

Après son invective, il s'attendait à me voir battre en retraite et à être déclaré vainqueur sans combattre.

Il hésitait. Mon étrange attitude le neutralisait.

C'est alors qu'un novice articula d'une voix retenue :

— Le circateur sort de l'église, il se dirige par ici, dispersez-vous vite !

Tel un envol de moineaux apeurés, le groupe s'éparpilla, filant vers le réfectoire tout proche. Mon adversaire avait piteusement détalé lui aussi. Je restai figé dans ma posture, seul face au vide.

Mais... Je ne vis pas tout de suite le novice resté derrière moi.

Au moment même où je baissai ma garde, un objet lourd et froid s'abattit sur ma nuque. Un éclair d'une intensité insoutenable troubla ma vue. Autour de moi, les murs du cloître se mirent à tournoyer. Mes tempes bourdonnaient. Je tentai de m'accrocher à la paroi mais mon bras ne rencontra que le vide. Les colonnes, le monastère entier s'écroulèrent sur moi : je m'effondrai sur les dalles glacées.

Au moment où je touchai le sol, des éclairs jaunes striés de rouge vif envahirent mon champ de vision. Au loin j'entendis le bruit des pas d'un novice qui détalait.

J'emportai dans ma chute une image : celle de Renaud de Vignoray replaçant sur son socle la petite statuette de pierre avec laquelle il venait de m'assommer... Lentement, je sombrai dans le néant...

Alors, il se produisit quelque chose d'inouï.

Etais-je mort ? Je flottais... dans le cloître... comme une plume ballottée par le vent. À dix pieds du sol, mon corps était auréolé d'un étrange halo lumineux... Je volais... au-dessus du vide... Je pouvais presque toucher les voûtes romanes plus que centenaires qui encadraient le jardin dans un rectangle parfait.

Étais-je mort ? Je me sentais si bien, si léger, apaisé malgré la violence du choc. Je portai la main à ma tempe... La main... J'avais donc une main... Mais aucune blessure... Je pouvais même sentir mon épiderme, lisse et doux comme de la soie. Une douce euphorie me gagnait, chassant toute appréhension, toute peur...

Étais-je mort ?... Vivant ?

De là-haut, les chapiteaux sculptés à la naissance des voûtes étaient d'une incroyable beauté. Alors s'imposèrent à mon esprit... peu à peu... des bribes de savoirs que j'avais dû apprendre autrefois, comme si on venait juste de me les enseigner. Je savais que le cloître dénombrait pas moins de soixante-seize chapiteaux. Certains évoquaient la création et représentaient le monde végétal et animal. Les autres étaient « historiés » et représentaient des scènes de la Bible.

Une foule d'informations diverses, que je n'aurais jamais eues dans mon état normal, me revinrent en contemplant une représentation en pierre du « sacrifice d'Abraham ». Je savais par cœur le texte de la genèse : « Prends ton fils unique que tu chéris et va-t'en au pays de Moriyya, et là tu l'offriras en holocauste sur une montagne que je t'indiquerai ». Sur chaque face du chapiteau, le sculpteur racontait l'histoire jusqu'à l'ange qui protégea l'enfant : « Ne lui fais aucun mal ! Je sais maintenant que tu crains Dieu » et le bélier sacrifié à sa place.

Étais-je vivant... ? Étais-je mort... ?

Absorbé par cette interrogation, je n'avais pas remarqué, qu'à l'endroit où j'avais été assommé, un attroupement s'était formé. Les cris de mes camarades avaient alerté les moines et attiré mon attention.

Mû par une force mystérieuse, je fus porté à la hauteur du groupe, curieux de découvrir la raison du tumulte.

— Par tous les saints !

Là, environ huit pieds plus bas, j'aperçus mon corps. Mon corps gisant sur le sol... Un filet de sang coulait le long de ma tempe et tachait le haut de ma tunique... Comment pouvais-je flotter dans l'air et être allongé sur le sol en même temps... Où étais-je ? Qui étais-je ? Une personne... deux... Étais-je lui... ou moi ? Je ne pouvais être lui puisque je le regardais là, allongé sur le dallage du cloître...

Était-ce cela la mort ? Étions-nous deux désormais ? Le coup reçu avait-il été fatal ? Les pensées s'entrechoquaient dans ma tête, rompant avec l'étonnante clarté qui prévalait jusque-là ! Accroché aux voûtes centenaires, j'observais, incrédule, les premiers secours qui déjà s'organisaient. Lui... ou peut-être moi... Je ne savais plus tant j'étais troublé ! Cet autre moi semblait être mort, ses yeux étaient clos, son corps inerte. De ce double allongé, je ne pensais pas grand-chose. Mes cheveux noirs et ma peau mate contrastaient avec le teint plus clair et la blondeur de mes camarades. Je me trouvais petit pour mon âge et j'étais comme perdu dans une tunique beaucoup trop grande pour moi.

En revanche, de là-haut, mes perceptions étaient décuplées. J'entendais clairement et pouvais suivre les conversations et le moindre bruit dans le cloître.

— Il respire... mais il est inconscient pour l'instant, chuchota l'infirmier au frère lai chargé de l'assister.

— Fais chercher un brancard au plus vite, nous allons le transporter à l'infirmerie. Faites prévenir Odon immédiatement. Il m'arracherait les yeux lui-même si j'osais m'attaquer à cette plaie avant lui.

Je vis Clément s'agenouiller à mes côtés, me prendre la main. Alors que l'infirmier me tamponnait la tempe pour arrêter le sang, j'entendis clairement la voix de mon ami qui me disait doucement :

— Accroche-toi. On va s'occuper de toi.

Etonnamment... ses lèvres n'avaient pas bougé... J'avais pourtant parfaitement perçu le son de sa voix... Non... c'est sa pensée que je percevais ! Comme s'il me parlait à voix haute ! Je percevais jusqu'à la chaleur de sa main dans la mienne et je ressentais parfaitement la compassion de mon ami. Comment tout cela était-il possible ?

— Clément, Clément, je suis là, là-haut ! criai-je en direction du moine pour attirer son attention.

Hurlant alors pour couvrir le brouhaha :

— Clément ! Regarde vers le haut, c'est moi, Joachim ! Joachim de Saint-Ange, je suis là-haut ! Clément...

Le moine ne broncha pas. Il ne m'entendait pas, pas plus que les autres moines réunis autour de moi. Alors qu'on installait avec précaution mon corps sur le brancard, j'assistai à une scène irréelle : la petite troupe qui m'entourait s'éloignait peu à peu, suivant mon autre moi dans une invraisemblable procession. Le groupe longea le scriptorium et je le vis disparaître à l'angle nord du cloître en direction de l'infirmerie.

Je restai seul, perplexe, flottant dans l'air d'un après-midi d'avril ensoleillé.

Chapitre 7
Premier vol

Que devais-je faire ? Je n'étais pas mort puisque j'étais là, plus vivant que jamais ! J'errais toujours comme une marionnette à la merci du vent, dérivant au gré de ses fantaisies. Le hasard me poussa vers le centre du cloître et de son jardin entretenu par les frères, tel un écrin. Dans la chaleur déclinante de l'après-midi, je profitai du parfum des plantes et des fleurs réparties en harmonieux massifs. Les odeurs délicates de l'iris et de la pivoine se mêlaient aux effluves de la menthe et du muguet naissant. De nombreuses espèces d'oiseaux y cohabitaient avec les hommes : ici une mésange bleue aux couleurs chatoyantes, là un chardonneret ou encore un rossignol et son chant ravissant.

Tous mes sens étaient magnifiés. Je n'avais plus qu'un seul désir : me laisser griser par l'instant et par ces choses touchées par la grâce. La pierre elle-même avait pris une teinte chaude et dorée. Même le temps, d'ordinaire si pesant, morcelé par la ronde des offices, s'étiolait dans l'atmosphère du moment, extensible à l'infini.

Imperceptiblement, je m'étais élevé un peu au-dessus du cloître, le contemplant dans son ensemble à environ trois cents pieds de haut. Comme devant le chapiteau consacré au sacrifice d'Abraham, me revinrent à l'esprit de vieilles paroles concernant l'architecture et la symbolique du monastère. J'étais capable de me les remémorer au mot près comme si elles avaient été enfouies dans une mémoire secrète et sorties de leur cachette au moment opportun. « Le cloître est la figure du paradis céleste sur terre. Il représente l'espace où l'on n'aura qu'un seul et unique cœur dans l'amour et la volonté divine, où l'on possédera tout en commun, car Dieu sera tout pour les hommes et les moines ».

Je me laissai monter encore plus haut dans le ciel. Au-dessous de moi, le panorama sur l'abbaye et ses bâtiments était extraordinaire. Je reconnus d'abord le dortoir principal des moines, qui surplombait le cloître. Un accès direct à l'église attenante permettait aux moines de s'y rendre pour la célébration des offices nocturnes. Dans notre symbolique monastique, le dortoir représentait la conscience pure.

J'aperçus ensuite le réfectoire, lieu placé sous le double signe de la convivialité et de la sociabilité. Dans de nombreux monastères bénédictins, j'avais pu y contempler de magnifiques fresques représentant la Cène. À l'image des apôtres partageant le dernier repas du Christ, et aux travers de ces œuvres peintes, les moines étaient amenés à chaque repas pris ensemble à avoir constamment en tête le caractère spirituel de la nourriture.

De là-haut, telles des fourmis, je distinguais sans peine les groupes de pèlerins qui patientaient dans la cour principale, dans l'attente d'une hypothétique visite de l'église abbatiale et du bon vouloir de l'aumônier. Plus loin, quelques indigents formaient une file afin de recevoir chaussures et vêtements, patiemment distribués par deux moines à l'allure sévère.

Tout proche, se détachait la partie achevée de la nouvelle abbatiale Saint-Pierre. J'étais vraisemblablement le premier moine à pouvoir la contempler d'aussi haut ! Son remarquable chevet étincelait sous le soleil. On matérialisait déjà parfaitement son plan en croix latine, avec son double transept, son chœur surmonté d'une tour rectangulaire et ses nombreuses absides. Orientée vers le levant et la lumière naissante, cette partie du bâtiment correspondait symboliquement à la partie de la croix sur laquelle le Christ crucifié posa la tête.

De part et d'autre, en voie d'achèvement, se tenaient deux étonnants clochers de forme octogonale. L'architecte de la nouvelle abbatiale, le moine Hézelon, nous avait expliqué un jour la symbolique liée à cette figure si particulière et infiniment novatrice dans l'art de construire des églises : « l'octogone représente le relai idéal entre le cercle, symbole du ciel, et le carré, symbole de la terre. » Quelle meilleure forme géométrique pour traduire le chœur, sa verticalité et son rôle de passage entre la terre et le ciel ?

J'embrassai d'un seul regard la majestueuse abbaye. Les paroles d'Odon prenaient désormais tout leur sens : « Le monastère, la diversité de ses demeures et de ses offices est à l'image de la diversité des demeures et des récompenses dans le royaume céleste, car « dans la maison de mon père, il y a beaucoup de demeures » avait dit le Seigneur.

Et puis je retombai dans la perplexité... Si j'étais mort, pourquoi n'avais-je pas encore rejoint le monde céleste et l'une de ses nombreuses demeures dont les Saintes Ecritures font état ? Malgré le bien-être dans lequel je me trouvais, quelque chose ne fonctionnait pas. Je ne pouvais pas rester indéfiniment à flotter dans l'air, à contempler béatement fleurs et pierres ou à me remémorer de vieilles leçons. Même mort, je me devais d'aller de l'avant...

Un seul homme semblait en mesure de m'aider : Odon. Il aurait sûrement la solution. Je devais me mettre en quête de mon protecteur et tenter d'attirer son attention par tous les moyens possibles. Incroyablement, à la seule invocation de son nom, je vis le cloître et toute l'abbaye s'évaporer. En moins d'un battement de cil, je fus projeté ailleurs...

Je reconnus immédiatement les voûtes de l'infirmerie et mon « autre moi », alité, au centre de la grande salle. Placé dans une position semi-assise, le buste relevé et les bras le long du corps, mes yeux étaient clos. Je donnais l'impression d'être plongé dans un sommeil profond. On m'avait enfin ôté cette tunique ridicule que j'avais trouvée trop grande et je me fis la promesse d'en demander une à ma taille à la première occasion. Quelle pensée futile lorsqu'on flotte entre sol et plafond ! C'était bien la dernière chose dont je pouvais avoir présentement besoin. Je jetai néanmoins un bref coup d'œil à mon nouveau corps. Après le choc, j'avais eu conscience d'une masse lumineuse dotée de bras. Avec le temps, ma perception s'affinait : je percevais désormais un corps très similaire à celui que j'avais précipitamment abandonné après le choc. J'avais des pieds, des mains, une tête et même des cheveux... et ils étaient aussi noirs que les précédents ! Regardant derrière mon épaule, je constatai avec satisfaction qu'aucune aile ne m'avait poussé dans le dos, même si je pouvais désormais voler comme un oiseau.

— Par tous les diables de l'enfer !

Tous mes membres étaient bien en place. Mais, à ma plus grande surprise, je flottais aussi nu qu'un nouveau-né débarquant en ce monde...

Odon de Beaulieu et Clément se tenaient de part et d'autre du lit occupé par mon corps blessé. Mon maître n'avait pas perdu de temps. Il avait soigneusement nettoyé la plaie sur ma tempe et y maintenait une compresse dont je percevais l'effluve. Il paraissait inquiet, jetant de fréquents coups d'œil vers ces yeux qui restaient clos. Son sac de médecin était ouvert à ses côtés et il tenait une petite fiole odorante qu'il portait régulièrement à mon visage pour me la faire respirer.

Toujours convalescent, Moïse d'Antioche se tenait dans le lit voisin du mien. Les trois hommes conversaient. Prêtant l'oreille, je compris que la discussion portait sur la fin dramatique de son périple avec Jacques de Molesme. Le moine byzantin avait récupéré de son opération et il relatait les évènements dont ils avaient été victimes quelques jours plus tôt.

— Donc, tu nous confirmes que tu ne sais pas ce qu'il est advenu du corps de Jacques ? interrogea Clément.

— À vrai dire, les choses se sont passées très vite et tout reste encore confus. répondit Moïse. Comme je vous l'ai dit, nous avions quitté l'abbaye d'Ambronay le matin même et nous nous apprêtions à franchir la frontière entre l'Empire et le Royaume pour pénétrer dans le comté.

Un peu avant Mâcon, alors que la route empruntait un sous-bois, six ou sept hommes à pied nous guettaient. Ils ont immobilisé nos montures et nous ont violemment jetés au sol.

— Et vous n'aviez pas d'escorte depuis Ambronay ?

— Non ! Malgré ma demande, le prieur m'a fait savoir qu'il ne disposait pas des mêmes moyens que Cluny et que nous n'aurions pas une mule de lui ! Dès notre arrivée, la veille, et malgré une hospitalité polie, cet homme n'avait fait que pester à demi-mot contre Cluny et les richesses accumulées par notre ordre, qui bafouent selon lui la véritable règle bénédictine...

— Vous étiez donc sans défense au moment de l'attaque ?

— Pas moins que sur les routes d'Orient où nous nous défendions seuls ! Avant qu'ils ne nous terrassent, j'ai pu attraper l'un des agresseurs et je l'ai mordu si fort, qu'un morceau de son oreille doit traîner encore quelque part dans les fourrés ! Mais je l'ai payé cher quelques instants après...

— Que s'est-il passé ?

— Ordinairement, dès qu'on leur résiste un peu, ces détrousseurs se détournent vite et vont chercher des proies plus dociles. Mais là, ils ont continué à nous harceler. Ils s'en sont d'abord pris à Jacques, alors que j'étais moi-même maintenu par trois d'entre eux. Il a été ligoté puis traîné hors de ma vue dans les fourrés tout proches. Je l'ai entendu hurler... et puis plus rien... Cela a ensuite été mon tour. Pendant que les trois hommes me maintenaient, les agresseurs de Jacques sont revenus et m'ont corrigé à grands coups de bâtons.

C'est alors que l'homme à qui je venais d'arracher l'oreille s'est saisi d'une sorte de burin de pierre semblable à celui d'un sculpteur et l'a violemment abattu sur mon genou. Me débattant et hurlant, j'ai ressenti une douleur aveugle et sourde et je crois que j'ai perdu connaissance, tout comme Joachim ici.

— Que s'est-il passé ensuite, à ton réveil ?

— Tout était très confus. Mes agresseurs avaient disparu. J'étais entouré par deux gardes forestiers attirés par les cris. Ils ont voulu m'aider, mais voyant que j'étais grièvement blessé, ils m'ont finalement installé sur une litière de fougères. Puis l'un d'eux est parti chercher de l'aide auprès d'un poste de garde situé à l'entrée du comté de Mâcon, à environ une lieue de là. J'ai pu être déplacé par les soldats du comte, à l'aide d'un brancard fabriqué sur place, jusqu'à leur poste avancé.

— Et Jacques ? qu'est-il advenu de son corps ?

— Je ne sais pas… À ma demande, les soldats ont fouillé les fourrés autour du lieu de l'agression dans un rayon de plus de trois cents pieds, sans résultat. Il est possible qu'ils ne l'aient pas trouvé. Il est aussi possible que le corps de Jacques ait été emporté par nos agresseurs.

— Et que sont devenus les biens et les manuscrits que vous transportiez ?

— Ces hommes ont tout dérobé : chevaux, besaces, argent, vêtements, lettres de recommandation, correspondance et surtout les manuscrits que nous avions pu acquérir. Par miracle, un sac leur a échappé et a pu être sauvé.

Mais il ne contenait qu'un seul manuscrit sur la douzaine que nous rapportions après six mois de dur périple. Par chance, c'était aussi le plus précieux ! Il a vraisemblablement été perdu par nos agresseurs dans leur fuite car les gardes l'ont retrouvé très vite, à proximité, sur le bas-côté de la route en direction de Mâcon.

— Peux-tu nous décrire vos agresseurs ? En quelle langue s'exprimaient-ils ? Un détail particulier a-t-il attiré ton attention ?

— Je n'en sais rien ! Etonnamment, je ne les ai à aucun moment entendu converser… La plupart d'entre eux étaient vêtus de bliauds de laine grossière de couleurs sombres et portaient des cales en guise de couvre-chefs. Ils semblaient tous en bonne forme : pas de vieillards ni d'infirmes. Ils étaient tous assez jeunes : vingt ou peut-être vingt-cinq années d'âge moyen.

Mon maître suivait avec attention le récit de Moïse mais quelque chose le contrariait manifestement. Il reprit le fil de la discussion :

— Un seul manuscrit sauvé sur douze dis-tu ? Peux-tu nous résumer les circonstances de l'acquisition du manuscrit d'Agatharchide de Cnide ? Où l'avez-vous donc déniché ?

La discussion s'éternisait… Même si en temps ordinaire, je n'en aurais pas perdu une miette, je devais trouver un moyen d'attirer leur attention et de leur signaler ma présence au-dessus de leurs têtes. Mon visage s'approcha dangereusement d'une rangée de bocaux de verre contenant d'inquiétantes racines sombres enroulées en spirale et flottant dans un liquide jaunâtre. Je dus me concentrer pour éviter la collision et repartir dans l'autre sens vers l'autre coin de la pièce.

Je décidai de mettre à profit la fin de leur conversation pour parfaire ma technique de vol. Tant qu'il serait question de manuscrits, je n'aurais que peu de chances de capter l'attention d'Odon. Coincé entre le plafond et les piliers de la grande salle voûtée, j'avais enfin compris que mon « nouveau moi » se contrôlait par des pensées précises. Je me concentrai donc afin de « m'expédier » de l'autre côté de la pièce. Malheureusement, à mettre trop de conviction dans ce premier essai, je filai trop vite ! J'allai percuter l'imposante muraille dans le coin opposé. Machinalement, pour parer le choc, je fermai les yeux et protégeai ma tête du mur approchant à l'aide de mes bras que je croisai devant moi.

— Par tous les anges déchus !

Mes mains, mes bras, puis mon corps tout entier pénétrèrent dans la muraille qui ralentit à peine ma course ! Ébahi par ce prodige, je ressentis à peine un léger picotement au moment où je traversais la pierre. Comme si les particules qui composaient mon corps s'intercalaient dans celles de la roche, trouvant un étonnant passage.

Je me retrouvai à l'extérieur, dans le cloître de l'infirmerie, de l'autre côté de l'épaisse paroi. Hébété, je contemplai sa surface rugueuse ; je l'avais traversée de part en part, comme une flèche lancée à pleine vitesse traverse une pomme !

Face à moi, sur un chapiteau ornant le haut d'une colonne, un ange de pierre me fixait. À la bible qu'il portait dans sa main gauche, je sus qu'il s'agissait d'un « passeur » : l'un de ces anges qui se tiennent proches des hommes et qui les accompagnent entre terre et ciel vers la Jérusalem Céleste. Un instant j'eus l'impression qu'il s'adressait à moi comme pour me dire :

— Bienvenue parmi nous !

Non loin de là, mon attention fut attirée par une masse sombre qui émettait d'inquiétants grognements. Un chien ! Il s'approchait, la truffe en avant, comme s'il flairait ma présence… Je reconnus l'animal appartenant au familier du moine infirmier qui nous accompagnait lors des cueillettes de simples dans la campagne avoisinante. Il me rappelait les chiens que j'avais eus jadis. J'avais de l'affection pour lui. Alors qu'il s'avançait vers moi d'un pas décidé, il s'arrêta net, les babines menaçantes. Le grognement se fit plus fort et plus précis. L'animal se comportait exactement comme si un visiteur étranger s'approchait un peu trop du domaine dont il avait la garde. Cette fois j'en étais sûr, c'est après moi qu'il en avait !

— Le chien, eh ! le chien, c'est moi, Joachim !

Il s'approcha à deux pas et huma l'air dans ma direction. À ma plus grande surprise, il se coucha à mes pieds afin de se laisser caresser, comme à son habitude lorsqu'il me croisait. L'animal m'avait reconnu ! Il percevait ma présence et se comportait comme si j'étais de chair et d'os, bien visible devant lui.

Afin d'en avoir le cœur net, je m'éloignai de quelques coudées et allai me poster derrière l'angle du mur de l'oratoire, de façon à disparaître de son champ de vision.

Je l'appelai alors en criant mentalement :

— Le chien ! Viens mon chien ! Ici brave chien ! Au pied !

En réponse, l'animal leva la tête dans ma direction, se dressa sur ses pattes et vint me rejoindre là où j'étais dissimulé. Il se recoucha à mes pieds en soulevant un nuage de poussière. J'exultai : le chien semblait bel et bien réceptif. Je n'étais plus seul désormais !

Je repensai immédiatement à Clément dans le cloître... C'était sur lui que je devais concentrer mes efforts ! Si j'étais capable de percevoir la pensée de mon ami, peut-être pourrait-il aussi capter la mienne, à la façon de l'animal ? Il était comme un frère aîné pour moi, depuis plus de cinq ans passés à ses côtés à Beaulieu. Si quelqu'un pouvait m'entendre, c'était lui !

Plein d'espoir, je repris la direction de l'infirmerie et me présentai devant la muraille que j'avais franchie un peu par hasard quelques instants auparavant. Sans me démonter, je décidai de renouveler l'expérience, mais dans l'autre sens cette fois. Ma vision s'obscurcit l'espace d'un instant. Au contact de la roche, je ressentis le même picotement agréable. C'était comme si la pierre et moi ne formions qu'un seul corps, comme si nous étions indissociables, le temps de l'étrange traversée.

De l'autre côté, les frères étaient toujours en pleine discussion. Mon numéro de passe-muraille les avait laissés totalement indifférents ! Impatient d'attirer l'attention de Clément, je me rapprochai des trois hommes... ou plutôt des quatre, car mon corps, toujours inconscient, occupait la place centrale au milieu de la pièce. J'arrivais désormais à me stabiliser dans l'air, et afin d'augmenter mes chances de me faire remarquer, je me mis à « flotter » au-dessus d'une sorte de chaise d'apparat garnie de velours et destinée aux hôtes de marque venant visiter les malades. À peine à trois coudées, j'étais désormais assis en tailleur à leur hauteur, comme si je conversais naturellement avec eux. Le manuscrit grec était toujours le sujet de leur discussion. Odon, qui ne quittait pas mon corps des yeux, reprit la parole :

— Un peu après notre départ du scriptorium, Orderic a fait déposer la copie du manuscrit d'Agatharchide dans ma cellule. J'ai mis à profit l'office de vêpres pour l'examiner rapidement. Le passage traduit par Jacques est très prometteur et correspond parfaitement à ce que nous recherchons. Il s'agit d'une description scientifique de la plus grande des pyramides situées dans le désert à proximité du Caire. Malheureusement, il est incomplet. Il ne comporte qu'une introduction et une moitié de chapitre. Mais, selon son sommaire, il devrait y avoir au moins sept chapitres consacrés aux monuments de Gizeh, dont trois dédiés à la seule grande pyramide. Sais-tu pourquoi Jacques ne l'a reproduit que partiellement ?

Moïse lui répondit sans détour.

— Comme je vous l'expliquais, cette acquisition s'est faite dans des conditions très particulières. Nous n'avons malheureusement pu copier qu'un unique manuscrit, qui n'était lui-même qu'une copie partielle d'un manuscrit original. Jacques a déniché cet extrait chez un marchand de curiosités établi à Tripoli, avec qui il a pu négocier la retranscription sur place.

Le texte étant en grec, Jacques s'est chargé de l'effectuer immédiatement. Ce n'est que quelques jours plus tard qu'il a pris le soin de le coder et a détruit la copie faite chez le marchand.

— Ce négociant vous a-t-il révélé d'où il tenait lui-même cette copie ?

— Il nous l'a fait comprendre… Il a basé une bonne partie de son commerce sur les liens d'amitiés qu'il entretient avec un complice travaillant comme bibliothécaire. Ce dernier emprunte discrètement des manuscrits originaux prometteurs ou interdits, dans les rayonnages auxquels il a accès. Il les sort en cachette et les confie au marchand, juste le temps nécessaire pour qu'il en fasse la copie. Alors que les originaux réintègrent discrètement la bibliothèque, le marchand met en vente les manuscrits ainsi copiés dans sa boutique. Une fois que ces derniers ont trouvé preneurs, les deux hommes n'ont plus qu'à se partager le fruit des ventes générées par ces « emprunts ».

— Et où se trouve-t-elle, cette bibliothèque ?

– C'est la bibliothèque aux cent mille manuscrits, le joyau de Tripoli, Odon ! La maison de la science elle-même. En arabe « Dar al Ilm ».

Je mis à profit le silence qui envahit la pièce pour tenter à nouveau de me faire remarquer. Je dirigeai tous mes efforts sur Clément, qui regardait dans la direction de mon corps alité. À la façon dont j'avais procédé avec le chien, je me concentrai de façon à créer une sorte d'image représentant mon corps flottant, que j'adressai mentalement au plus jeune des frères présents. Guettant la moindre de ses réactions, je redoublai d'effort. Malheureusement, Clément restait impassible, insensible à mes appels muets. Dépité, je finis par sourire de mon échec : le chien était plus réceptif que les moines aux âmes en détresse ! C'est pourtant au moment précis où je tentais de l'interpeller que Clément attira de nouveau l'attention des deux hommes sur mon étrange condition.

– Odon, que penses-tu de l'état de Joachim ? Sa blessure semble superficielle mais il ne se réveille pas. Pourtant il ne dort pas, n'est-ce pas ?

Odon semblait ailleurs. Inexplicablement, je fus, moi aussi, envahi par un flot d'images. Comme des scènes lumineuses, colorées, se succédant les unes aux autres… Je vis des collines dorées proches d'une côte rocheuse qui longeait une mer calme et limpide. Un ciel azur inondait de lumière d'agréables vallons couverts de pins et de cyprès. Puis des plaines fertiles couvertes de blé, de vignes, d'oliviers et de mûriers, comme peut en apercevoir le voyageur aux abords de la côte méditerranéenne. J'étais pourtant toujours présent dans la grande salle voûtée mais, inexplicablement, j'étais aussi le spectateur de ces curieuses scènes qui s'enchaînaient devant moi. Des canaux, descendant des collines, irriguaient de riches cultures situées aux pieds d'une grande ville. Des maisons cossues, coiffées d'étranges toitures plates, bordaient des rues bien entretenues et animées. Apparut alors un grand bâtiment élégant de couleur ocre. Comme une sorte de palais massif, mais sans murailles ni tours de défense, et aucune armée en vue pour le garder. Des gens aux coiffes curieuses y entraient et en sortaient librement en conversant. Je tendis l'oreille... Ni roman, ni latin, ni grec... leur langue m'était inconnue. Puis enfin des éléments familiers : des manuscrits, des dizaines d'ouvrages placés sur des rayonnages, dans des salles immenses. Certaines pièces semblaient attribuées à la lecture, alors que d'autres voyaient s'affairer une multitude de copistes occupés sur des pupitres semblables en tout point aux nôtres. C'est alors que je compris ! Je me tournai aussitôt vers Odon, comme pour en avoir la confirmation. Incroyable ! C'était bien les pensées de mon maître que j'étais en train de capter ! Moïse ne venait-il pas d'évoquer une grande bibliothèque se trouvant quelque part en Orient ? Cette fois j'en étais sûr, je lisais dans l'esprit du prieur de Beaulieu, plongé dans ses souvenirs de voyage.

— Maître, maître, c'est moi, Joachim, je suis là, présent près de vous. Je perçois vos pensées ! Maître, répondez-moi !

Odon ne réagit pas plus que Clément à mon appel muet mais il tourna à nouveau la tête vers mon corps alité.

— Effectivement, Clément, tu as vu juste. Joachim ne dort pas. J'ai déjà été confronté à des cas similaires lorsque j'étudiais la médecine à Salerne. Comme l'atteste sa blessure à la tempe, Joachim a été victime d'un choc violent, ce qui a troublé son esprit et l'a plongé dans une sorte d'inconscience. Tous les malades se retrouvant dans cet état ont invariablement un point en commun : ils ont subi un choc important au niveau de la tête, suivi généralement d'une hémorragie.

— Joachim ne fait pas d'hémorragie. Il a saigné, c'est vrai, mais le sang s'est arrêté de couler depuis un bon moment.

— Tu as raison. Dans bien des cas, l'hémorragie est interne. Lorsqu'un choc se produit, le cerveau, semblable à de la gelée, bouge à l'intérieur du crâne, ce qui peut l'endommager gravement. Du sang se répand et va remplir les espaces situés entre le crâne et le cerveau. Comme la boîte crânienne est un os très rigide, il ne se déforme pas et les espaces disponibles sont vite remplis par le sang. Pendant ce laps de temps, le patient peut rester conscient et on pourrait croire que le choc subi est sans gravité. Mais en réalité, une fois que le sang a comblé tous les espaces disponibles entre le cerveau et le crâne, la pression exercée sur le cerveau entraîne irrémédiablement le décès du patient.

— Comment savoir s'il fait ou pas une hémorragie interne ?

— Nous ne pouvons le déceler pour l'instant, à moins de lui ouvrir la tête, ce qui le tuerait à coup sûr.

— Et que peut-on faire ?

— La seule chose à faire est de le mettre dans une position semi-assise, de façon à diminuer la pression exercée sur le cerveau. Pour le reste, on ne peut qu'attendre et prier !

Moïse et Clément semblaient tellement désappointés par le diagnostic du moine médecin que ce dernier se sentit obligé de les rassurer :

— Joachim est vivant pour l'instant et il respire normalement. Il me semble même qu'il réagit. Regardez bien :

— Aie ! m'écriais-je.

Joignant le geste à la parole, Odon avait très fortement pincé l'avant-bras droit de mon corps alité. J'avais crié par pur réflexe, car en réalité, je n'avais rien ressenti, mais plutôt éprouvé une sorte de traction au niveau de l'abdomen, comme si quelque chose voulait me forcer à réintégrer mon corps de chair.

— As-tu remarqué, Clément ?

— Oui, maître ! Il a froncé les sourcils, il est sensible à la douleur !

— Ce qui signifie que son cerveau réagit. Cela limite le risque d'hémorragie interne pour le moment.

— Alors que peut-on faire d'autre ? demanda Moïse.

— Je vous l'ai dit, attendre et prier. À Salerne, j'ai été confronté à des cas de soldats gravement blessés qui sont restés plusieurs jours, voire plusieurs semaines, dans cet état. Certains étaient conscients mais leur esprit semblait ailleurs. D'autres, à l'image de Joachim, étaient inconscients. Nous arrivions à les maintenir en vie dès lors que nous parvenions à les nourrir correctement.

— Plusieurs semaines ? Mais je ne peux pas rester aussi longtemps dans cet état ! m'écriai-je, flottant toujours au-dessus de mon fauteuil d'apparat.

Personne ne m'avait entendu. Odon poursuivit son diagnostic.

— Certains se réveillent un beau matin comme s'ils s'étaient endormis la veille. Malgré leur absence prolongée, ils reprennent le cours de leur existence. De cette période d'inconscience, il ne leur reste en général que très peu d'éléments, qui se dissipent très vite après leur réveil. Des impressions assez nettes au départ, mais qui deviennent diffuses avec le retour à la réalité ; un peu comme nos rêves nocturnes, dont il finit par ne plus rien rester au fil de la journée.

— Et qu'advient-il des autres ? demanda Moïse. Ceux qui ne se réveillent pas ?

— Notre Seigneur finit par les rappeler à ses côtés. J'ajoute qu'en cas de choc sévère, c'est ce qu'il advient dans la majorité des cas. Cette issue, quoiqu'extrême, est bien souvent préférable, car les capacités physiques ou mentales de ceux qui reprennent vie sont parfois gravement altérées.

Je sentis l'angoisse me gagner. L'idée de réintégrer un corps diminué me glaça. Qui voudrait d'un indigent ou d'un infirme comme ami, comme fils, comme frère ou même comme élève ?

— Mais nous ne savons même pas comment Joachim s'est mis dans cet état ? s'emporta Clément. Selon ses camarades, il y a eu une bousculade dans le cloître, après les vêpres. Il serait tombé violemment sur le sol où sa tête aurait heurté le dallage.

— Malheureusement, répondit Odon, un choc bénin peut parfois suffire à provoquer cet état d'inconscience prolongée. J'ai récemment visité dans le voisinage une jeune fille qui doit avoir le même âge que Joachim et qui semble atteinte du même mal. La pauvresse est tombée de son cheval alors qu'elle chassait et sa tête a percuté une grosse pierre sur le chemin. Elle est inconsciente depuis.

Odon s'était tu. Il semblait à bout de force. Les complies étaient déjà loin et la nuit avait recouvert le monastère de son manteau de silence. La journée avait été longue, pleine de péripéties, et je le sentais épuisé. En maître attentionné, Odon avait pris des dispositions pour passer la nuit dans l'infirmerie au chevet de mon corps blessé.

Un peu plus tard, les trois hommes buvaient déjà à pleines gorgées dans la coupe noire du sommeil. Je restai seul dans l'obscurité et le silence de la grande salle voûtée.

Chapitre 8
Alix de Saint-Germain

Pendant une heure, peut-être deux, tout resta opaque. Le néant m'inondait de ses vagues sombres. J'étais entouré d'une sorte de brume épaisse. La nuit était pourtant claire au dehors, où quelques étoiles diffusaient déjà une douce clarté. Sans but, je décidai de quitter ces lieux de solitude qui ne voulaient pas de moi. Ce monastère, voué au culte du silence, peuplé de lions de pierre, de novices hostiles et d'anges cyniques.

J'avais besoin d'air pur. À l'extérieur, dans la grande cour, tout était noir. La seule lumière visible provenait du bâtiment de la porterie, surplombant le portail d'entrée, où, à la lueur vacillante d'une chandelle, un moine guettait les visiteurs nocturnes et refoulait les éventuels intrus.

L'immense voûte céleste semblait me lancer un irrésistible appel. Je décidai de m'élever, de fuir ces murs centenaires, d'échapper à ma triste condition de demi-mort et à cette sinistre vie de moine cloîtré, à laquelle j'étais condamné depuis de trop nombreuses années.

Je montai dans le ciel, plus haut que je n'aurais pu l'imaginer. L'abbaye et le bourg ne formaient plus qu'un ensemble gros comme le poing. De là-haut, tout était calme. La brume épaisse avait disparu et je me sentis apaisé. J'avais quitté le cloître, cette vie remplie de vaines prières et de discipline stérile. J'étais libre.

Tout en bas, la rivière serpentait. En provenance des monts du Mâconnais, dont je côtoyais désormais les cimes, la Grosne traversait le sud du comté, quelques trois cents pieds plus bas. Çà et là, des traits de lumière façonnés par le reflet d'une lune naissante éclairaient son parcours sinueux. Tantôt mince et filante, tantôt fortifiée par le secours de vaillants affluents, elle s'étirait langoureusement jusqu'à atteindre son but ultime : le fleuve, où elle se jetait éperdument, en se fondant pour l'éternité.

Je volais tel un ange au-dessus du monde, le ciel était devenu ma demeure. L'espace d'un instant, je me sentis immortel.

La route s'achevait-elle ici pour moi ? À cause de ce maudit novice, qui m'avait assommé sans même un seul témoin pour le dénoncer ? Tout cela n'avait aucun sens...

Perdu dans mes pensées, je poursuivais mon vol dans la nuit du monde, sans dessein ni but.

Entre Cluny et Mâcon, j'aperçus une bâtisse fortifiée surplombant la cime d'un promontoire. De petites maisons de bois et de pierre, accrochées à ce remarquable éperon rocheux, formaient un village s'étirant en une élégante couronne, au centre de laquelle on distinguait une petite église de pierre. Je reconnus la place forte de Saint-Germain, dont les remparts et les tours avaient maintes fois permis aux habitants des villages voisins de trouver refuge et asile lors des terribles invasions des deux siècles précédents. Dominant la vallée, cette forteresse était réputée imprenable. Lieu idéal pour contrôler et surveiller la route menant de Mâcon à Cluny, elle jouait un rôle important dans le dispositif de défense de la grande abbaye et son seigneur était un farouche partisan de la cause clunisienne et du pape Urbain.

Un détail attira mon attention. Une étrange clarté provenait de l'église et transperçait l'obscurité qui enveloppait l'ensemble des habitations. Il ne pouvait y avoir d'office de nuit dans une église paroissiale si modeste... La curieuse source lumineuse se reflétait dans le vitrail du chœur. Intrigué, je m'approchai. Je fis en sorte « d'atterrir » juste devant le portail de bois. L'édifice semblait clos.

La lune, désormais haute et pleine, donnait à la pierre du bâtiment un aspect blanchâtre qui contrastait avec la lueur vive et orangée que j'apercevais toujours. Il y avait quelqu'un dans l'église... qui devait s'éclairer avec une lampe bien singulière pour obtenir une telle lueur. Profitant de mon pouvoir de passe-muraille, je franchis la lourde porte en un éclair.

C'est alors que je la vis...

La silhouette se tenait agenouillée... près du chœur... à l'autre bout de la petite nef. Tournée vers le maître-autel... elle devait prier. J'ai d'abord cru qu'elle était en feu... Dieu qu'elle était belle... Était-ce un ange ?

Tout son corps brillait intensément et semblait émerger d'un halo lumineux large d'une coudée, qui l'enveloppait complétement comme un cocon. Ni bougies, ni lampes... C'était bien cette lumière, à la fois intense et douce, qu'on voyait du dehors. À hauteur de sa tête, le phénomène était remarquable. Il évoquait l'auréole dont les artistes aiment à gratifier les saints sur les enluminures ou les fresques murales. Son visage respirait la grâce. Elle devait avoir seize ans, ses yeux étaient clos et sa tête légèrement relevée. Sous un discret voile de tulle, des cheveux blond cendré, ceints par un bandeau, tombaient gracieusement sur des épaules découvertes. Elle était vêtue d'une robe d'étoffe couleur or. Une ceinture, semblable au bandeau de la coiffure, soulignait sa taille. Le halo lumineux donnait à son teint clair un ton merveilleux. Je n'osais bouger de peur de voir cette vision s'évaporer.

La jeune dame tourna soudain la tête dans ma direction... comme si elle m'avait aperçu ! Elle se releva, l'air incrédule, puis me fit face comme si elle me dévisageait... Quelque chose avait dû bouger dans l'entrée et attirer son attention vers moi. Les mains sur les hanches, elle semblait plus grande que ce que j'avais imaginé. Son visage, éclairé par ce halo divin, laissait découvrir de grands yeux noisette, qui m'observaient à travers l'obscurité de la nef.

Maintenant j'en étais sûr ! C'était moi qu'elle regardait. Je crus deviner sur ses lèvres une esquisse de sourire, qui se transforma très vite en un rire discret, mais bien réel !

– Je ne sais pas d'où vous sortez, mais c'est bien la première fois que je vois un jeune homme nu dans cette église !

– Par tous les anges, vous me voyez ?

Comme par reflexe, je portai aussitôt les mains au niveau de ma taille pour cacher les attributs masculins dont ma nouvelle forme était bien dotée. J'étais rouge de confusion. La jeune femme me percevait parfaitement. Quel sombre idiot j'étais de me promener dans une telle tenue au milieu de la nuit !

Le rire discret et gêné s'était transformé en rire franc et amusé. J'aurais voulu disparaître immédiatement tellement j'avais honte.

– Non, n'ayez aucune gêne ! Je vous vois et je ne décèle rien de mauvais vous concernant. Pourriez-vous me dire à qui j'ai l'honneur ?

J'étais plié en deux vers l'avant, les mains jointes, dans une position parfaitement ridicule au vu des circonstances.

– Euh, je m'appelle Joachim… Joachim de Saint-Ange. Puis-je à mon tour vous demander qui vous êtes ?

– Mon nom est Alix, Alix de Saint-Germain. Joachim de Saint-Ange, dites-vous… voilà qui sonne élégamment. Nous sommes pourtant bien loin du fief de Saint-Ange et l'heure est bien tardive pour espionner les jeunes filles, ne trouvez-vous pas ?

Essayant de retrouver une contenance en rapport avec mon patronyme, je dus balbutier la première réponse qui me vint à l'esprit.

– Loin de moi l'idée de vous espionner. Mon attention a été attirée par la lumière. Elle m'a intrigué, m'a conduit à cette église et jusqu'à vous, voilà tout.

La jeune femme s'amusait manifestement de la situation. Son ton restait enjoué et j'y percevais une pointe d'espièglerie.

Lentement, et d'une démarche assurée, elle se rapprocha de moi tout en me répondant.

— Pour la lumière, nous sommes sur un pied d'égalité ! Comment pensez-vous que j'aie pu remarquer votre présence... vous qui passez silencieusement à travers les portes !

Jetant un rapide coup d'œil à mon corps toujours dévêtu, je vis qu'un halo similaire au sien irradiait de tout mon être. Incroyable ! Je n'y avais pas encore prêté attention. Dans la pénombre de la nuit, j'étais entouré d'une lumière dorée. Certaines zones étaient claires, d'autres plus foncées, et l'intensité était plus forte au niveau de ma tête. Voilà pourquoi elle m'avait remarqué.

— Eh oui, dit-elle, nous sommes semblables ! À cette différence près que vous êtes toujours nu ! Pensez-vous pouvoir y remédier rapidement ? Ou dois-je vous tourner le dos jusqu'à la fin de cet entretien ?

— Euh... c'est-à-dire que je ne vois pas comment...

— Je comprends ! Monsieur de Saint-Ange n'a pas encore expérimenté toutes les facilités de son nouvel état. Un peu d'imagination vous aiderait certainement à vous trouver une tenue décente. Dans votre situation, sachez que c'est la pensée qui domine le corps. C'est très simple : imaginez les habits que vous souhaitez porter et ils se matérialiseront aussitôt sur vous. J'avoue que c'est un moyen très pratique pour changer de tenue fréquemment...

Si j'étais capable de traverser les murs les plus épais... je devais bien être capable de m'imaginer une tenue, me dis-je.

— Alors ? Puis-je admirer le résultat ? demanda-t-elle d'un ton léger.

Je n'eus vraiment pas de gros efforts à faire... caleçon long et sandales pour le bas, chemise de laine, coule sombre et ceinture pour peaufiner le tout. J'étais prêt !

— Eh bien ! s'exclama-t-elle, voici quelque chose à laquelle je ne m'attendais pas ! Un moine... Quoi de plus normal après tout dans une église ! Je vais vous sembler curieuse... mais je meurs d'envie d'en savoir plus ! Si c'est bien ce que je crois, j'imagine que vous avez dû également manquer de compagnie ces jours-ci ?

— À vrai dire, j'ai eu une journée chargée depuis ce matin. Je ne sais pas trop par où commencer !

— Très bien ! Dans ce cas, je pose les questions et vous y répondez. Voyons, cher moine, depuis combien de temps jouez-vous au passe-muraille ? J'ai bien l'impression que vous débutez dans la profession !

J'étais sidéré par son aplomb. Nous étions tels deux spectres au beau milieu d'une église déserte et sombre. Malgré les circonstances, son ton demeurait si léger qu'il en était rassurant. Avec mon habit, j'avais retrouvé quelque peu mes moyens et j'étais décidé à ne pas me laisser mener par le bout du nez par cette fille qui devait avoir mon âge.

— Tout a commencé après l'office des vêpres à Cluny, où je suis novice et copiste. À cause d'une rixe, j'ai été frappé à la tête par un autre moine et je suis tombé, assommé, à moitié mort. Depuis je flotte dans l'air tel un oiseau de nuit. J'ai fait des expériences tellement surprenantes qu'un manuscrit entier ne suffirait pas à les résumer.

— Eh bien ! voilà qui est singulier ! Je serai ravie de pouvoir figurer désormais dans l'un de vos chapitres, Monsieur le copiste. Et pourquoi vous a-t-on frappé au point d'en vouloir à votre vie ? Je croyais que les moines étaient animés de sentiments pacifiques envers leur prochain et qu'ils devaient œuvrer pour la Paix de Dieu[7] ?

— Par jalousie, je crois. Mon agresseur ne supporte pas que ma famille soit issue d'une lignée plus puissante que la sienne.

— Et comment se nomme cette lignée si illustre ?

— Saint-Gilles. En fait, je suis parent de Raymond de Toulouse.

---

7. La Paix de Dieu fut un mouvement spirituel et social des Xe et XIe siècles, organisé par l'Église catholique et soutenu par le pouvoir civil. Son but était d'obtenir une pacification du monde chrétien occidental et de maîtriser l'usage de la violence dans la société et notamment les exactions commises par les seigneurs au détriment de la paysannerie.

J'avais légèrement bombé le torse et forcé le ton afin de bien lui signifier qu'elle ne faisait pas face à un petit moinillon de campagne. Je sentis la jeune fille impressionnée. La renommée du comte de Toulouse avait dû produire l'effet que j'escomptais. J'en profitai pour reprendre la main.

– Et vous, Mademoiselle, que faites-vous ici, seule, dans cette église, d'où venez-vous ?

Elle me fixait toujours de ses grands yeux noisette. Elle me perçait du regard plutôt, comme si elle lisait en moi. Ce qu'elle vit dut la rassurer car elle décida de se confier.

– Je suis la fille aînée du seigneur de Saint-Germain, vassal du comte Renaud de Mâcon, et vous hantez présentement les terres de ma famille.

– Disons plutôt que je ne faisais qu'un bref survol au-dessus ! Je devais regagner Cluny au plus vite. Que vous est-il donc arrivé ?

– Mon cas est plus simple. Moins amusant aussi... Il y a quelques jours, lors d'une partie de chasse organisée par mon père en l'honneur de mon futur époux, j'ai été victime d'un accident. J'ai heurté la branche basse d'un arbre puis j'ai été projetée au sol, où ma tête a heurté une grosse pierre.

– Et que s'est-il passé ?

– Eh bien, je me suis retrouvée comme projetée en l'air, flottant entre les branches, telle une bulle de savon. J'ai d'abord pensé que j'avais quitté cette vie. J'ai vu l'affolement des hommes autour de moi. Puis j'ai vu mon père en pleurs, porter mon corps, comme si j'étais morte... Ses mains étaient maculées du sang provenant de ma blessure au crâne. Malgré les circonstances, je me sentais étrangement bien. À aucun moment je n'ai souffert. Ensuite j'ai prié, car j'avais le sentiment d'avoir assisté, impuissante, à ma dernière heure... comme s'il était temps pour moi de rejoindre Notre Seigneur.

– Et après ?

— Les hommes sont partis, emmenant mon corps vers le château de Saint-Germain. Je suis restée dans la forêt, seule et incrédule.

— J'ai fait une expérience très similaire ! répondis-je. En apercevant mon double blessé, allongé sur le dallage du monastère, j'ai eu un doute concernant mon état. Étais-je mort ou vivant ? J'ai eu finalement la réponse peu après. Clément, un moine que je considère comme mon frère, a déclaré à ceux qui m'entouraient que je respirais... J'étais donc vivant ! Que s'est-il passé pour vous ?

— Eh bien, je me suis retrouvée seule au milieu des bois. Puis la nuit est tombée et je me suis mise à scintiller mystérieusement. Seule une biche, que nous pourchassions pourtant le matin même, est venue un instant me tenir compagnie. J'ai eu l'impression que l'animal me sentait et, qu'à sa façon, elle faisait preuve de compassion. Comme il ne se passait rien de plus, j'ai repris la route du château. En chemin, j'ai vite compris que je pouvais non seulement « survoler » le chemin, mais aussi passer à travers les arbres les plus épais. Chez moi, j'ai vu mon corps blessé, allongé dans ma chambre, et mes parents en prière à mon chevet. Mon futur mari avait déjà piteusement regagné sa seigneurie, car la future mariée faisait peine à voir... Mais pour vous répondre, oui, j'étais bien vivante, comme venait de l'attester le prieur de Beaulieu à mes parents au moment même où je pénétrais dans ma chambre.

— Le prieur de Beaulieu ! vous avez bien dit le prieur de Beaulieu ?

— Oui, mon père l'a fait quérir dès son retour de la chasse. C'est le meilleur médecin des comtés de Mâcon et de Bourgogne réunis.

— Mais c'est mon maître ! Odon de Beaulieu ! Je suis en visite à Cluny avec lui au moment où je vous parle.

Alix me scruta un instant, comme si elle cherchait à évaluer la véracité de mes paroles.

— Il fait des miracles paraît-il ! Il m'a semblé être un homme très bon. Vous avez beaucoup de chance d'avoir un tel maître.

— Et qu'a-t-il dit à vos parents vous concernant ? A-t-il parlé d'hémorragie ? D'inconscience temporaire ?

Alix hésita à me répondre. Mais elle se ravisa et reprit ce ton léger qui me troublait.

— Oui, il a dit quelque chose comme cela. Il a aussi recommandé à mes parents de prier et d'être patient.

— Et après, que s'est-il passé ?

— Après avoir soigné ma blessure et donné des consignes à nos gens, le prieur de Beaulieu a pris congé en promettant à mon père de revenir me voir dès que possible. Depuis ce moment, je guette son retour car il doit établir un nouveau diagnostic lors de sa prochaine visite.

— Et combien de temps s'est-il écoulé depuis votre accident de chasse ?

— Cela fera sept jours et six nuits demain que je vole comme un oiseau. Je passe mes journées à proximité des miens, au château ou au village, et la nuit je me rends dans l'église pour prier et parler avec ma mère.

— Parler avec votre mère… comment cela ?

— Si votre état devait perdurer, vous vous apercevrez vite que les hommes font des songes la nuit… Certains se dédoublent pendant leur sommeil, tout comme vous et moi. Nous pouvons alors dialoguer avec eux comme nous le faisons actuellement tous les deux.

Je dus avoir l'air complétement ahuri ! Cette fois, Alix explosa de rire.

— Soyez indulgent, Monsieur de Saint-Ange… Depuis quelques jours, les distractions sont devenues si rares… Vous êtes comme un rayon de lune venant égayer mes nuits !

Je sentis que je rougissais comme un idiot.

— Et donc, vous parlez avec vos parents pendant la nuit ? Comment est-ce possible ?

— Je parle à ma mère seulement, c'est une question d'affinités je pense. Le phénomène est très curieux en effet, mais bien réel. Pour elle en revanche, il ne s'agit que d'un songe ordinaire.

Alix s'expliqua :

— La première nuit après l'accident, ma mère est venue me trouver, alors que pourtant, elle dormait tranquillement dans son lit... Nous avons conversé jusqu'au matin. Elle était évidemment très inquiète pour moi et nous avons évoqué les conséquences de mon état : le départ précipité de mon futur époux et ce qu'il pouvait advenir ensuite...

— Et alors ?

— Rien de plus ! Lorsque son rêve a pris fin, elle a réintégré son corps avec beaucoup de précaution, en se superposant à lui parfaitement.

— C'est incroyable !

— Lorsqu'elle s'est réveillée au matin, elle avait tout oublié ou presque de notre entretien. Il ne lui restait que des souvenirs très diffus et à aucun moment elle ne se rappelait que nous avions conversé en nous promenant à travers le domaine.

— Et vous la voyez chaque nuit depuis ?

— Oui. Mais il y a encore autre chose : comme nous sommes très proches et très liées, je peux facilement capter ses pensées pendant la journée. Elles m'apparaissent sous la forme d'images.

— J'ai moi-même pu expérimenter la même chose avec le prieur de Beaulieu en début de soirée.

— La seconde nuit où nous nous sommes retrouvées, je lui ai relaté que, pendant la journée, elle oubliait complétement nos entretiens nocturnes. Elle était tellement incrédule que nous avons organisé entre nous une sorte de défi.

— Un défi ?

— Je devais lui révéler un secret pendant notre rencontre nocturne, qu'elle devait tenter de me restituer pendant la journée.

— Quel secret ?

– Eh bien, lorsque j'étais petite fille, je devais avoir neuf ans, nous avions emprunté pour jouer, avec mon frère, un objet précieux appartenant à notre père. C'était un petit coffret de bois dans lequel il avait l'habitude de ranger des choses qui lui étaient chères. Il contenait notamment une natte de mes cheveux et une bague portant le sceau de Saint-Germain.

– Et qu'est-il devenu ?

– Lorsque mon père s'est aperçu de sa disparition, il est devenu furieux. Nous n'avons pas osé lui restituer cet objet et avouer l'emprunt de peur de sa réaction. Nous avons donc décidé de le cacher ici, dans l'église, à l'abri des regards, afin qu'il ne lui arrive rien de fâcheux. Le temps a passé depuis... Aujourd'hui le coffret est toujours ici, dans ce vase de jade posé là-haut... juste au-dessus de votre tête. J'ai révélé ce secret d'enfant à ma mère et l'ai mise au défi de récupérer le coffret lors de la journée suivante, si elle parvenait à se rappeler de nos échanges nocturnes.

– Et l'a-t-elle fait ?

– Non, cela lui était impossible. Je l'ai bien observée, dès son réveil, le lendemain. C'était comme si une sorte de mécanisme complexe exerçait une censure et l'empêchait de se rappeler de son rêve et de nos conversations. J'arrivais à peine à capter quelques pensées diffuses au moment même de son réveil, mais très vite, elles étaient inexorablement chassées ou déformées par ce je ne sais quoi. Le coffret est donc toujours en place dans son vase, ici même.

– Et comment a-t-elle réagi à ce dénouement ?

– Je ne sais pas... mais je ne vais sans doute pas tarder à le savoir... elle va arriver d'un instant à l'autre. Je l'attendais au moment de votre apparition. Ce sera l'occasion de vous la présenter. Vous devriez lui plaire... elle adore les personnes peu ordinaires !

– Vous voulez dire que votre mère va arriver, maintenant, ici, au beau milieu de la nuit ?

— Oh il n'est pas si tard... les vigiles n'ont pas encore sonné !

J'étais éberlué ! Ma vie avait basculé en l'espace d'une journée et d'une nuit : la disparition de Jacques, l'opération de Moïse, le manuscrit grec, mon agression, mon incroyable dédoublement et maintenant la rencontre avec cette jeune femme...

Et si tout cela n'était qu'une hallucination ?

— Ai-je vraiment l'air d'une hallucination... ? me lança Alix, qui lisait toujours en moi comme dans un livre ouvert...

Une cloche sonna dans le lointain. Rompant le silence nocturne, elle annonçait vigiles, le premier des offices divins, destiné à sanctifier le temps de la nuit. Le tintement particulier pouvait, par temps calme, être entendu à plusieurs lieux aux alentours, rythmant ainsi les jours et les nuits de milliers d'âmes : le temps du travail, le temps de la prière et le temps du repos. Selon la règle de saint Benoît, les moines devaient alors se réveiller les uns les autres et se rendre aussi vite que possible au chœur « sans se précipiter, avec gravité et modestie » par l'escalier prévu à cet effet, et ce avant que les cent tintements de cloches aient retenti.

La cloche se tut soudainement. À Cluny, l'office allait commencer. Inexplicablement, je fus alors pris d'une sorte de convulsion qui me fit trembler de la tête aux pieds. Je ressentis une très forte douleur au niveau de l'abdomen, comme si quelqu'un me pressait violemment le ventre en sautant dessus à pieds joints. Je dus faire une grimace atroce car, pour la première fois, je vis une lueur d'inquiétude traverser le regard d'Alix.

— Que se passe-t-il ? demanda-t-elle aussitôt d'une voie troublée.

J'arrivais à peine à m'exprimer tant la pression exercée était forte. Je fixai la jeune fille d'un regard dont je voulais, en vain, chasser la panique.

— Cluny... bafouillai-je difficilement.

Je dois retourner à Cluny... c'est mon corps... je sens que je vais mourir...

Je sentis que je perdais pied. J'entendis à peine sa voix :

– Je reste avec toi, me murmura Alix.

Réunissant mes forces, je me concentrai sur mon corps de chair, toujours alité dans l'infirmerie. Quelque chose de grave s'y produisait et je devais le rejoindre de toute urgence. Je fus aussitôt projeté dans la grande pièce voûtée où je n'étais pas seul... Mais ce n'était ni mon maître, ni Clément, ni Moïse qui y étaient présents. Les trois hommes avaient dû s'absenter pour assister à l'office, loin de là, dans l'église abbatiale. Celui qui me tenait compagnie, c'était Renaud de Vignoray ! Je compris aussitôt pourquoi je suffoquais. Mon agresseur du cloître était assis à califourchon sur mon corps, les genoux plantés de part et d'autre de mes côtes, ses deux mains agrippées à mon cou. Il était en train de m'étrangler... J'allais assister, impuissant, à mon assassinat !

– Joachim ! me hurla Alix. Tu dois agir... vite !

La jeune femme m'avait accompagné et se tenait à mes côtés. Voyant que le lieu était désert, elle avait immédiatement compris que je ne pouvais compter que sur moi-même.

– Vite, Joachim, réintègre ton corps et lutte... ou tu mourras pour de bon !

Ses encouragements inespérés me sortirent de mon apathie. Je voyais clair désormais dans les intentions du novice. Terrorisé par un possible réveil où je l'aurais immanquablement dénoncé comme mon agresseur, il devait agir au plus vite : mettre à profit une période où je me trouverais seul à l'infirmerie pour me faire taire à tout jamais. Quoi de mieux qu'un office de nuit pour mettre son plan à exécution... puis profiter ensuite de l'agitation de la fin de l'office pour se fondre discrètement dans la foule des moines rejoignant leur dortoir ? C'était certainement son dessein.

Mais que faire ? Je me positionnai maladroitement à côté de mon agresseur et tentai d'attraper ses bras afin de desserrer l'étreinte mortelle ; en vain ! La nausée me gagna quand mes mains traversèrent le novice de part en part. Renaud n'avait pas bougé d'un pouce et continuait à serrer alors que des stries jaunes et noires voilaient déjà ma vision. La situation devenait désespérée.

— Non ! pas comme ça me cria Alix. Tu dois te positionner au-dessus de ton corps, horizontalement, comme ma mère ! Couche-toi à l'horizontale et pense très fort à te superposer. Vite ! Ton temps est compté !

Au-dessous de moi, mon bourreau suait à grosses gouttes. Le haut de sa tunique était déjà trempé et il inondait mon corps inerte de sa sueur. Un instant je le vis perdre son appui et partir sur la droite. Le lit dans lequel j'étais n'était pas bien large, ce qui m'offrit un répit inespéré. Renaud dut relâcher un instant son étreinte mortelle pour reprendre appui au sol en y posant son pied droit.

Je vis qu'il utilisait une sorte de bâillon de tissu épais pour m'étrangler et ainsi éviter de laisser toute trace de strangulation sur mon cou après son méfait.

— C'est le moment ! Vite !

Les mots d'Alix me firent l'effet d'une drogue. J'étais en place, prêt à réintégrer mon corps. Mais déjà Renaud avait repris sa position et poursuivait son macabre combat. Il devait en finir au plus vite au risque d'être découvert.

Je me concentrai au maximum en tentant de matérialiser la position que je devais prendre quand je fus soudainement aspiré vers le bas. Ce fut d'abord franchement insupportable... comme si j'essayais d'enfiler une tunique trop petite... bien trop petite. Mais il était trop tard pour faire marche arrière. Une impression de froid intense... Voilà ce qui m'attendait en réintégrant mon pauvre corps. Puis ma vision se brouilla et soudain tout s'obscurcit ! J'étais aveugle et plongé dans le noir ! J'avais l'impression de peser deux cents livres, et lever le bras me semblait impossible. Au froid intense succéda une chaleur insupportable. Je suffoquais sous le poids du novice qui m'écrasait de sa masse tout en continuant à m'étrangler. Son odeur fétide m'écœurait et je manquai de défaillir à nouveau en prenant conscience que des flots de sueur se déversaient désormais dans ma bouche grande ouverte et à la recherche de la moindre particule d'air...

— Bats-toi, Joachim, bats-toi, si tu veux la vie, bats-toi !

Ce furent les dernières paroles qui me parvinrent de la jeune femme. Je ne l'entendais plus. Retrouvant mon corps, nos mondes se séparaient... j'étais privé de ma meilleure alliée au moment d'une lutte à mort que j'allais certainement perdre.

Renaud dut être troublé par mes suffocations et il relâcha les mains autour de mon cou un bref instant. Il n'avait pas imaginé que je pourrais me réveiller et pensait pouvoir m'étrangler lâchement sans aucune résistance de ma part. J'en profitai pour reprendre mon souffle. Machinalement, mes poumons se remplirent d'un air salvateur, qui me revigora l'espace d'un instant. Par réflexe ou par peur, je me mis à hurler, en expirant tout l'air que j'avais réussi à arracher. Un cri strident retentit, amplifié par les voûtes de la grande salle. Décontenancé, le jeune novice resserra son étreinte. Tout son corps semblait tendu vers un seul objectif : me faire taire. Je ne respirais plus. Je n'avais même plus la force de suffoquer. Il devait pourtant fatiguer lui-aussi. À la façon d'un acrobate cherchant son équilibre, il balançait désormais le poids de son corps d'un côté à l'autre... Tétanisé par l'effort, les crampes le gagnaient : je devais tenter quelque chose maintenant.

À l'instant où il se hissait légèrement pour changer d'appui, je glissai ma main au niveau de son entrejambe et attrapai ses parties génitales. Je les pressai aussi fort qu'il me serrait le cou. Hurlant, Renaud de Vignoray tenta de me faire lâcher prise à l'aide de son bras droit, pendant que le gauche maintenait toujours une insupportable pression sur ma gorge.

Les yeux révulsés par la douleur, le novice avait rageusement arraché ma main vengeresse et, l'ayant coincée sous son genou, il me fit payer ma rébellion d'un grand coup de poing en plein plexus. J'eus le souffle coupé... Ayant annihilé toute possibilité de résistance, il n'avait plus qu'à m'achever et prendre la fuite.

Mais c'était trop tard... Dans le couloir attenant, j'entendais des bruits de pas. Quelqu'un accourait. Les cris de lutte avaient dû attirer l'attention.

— Eh ! Eh ! Lâche-le ! Lâche-le !

Je reconnus la voix de Clément. Alerté par mon hurlement, le jeune moine déboucha ventre à terre et plongea sur mon agresseur afin de lui faire lâcher prise. Désarçonné par le choc et contraint de lâcher sa proie, le bourguignon s'effondra lourdement sur le sol pavé. Clément venait de me sauver la vie. C'en était fini de Renaud de Vignoray...

Je revins à la vie progressivement.

Au-dessus de moi, les voûtes de pierre grisâtre reprenaient forme au fur et à mesure que je recouvrais la vue. Le moindre geste était une épreuve. Mon corps pesait si lourd que je sentis à peine ce souffle léger sur ma joue... à la fois fugace et envoûtant... Comme un au revoir délicatement déposé par un ange sur mon visage de chair. Je fixai des yeux la voûte au-dessus de moi, désormais impénétrable...

Chapitre 9
La grande pyramide d'Egypte

Je restai trois jours alité afin de récupérer mes forces. J'aurais voulu oublier cet endroit, où j'avais dû regagner mon corps à la hâte pour me battre et survivre. Mais à l'ivresse et à la liberté avaient succédé la pesanteur et la douleur. Ma clairvoyance avait fait place à de forts maux de tête. Je me sentais englué dans un corps qui m'apparaissait désormais comme un carcan lourd et limité.

Pendant cette convalescence forcée, mon esprit était resté à l'heure de cette parenthèse inattendue et revenait inlassablement sur chacun des moments vécus. C'étaient ceux passés avec Alix qui, désormais, avaient envahi tout mon être. Mais cela était trop neuf. Je comptais sur le temps pour bien fixer ces évènements dans ma mémoire, avant de les confier à Odon ou à Clément. Je ne voulais leur relater que des certitudes absolues lorsque l'heure serait venue. L'infirmerie était un lieu ouvert et je craignais aussi les oreilles malveillantes. Je ne souhaitais surtout pas être vu comme une sorte de sorcier conversant avec l'au-delà. Je préférais attendre d'être seul avec mon maître.

Pendant les deux premiers jours, Odon avait pu passer quelques moments en ma compagnie. Cette expérience si singulière m'avait transformé et m'ouvrait les yeux sur le rôle qu'il jouait dans ma vie. Je mourais également d'envie de l'interroger au sujet d'Alix de Saint-Germain. Il connaissait la jeune fille puisqu'il était son médecin... Irait-il la voir prochainement comme il l'avait affirmé à son père ? Je ne pouvais aborder ma rencontre avec Alix sans lui dévoiler tout le reste. Aussi j'attendais impatiemment le moment propice pour me confier.

Alité à mes côtés, Moïse d'Antioche égayait mes journées en me racontant des histoires de chercheurs de manuscrits. Nul autre que lui ne savait aussi bien évoquer ces chemins poussiéreux, ces ports lointains, ces sombres temples en ruine et ces rencontres mystérieuses qui m'incitaient au voyage. Le moine byzantin partageait la même passion qu'Odon. Malgré les risques, Moïse était prêt à reprendre la route. Il savait quel intérêt la découverte du manuscrit d'Agatharchide avait produit chez mon maître et il était quasiment certain qu'il le renverrait bientôt vers la Syrie pour trouver l'intégralité du document. À la fin du second jour, je décidai de l'interroger plus précisément :

— Et donc, c'est bien de cette pyramide d'Égypte dont il question dans le manuscrit que tu as rapporté ?

— Oui, c'est bien elle.

— Comment est-elle ? Selon mon maître, c'est la construction humaine la plus massive et la plus grandiose.

— En réalité, il y a trois pyramides distinctes alignées, édifiées sur un même lieu. Elles se situent dans le désert, au sud de la ville du Caire. Ton maître a une véritable fascination pour ces trois constructions monumentales qui semblent avoir été réalisées à la même époque.

— Sais-tu d'où lui vient cette passion ?

— Lorsqu'il était étudiant à Salerne, Odon a traduit un ouvrage de Diodore de Sicile. Ce grec, contemporain de Jules César, a pu retracer plus de mille ans d'histoire du monde, du passé le plus ancien, jusqu'à son époque.

— N'est-ce pas lui, cet auteur qui écrivit durant une trentaine d'années un volumineux ouvrage nommé « Bibliothèque Historique » ? Il s'en trouve quelques volumes à Beaulieu, dans le scriptorium, sur lesquels Odon veille jalousement.

— Oui. Après avoir visité la Gaule, la Perse et l'Égypte, Diodore s'est finalement établi à Rome où il a rédigé cette œuvre considérable. C'est lui qui est à l'origine de la passion d'Odon pour le voyage, grâce à une citation qu'il nous répète sans cesse : « ... car c'est à l'ignorance des lieux qu'il faut attribuer les erreurs qui sont commises même par les historiens les plus renommés ». Ce grec est l'un des premiers à décrire le caractère étonnant des pyramides et à s'interroger sur le pourquoi de leur construction.

— Qu'ont-t-elles de si particulier, ces pyramides ?

— Les avis divergent beaucoup à leur sujet. Diodore s'était lui-même appuyé, pour son œuvre, sur une multitude de sources provenant de géographes et de savants, dont Agatharchide de Cnide. Ce dernier vécut très longtemps en Égypte, où il fut précepteur du roi Ptolémée VI, bien avant la naissance du Christ. Grâce à ses observations, pendant cette période égyptienne qui s'étend sur dix-huit ans, il rédigea un « Traité sur la mer rouge » dont il ne reste malheureusement que quelques fragments. Odon est persuadé qu'Agatharchide a donc eu tout le temps d'étudier et de mesurer la topologie de ces monuments hors norme.

C'est pourquoi il s'est mis à traquer tous les documents relatifs à ce savant et surtout ceux regroupés dans son traité sur la mer rouge.

— Et qu'a-t-il trouvé ?

— Au fil des expéditions, nous avons pu récupérer et reconstituer différents extraits, où Agatharchide évoque des choses très diverses : les conditions de travail dans les mines égyptiennes, la chasse aux éléphants dans un pays nommé « Ethiopie » ou encore une étude sur l'origine de la crue du Nil. Mais de pyramides, il n'en était point question ! C'est pourquoi, au fil du temps, la recherche de ce document décrivant ces constructions est devenue pour ton maître une véritable obsession.

— Mais pourquoi se focaliser sur un tas de cailloux dans le désert ?

— Ces pyramides sont beaucoup plus que des pierres empilées. Songe que la seule grande pyramide contiendrait à elle seule plus de deux millions de blocs. Selon les calculs d'Odon lui-même, elle rassemble plus de pierres à elle seule que toutes les églises de Francie réunies.

— Comment... mais pourquoi autant de pierres ?

— Personne ne le sait. Une chose est sûre : le peuple qui les a construites disposait de techniques et de connaissances avancées.

— Et après... Les Grecs et les Romains disposaient aussi de moyens puissants. N'ont-ils pas laissé partout des monuments fantastiques ?

— Certainement, Joachim, mais cette pyramide-là dépasse de très loin tout ce qu'ont pu bâtir les Romains eux-mêmes. Certains blocs qui la composent sont si volumineux qu'ils doivent avoir une masse dépassant les cent quarante mille livres. Aujourd'hui, malgré les outils, les machines de construction, les maîtres d'œuvre dont nous disposons à Cluny, nous sommes incapables de soulever de telles charges ni de reproduire de tels monuments... même partiellement. Elle est en rupture totale avec toutes les sciences et les arts connus. Selon les observations d'Odon sur place, elle ne contiendrait aucune écriture ni aucun matériel funéraire. On ne sait donc pas exactement à quoi elle était destinée...

J'avais l'air si incrédule que Moïse esquissa un sourire. Pour moi, Cluny et notre ordre bénédictin étaient à la pointe de tout ce qui se faisait de mieux d'un point de vue spirituel, artistique, scientifique et architectural. Ce que disait le moine me semblait aberrant. Nous étions sur le point d'offrir au monde l'édifice religieux le plus grand et le plus abouti d'Occident et nous serions devancés par d'obscures païens, sans culture ni foi ? Imperturbable, Moïse poursuivit :

— Selon ton maître, l'étude et les relevés topologiques qu'aurait réalisés Agatharchide permettraient de corroborer cette hypothèse d'une civilisation qui, dans un passé lointain, nous aurait fait ce legs sous forme de pierres résistant au temps, afin de témoigner des possibilités de leur civilisation. Mais malgré nos recherches dans plusieurs contrées et sur plusieurs années, nous n'avons jamais trouvé trace d'un tel document. Jusqu'à notre récent voyage où Jacques a mis la main, de façon presque inespérée, sur ce manuscrit que nous avons pu rapporter.

Enfin, et de façon quasi miraculeuse, après des années de quête, nous avions entre les mains un fragment de manuscrit d'Agatharchide à propos de la grande pyramide. Finalement, Odon avait donc bel et bien raison !

– Tu veux parler de l'extrait négocié chez ce marchand libanais, qui fait sortir des manuscrits illégalement de la grande bibliothèque de Tripoli ?

Moïse me fixa, l'air surpris.

– Comment sais-tu cela, Joachim… Je n'en ai parlé qu'à Odon et à Clément ?

– Euh ! oui… mais si tu te rappelles bien, j'étais présent lors de la discussion…

La réponse avait fusé de ma bouche machinalement et j'espérais qu'il n'insisterait pas trop sur la question.

– Oui, tu étais là… mais tu n'étais pas conscient ! Tu veux dire que tu entendais ce que nous disions ?

Je fixai les voûtes au-dessus de moi… Flairant mon désarroi, Moïse n'avait plus qu'une idée en tête au contraire : insister sur la question !

– Tu nous entendais, Joachim, tu n'aurais pas pu inventer une telle histoire ?

Joachim… tu n'étais donc pas inconscient ?

– Euh, enfin oui et non… C'était comme une sorte de rêve où je flottais semi-éveillé ou semi-endormi ! Je ne sais plus très bien… Mais j'étais assez conscient pour capter votre conversation.

– Un rêve semi-éveillé, c'est bien ça… ?

Le chercheur de manuscrits était stupéfait. Je fuyais son regard et baissais la tête en contemplant le sol. Le silence se fit dans la grande pièce, à peine interrompu par le crissement des herbes que l'infirmier s'échinait à piler dans la pièce attenante. J'avais parfaitement confiance en Moïse mais j'aurais préféré garder la primeur de mon aventure extracorporelle pour mon maître. Il dut le percevoir et il eut la délicatesse de ne pas insister davantage. À la fin du troisième jour, je fus autorisé à quitter définitivement l'infirmerie. Avec un peu de recul, j'avais pris conscience que je ne devais mon salut qu'à un simple concours de circonstances. Alors qu'Odon de Beaulieu assistait à l'office dans la grande église abbatiale au moment de mon agression, Clément et Moïse avaient choisi, eux, de prier dans la chapelle Sainte-Marie, toute proche, destinée à l'office des malades. Cette proximité m'avait sauvé. Clément avait entendu mes cris et avait pu revenir assez vite pour me secourir... je lui devais la vie.

Je n'avais pas pu assister au chapitre ce matin-là. Mais il me fut rapporté par Clément que la communauté, réunie sous la direction d'Orderic, avait statué sur les actes de Renaud de Vignoray. Mon agresseur avait eu droit à une défense, assurée par son maître, le prieur Aymeri, désormais dans une position fragile. Cette histoire pouvait faire écho jusqu'à Rome et compromettre sa propre évolution dans l'ordre. Il était moralement responsable du comportement de son élève, qu'il était censé guider. Loin de l'accabler, le prieur Aymeri s'était au contraire attaché à trouver des mots forts pour atténuer une faute qui semblait pourtant évidente. Il avait avancé des axes de défense invraisemblables, comme la rivalité qui nous opposait depuis des années et qu'il attribua cyniquement à des provocations répétées de ma part, à l'encontre de son élève. J'étais également la cause principale de l'isolement de Renaud au sein du groupe des novices, ce qui l'avait poussé à se révolter violemment contre son bourreau le plus actif...

Heureusement, le témoignage de Clément avait joué un rôle majeur dans la décision finale des moines. L'armarius de Beaulieu avait relaté comment il avait surpris le novice dans sa tentative d'étranglement… fait aussitôt confirmé par Moïse d'Antioche. Clément avait également relaté devant la communauté que c'était bien Renaud qui m'avait assommé dans le cloître, à l'aide d'une statuette qu'on était allé chercher aussitôt. Le circateur en personne avait pu y constater la présence de traces de sang, devant les frères stupéfaits. Comment justifier l'injustifiable dans un tel cas ? L'exclusion définitive de mon agresseur fut donc logiquement prononcée par le chapitre. Il ne pourrait plus jamais prétendre au titre de moine profès et serait exclu de l'ordre bénédictin. Loin de me réjouir, l'annonce de son départ m'avait tout de même apaisé. Je n'aurais plus jamais affaire à cet individu et je n'en demandais pas plus. Malheureusement, je savais aussi que le clivage existant entre les moines de Beaulieu et ceux de Cluny allait nécessairement s'accroître. Aymeri, comme Renaud, étaient tous deux issus de puissantes familles bourguignonnes qui régnaient en maîtres à Cluny avec leurs propres intérêts croisés. À Beaulieu, en revanche, nous venions tous d'horizons différents. Odon était originaire du duché de Normandie, Clément provenait du comté de Blois et je représentais le comté de Toulouse. Moïse d'Antioche, quoique chrétien byzantin, était considéré comme un semi-païen par certains frères, qui se signaient à son approche. À Cluny, nous, les moines de Beaulieu, étions les étrangers. On nous tolérait… rien de plus. La personnalité même de mon maître intriguait. Il parlait des langues inconnues, pratiquait une médecine jugée profane et s'insurgeait contre des pratiques médicales telle que la saignée, qu'il jugeait inefficace. Son intelligence et sa culture surclassaient tellement les moines du cru qu'il les dérangeait. Cela n'avait pas joué dans la sentence exemplaire d'exclusion que rendit le grand prieur… Elle fut d'ailleurs partagée par la plupart des moines. Mais je savais quels dommages cette sombre affaire risquait de faire germer dans quelques têtes qui voudraient nous faire payer tôt ou tard l'exclusion à vie de l'un des leurs.

Chapitre 10
Les pèlerins

Je rejoignis les autres novices pour le repas du soir un peu après les vêpres. À notre arrivée, les tables avaient déjà été dressées avec soin par le réfectorier et ses familiers. Chaque jour, cette petite équipe devait y disposer à l'avance les assiettes, les serviettes, les cuillères, le pain et le vin de Bourgogne préalablement versé dans des coupes, pour plusieurs centaines de moines, en ajoutant les visiteurs extérieurs qui étaient admis au réfectoire à condition qu'ils aient revêtu la coule noire des frères et qu'ils soient clercs eux-mêmes. Sur le sol, ils avaient lancé une jonchée d'herbes odorantes ou de fleurs de saison. Le réfectorier disparut avec ses servants dès que le flot de coules aux reflets « aile de corbeau » pénétra dans la vaste salle à manger. Ce moine, chargé « de tout ce dont les frères ont besoin au réfectoire », disposait avec ses équipiers « d'une seconde table » et ne prenait jamais son repas avec les autres.

Je pris place silencieusement, en compagnie de Moïse et de Clément, à l'une des tables réservées aux moines invités. Je jetai un œil vers l'îlot affecté aux officiers et aux hôtes de marque. J'y aperçus le visage autoritaire d'Orderic et non loin, celui, plus apaisant, d'Odon. Le grand prieur y occupait la place centrale, avec à sa droite, le prieur Aymeri. Mon regard resta figé un instant sur la tenue ostentatoire de cet homme qui tranchait avec la simplicité de notre mise monastique.

Pas de doute, le maître de Renaud de Vignoray faisait tout pour se démarquer. Sous la coule conventionnelle, débordait une tunique blanche de fine toile brodée, contrastant avec les sombres tenues de ses pairs. Chacune de ses mains virevoltait dans l'air sous l'effet d'une gestuelle travaillée, ponctuant la moindre de ses phrases. Aymeri faisait partie d'un groupe influant à Cluny, composé d'une vingtaine de moines occupant tous des fonctions importantes. Odon m'avait relaté que ces frères étaient d'anciens seigneurs vassaux du comte d'alors, Guy II de Mâcon. Vingt années auparavant, sans descendance, Guy avait décidé de céder le comté à son cousin afin de se faire moine à Cluny pour assurer son salut. Il avait entraîné avec lui ses principaux vassaux, dont Aymeri. Avait-il été contraint d'embrasser la carrière monastique ? Etait-il animé par la vraie foi ? Le conseil d'Odon avait toujours été clair le concernant : je devais l'éviter autant que possible…

Une fois toute la communauté installée sous les grandes fresques peintes représentant la Cène et les Actes des Apôtres, le repas pouvait être servi. Afin que chaque membre de la communauté monastique s'acquitte de cette tâche à tour de rôle, la préparation des plats et la cuisson étaient assurées par quatre moines différents. La communauté était si importante qu'ils étaient assistés par de nombreux frères lais dispensés des offices, qui pouvaient donc préparer de nombreux repas. Ils disposaient pour cela d'une vaste cuisine, d'une boulangerie et d'un cellier où étaient acheminés et conservés les aliments nécessaires à l'élaboration des mets et à la fabrication du pain. Selon la coutume monastique, nous prenions nos repas en silence, ce qui leur conférait une certaine beauté, tandis qu'un frère désigné pour la semaine assurait une lecture chantée des psaumes. Les premières notes passées, dès l'inflexion de la voix du frère appelée « flexe », le signal était donné : nous pouvions commencer à manger. Il était bon parfois de nous retrouver sans avoir rien à nous raconter, sauf à nous redire en silence que ce n'étaient pas les paroles échangées qui nous unissaient, mais qu'à la façon des apôtres et de la Cène au-dessus de nos têtes, c'étaient la table et le pain chaque jour reçu de Dieu, Notre Seigneur.

Certains frères avaient un gros appétit. En période d'hiver, ce *prandium* était l'unique repas de la journée. Aussi, afin d'assurer la quiétude des âmes et des estomacs, il se devait d'être copieux. On nous servit, en hors d'œuvre, des haricots, des fèves et des lentilles. Puis le plat principal, du poisson accompagné de tous les légumes du potager de Cluny, poireaux, choux, oignons, courges, ainsi que fromages et œufs. Selon la règle, la viande était absente mais remplacée par de la graisse animale, l'huile d'olive étant utilisée dans les abbayes du sud de la Francie et en Italie. Notre collation se terminait par une bonne portion de noix et de fruits de saison. Je préférais l'excellente cuisine de Cluny à celle de Beaulieu, plus sommaire. Les cuisiniers y excellaient dans l'art d'accommoder les aliments comme les « œufs au poivre » ou les « œufs farcis » spécialement préparés pour le jour de Pâques et réputés dans tout le comté.

Après le repas, chacun disposait d'un peu de temps avant l'office de complies. Si la plupart des moines le consacrait à la lecture où à la prière, je profitais généralement de ce moment pour avancer mes travaux de traduction au scriptorium, lorsque je résidais à Beaulieu. À Cluny, sans tâche particulière à accomplir et sans nouvelles de mon maître, je décidai de flâner dans la grande cour et de profiter de son ambiance vespérale.

Une délégation de pèlerins stationnait devant l'hôtellerie au moment où j'y pénétrai par la grande porte de l'atrium. Je dénombrai une vingtaine de piétons, dont quelques femmes. Ils me semblaient assez agités et parlaient entre eux de façon animée. Deux d'entre eux étaient en pleine discussion avec l'aumônier. Tendant l'oreille, je reconnus la langue pratiquée par les habitants des duchés du nord de la Francie, d'où étaient originaires de nombreux pèlerins transitant par Cluny. Au moment où l'aumônier faisait rentrer le groupe dans le réfectoire réservé aux laïcs, j'aperçus Clément qui venait à ma rencontre.

— Ce sont des Palmieri ! me dit le jeune moine.

— Tu veux dire que ces hommes vont en pèlerinage vers la Terre sainte ? Ils partent pour Jérusalem ?

— Non, ceux-là en reviennent. Seuls ceux qui ont vu les Lieux saints et ont supporté la dureté du voyage peuvent porter le titre de Palmieri. Regarde leur cape ! On les reconnaît aux insignes qu'ils y ont cousus de façon visible. On dit aussi que leur nom vient de la feuille de palmier que tout pèlerin se doit de rapporter de son pèlerinage comme preuve de son voyage.

Clément fixait avec attention l'un des deux hommes restés seuls à converser avec l'hôtelier.

— Tu sembles le connaître ?

— Oui, c'est un seigneur du comté de Chalon. Il se nomme Humbert. Il y a environ deux années d'ici, il a décidé de se mettre au service du Christ et de prendre la route de Jérusalem. Il a alors confié ses biens à Cluny, puis est devenu pèlerin et s'est rendu jusqu'au Saint Sépulcre avec ce groupe qui l'accompagne.

— Si j'en juge par leurs mines fatiguées, les barbes qui mangent le visage des hommes et leurs chevelures, ces gens ont dû faire un bien long voyage.

— Oui ! Ils font partie d'un groupe d'une centaine de pèlerins qui ont pris la route de la Terre sainte. Menés par Humbert, ils sont là pour rendre compte de leur voyage au grand prieur.

— Pourquoi doivent-ils rendre compte à Orderic ?

— Les pèlerinages vers le Saint Sépulcre sont nombreux désormais et il nous faut tenir compte de l'expérience de ceux qui en reviennent pour aider les groupes suivants à établir des voies sûres et organiser au mieux leur voyage.

— Tu veux dire que la route vers Jérusalem est risquée ?

— Oui, depuis quelques années, les pèlerinages vers les Lieux saints prennent la forme de véritables expéditions, souvent financées par un seigneur, un prince ou un évêque. La quête de Jérusalem oblige à supporter un voyage, long, difficile, onéreux, où les pèlerins se livrent de façon hasardeuse à la mauvaise fortune des routes et à une situation politique très complexe sur place, où ils ne sont pas les bienvenus.

– Les chrétiens doivent se confronter à l'hostilité des arabes sur place ?

– Non ! Les arabes ne contrôlent plus la Palestine ni la Syrie. Depuis maintenant plus de dix ans, la Ville sainte et les régions traversées par nos pèlerins sont aux mains de guerriers qu'on nomme « Seldjoukides ». Ces turcs ont chassé les arabes de nos Lieux saints comme ces arabes en avaient eux-mêmes chassé les chrétiens byzantins au 7e siècle. Ces hommes, qui ont pris la loi de Mahomet comme religion, étaient, à l'origine, des guerriers nomades venus des steppes lointaines de l'Asie. Ils règnent désormais en maîtres sur des territoires immenses qui s'étendent de la lointaine Bagdad jusqu'aux portes de Constantinople. Ils contrôlent ainsi toutes les routes qui séparent Constantinople de Jérusalem en rendant l'accès terrestre par la Syrie aussi périlleux que risqué.

– Des Turcs nomades qui contrôlent la Ville sainte des chrétiens ?

– Oui c'est bien cela. Mais il faut que tu saches aussi que leur prophète, Mahomet, a fait également de Jérusalem une de leurs villes saintes. Elle revêt une importance religieuse pour ces gens également. Tu dois savoir aussi que, dans cette vaste région, on recense beaucoup de populations de religions différentes qui y cohabitent depuis l'époque du Christ. Les mahométans y côtoient des juifs comme des chrétiens. Notre frère Moïse d'Antioche est issu lui-même de l'une de ces contrées qu'on appelle Syrie, située sur la route terrestre de Jérusalem.

– Mais alors, quelles sont les régions dominées par les arabes désormais ?

– Les arabes contrôlent la région de l'Égypte. C'est le puissant califat fatimide du Caire, situé plus au sud. Ce sont eux les anciens maîtres de Jérusalem et ils sont désormais en guerre contre ces Turcs, pour tenter de leur reprendre la ville du

Saint-Sépulcre. Les arabes dominent également de vastes zones du bassin méditerranéen où on les retrouve sur les côtes Nord de l'Afrique et sur une bonne moitié de la péninsule ibérique. Dans ces régions, comme tu le sais, c'est avec nos royaumes chrétiens qu'ils sont en lutte. Nous faisons toujours de gros efforts pour les chasser du royaume d'Espagne comme nous les avons déjà chassés de tout le sud de la Francie, du comté de Provence et d'Italie.

Les hennissements simultanés de plusieurs chevaux nous interrompirent. Les écuries de l'abbaye jouxtaient la grande cour où nous nous trouvions. Les bêtes, comme les frères, allaient avoir droit à « leur pitance » du jour, servie par de jeunes palefreniers. Je m'attardai un instant sur le ballet des hommes et des chevaux et sur la joyeuse animation où se mêlaient l'odeur du foin, le tintement des gamelles qu'on remplissait et le piaffement des bêtes excitées par l'imminence du repas. Un nuage de poussière de couleur ocre, en provenance de l'avant-cour, nous enveloppa de son voile léger. Il précédait à peine le martèlement d'une douzaine de montures faisant irruption sur les pavés. Ils revenaient du manège, sous la conduite de leurs servants qui nous donnaient une sorte de parade improvisée. Le manège était situé par-delà les écuries, juste au pied de l'imposante tour des Fèves. Les flancs élancés et musclés des bêtes indiquaient qu'il s'agissait de coursiers, chevaux réputés pour leur vitesse, utilisés pour les déplacements les plus rapides. Ils rejoignaient les palefrois, plus calmes et moins véloces, destinés aux transports ordinaires et à l'attelage. On trouvait enfin dans les écuries d'imposants chevaux de trait, trapus et massifs, employés pour les travaux agricoles et la construction de la nouvelle abbaye. Ces bêtes imposantes, à la force herculéenne, tractaient du matin au soir de lourds chariots chargés de pierres gigantesques destinées à la construction de la nef du futur édifice. Au passage, je remarquai la beauté d'une bête à la robe d'un blanc immaculé… la monture de l'abbé Hugues de Semur, utilisée lors des grandes occasions. Elle était élégamment montée par un jeune homme qui devait avoir mon âge. Il avait les cheveux châtains et longs, qu'un chignon retenait vers l'arrière, dégageant ainsi un front solide et des yeux pétillants. Lorsque nos regards se croisèrent, j'y décelai cette espèce de fierté qu'on retrouve chez les hommes qui s'acquittent de leur tâche avec conscience et qui se savent observés par des yeux extérieurs. Que pouvait-il bien penser de moi ? Quelle idée pouvait-il se faire d'un novice de son âge s'apprêtant à devenir moine ? Pouvait-il envier ma condition de lettré ? Je connaissais la rudesse de leur vie. J'avais souvent accompagné mon maître dans son rôle de prieur et de médecin visitant les plus nécessiteux... J'avais vu les cahutes dans lesquelles des familles entières s'entassaient parfois à neuf ou dix dans une seule pièce. Seuls les plus âgés d'entre eux résidaient au monastère, dans des dortoirs situés au-dessus des écuries. Les autres, les plus jeunes, se rendaient chaque jour à pied à l'abbaye et, leurs tâches accomplies, regagnaient leurs villages où une seconde journée commençait. L'aide à leurs familles était leur second quotidien. Dès l'âge de sept ou huit ans, ils étaient assaillis de corvées et travaillaient comme des adultes dans une vie dénuée de toute instruction théorique. Pour ces jeunes, une place de familier dans un monastère tel que Cluny était une aubaine. Sous la conduite de frères expérimentés, clercs ou convers, ils pouvaient y apprendre un métier. Je contemplai, admiratif, l'agilité et la sérénité avec laquelle ce garçon menait sa monture. Elle marchait désormais au pas, à ses côtés, épiant le moindre de ses gestes pour marquer l'arrêt, prendre le pas espagnol ou passer au trot piaffé. Le jeune palefrenier maîtrisait son domaine avec élégance et grâce. Malgré des conditions de vie difficiles, ce garçon resplendissait. Y avait-il de bonnes vies d'un côté et de mauvaises vies de l'autre ? La vérité d'Odon était là, toute simple, incarnée par ce jeune familier : il y avait des hommes qui étaient maîtres de leur destin et il y avait ceux qui en étaient esclaves...

Moïse apparut à l'entrée de la grande cour et s'approcha de nous avec difficulté, en s'appuyant sur deux cannes de bois.

– Joachim, ton maître te demande. Rejoins-le au scriptorium tout de suite !

Avant de quitter la grande cour, je jetai un dernier coup d'œil en direction des coursiers, qui regagnaient la grande écurie dans un concert de hennissements. Le jeune garçon au cheval blanc clôturait ce défilé inattendu en précédant sa monture qui s'était engouffrée dans le bâtiment de bois sombre. Depuis l'embrasure de la grande porte principale, il se retourna vers moi et me fixa brièvement. L'espace d'un instant, j'eus l'impression fugace qu'il m'adressait un clin d'œil complice avant de disparaître dans la grande bâtisse.

Chapitre 11
Le scriptorium

Le scriptorium avait revêtu son habit vespéral. Malgré la présence de larges baies situées le long du cloître, à cette heure avancée, la lumière naturelle n'était plus suffisante et l'on avait recours aux chandelles de cire pour prolonger le travail. Vers le passage menant à la bibliothèque, se tenait un espace réservé à la préparation des parchemins. Ils y étaient soigneusement entreposés dans trois grands coffrets où ils étaient répertoriés avant leur utilisation par les copistes. Leur préparation préalable avait lieu dans un atelier extérieur au scriptorium. C'était dans ce lieu plus adapté que des moines étaient chargés de réceptionner les peaux brutes de mouton ou de veau et de les traiter jusqu'à leur métamorphose finale en parchemins prêts à l'emploi. Ces frères devaient successivement les dégraisser et les écharner pour ne conserver que le derme. Puis les peaux étaient plongées dans un bain de chaux pour être ensuite raclées, polies et blanchies à l'aide d'une fine poudre de craie, qui permettait d'uniformiser les différences de couleurs et de textures et ainsi de faciliter l'écriture sur les deux faces. On obtenait ainsi un matériau imputrescible, difficilement inflammable, indéchirable et qui pouvait se conserver mille ans.

Les peaux devenues parchemins étaient réparties dans l'un de ces trois coffrets, en fonction de leur texture, de leur souplesse et de leur grain. Les plus belles, d'une grande finesse, issues généralement du veau, se retrouvaient dans le premier coffret. Ils étaient utilisés pour les ouvrages de grande valeur, composés des récits bibliques ou des recueils de commentaires sur l'Écriture sainte. Pour les plus beaux d'entre eux, ceux qui devaient participer au prestige de Cluny, les frères utilisaient des parchemins appelés « vélins », d'une structure particulièrement fine, et obtenus à partir de l'épiderme de veaux mort-nés. On retrouverait ces futurs livres dans le trésor du monastère en compagnie des reliques et des objets précieux. On ne les exposerait que lors de circonstances exceptionnelles et pour des hôtes de marque. Le second coffret comprenait, lui, des parchemins d'assez bonne qualité, que nous employions pour y copier les œuvres des principaux auteurs classiques ou antiques, les traités doctrinaux ou moraux ainsi que les différents recueils de sermons et des vies de saints. Les parchemins les plus courants étaient regroupés dans le troisième coffret. Ils étaient employés pour la rédaction des documents diplomatiques comme les chartes, les traités, les inventaires ou les différents actes témoignant du rôle administratif et diplomatique de l'abbaye dans tout le royaume et au-delà.

Deux moines se tenaient là, affairés sur un plan de travail, où l'on distinguait des parchemins toujours vierges. Après les avoir soigneusement découpés en feuillets, à l'aide d'un couteau courbe en forme de demi-lune, le « lunellarium », ils les pliaient ensuite de façon à obtenir la dimension voulue. Cet espace était complété par deux autres affectés à la reliure des manuscrits, où des frères utilisaient du fil de couture afin de relier les parchemins entre eux. L'un d' eux assurait ensuite la couvrure même du livre grâce à deux planchettes de bois recouvertes de peau – souvent de cervidés – et qu'on nommait « maroquin ». Dans un coin sombre, dans un grand coffre fermé à clef, il avait à sa disposition toutes sortes d'accessoires pouvant être ajoutés à la reliure, pour protéger l'ouvrage, rendre aisée sa consultation, ou encore pour affirmer son caractère luxueux. Selon les ouvrages et le prestige du commanditaire, le couvreur en extirpait différents ornements d'or, d'argent ou d'ivoire, parfois même des pierres précieuses.

Le long des baies vitrées, s'alignaient, dans l'espace réservé aux copistes, une douzaine de pupitres. À leur vue, mon cœur se serra. Quiconque n'a jamais pratiqué l'écriture ne peut se douter à quel point ce travail est pénible et éprouve le corps autant qu'il nourrit l'esprit. Combien d'heures ai-je ainsi passé, courbé sur l'un de ces lutrins, à Beaulieu ou à Cluny ? Ai-je déjà fait quelque chose de plus difficile que l'écriture ? C'est un art qui dispense bien des satisfactions une fois l'ouvrage terminé et assemblé ! Mais c'est d'abord une discipline terrible pour nous, les copistes, car elle nous abîme la vue, nous plie le dos, nous broie les côtes, nous dérange l'estomac, nous brise les reins et nous perturbe le corps tout entier. C'est une tâche exigeante, qui demande une concentration de tous les instants et qui s'effectue « main levée », source supplémentaire de fatigue et de douleur. L'hiver, malheur au jeune scribe qui doit se contenter du lutrin le plus éloigné du chauffoir et doit savoir supporter engelures, membres gourds et encre gelée. Dans de telles conditions, nous nous efforcions souvent de terminer nos tâches au plus vite. Il n'était pas rare qu'un copiste expérimenté puisse produire plus de vingt pages sur une seule journée en finissant le soir entre vêpres et complies, à la faible lueur des lampes. Avant de consigner la moindre lettre, il nous fallait d'abord réaliser une sorte de quadrillage sur le parchemin vierge placé sur le pupitre incliné devant nous. Ces lignes, qui délimitaient l'endroit où le texte serait écrit, étaient tracées au crayon à mine de plomb à l'aide d'une règle et d'un compas.

Le parchemin était ensuite transmis à l'enlumineur, qui disposait d'un lutrin assez similaire à celui du scribe. Grâce au quadrillage, il pouvait préfigurer les futurs dessins et lettres, peints à la main, qui viendraient décorer la page écrite et servir de repères au lecteur. Il rendait alors la page au scribe, qui pouvait commencer le travail d'écriture en recopiant ou en traduisant le manuscrit original, déposé sur un pupitre annexe.

Mon travail s'effectuait généralement en position assise, à l'aide d'un calame, constitué d'un roseau taillé dont l'extrémité était écrasée. Certains copistes lui préféraient la plume en provenance d'oiseaux divers comme l'oie, le corbeau, le cygne, le héron ou la grue. Une fois taillées méticuleusement par un autre moine qui excellait en la matière, ces plumes nous assuraient une écriture aux traits d'une grande finesse par rapport au calame, moins précis.

Chaque lutrin disposait de son propre encrier, qui était une source perpétuelle de contrariété pour le copiste. Il fallait sans cesse y éviter la formation de filaments, qui s'accrochaient à la plume et pouvaient engendrer des taches. L'encre elle-même était fabriquée sur place, à partir d'un pigment noir issu de matières calcinées, mélangé à des liants divers comme l'huile, le miel, la gélatine ou encore le blanc d'œuf. La mixture, presque solide, devait alors être diluée dans l'eau pour être utilisée sans être trop liquide ni trop épaisse afin d'éviter qu'elle ne s'écaille ou n'adhère mal au parchemin.

La copie d'un ouvrage volumineux et sa décoration prenait plusieurs semaines et demandait des efforts considérables. Mais, pour ceux qui avaient la chance de travailler à Cluny, la reconnaissance était immense, tant le livre, objet de savoir intellectuel et spirituel, était considéré ici comme un véritable trésor.

La bibliothèque formait un angle droit avec le scriptorium et avait été bâtie le long du transept droit de la grande église abbatiale. Comment décrire un tel lieu ? Dès le seuil, on pouvait admirer trois grandes parois entièrement garnies de livres. Ces milliers de reliures, où toutes les sortes de cuirs imaginables étaient représentés, participaient à une ambiance unique où le moindre bruit, la moindre parole prononcée, se diluaient jusqu'à être complètement absorbés dans cet endroit qui concentrait tout le savoir du monde.

La pièce tout entière baignait dans une atmosphère feutrée, douce et tamisée, quasi irréelle, où flottaient des effluves suaves d'encre et de parchemin. À l'ouest, d'où provenait l'unique source de luminosité naturelle, les ouvertures avaient volontairement été limitées afin de réduire les effets néfastes de la lumière du jour sur les centaines d'ouvrages entreposés.

Enfin, j'aperçus mon maître. Il se tenait assis sur l'une des cinq tables de consultation, qui formaient une sorte de corridor entre les grandes parois abruptes tapissées de cuir. M'apercevant, il me fit signe de m'asseoir. Enfin nous étions seuls. J'allais pouvoir lui raconter mon incroyable expérience outre-corps, à l'abri des oreilles indiscrètes.

— Eh bien, Joachim, tu sembles aller mieux... discutons sereinement de tout cela. Moïse m'a confié une chose étonnante que tu lui as rapportée et qui est survenue lors de ton accident.

— Ce n'était pas un accident, maître, j'ai été frappé à la tête par Renaud de Vignoray et je suis tombé violemment au sol.

— Oui ! Cela est entendu et ne changera rien au sort qui attend désormais ce garçon. Que s'est-il passé après cette agression dans le cloître ? De quoi te souviens-tu exactement ?

— De tout, maître ! Je me souviens de tout. Il m'a frappé au niveau du crâne avec une statuette en pierre. Je me suis d'abord senti défaillir, mais la violence du coup m'a projeté en dehors de mon corps. Avec le recul, je crois avoir subi une sorte de dédoublement, pendant lequel je flottais dans les airs alors que mon corps blessé restait allongé sur le sol.

Odon semblait surpris. Il me fixa pour mieux jauger la véracité de mes propos. Il reprit, en utilisant un ton beaucoup plus feutré.

— Tu veux dire que tu étais conscient ?

Je pris un peu de temps avant de répondre, afin de bien signifier tout le sérieux que j'allais mettre dans ma réponse.

— J'ai bien réfléchi à tout cela ces derniers jours. Oui ! J'étais conscient. Après le choc, j'étais tel un spectateur flottant mystérieusement dans l'air. J'ai assisté à toutes les scènes qui ont suivi l'agression. J'ai vu les moines me porter secours et me transporter jusqu'à l'infirmerie. Mieux encore, j'étais comme omniscient et capable de me remémorer des éléments de savoir qu'on m'a enseignés il y a plusieurs années et dont je n'aurais eu aucun souvenir dans un état normal.

Guettant sa réaction, il me sembla qu'il tentait de dissimuler son étonnement. Avant de me laisser poursuivre, il m'interrompit de la main, puis se retourna vers l'accès conduisant au scriptorium, comme s'il souhaitait vérifier que nous étions absolument seuls dans la pièce.

— As-tu ressenti une douleur consécutive au choc ?

Sa question avait surgi tel un murmure, me signifiant ainsi que je devais également parler à voix basse.

— À vrai dire non. Je me sentais même très bien, voire euphorique à certains moments. Jamais je n'ai ressenti de douleur. J'étais doté de mon propre corps, un autre corps... très semblable au premier. J'avais du mal à l'appréhender au départ, tant ce phénomène me semblait étrange. Mais avec le temps, il s'est affirmé, et ce corps m'a même paru bien plus réel que celui qui était resté allongé au sol.

— Que veux-tu dire par bien plus réel ?

— Les mots me manquent pour l'expliquer : je venais d'être assommé, mais je me sentais vivant. Tous mes sens étaient magnifiés. J'étais comme un fantôme, mais capable de faire des choses stupéfiantes : voler très haut, passer à travers les murs les plus épais ou capter les pensées des hommes. Mais en même temps, je me sentais seul car personne ne me voyait ni ne m'entendait.

— As-tu essayé de rentrer en contact avec nous à un quelconque moment ?

— Oui à différentes reprises... mais vous restiez focalisés sur mon autre moi. Je veux dire mon corps resté inconscient. Le seul qui ait senti ma présence, c'est le chien de l'infirmerie ! Il a d'abord grogné à mon approche, mais en me reconnaissant, il s'est couché à mes pieds, comme s'il me voyait et comme il le fait habituellement.

— Le chien percevait ta présence, dis-tu ? Et qu'as-tu fait d'autre ?

Je ne répondis pas. Pouvais-je lui parler de ma rencontre avec Alix ? Odon dut percevoir mon hésitation.

— Donc, dans l'état où tu te trouvais, tu étais capable de nous entendre et de suivre nos conversations ? Joignant le mouvement à la parole, Odon se leva de sa chaise, fit quelques pas et, après une brève recherche, saisit un ouvrage précis se trouvant sur les rayonnages.

— Oui ! lorsque vous étiez autour de moi à l'infirmerie, en compagnie de Moïse et de Clément. J'ai parfaitement suivi vos échanges : d'abord le récit de l'attaque dont furent victimes Jacques et Moïse, puis les conditions de l'acquisition du manuscrit d'Agatharchide à Tripoli et enfin Alix de Saint-Germain.

Odon se retourna vers moi brusquement.

— Comment cela, Alix de Saint-Germain ?

Oubliant le murmure, Odon avait parlé plus fort, et je le sentis à nouveau très surpris.

— Alix de Saint-Germain ! vous l'avez évoquée en disant que vous aviez récemment visité une jeune fille dans le voisinage qui se trouvait dans le même état d'inconscience suite à un accident de chasse.

Le prieur semblait aussi médusé que si la jeune fille avait fait irruption dans la pièce à l'instant même.

— En effet je l'ai bien évoquée. Mais à aucun moment je n'ai pu révéler son nom car en tant que médecin, je n'en ai pas le droit. Comment sais-tu comment elle se nomme ?

— Je connais son nom car elle me l'a dit elle-même… Je l'ai vue cette nuit-là ! Après son accident, elle a fait l'objet du même phénomène de dédoublement que moi et nous nous sommes rencontrés. Nous pouvions nous percevoir et nous avons conversé dans la petite église du village où elle m'a raconté son histoire.

Odon me fixait désormais comme si je revenais des enfers. Je voyais dans son regard qu'il était confronté à un phénomène inexplicable et que cela le perturbait. Le silence se fit pesant. Le prieur avait regagné sa place et il se mit à parcourir les pages du volumineux ouvrage à la recherche d'un passage en particulier.

— Joachim, ne penses-tu pas avoir rêvé tout cela ? Il est possible que, pendant ton inconscience, tu aies capté des bribes de nos conversations et que tu sois donc capable de les restituer...

J'accusai le coup. Je ne m'attendais pas à ce qu'Odon mette en doute un témoignage longuement mûri et que j'avais voulu le plus sincère possible.

— Maître, je ne comprends pas. Comment pourrais-je avoir rêvé une histoire comme celle-là ?

Il resta silencieux. Le connaissant bien, je savais que je l'avais fait douter et qu'il devait essayer d'analyser mon témoignage... d'en déceler les failles. C'était bien là sa façon de fonctionner : douter de tout en bloc pour cheminer progressivement vers la vérité.

— Ecoute, tu as été victime d'un grave traumatisme auquel il faut rajouter une tentative de meurtre dont tu as réchappé par miracle. Il est vraisemblable que tu aies été victime d'hallucinations, qui t'ont conduit à construire cette histoire de corps omniscient qui flotte dans les airs...

— Non maître, je vous assure, j'ai subi un choc violent, c'est vrai... mais mon esprit était, lui, parfaitement lucide. Comment pourrais-je vous donner autant de précisions sur votre conversation si j'avais simplement rêvé ?

— Eh bien, je l'explique par le fait que cette inconscience supposée devait finalement être assez légère. Je l'apparente à un demi-sommeil... où tu étais suffisamment conscient pour entendre nos paroles et les enregistrer. Cet épisode n'a finalement duré que peu de temps après tout. En réalité, tu n'es resté inconscient qu'entre vêpres et laudes. Peut-on, dès lors, parler d'inconscience prolongée ?

D'autre part tu réagissais parfaitement à la douleur pendant l'ensemble des tests que j'ai effectués sur toi à l'infirmerie. Tu n'étais donc pas dans un état d'inconscience avancée. Tu as dû avoir une absence temporaire ou une simple perte de connaissance, comme cela nous arrive à tous. Il n'est donc pas anormal que certains de tes sens soient restés en éveil.

Je restai silencieux à mon tour. Ses objections réduisaient mon témoignage à de simples hallucinations juvéniles. Je devais riposter.

– Maître, dans ce cas, comment expliquer que j'aie pu converser avec Alix de Saint-Germain et que je connaisse son nom et son histoire en détail ?

Il marqua une pause plus longue et regarda attentivement en direction du scriptorium. Je n'en étais pas certain mais il me semblait qu'il cherchait à déterminer si quelqu'un pouvait s'y trouver et potentiellement écouter notre conversation.

– Je l'explique par le fait que l'histoire de cette pauvre demoiselle s'est largement répandue à Cluny comme partout dans la région. Les familiers du seigneur de Saint-Germain l'ont largement commentée car il y avait beaucoup de témoins lors de son accident de chasse. Tu as très bien pu entendre le nom de cette jeune fille dans la cour de Beaulieu ou ici même. Tu as pu ensuite simplement l'associer machinalement à ma conversation avec Clément et Moïse.

Je fixais Odon stupidement. Je ne savais plus quoi lui répondre. Comment avais-je pu être aussi naïf pour penser qu'il allait instantanément tenir pour vrai une histoire aussi incroyable ?

Je savais que, face à son esprit méthodique, son expérience de médecin et son art de la rhétorique, je ne faisais pas le poids pour l'instant. Mais je savais aussi ce que j'avais vécu ! Le prieur, malgré ses arguments, n'avait pas réussi à introduire le doute en moi. Je devais être patient et maintenir fermement mon récit pour être crédible et entendu. Contre toute attente, Odon, qui fixait toujours l'entrée de la pièce comme s'il guettait l'arrivée d'un visiteur, reprit la parole le premier.

— Écoute-moi. Il est sans doute trop tôt pour tirer des conclusions définitives sur tout cela. Demain matin, je dois justement me rendre au chevet de cette jeune femme et faire le point sur son état avec ses parents. Je souhaite que tu m'accompagnes là-bas et que tu réalises ainsi que tu as sans doute construit mentalement une jolie histoire, qui t'a vraisemblablement aidé à supporter les traumatismes que tu as subis.

Je ne répondis rien immédiatement. Son doute quant à la véracité de mon récit m'avait blessé, mais sa proposition de l'accompagner au chevet d'Alix venait de reléguer mon amour-propre au second plan. La contrariété qui m'avait gagné se diluait déjà. À l'évocation du nom de la jeune fille, une fenêtre s'était ouverte, vers laquelle je me sentais irrémédiablement attiré. Sans trop oser me l'avouer encore, je n'attendais qu'une chose depuis ma sortie de l'infirmerie... revoir Alix de Saint-Germain.

Le prieur se levait déjà. La soirée était avancée et il était temps pour tous d'aller prendre du repos avant le premier office de nuit. Avant de quitter la pièce, il marqua un arrêt et se retourna en se penchant vers moi comme pour me chuchoter quelque chose à l'oreille.

— Joachim, ton esprit est tourmenté par cette affaire, ce qui est bien légitime. Nous aurons l'occasion d'en rediscuter à nouveau. D'ici là, ne parle à personne de ce que tu m'as confié ce soir. Par personne, j'entends également les frères qui te sont les plus proches. Est-ce clair ?

J'avais à peine écouté cette dernière réplique mais j'acquiesçai silencieusement de la tête. Il semblait satisfait et son visage marquait désormais un peu plus de quiétude. Il sortit et disparut dans le scriptorium, me laissant seul dans la grande pièce feutrée. Que penser de son attitude ? Je me faisais une telle joie de partager cette incroyable expérience avec lui... et je me retrouvais seul et incompris. L'unique élément que je parvenais à décrypter était cette dernière mise en garde. Je savais bien que, plus que tout, il cherchait à me protéger et à m'éviter ainsi de nouveaux ennuis.

Toujours perdu dans mes pensées, je parcourus machinalement des yeux les titres des ouvrages entreposés sur les rayonnages les plus proches. Certains m'étaient familiers. J'avais pu en copier ou en lire quelques-uns. J'en avais traduit quelques autres, du grec au latin, mais pour la plupart, ils m'étaient inconnus tant ils étaient nombreux.

Mon regard fut attiré par un détail curieux. L'ouvrage emprunté par le prieur quelques instants auparavant était resté sur la table de consultation, à l'endroit même où Odon se tenait encore à l'instant même. Le livre était ouvert comme si un lecteur mystérieux le parcourait toujours. Connaissant la déférence de mon maître pour les livres, je me dis qu'il aurait dû avoir à cœur de le remettre à sa place après sa consultation. Il ne pouvait y avoir qu'une seule explication. Il l'avait intentionnellement laissé ouvert !

Contournant la table pour faire face à l'ouvrage, je m'approchai et pris place dans le siège garni de velours qui avait accueilli le prieur quelques instants auparavant. Le livre était doté d'un habillage réalisé en peau de daim, que le couvreur avait cloué sur deux plaques de bois à l'aide de clous à grosse tête. Ce dispositif de protection était complété aux quatre coins de pièces métalliques fixées aux angles extérieurs. Ce n'était pas une reliure luxueuse, mais le soin apporté à sa fabrication avait permis à l'ouvrage de traverser les années. Un bref coup d'œil aux fers utilisés me révéla immédiatement qu'elle avait été réalisée ici même, au sein de notre propre atelier de reliure. Sans en être certain, mais pour en avoir examiné et déjà restauré un certain nombre, j'estimai que cet ouvrage avait dû être copié aux alentours de l'an mil. Afin d'en avoir le cœur net, je me mis en quête du colophon, une sorte de pavé de texte placé par le copiste à la fin du manuscrit. Ces quelques lignes donnaient généralement au lecteur averti des indications précieuses sur la fabrication de l'ouvrage, comme le nom du scribe, la date et le lieu de réalisation ainsi que le temps qu'y avait passé le copiste. Celui-ci comportait la mention suivante :

« *Ici se termine le livre VII de X livres d'histoire de Grégoire de Tours. D'après l'abbé Odon de Cluny, rédigé en l'année CMXXX...* »

Le dernier chiffre était illisible mais, même incomplète, la date indiquait que l'ouvrage était un peu plus ancien que je l'avais initialement estimé. Je connaissais de réputation le copiste révélé par le colophon. Cet abbé Odon avait été, plus d'un siècle avant notre temps, le second abbé de Cluny et il avait joué un rôle éminent dans le développement de notre ordre. Consultant alors le frontispice de l'ouvrage, situé sur la première page, je vis qu'il s'intitulait « X livres d'histoire » et que son auteur était bien Grégoire de Tours, historien franc bien connu du sixième siècle. Revenant enfin à la page laissée ouverte par mon maître, voici ce que je pus lire :

« *(...) Ô Seigneur miséricordieux, qu'as-tu fait de moi pour me permettre de revenir dans ce lieu ténébreux qui sert d'habitation au monde, alors que ta miséricorde dans le ciel était pour moi préférable à la vie détestable de ce monde ? (...) Lorsqu'il y a quatre jours, vous m'avez vu inanimé dans la cellule, j'étais appréhendé par deux anges et transporté dans les hauteurs des cieux, en sorte que je m'imaginais avoir sous les pieds, non seulement ce monde du siècle hideux, mais encore le ciel, la lune, les nuages et les étoiles. Ensuite, par une porte plus brillante que cette lumière, je fus introduit dans une demeure dont le pavé était brillant comme l'or et l'argent, la lumière ineffable, l'ampleur indescriptible. Une multitude des deux sexes la couvrait, en sorte qu'on ne pouvait absolument pas se rendre compte de la profondeur ni du front de cette foule... Et j'entendis une voix qui disait : « Que cet homme retourne dans le siècle, parce qu'il est nécessaire à nos églises ». On entendait seulement la voix, car celui qui parlait, il était absolument impossible de le discerner (...) ».*

Chapitre 12
La seigneurie de Saint-Germain

Le lendemain matin, un peu avant l'office de tierce, nous prîmes la route de la seigneurie de Saint-Germain. J'allais revoir Alix ! Mais la proximité de la rencontre me bouleversait. J'étais novice... mais aussi futur moine de chœur. J'allais prononcer des vœux par lesquels je m'engagerais à suivre le Christ tel qu'il vécut lui-même, sur le chemin de la pauvreté, de l'obéissance et de la chasteté... Comment concilier tout cela avec ce que j'éprouvais pour la jeune fille. Devenir moine... était-ce bien là ma destinée ?

Mes réflexions furent interrompues par une grande clameur. Venant dans l'autre sens, de lourds chariots remplis de blocs de pierre étaient tractés par des attelages humains d'une centaine de personnes, manouvriers, bergers, paysans, clercs et soldats. Suivaient d'autres chariots remplis de vivres, encadrés par des soldats en arme. En tête de ce cortège bigarré, les robes sombres de prêtres au milieu de bannières et d'étendards, accompagnés de musique, de chants et de trompettes. Et, à la toute fin de cette invraisemblable procession, une bande hétéroclite de piétons, femmes, enfants, vieillards, indigents, encourageaient les hommes par des prières, des chants et des cris. Il fallut nous serrer sur le bas-côté de la route pour faire place à cet incroyable défilé.

J'avais entendu parler de ces étonnantes « processions des cathédrales », comme les désignaient les moines de Beaulieu. Partout, le royaume de Francie se couvrait d'églises. On avait sans cesse besoin de ces pierres de roche brute, arrachées aux carrières pour les acheminer jusqu'aux nombreux chantiers. Le peuple chrétien participait en nombre à ces pieuses expéditions au service de la foi, encouragées par les sermons des prédicateurs mais aussi par les prêtres, les évêques et les abbés. Ces voyages de quelques jours remplaçaient le pèlerinage trop onéreux en Terre sainte ou à Rome, pour ceux qui n'avaient pas les moyens de quitter leur village. En retour, ces gens y obtenaient une indulgence où le rachat d'une faute. Jusqu'à destination, l'enthousiasme et la ferveur religieuse ne faiblissaient pas. La nuit tombée, regroupés autour de grands feux, ils se confessaient, écoutaient des messes ou expiaient leur fautes à la lumière des torches. Les malades et les infirmes étaient placés au centre et chacun priait le Seigneur pour demander leur guérison.

Nous reprîmes notre route vers Saint-Germain et la promesse du jour : j'allais revoir Alix ! Au détour d'une colline, j'aperçus la place forte dominant la vallée. Par le passé, j'y étais passé très souvent sans y prêter attention. Cette fois je la guettais, et tandis que nous progressions le long de l'ancienne voie romaine, je reconnus sans hésiter l'éperon rocheux où les tours et les fortifications avaient été édifiées par des bâtisseurs de génie. Puis le village... au bas des murailles... avec la petite église et son clocher... Mon cœur se mit à battre plus fort... Oui, j'en étais sûr maintenant : je n'avais pas rêvé.

Une voie secondaire, serpentant à flanc de colline, permettait de contourner les cultures, pâturages, vignes, ravins, fourrés et épineux jusqu'au village. À mi-pente, un hameau d'éleveurs réunissait plusieurs fermes aux jardins clôturés. Partout aux alentours, des centaines de brebis, agneaux et moutons constellaient de leurs petites taches blanches le vert émeraude des pâturages. Plus loin et plus haut, les maisons et leurs tisses, qui formaient comme un élégant collier décorant la muraille de l'imposant château fort : le domaine du seigneur de Saint-Germain. L'atmosphère, le relief des lieux, pourtant ordinaires, semblaient avoir acquis une vibration différente. J'étais sous le charme de sa fille...

Notre première visite fut pour la petite église de pierre, devant laquelle nous mîmes pied à terre. La réforme de notre pape Urbain avait éloigné les seigneurs du contrôle des églises et de leurs revenus. L'homme qui nous attendait, le desservant de la paroisse, dépendait désormais de l'évêque du comté. Assisté de son novice, il assurait offices et sacrements, percevait la dîme pour le compte du diocèse, mais gardait tout de même des liens forts avec le seigneur du lieu et pouvait lui rendre de nombreux services. L'homme, rond et gras, devait nous conduire directement au château où le seigneur et son épouse attendaient la visite du moine médecin. Il était temps de mettre mon plan à exécution. Dès qu'il eut reçu les salutations du desservant, je m'arrangeai pour attirer discrètement l'attention d'Odon.

— Maître, je voudrais vous faire part d'une très importante information.

Interloqué, celui-ci fit quelques pas de côté en priant le clerc de bien vouloir l'excuser un instant.

— Je t'écoute, Joachim, mais sois bref, car nous sommes attendus ! J'imagine que ton sujet a un rapport avec la personne que nous allons visiter ?

— Oui maître, j'ai, ici même, la preuve que je disais vrai, hier soir, dans la bibliothèque.

— Très bien, je t'écoute.

— Maître, le soir de mon agression, la jeune fille m'a révélé qu'un objet particulier appartenant à son père était dissimulé ici. Elle l'y a caché elle-même il y a plusieurs années.

— Ah ! Quel objet ?

— Un petit coffret en bois précieux. Il contient une mèche de ses cheveux et une bague portant le sceau de la seigneurie de Saint-Germain.

— Et où est caché ce coffret selon toi ?

— Ici, dans l'église. Je peux vous le montrer. Le seigneur, son père, ignore lui-même la présence de ce coffret. Il le croit perdu et serait certainement très surpris de le savoir ici.

J'entraînai Odon vers la lourde porte. Le prieur fit signe à nos suivants de nous attendre sur le parvis. L'édifice était baigné par la lumière vive du matin, pénétrant par les vitraux du chœur. Je reconnus aussitôt les lieux, qui étaient tels que je les avais vus. La petite nef s'étirait au milieu de l'édifice et débouchait sur l'autel, à la croisée du minuscule transept formé par deux ravissantes chapelles. C'est là que j'avais vu Alix la toute première fois. D'un signe, j'indiquai l'emplacement de la niche. On y voyait bien un vase de jade !

— C'est ici : le coffret du seigneur se trouve dans ce vase.

Joignant le geste à la parole, je me hissai à la hauteur de la niche et m'emparai du vase comme d'un trophée. Un nuage de poussière, prenant l'allure de paillettes d'or irisées par la lumière pénétrante, accompagna mon geste.

Recouvert d'une fine pellicule de poussière, je tendis le vase au prieur, qui m'avait regardé opérer silencieusement.

— Un coffret de bois, dis-tu ?

— Oui, il contient une mèche de cheveux et la bague de son père.

Me rendant le vase, le prieur me fixa d'un air agacé.

— Joachim, ce vase ne contient rien d'autre qu'un peu de poussière grise.

Je constatai qu'il disait malheureusement vrai.

— Maître, je vous assure que j'ai conversé ici même avec l'esprit d'Alix de Saint-Germain. Elle flottait là et brillait de mille feux au milieu de la nef. Son corps baignait dans une lumière dorée si intense qu'on aurait dit un ange descendu du ciel. Je vous conjure de me croire.

Un bruit se fit entendre derrière nous. La porte de l'église, restée entrouverte, venait d'émettre un grincement sec. Quelqu'un se trouvait derrière et allait pénétrer dans la petite église. Etait-ce plus par prudence que par agacement, je ne pourrais l'affirmer, mais Odon mit un terme à la discussion au moment même où le desservant entrait dans l'église.

— Assez perdu de temps, allons rendre visite à cette pauvre demoiselle et à ses parents.

Décontenancé, je restai hébété, fixant le vase vide. Pressé par Odon, je finis par le remettre à sa place et sortis de l'église à la suite du prieur, qui était déjà remonté en selle. Guidé par le desservant, juché sur sa mule, nous traversâmes le gros bourg de Saint-Germain. Plus haut, en remontant vers l'enceinte fortifiée, on débouchait sur une petite place où se trouvaient différents enclos. Des négociants en laine se tenant à proximité venaient y acheter leur matière première aux éleveurs du bourg. Je savais qu'un peu plus loin, dans des cités plus importantes, comme Semur ou Dijon, la laine serait filée et revendue à des marchands venant de tout le royaume de Francie, du tout proche Empire romain germanique ou même d'Italie, par-delà les montagnes. La laine… c'était bien là la véritable richesse du village et de la seigneurie, comme en témoignaient la multitude de moutons répartis, durant la journée, sur les collines environnantes.

Quittant le village et suivant une route pavée, nous atteignîmes la base de l'éperon rocheux, sur lequel la forteresse avait été érigée afin de surveiller la vallée et de protéger les villages avoisinants, situés sur le domaine des Saint-Germain. D'ici-bas, la formidable enceinte fortifiée semblait imprenable. Cerclée de six hautes tours couvertes, reliées entre elles par un chemin de garde surplombant les remparts, elle rappelait que la pierre abondait en Bourgogne et que les constructeurs savaient l'utiliser pour ériger aussi bien des églises que des forteresses.

J'étais toujours perdu dans mes pensées lorsque nous franchîmes l'imposante muraille au niveau d'une grande arche, qui délimitait l'entrée de la place forte. Qu'avait-il pu se produire dans l'église ? Pourquoi ce maudit vase était-il vide ? Que devait penser Odon de tout cela désormais ? Nous approchions de la demeure seigneuriale, et la proximité de la rencontre avec la jeune fille me troublait encore davantage. Tentant de mettre de l'ordre dans mes souvenirs, je me dis que, cette nuit-là, à bien y repenser, à aucun moment je n'avais vu moi-même ce coffret. J'avais cru la jeune fille sur parole et sans doute un peu vite. Et si Alix m'avait tout simplement raconté une belle fable ? Avec le recul, cette histoire de mère avec qui elle conversait la nuit, mais sans que cette dernière n'en garde aucun souvenir le jour venu, me semblait désormais complètement ridicule ! Comment avais-je pu croire une telle farce et passer pour un sot auprès de mon maître ?

À la suite du desservant, juché sur sa mule, nous contournâmes le donjon quadrangulaire par l'ouest. Longeant les habitations dévolues aux chevaliers vassaux, nous nous dirigeâmes vers le logis seigneurial, qui englobait la tour de l'angle nord-est, surplombant ainsi le versant le plus inaccessible de la colline. L'autre côté du domaine était constitué d'un large parvis, formé par le sommet de l'éperon rocheux lui-même. Il constituait ainsi une sorte de plateau calcaire, qui avait servi de base à la construction de la place-forte et tenait lieu de refuge suffisamment vaste pour accueillir les populations voisines en cas de danger.

À proximité de l'entrée principale, dans la muraille sud qui dominait le village, on apercevait enfin les écuries du domaine ainsi que différents hangars destinés au stockage du foin et des denrées. Nos montures avaient cessé de marteler le pavé de la grande cour. Sur le seuil de la demeure principale, le seigneur et son épouse nous attendaient. La ressemblance entre Alix et sa mère était frappante ! Almodis de Saint-Germain ne devait pas avoir plus de trente-cinq ans. Attentive, le visage serein, elle possédait, comme sa fille, ce teint subtil mélangeant le lys et la rose. Ses mains étaient délicates et racées. Sa peau blanche témoignait de son rang : celui qui dispense des travaux extérieurs et d'une exposition prolongée au soleil. Elle présentait surtout ce qui m'avait séduit le plus chez sa fille, ce port altier qui lui donnait l'allure d'une reine.

À ses côtés, se tenait son époux, le seigneur de Saint-Germain. De petite stature, le teint pâlot, il était pourvu de traits rigides, qui contrastaient avec un embonpoint naissant. Ses yeux, comme ses cheveux, tiraient vers un brun terne et mettaient en relief, à son insu, l'éclat de son épouse. Nous traversâmes la grande salle de réception, réservée aux réunions avec les vassaux, aux fêtes, et aux différents hommages. Une immense cheminée y occupait tout le flanc est. Elle était si haute qu'on aurait pu y pénétrer à cheval. Empruntant le vaste escalier jusqu'à l'étage où se trouvaient les appartements privés du seigneur et de sa famille, mon cœur se serra lorsque nous pénétrâmes dans la chambre d'Alix, située au second niveau de la demeure. Seuls Clément et moi-même avions été autorisés à y accompagner Odon.

La jeune femme semblait plongée dans un profond sommeil. Allongée sur son lit et recouverte jusqu'au cou d'une fine couverture brodée, j'eus bien du mal à la reconnaître tant elle paraissait pâle. Tout ce qui m'avait séduit chez elle semblait avoir été volontairement escamoté à ma vue par un ange malin. Ses paupières closes masquaient ses yeux noisette. Sa bouche fermée cachait le galbe de ses lèvres et ses dents nacrées. Sa silhouette était dissimulée par une étoffe de lit de couleur vert sombre. Même sa chevelure qui, dans l'église tombait harmonieusement sur ses épaules, était ici masquée par une coiffure où ses cheveux tirés en arrière de façon sévère ne laissaient entrevoir qu'un large front ainsi qu'un nez droit et fin. Un affreux doute m'envahit… Que savais-je de cette fille en réalité ? Je ne l'avais jamais vue réellement ! Et si elle était différente de celle que j'avais rencontrée dans l'église ? Mes réflexions furent interrompues par Odon, qui avait commencé son examen en questionnant les parents de la jeune femme.

— Eh bien ! Pouvez-vous me décrire précisément l'évolution de son état depuis ces dix derniers jours ?

Le seigneur de Saint-Germain fit un signe discret à son épouse. Après s'être assise auprès de sa fille, Almodis adressa un sourire poli et s'exécuta :

— Mon Père, depuis votre dernière venue, nous nous sommes efforcés d'appliquer vos consignes à la lettre. Alix est toujours inconsciente mais elle réagit désormais à certaines stimulations.

— Comment réagit-elle à la douleur ?

— Nous sommes passés d'une absence totale de réaction, peu après l'accident, à des réponses précises et désormais localisées. Elle est capable de retirer son bras si je le lui pince fortement par exemple.

— Bien ! Parle-t-elle ou émet-elle des sons ? Qu'avez-vous remarqué ?

— Nous nous adressons à elle plusieurs fois par jour comme vous nous l'avez demandé. Malheureusement, son mutisme reste total. Cependant, hier matin, pour la première fois, je l'ai entendue émettre des sons incompréhensibles sur un ton contrarié… comme si elle cauchemardait. La servante qui était à son chevet m'a appelée et j'ai pu moi-même observer son agitation. Le contact de ma main sur sa joue l'a calmée presque immédiatement.

— A-t-elle ouvert les yeux à un quelconque moment ?

— Oui, et c'est le point le plus surprenant. Elle ouvre parfois les yeux désormais. J'avoue mon extrême étonnement face à un si étrange phénomène. Lorsque j'ai vu ma fille les yeux grands ouverts, j'ai d'abord cru qu'elle était revenue parmi nous et, folle d'espérance, j'ai fait appeler immédiatement mon époux. Malheureusement nous avons vite constaté qu'elle ne répondait à aucune de nos sollicitations et qu'elle ne nous voyait manifestement pas.

Le prieur se rapprocha de la jeune fille et, après avoir retiré délicatement le pansement masquant la blessure située un peu au-dessus de l'oreille gauche, il se mit à examiner la plaie.

— Comment vont ses jambes ? La déplacez-vous fréquemment ?

— Nous la maintenons principalement en position assise ou semi-assise durant la journée. Nous la massons également plusieurs fois par jour pour éviter l'inaction prolongée de ses membres.

Odon lui saisit la main au niveau du poignet, comme s'il y cherchait quelque chose de précis. Pendant un petit moment, il ferma les yeux comme s'il comptait silencieusement.

— S'alimente-t-elle normalement ?

— Oui et non. Nous lui concoctons une bouillie presque liquide que nous parvenons à lui faire avaler à la cuillère une ou deux fois par jour. Elle la refuse la plupart du temps mais elle s'alimente tout de même un peu. Elle boit également régulièrement.

Le prieur se retourna et s'adressa cette fois aux deux parents de la jeune fille.

— Bien ! tout ceci me semble encourageant. Son état évolue doucement mais positivement et je ne vois pas de source d'inquiétude pour la santé d'Alix pour l'instant.

— Va-t-elle se réveiller prochainement ? coupa le seigneur de Saint-Germain d'un ton impatient.

— Difficile à dire. Cela peut prendre plusieurs jours... voire plusieurs semaines. Le plus important, pour l'instant, c'est qu'elle réagisse à des stimuli extérieurs, qu'elle puisse émettre des sons et ouvrir les yeux. Cela signifie que les dommages physiques causés par l'accident ne seront sans doute pas trop sévères.

J'eus l'impression que le père d'Alix vacillait. Il devint aussi pâle que sa fille, alors que son épouse, au contraire, semblait rester parfaitement sereine. N'osant plus regarder sa fille allongée, il s'adressa au prieur à mi-voix, comme s'il ne souhaitait pas qu'elle l'entende.

— Mon Père, pouvons-nous nous voir seuls un instant ?

Les deux hommes se retirèrent dans une vaste pièce attenante à la chambre : une sorte de vestibule dallé, débouchant en face de l'escalier principal. À travers l'entrebâillement de la porte, j'aperçus comme une passerelle, qui communiquait à plusieurs pieds de haut avec le donjon central du château. C'était le seul point d'accès possible à l'imposante tour dénuée de toute autre porte. Dans le vestibule, en aparté, la conversation entre les deux hommes reprit sous ma surveillance discrète.

— Mon Père, que voulez-vous dire par dommages physiques ? Ma fille risque-t-elle d'être « diminuée » à son réveil ?

— Mon rôle n'est pas de chercher à vous inquiéter inutilement ni à vous bercer de faux espoirs. L'état de votre fille est sérieux car elle est inconsciente depuis plus de dix jours. Nul ne peut dire quand elle va se réveiller ni dans quel état. À ce stade, sa vie n'est pas menacée et elle ne semble souffrir d'aucune altération physique. En revanche, il y a un risque sur son état mental. Certaines de ses facultés ou certains de ses sens, comme la parole, la vue ou la mémoire pourraient être touchés, mais cela ne reste qu'une possibilité invérifiable tant qu'elle ne communique pas. Il faut néanmoins vous préparer à ces éventualités.

— Mon Père, c'est impossible ! Je suis pressé par le futur époux d'Alix. Le seigneur d'Helgon possède un fief important dans le comté voisin. Il est veuf et sans héritier mâle et il souhaite se remarier sans plus tarder. Elle lui est promise et leurs noces doivent être célébrées avant l'été. J'ajoute que ce mariage revêt une importance cruciale pour l'avenir de mon domaine…

— Malheureusement, rien ne vous garantit pour l'instant qu'Alix soit en état de se marier. J'entends votre empressement mais le salut et la santé de votre fille se trouvent désormais entre les mains de Notre Seigneur.

— Il y a certainement quelque chose à faire pour la réveiller et permettre que ce mariage ait lieu ?

Odon fixa le chevalier dans les yeux.

— Il vous faudra être patient. Soyez assuré que votre fille présente d'excellentes chances de rétablissement par rapport à bien des cas similaires. Elle bénéficie, en outre, ici-même, des meilleures conditions matérielles possibles pour sa convalescence.

— Le grand prieur Orderic lui-même m'a pourtant assuré que vous pourriez nous venir en aide. Que vais-je pouvoir dire au futur époux selon vous ?

Le prieur de Beaulieu s'impatientait. Il n'aimait pas être diplomate, même quand les circonstances l'exigeaient. C'était son point faible. Mais, fidèle à lui-même, il préférait toujours exprimer sa pensée, au risque de se fâcher avec son interlocuteur.

— Dites-lui que le salut de votre fille dépend de Dieu et que ce seigneur d'Helgon doit prier pour son prompt rétablissement. S'il n'est pas assez patient et qu'il souhaite renoncer à son engagement, c'est que Dieu lui-même ne veut pas de ce mariage, voilà tout. J'ajoute qu'il me semble très imprudent de faire peser le sort de votre domaine sur une demoiselle aussi jeune.

Vexé, le seigneur de Saint-Germain détourna le regard. Il n'était pas plus avancé sur l'état de sa fille et se faisait donner la leçon par un prieur de second ordre. Sachant qu'il était crucial de conserver de bonnes relations avec Cluny et son meilleur médecin, il décida de ne pas relever directement l'affront.

— Mon épouse aura certainement d'autres détails significatifs à vous donner. Je vais devoir moi-même vous laisser. D'autres obligations m'attendent...

Il fit un léger signe de la tête en direction du prieur, tourna les talons et disparut dans le vaste escalier. Près de moi, l'épouse du chevalier était toujours assise auprès de sa fille. Elle guettait le retour du prieur. Le départ précipité de son époux semblait la soulager.

— Mon Père, j'imagine que mon époux vous a fait part de son empressement à vouloir marier notre fille. Cette union revêt une importance capitale à ses yeux.

Ne souhaitant rien révéler d'un entretien en aparté, mon maître ne répondit pas directement.

— Comme je vous l'ai dit, l'évolution de l'état d'Alix est satisfaisante. Il vous faut attendre et prier, tout en continuant à la solliciter.

Almodis sembla hésiter et baissa la tête un instant comme pour rassembler ses forces. Jetant un coup d'œil vers sa fille, impassible, elle se lança.

— Mon Père, puis-je vous parler en toute franchise ? J'ai le sentiment que ma fille ne désire pas ce mariage. Mon intuition me dit que son inconscience prolongée est en rapport avec son souhait.

Mes tempes se mirent à bourdonner. C'est bien ce que j'avais ressenti dans l'église lorsqu'Alix avait évoqué son futur époux. Il m'avait semblé que la jeune fille ne souhaitait manifestement pas cette union et, au fond de moi, cette nouvelle me réjouissait.

— À seize ans, votre fille est en âge d'être mariée, rétorqua Odon sur un ton neutre. Si son père et le futur époux y consentent, ni vous ni elle ne pourrez vous opposer à ce mariage lorsqu'elle sera à nouveau consciente.

— Mon Père, vous savez bien que l'homme choisi par mon mari pourrait être son père. Alix me l'a confié avant son accident de chasse : elle le trouve trop âgé et, de plus, c'est un personnage controversé. Je connais assez ma fille pour être persuadée qu'elle se maintient volontairement dans ce mystérieux état pour repousser l'échéance qui approche.

— Vous pensez qu'elle simule ?

— Non, Alix est réellement inconsciente, j'ai pu m'en apercevoir à maintes reprises, ces dix derniers jours. Mais étrangement, depuis l'accident, j'ai l'impression de ressentir ce que pense ma fille. Comme si elle me parlait et se confiait à moi…

Je mourais d'envie d'intervenir. Oui ! Elle vous parle chaque nuit et se confie à vous. Je devais le lui dire. Je fis un pas en avant mais, croisant le regard d'Odon, je m'immobilisai. Un regard glacial de mon maître m'interdisait formellement de prendre part à la conversation.

— Maître, je...

— Joachim, ne te mêle pas de cela. Vous deux, allez m'attendre à l'extérieur. Nous allons, de toute façon, prendre congé de nos hôtes.

Almodis de Saint-Germain me fixait curieusement au moment où Clément et moi-même quittions la pièce.

— Joachim... vous avez bien dit Joachim ?

— Oui, c'est son nom, Joachim de Saint-Ange.

— Mon père, cela va vous paraître insensé mais je suis sûre que ma fille a évoqué ce prénom dans un songe que j'ai fait cette nuit-même.

— Comment cela, dans un songe ? Expliquez-vous !

— Cela reste très flou, mais à mon réveil ce matin, je n'avais qu'une idée en tête.

— Quoi donc ?

— Faire une chose que ma fille m'a demandée cette nuit.

— Quelle chose ? Que deviez-vous faire pour votre fille ?

— Donner un objet précis à un jeune homme nommé Joachim.

— Un objet ! Quel objet ?

— Je ne suis pas bien certaine de l'objet mais du nom de Joachim, oui j'en suis sûre !

— Et qu'avez-vous fait ?

— J'ai suivi mon intuition et les étranges instructions qui me semblaient provenir de ma fille elle-même. L'objet en question devait se trouver dans l'église du village.

— Dans l'église ? Et vous l'avez cherché ?

— Oui, mais ne sachant pas quoi exactement, j'ai l'ai donc fouillé méticuleusement ce matin, en explorant le moindre recoin.

Odon me fixait désormais. Son regard avait changé... me croyait-il enfin ?

— Avez-vous trouvé un coffret de bois appartenant à votre époux ? Aurait-il été caché dans un vase situé dans une niche, à gauche de la nef ?

Almodis était stupéfaite.

— Oui ! Mais comment pouvez-vous le savoir ?

— Joachim, peux-tu nous dire ce que contient ce coffret ?

Je fis un pas à l'intérieur de la pièce. Almodis était si pâle que je crus qu'elle allait défaillir. Elle me fixait comme si j'étais moi-même une statue de pierre subitement revenue à la vie.

— Le coffret de votre époux contient une bague en or portant le sceau de votre famille et une mèche de cheveux appartenant à votre fille Alix.

Almodis sortit alors lentement de sa robe un petit coffret de bois qu'elle ouvrit délicatement, révélant une mèche de cheveux blonds et une bague en or portant le sceau des Saint-Germain.

— Alors c'était bien cela qu'Alix souhaitait que je vous remette ? J'ai bien cru un instant que je devenais folle... Mais comment tout cela est-il possible ?

Odon reprit la parole :

— Toute chose a une cause. Nous vous devons une explication, bien que j'aie encore du mal à y croire moi-même. Avant tout, nous devons nous assurer que personne d'autre n'entende ce que Joachim va vous révéler...

Chapitre 13
Le grand prieur Orderic

Dans la salle du chapitre, le grand prieur Orderic était préoccupé. Les deux dignitaires importants qu'il attendait allaient être introduits par l'hôtelier. Seul, il observait le va-et-vient tranquille des moines à l'extérieur, à travers l'une des douze fenêtres à colonnes géminées donnant sur le cloître. La pratique harassante du pouvoir avait blanchi et clairsemé ses cheveux. Mais ce n'était pas le moment de faiblir...

L'irrésistible extension de l'ordre bénédictin regroupait désormais des centaines de monastères et des milliers de moines, de l'Angleterre à l'Italie. Dans l'ombre du pape Urbain, lui-même ancien grand prieur de Cluny, il était sur le point de gagner son pari : imposer le pouvoir spirituel de la papauté à l'ordre temporel des puissants... celui de l'empereur Henri IV[8], du roi de France Philippe 1er, de tous ces ducs, seigneurs, comtes mais aussi évêques, laïcs, qui partout dans l'Empire et dans le Royaume, régnaient sans partage sur des territoires morcelés et désunis.

Partout dans ces vastes contrées, il devait aussi imposer la réforme clunisienne. Grâce à des mouvements comme « la paix de Dieu » puis « la trêve de Dieu », encouragés par Cluny, les innombrables guerres privées entre seigneurs, qui décimaient les populations rurales, avaient enfin diminué. Mieux encore, avec l'avènement de cette nouvelle ère de foi chrétienne irrésistible,

8. **Henri IV** fut l'empereur romain germanique de 1084 à 1105. Il s'opposa au pape Grégoire VII lors de la querelle des investitures, où ils revendiquaient chacun la seule nomination des évêques. Henri IV sera excommunié deux fois par Grégoire, et l'empereur ira jusqu'à chasser ce dernier de Rome en installant à sa place l'antipape Clément III en 1084. Ce n'est qu'en 1093 que le nouveau pape Urbain II chassera à son tour Henri IV de Rome, grâce à l'aide des Lombards et des Normands.

des chevaliers et des seigneurs de tous bords renonçaient à leur pouvoir local pour devenir Chevaliers du Christ, mettant leurs armes au service de Dieu et du Pape.

Un commencement d'unité, portée par ce souffle religieux, émergeait enfin.

Mais les succès obtenus par ces chevaliers étaient insuffisants. En Espagne comme en Orient, il leur fallait aller encore plus vite. Et pour servir ce pape qu'il aimait profondément, Orderic était prêt à utiliser tous les moyens...

Sur l'estrade, une table avait été installée. Mentalement, il se répétait les arguments et le plaidoyer pour amener habilement ces deux représentants de la féodalité et du clergé là où il le voulait. Ces deux personnages, le comte Renaud II et Gui, archevêque de Vienne, étaient frères, issus de la puissante famille des comtes de Mâcon. Leurs terres immenses s'étendaient à cheval entre le royaume de France et l'Empire romain germanique. Son plan était simple : il lui fallait rapidement mettre à profit l'absence d'Odon, parti visiter ses patients, pour convaincre les deux visiteurs de leur participation à son projet. Il ferait alors venir Odon, dès son retour, pour finaliser la dernière étape.

Les deux dignitaires prirent place à la grande table, face au prieur. Après les rapides salutations d'usage, Orderic en vint directement aux faits :

— J'ai pu m'entretenir dès hier soir avec notre vénérable Abbé Hugues de Semur, revenu d'Italie, et apprendre les conclusions du concile de Plaisance où il assistait le Pape. Même si notre grand dessein est en bonne voie, Urbain veut redoubler d'efforts pour aller plus vite. Un évènement inattendu peut nous y aider. Le concile a reçu la visite de deux ambassadeurs grecs venus apporter au Pape un message d'Alexis Comnène[9], le basileus de l'Empire chrétien d'Orient.

9. **Alexis Ier Comnène** fut l'empereur byzantin de 1081 à 1118. Son règne de 37 ans fut l'un des plus longs de l'Empire chrétien d'Orient et aussi l'un des plus agités, consacré à la lutte contre les Normands puis contre les Petchenègues et les Seldjoukides. Il parviendra à défendre efficacement ses frontières avant de reconquérir une partie de l'Asie Mineure dans le sillage de la première croisade.

— Quelle relation entre la venue de ces émissaires au concile et le projet de Sa Sainteté interrogea Gui ?

— Alexis Comnène demande officiellement l'aide de la chrétienté romaine pour repousser les Turcs seldjoukides qui envahissent peu à peu son empire par le sud. Voilà près de trente ans que ces infidèles massacrent villes et villages d'Asie Mineure, installent des sultanats et imposent leur religion : la loi de Mahomet.

— Comme tu l'indiques toi-même, Orderic, qu'y a-t-il de nouveau dans cette situation qui perdure depuis des années ?

— Comprenez bien ! Constantinople, le joyau de l'Empire romain d'Orient, est désormais menacé directement. Les Turcs ont déjà fait de Nicée leur capitale. Or, cette place forte n'est qu'à trois jours de marche de Constantinople. Ils contrôlent aussi la mer et l'accès à tous les territoires jusqu'à Antioche.

— Voilà qui devrait nous réjouir plutôt ! s'écria le comte de Mâcon. Les Grecs n'ont-ils pas contesté notre Église et notre Pape en imposant leurs propres rites et leur propre Église ? Et cet empereur Alexis ! N'est-il pas un tyran qui martyrise les minorités de son empire et qui manipule son clergé pour mieux asseoir son pouvoir ? Si son empire disparaît, au fond il n'a que ce qu'il mérite...

— Ce n'est pas si simple, répondit Orderic. Malgré les oppositions, les excommunications, les anathèmes qui ont marqué notre histoire récente, les grecs restent nos frères... nos frères chrétiens ! Urbain a levé l'excommunication d'Alexis. Il veut la paix avec les chrétiens byzantins et leur empereur. Nos véritables ennemis sont les ennemis du Christ, les infidèles turcs ou arabes qui occupent des terres chrétiennes, en Espagne comme en Orient.

Orderic marqua une pause solennelle pour souligner l'importance de ses prochains mots.

— La requête d'Alexis nous permettrait de déployer une véritable force armée franque, avec les meilleurs chevaliers, les meilleurs fantassins. Ce serait une occasion unique de matérialiser notre objectif : reprendre à ces turcs les provinces qui ont vu naître la Chrétienté : la Syrie, le Liban, la Palestine, et au bout de la route, notre objectif ultime : Jérusalem et le tombeau du Christ. Car tel est bien là le grand dessein de notre pape Urbain : libérer Jérusalem. Libérer la Ville sainte des chrétiens, du joug des infidèles et en faire à nouveau une terre chrétienne. Une terre où nos pèlerins pourront se rendre sans risquer leur vie et se recueillir librement devant le Saint-Sépulcre.

Les deux hommes restèrent un instant silencieux, se demandant s'ils faisaient face au grand prieur d'une abbaye bénédictine ou bien à un chef de guerre aguerri… L'archevêque rompit le silence le premier :

— Crois-tu réellement, Orderic, qu'Alexis et son armée nous soutiendront dans ce projet de reconquête de la Terre sainte ?

— Non, le basileus se moque de Jérusalem. En revanche, il veut que nous l'aidions à reconstituer son empire, avec les territoires proches de Constantinople et de Nicée – une ville grecque – avant l'invasion des Turcs.

— Que connaît-il du projet papal cet empereur Alexis ? Il pourrait craindre pour son empire car logiquement, une armée franque aussi puissante pourrait se retourner contre lui à tout moment.

— Il n'en sait rien pour l'instant. Et que crois-tu qu'Alexis plaide pour nous inciter à l'aider ? Pour obtenir notre secours, ses représentants ont brossé un sombre tableau des souffrances et humiliations endurées par tous les chrétiens vivant sur place et par les pèlerins de passage. Eh bien, leurs paroles ont été entendues par le pape Urbain au-delà de toutes les espérances d'Alexis… Nous ferons d'une pierre deux coups. Nous irons bientôt en Orient pour porter secours à Alexis. Mais nous irons aussi pour libérer tous les chrétiens du joug des Turcs. Nous irons libérer Jérusalem et refaire de la Terre sainte, une terre chrétienne.

— Tout cela est fort bien ! reprit le comte Renaud. Mais un si ambitieux projet mérite une préparation à sa mesure. Car il ne s'agit plus de réunir quelques vassaux et d'aller guerroyer contre le duché voisin pour un temps limité. Combien de chevaliers et d'écuyers, combien de fantassins ? Avec quels moyens, quelles armes, quels approvisionnements, quelles routes ?... Et surtout quelles forces en présence du côté turc ?

— Bonnes questions. Alexis nous fournit, à son insu, la mise en place de la première étape : l'armée franque partira de Constantinople avec le soutien logistique des Grecs pour traverser le Bosphore en étant ravitaillée jusqu'à Nicée. Là, nous serions confrontés aux Turcs et contraints d'établir un premier siège pour leur prendre la ville.

— En supposant que nous reprenions cette cité à ces païens, la route est encore longue jusqu'à Jérusalem. Crois-tu que ces Turcs nous regarderons traverser leurs contrées sans réagir ? Ce sont eux qui auront l'avantage du terrain. Ils nous attaqueront où ils voudront, nous priveront de ravitaillement et d'eau, et ce dès qu'ils auront compris que Jérusalem est notre objectif final...

Devant le scepticisme affiché de ses interlocuteurs, le prieur sentit qu'il devait passer à la seconde partie de la réunion et abattre ses cartes.

— Tu as parfaitement raison, les incertitudes de la reconquête commencent à partir de Nicée, répondit le comte. Pour le reste de la route jusqu'à la Terre sainte, nous connaissons un peu les contrées à traverser grâce aux nombreux pèlerinages que nous organisons vers Jérusalem au départ de Francie. Mais j'avoue que nos connaissances restent partielles et doivent être complétées avant d'envoyer des milliers d'hommes lourdement armés sur des routes inconnues.

— Et que proposes-tu exactement ?

— Mon idée est d'envoyer sur place une mission, composée de clercs et de chevaliers, que nous devrons choisir avec la plus grande précision.

— Soit ! Quels seraient les objectifs de ces hommes ?

— Il y aurait un double objectif à la mission.

— Lesquels ? Nous t'écoutons.

— Le premier serait de participer à l'ambassade officielle chargée de rencontrer Alexis à Constantinople, afin de répondre positivement à son appel de Plaisance. Il s'agira de lui affirmer que nous sommes prêts à lui apporter rapidement un soutien militaire important pour la reconquête de ses territoires perdus.

— En échange de quoi ? renchérit le comte. Si on laisse les Grecs en dehors du projet de reconquête de la Terre sainte, il nous faudra négocier une contrepartie crédible à leurs yeux qui n'éveille pas leurs soupçons.

— Effectivement ! Nous leur demanderons donc de l'argent. Alexis Comnène devra financer le transport de nos troupes sur place et tous les frais de campagne nécessaires pour reprendre les villes perdues. J'ajoute que l'Empire grec a déjà l'habitude de payer pour assurer sa défense, et cela depuis bien longtemps. On trouve dans l'armée d'Alexis Comnène bon nombre de mercenaires d'origines diverses : des Arméniens, des Hongrois, des Allemands, des Normands, des Francs aussi, et même des Turcs qui combattent contre toutes sortes d'envahisseurs pour de l'argent.

— Pourquoi ne pas en profiter pour négocier un peu plus le rapprochement des Églises chrétienne et orthodoxe, s'enquit l'archevêque Gui ?

— Cette question est également à l'étude. L'idée serait d'exiger, en échange de notre soutien armé, la réouverture de toutes les églises latines présentes dans l'Empire grec, avec la promesse qu'elles puissent pratiquer à nouveau le rite chrétien latin librement et non plus le rite byzantin, comme les Grecs ont voulu les y contraindre avant de les fermer.

— Et le second objectif ?

— C'est certainement le plus délicat. Nous ne bénéficions que de renseignements sommaires sur la situation en Syrie et en Palestine, mais nous savons, par les groupes de pèlerins chrétiens qui reviennent de Jérusalem, que derrière l'apparente unité de leur religion musulmane, ces régions sont divisées en petits états indépendants déchirés par de graves conflits d'influence. Ces turcs seldjoukides se sont structurés en clans, qui s'opposent et se combattent entre eux. C'est sans doute là notre meilleure chance de succès. Mais pour profiter au mieux de leur opposition, nos envoyés sur place devront nous renseigner sur ces dynasties locales, leurs alliances, l'état de leurs places-fortes, les moyens militaires dont ils disposent et leur façon de combattre. Ces informations nous permettront d'établir les meilleurs itinéraires possibles pour notre armée le moment venu.

— Une mission d'espionnage en Orient ! s'exclama l'archevêque. C'est bien cela que tu nous proposes ? Es-tu sérieux ? Et quelle serait la couverture d'une telle équipée ? Admettons que nos représentants se fassent passer pour un groupe de pèlerins en route pour le Saint-Sépulcre... penses-tu réellement que les païens nous laisseraient les espionner de Nicée à Jérusalem, répondraient à nos questions sur les raisons de leur opposition et nous permettraient de compter leurs forces armées ? Sans oublier qu'on doit dénombrer sur les doigts d'une main les Francs connaissant les dialectes pratiqués par ces barbares ! Crois-moi, une telle opération serait vouée à l'échec. Comme la majeure partie de ces malheureux pèlerins qui entreprennent le voyage, nos envoyés se feraient, au mieux, détrousser et rouer de coups, au pire, torturer et occire pour espionnage.

— Ce n'est pas à un groupe de pèlerins que je pensais.

— Et à qui d'autres que des pèlerins pensais-tu donc ?

— C'est un groupe de chercheurs de manuscrits que nous allons leur envoyer.

Médusés, les deux hommes fixèrent le grand prieur. Orderic poursuivit :

— Depuis Cluny, il nous arrive d'envoyer des équipes de moines copistes vers les grandes bibliothèques de Constantinople, de Tripoli et d'Alexandrie, afin d'y négocier l'achat ou la copie de manuscrits. Nos pèlerins sur place sont trop visibles. À cause de leurs signes distinctifs et de la foi qu'ils manifestent, ils sont souvent pris à partie, puis humiliés et maltraités lors de leur Pérégrinatio. En revanche, nos moines n'ont jamais rencontré le moindre problème en Orient. On a toujours réservé à ces érudits un accueil correct, souvent assuré par des dignitaires locaux sur place, eux-mêmes fins lettrés. Visites après visites, nos moines ont su tisser un grand réseau relationnel sur lequel nous comptons bien nous appuyer pour la réussite de cette mission. Mon idée est de mêler des informateurs à ces moines copistes, qui pourront procéder discrètement aux évaluations nécessaires lors des visites officielles prévues. De plus, ces moines ont une bonne connaissance des langues parlées en Syrie et en Palestine ainsi que des mœurs de leurs habitants. Ils pourront introduire nos envoyés sur place.

— Tu veux transformer des moines copistes en espions ? Orderic ! Décidemment tu me surprendras toujours !

— Non, ne dénature pas mes propos. Nous allons lancer une réelle mission d'acquisition de manuscrits. Nos moines feront leur travail et rien de plus. Ils seront accompagnés par des informateurs qui feront le leur, voilà tout. Il me faut donc désormais identifier des hommes suffisamment sûrs, compétents et aguerris ; pour nous permettre de préparer ensuite le plan d'invasion de notre armée sur la base d'informations fiables et précises.

— Et qui sera le moine Clunisien assez fou pour diriger une pareille équipée ?

— Je pense faire appel au prieur Odon. C'est lui qui dirige les campagnes d'acquisition de manuscrits pour le compte de Cluny. Il connaît ces contrées et s'est déjà rendu à Jérusalem et au Caire. Il a su créer des liens avec d'éminents notables sur place. Odon est également un médecin reconnu. C'est l'homme qui convient parfaitement à notre dessein. Croyez-moi sur parole, il est loin d'être fou.

— Odon... Odon de Beaulieu ? Je le connais bien ! s'exclama l'archevêque. Mais enfin tu n'y penses pas ! Odon n'est plus tout jeune. Comment pourrait-il prendre part à un voyage aussi risqué ?

— Soyez confiants. Odon est en parfaite forme physique et j'ai de très bonnes raisons de penser que ce nouveau voyage l'enthousiasmera au plus haut point. D'ailleurs je l'ai fait convoquer et il devrait se joindre à nous d'un instant à l'autre. En attendant, demandons-nous quels seront les hommes d'armes capables d'accompagner ces moines copistes sur la route de Jérusalem, afin d'y glaner les informations nécessaires à la reconquête. Il nous faut impérativement sélectionner des combattants aguerris à la stratégie militaire et au renseignement, prêts à servir le Pape et, si possible, ayant déjà opéré contre les Maures en Espagne où en Sicile.

Les deux frères se consultèrent du regard. Mêler des soldats à un groupe de moines pour espionner les Turcs ! Que penser d'un tel projet ? En hommes expérimentés, ils savaient tous deux que l'idée semblait folle de prime abord. Mais l'idée de libérer Jérusalem du joug musulman était dans l'air dans tout l'Occident chrétien. Tous les pèlerins qui avaient fait la route du Saint-Sépulcre l'attestaient avec force une fois leur bâton rangé. Le pèlerinage était devenu impossible à réaliser sans risquer sa vie, aussi bien sur le long chemin menant à Jérusalem que dans la Ville sainte elle-même. Une fois rentrés chez eux, exaltés par cette expérience de foi, par les difficultés rencontrées, bon nombre d'entre eux se transformaient alors en ermites ou en prédicateurs et parcouraient villes et campagnes à la recherche de foules à séduire pour stigmatiser ces mahométans qui couvraient de honte la chrétienté tout entière.

On les voyait régulièrement passer de villes en villages, entraînant dans leur sillage des groupes de plus en plus importants, décrire les humiliations et les sévices qu'ils avaient dû endurer, à l'aller comme au retour. Souvent, ils interpellaient le Pape lui-même, l'implorant d'intervenir au nom du Christ, et lançaient des prières communes pour demander à Dieu de leur donner la victoire. Ces hommes étaient écoutés avec la plus grande attention et le respect dû à ceux qui avait pu braver tant de difficultés pour voir les Lieux sacrés. Partout ces hommes étaient vénérés comme de véritables saints. Peu à peu, ces prêches populaires, de plus en plus nombreux, préparaient l'opinion publique du royaume et de l'Empire en profondeur : il fallait libérer Jérusalem !

Le comte se demandait aussi où Orderic voulait en venir avec lui et son frère. Quels rôles étaient-ils amenés à jouer dans tout cela ? Il devait pousser Orderic à abattre ses cartes maintenant.

— Ce projet me paraît risqué, lança le comte. Les inconnues sont si nombreuses qu'il te faudrait compter sur des hommes très expérimentés. Pourquoi n'en appelles-tu pas directement au roi de France ou à l'empereur lui-même pour assurer ton ambassade ?

— Pour la simple raison que le Pape les a tous deux excommuniés[10]. Cluny comme Rome n'entretiennent plus aucune relation avec ces deux personnages. Aussi puissants soient-ils, nous ne prévoyons pas de les intégrer pour le moment dans le projet de reconquête de la Ville Sainte.

Le comte de Mâcon esquissa un sourire. Il le savait d'autant mieux qu'il était à la fois vassal du roi et de l'empereur. Les terres sur lesquelles il régnait se trouvaient à cheval entre la Francie pour le comté de Mâcon et l'Empire pour le comté de Bourgogne. Il savait aussi que le roi de France Philippe 1er n'était pas assez

10. Ces deux personnages ont tous deux été excommuniés par le Pape, l'empereur Henri IV à cause de la querelle des investitures et le roi Philippe parce qu'il avait répudié et fait emprisonner son épouse légitime, Berthe de Hollande, en 1092 pour se remarier avec Bertrade de Montfort alors que cette dernière était toujours unie légitimement au comte d'Anjou.

puissant pour lancer seul un si vaste projet et fédérer autour de lui les représentants les plus éminents de la noblesse et du clergé. Dès lors, qui mieux que la toute puissante abbaye de Cluny pouvait prendre un aussi ambitieux dessein à son compte ? Qui d'autre que l'ordre bénédictin, qui faisait les papes à Rome et possédait des centaines de monastères et de prieurés, pouvait désormais servir les intérêts de la chrétienté toute entière ? Non cela semblait acquis. Quoi qu'ils en pensent et quoi qu'ils fassent, Cluny avait décidé de lancer le projet de libération de la Terra Sancta. Comme pour la reconquête du royaume d'Espagne, c'était bien l'ordre clunisien qui allait coordonner les opérations. Restait donc à déterminer qui apporterait et qui dirigerait les énormes forces militaires nécessaires à la reconquête de vastes et lointains territoires qui échoiraient ensuite à leurs conquérants…

Renaud de Mâcon se leva et fit trois pas sur l'estrade surplombant les gradins vides de la salle, comme s'il commandait déjà à une armée invisible.

– Combien de temps, Orderic ? Combien de temps auront ces hommes, épaulés par tes moines, pour se rendre sur place et réunir les informations nécessaires au projet de reconquête ?

– Une année tout au plus. L'officialisation du projet de libération de la Terre sainte devrait avoir lieu d'ici les fêtes de Noël et sera annoncé par Urbain lui-même. La mission de reconnaissance devra donc partir au plus vite et être revenue d'ici douze mois, afin que nous puissions exploiter utilement les informations recueillies. Nous préparons aussi, en parallèle, un voyage papal officiel en Francie, au cours duquel Sa Sainteté se chargera de sensibiliser le peuple à la reconquête du Saint-Sépulcre, au travers de multiples étapes sélectionnées avec soin. Si tout se déroule comme prévu, et une fois le projet officialisé, nos armées franques constituées pourraient prendre la route de Constantinople dès l'été 1096, soit dans quinze mois.

Soucieux d'en venir aux faits, le comte Renaud se décida à poser la question qui lui brûlait les lèvres.

— Et à qui donc le Pape envisage-t-il de confier le commandement militaire de cette reconquête de Jérusalem ?

Orderic sourit intérieurement. Tout venait à point à qui savait être patient...

— Urbain a, pour l'instant, retenu les noms de deux dignitaires qui lui semblent en tout point correspondre aux profils dont il a besoin pour diriger nos armées. Un chef militaire indiscutable, d'une part, capable de coordonner des centaines de cohortes de chevaliers et un homme d'église irréprochable, qui prendra le titre de légat pontifical et portera donc la bannière papale de Constantinople à Jérusalem.

Les deux frères se redressèrent soudainement, comme s'ils se sentaient flattés par sa description.

— Et à qui pense donc le Pape ? demanda l'archevêque d'un ton se voulant volontairement détaché ? Il ne peut s'agir là que de personnages d'un grand mérite.

— Oui, Sa Sainteté Urbain pense confier le commandement militaire au comte Raymond de Toulouse et le rôle de légat du pape à l'évêque du Puy, Adhémar de Monteil.

Un silence glacial s'abattit dans la grande salle capitulaire. Orderic savourait son effet. Il lui fallait maintenant conclure vite, en attendant l'arrivée d'Odon.

— Eh bien ! voici un choix qui honore ces deux hommes, siffla le comte, qui manqua de s'étrangler alors qu'il répondait.

Les deux frères se sondèrent mutuellement du regard : Orderic les avait appâtés et ils avaient foncé tête baissée. Ils allaient maintenant devoir batailler pour participer au projet papal. Au fond d'eux-mêmes, ils le savaient tous deux, ils n'avaient pas d'alternative que de discuter avec Orderic et prendre pied immédiatement dans l'entreprise.

S'offusquer ou temporiser, c'était prendre le risque d'en sortir à tout jamais. C'était prendre le risque de passer à côté d'une opération armée retentissante. C'était prendre le risque de ne pas entrer dans l'Histoire.

— Oui en effet, il s'agit là d'hommes de grande valeur, répondit Orderic. Mais le choix d'Urbain n'est pas arrêté pour autant. Il pourrait encore modifier ce qui ne sont que de simples préférences initiales et désigner, d'ici là, des dignitaires qui montreront une attention particulière dans la préparation et le soutien du projet. Il reste encore beaucoup de travail à accomplir jusqu'au départ des armées de libération.

Le comte Renaud préféra couper court.

— C'est entendu Orderic. Tu peux, d'ores et déjà, assurer au pape que nous serons ravis de contribuer au mieux de nos possibilités. Pour commencer, nous pourrions sans doute fournir les hommes aguerris dont tu parlais pour épauler tes moines copistes sur cette « mission de renseignement ». Tu disais bien qu'il fallait compter sur des soldats capables d'identifier les forces et faiblesses de ces Turcs ?

— Oui. C'est ce dont nous avons besoin. Soyez assurés que le pape sera très sensible à vos efforts pour nous aider à reconquérir au plus vite Jérusalem. Maintenant que nous sommes convaincus de votre soutien... examinons ensemble le profil des hommes que vous pourriez fournir, afin de remplir avec succès une telle mission.

Chapitre 14
Almodis de Saint-Germain

Almodis avait écouté attentivement le récit de Joachim. Bouleversée par l'histoire du jeune moine, la dame se tenait silencieuse, agenouillée au chevet de sa fille, les mains jointes, comme en prière. Une larme avait coulé le long de sa joue couleur de perle. Lorsqu'elle fut certaine d'être seule, elle releva la tête et se redressa tout entière. Une fois debout, elle effectua un demi-tour et tourna volontairement le dos au corps de sa fille toujours alitée. Chassant toute gêne, tout embarras, Almodis s'adressa soudainement à la jeune femme comme si celle-ci lui faisait face.

— Alix... Alix, ma chère fille. C'est donc toi qui me parles chaque nuit. C'est toi qui m'as insufflé cette idée de remettre ce coffret égaré à ce jeune moine... Comment ne l'ai-je pas compris plus tôt ? Pardonne-moi d'avoir mis tout ce temps à comprendre que la vie qui nous anime est remplie de mystères. Remercions ce jeune clerc. Beaucoup d'hommes, en pareille situation, se seraient tus. Rendons grâce à ce prieur et à son novice, qui font honneur à leur ordre, et réjouissons-nous d'être à nouveau réunies. Ma chère fille, je suis tellement émue de savoir que tu entends mes paroles que je ne sais plus quoi dire. Depuis quelques temps je prépare ces mots, et pour dire vrai, j'ai bien peur qu'ils ne te heurtent. Mais je sais maintenant que tu vas les recevoir. Écoute attentivement ta mère aimante. Je ne vois que ton intérêt et je ne veux que ton bien. Mon vœu le plus cher est que tu nous reviennes et que tu retrouves la vie. Je ne te promets rien de facile. Nous les femmes, la vie ne nous épargne pas. Je l'ai compris le jour de ta naissance dans le regard de ton père, qui aspirait à un héritier mâle. Pourquoi te mentir ? La femme, hélas, est considérée comme un être inférieur, faible, irresponsable, diabolique, source du péché originel et de la tentation. Et pourtant, malgré cette inégalité des sexes et toutes ces pressions injustes, nous devons nous affirmer. N'est-ce pas dans l'adversité que les plus belles âmes se forment ? Nous sommes au centre d'un jeu qu'il nous faut appréhender avec soin, puis pratiquer judicieusement pour en tirer le meilleur parti. Voici la règle principale : ta vie durant, ton identité sera calquée par rapport à un homme. Tu nais d'abord fille, tu deviens épouse, puis mère et tu finis veuve. Je te l'assure, ma chère fille, pour l'avoir vécu moi-même. Je n'avais pas dix-sept ans lorsque j'ai été mariée. Je n'avais rencontré ton père qu'une seule fois. Je te ressemblais tellement. Comme toi, j'étais éprise d'aventure et de liberté. Comme toi, j'avais soif d'absolu. Comme toi, j'aurais préféré mourir plutôt que de renoncer à mes idéaux. Et puis, avec le temps, j'ai compris qu'il était vain de pleurer mes illusions perdues. J'ai appris peu à peu à apprivoiser les choses. À comprendre leur réalité. Car il faut du temps pour comprendre la complexité. Pourquoi avoir peur ? Est-ce bien la méconnaissance de ton futur mari qui t'effraie ? Sache d'abord que ce mariage sera pour toi la meilleure des protections, et cela toute ta vie durant. Il te protégera des enlèvements, si fréquents, qui volent à leurs parents les filles de bonnes lignées. Il te prémunira ensuite contre le délaissement. Devant Dieu, le consentement des époux est sacré, et de même que le Christ ne peut se séparer de l'église, ton mari ne pourra pas se détourner de toi tant que tu vivras. Il fera de toi enfin une femme riche et puissante. Ton futur époux, le seigneur d'Helgon, est d'un rang inférieur au tien. En revanche, son domaine est aussi riche que vaste. Par ce mariage, par le douaire et les richesses qu'il t'apporte, ton mari s'offre lui-même une ascension sociale. Une sorte de capital, fait d'honneur et de prestige. Mais il te concède, en échange, un pouvoir qui bénéficiera à tes enfants et garantira la prospérité des centaines de gens dont vous devrez assurer la protection. Car c'est là pour toi l'enjeu majeur. Au-delà de la réunion d'un homme et d'une femme, ce mariage te conférera de grandes responsabilités. Pensais-tu qu'il te faudrait vivre retirée du monde ? Que tu serais cantonnée à la seule éducation des enfants ? Regarde-moi. Ai-je la vie d'une recluse ? En épousant ton père, j'ai hérité de la gestion de son domaine. Oui, ton père, qui, comme la plupart des seigneurs de Bourgogne, passe son temps à guerroyer ou à chasser avec ses vassaux. En leur absence, c'est bien nous, les femmes, qui dirigeons et décidons. C'est bien nous qui régissons les terres et garantissons les intérêts de tous. C'est bien notre nom que l'on porte en bas des chartes et c'est bien nous qui nous rendons dans les cours de justice pour faire valoir les droits de nos terres et de nos gens. Sache ma fille, qu'au-delà de ta personne, cette union sacrée passée devant Notre Seigneur, sera aussi un gage de paix et de prospérité pour tous. Quel meilleur allié que celui dont on a épousé la fille ? En choisissant ton conjoint, ton père assure l'avenir et la paix entre deux lignées qui ne pourront plus s'affronter. En te choisissant un homme plus âgé, il te donne aussi une bonne chance d'être, à sa mort, dans une position de force où tu détiendras seule les pouvoirs seigneuriaux. Songe que tu pourras alors avoir tes propres vassaux. En te prêtant serment, ils te devront protection contre tous ceux qui convoiteraient tes biens et s'attaqueraient à tes fiefs. Enfin, et pour finir, tu dois savoir que, par l'éducation que tu as reçue ici même et par les conditions de ta naissance, tu es redevable à ta lignée. Tu es désormais une lettrée, apte à diriger un domaine. Ce que tu as reçu et ce que tu es devenue t'engagent dorénavant devant Dieu, car telle est la finalité de ceux qui ont eu la chance de bien naître. Tel le Christ au service des hommes, nous ne sommes que d'humbles serviteurs au service de Dieu. C'est cela même que nous attendons de toi ici-bas : devenir la gardienne de ces lieux et les pérenniser, avant de devoir les transmettre un jour à ton tour.

Almodis s'était tue. Soulagée, elle avait pu mettre des mots sur ce qu'elle ressentait au plus profond d'elle-même. Son regard gris vert se perdait désormais au loin au travers de la fenêtre donnant sur la grande cour. Elle espérait avoir pu atteindre sa fille par la seule arme à sa disposition : son verbe.

Alix flottait au-dessus d'un fauteuil. Majestueusement, elle se tenait en position assise, et pourtant elle ne faisait qu'effleurer l'étoffe rouge qui le garnissait.

Elle regardait Almodis, sa mère, avec émotion. Elle l'admirait pour sa stature, pour son verbe et son esprit. Elle l'estimait pour sa vie de femme au service de tous. Elle l'aimait et aurait voulu lui dire combien elle lui était reconnaissante pour ce qu'elle avait reçu. Pourtant, au fond d'elle-même, elle n'adhérait pas. Elle voulait, elle, vivre sa propre vie. À quoi bon reproduire indéfiniment le schéma vécu par des générations de femmes avant elle ? Ce monologue poignant et sincère avait achevé de la convaincre. Un feu bien différent brûlait en elle. Un feu qui l'éloignait du simple rôle d'épouse rangée, gestionnaire de domaines. Un feu alimenté par un immense désir de vivre, étrange et inquiétant à la fois. Un feu dans lequel elle avait résolu de se jeter corps et âme.

Chapitre 15
L'ambassade en Orient

Prévenus de notre retour, Orderic et les deux dignitaires nous attendaient. Attablés sous la grande fresque ornant le mur de la salle du chapitre, les trois hommes conversaient à voix basse. Leur discussion était largement couverte par le bruit des travaux tout proches et le vacarme du chantier de la nouvelle église abbatiale. Des blocs de pierre gigantesques y étaient acheminés constamment par les lourds chariots, tractés par des hommes mus par une même force : ériger ici le futur joyau de la chrétienté romaine. Malgré la présence d'une main d'œuvre innombrable, la construction de l'immense édifice demandait des efforts démesurés et incessants. Le chantier, dirigé par Hézelon de Liège lui-même, accumulait les retards, alors que la date prévue pour la bénédiction du maître-autel approchait. Pressé par le temps, Hugues de Semur avait sommé le maître d'œuvre de faire accélérer les travaux, afin que tout soit prêt pour octobre et la prochaine venue à Cluny du pape Urbain II.

Apercevant Odon, qui s'avançait vers eux entre les gradins vides, l'archevêque se leva et l'interpella.

— Eh bien Odon, comment se porte la fille du seigneur de Saint-Germain ? J'ai entendu dire qu'elle avait été victime d'un accident de chasse ?

Comme son rang de prieur l'y autorisait, Odon grimpa sur l'estrade et vint s'asseoir à la table, après avoir salué les trois hommes d'une brève inflexion. J'interrogeai Clément du regard. Sans consignes particulières d'Odon, pouvions-nous assister à cette réunion ?

Orderic dut comprendre mon interrogation et fit signe à mon maître que nous pouvions rester. Sans plus d'indications, nous nous tînmes, Clément et moi, debout, cantonnés à l'entrée de la salle du chapitre, dont la porte menant au cloître avait été méticuleusement fermée derrière nous.

— L'état de sa fille reste préoccupant, répondit Odon. Elle est toujours inconsciente et dans l'incapacité de se marier rapidement, comme son père le souhaiterait.

Orderic le coupa aussitôt.

— Il est souhaitable, dans l'intérêt de tous, que ce mariage puisse avoir lieu. Nous comptons sur toi, Odon, pour que cette pauvresse puisse se rétablir au plus vite et servir ainsi les intérêts de sa lignée. Le seigneur de Saint-Germain nous est d'un grand appui et il doit, par ce mariage, étendre son influence à d'autres seigneuries pour œuvrer à la pacification du royaume. Mais venons-en maintenant à l'objet de notre présence ici. Cher Odon, nous évoquions en ton absence la prochaine ambassade que nous nous apprêtons à mener à Constantinople. Nous nous efforçons de mettre sur pied une équipe d'émissaires, chargés de rencontrer Alexis Comnène lui-même, afin d'aborder avec lui des questions de la plus haute importance.

Mon maître demeura silencieux. Fixant les trois hommes, il devait se demander ce qu'Orderic pouvait attendre de lui. Sans réaction du prieur, Orderic poursuivit son exposé.

— Cette mission revêt une importance capitale. Lors du dernier concile de Plaisance, des émissaires du Basileus de Constantinople sont venus solliciter officiellement l'appui militaire du pape Urbain et de la chrétienté latine. Les Grecs nous demandent une aide pour les soutenir dans la défense de l'Empire romain d'Orient contre la menace turque de plus en plus pressante. Nos ambassadeurs devront négocier avec Alexis les contreparties de notre intervention.

— Bien ! Qu'attendez-vous de moi exactement ? l'interrompit Odon. Je ne suis pas expert en question militaire et mes talents d'interprète ne vous seront d'aucun secours : Alexis Comnène maîtrise parfaitement la langue latine.

— Nous n'attendons rien de toi personnellement, Odon. Ou plus exactement nous n'attendons rien de toi vis-à-vis d'Alexis Comnène.

— De quoi est-il question dans ce cas ?

— Constantinople ne serait que la première étape de notre ambassade. Nous souhaitons, dans un second temps, envoyer ces mêmes représentants plus au sud, dans la principauté de Tripoli, afin de sonder les intentions du chef de la cité vis-à-vis des Turcs. Comme tu le sais, cet homme et sa famille ont le soutien du calife fatimide du Caire, un farouche ennemi des Turcs. Nous souhaitons savoir comment les représentants de Tripoli se comporteraient si les chevaliers francs venaient prêter main forte aux Grecs pour reprendre leurs anciennes possessions de l'Asie Mineure.

— Tu veux parler du Cadi Jalal Al Mulk ?

— Oui, je crois que c'est comme cela qu'il s'appelle.

— Je connais bien cet homme, pour qui j'ai une grande estime. Il appartient au clan des Banu Amar, qui dirige Tripoli depuis environ quinze années. Cette famille a fait de cette ville une cité riche et cultivée, en pratiquant une politique de neutralité pleine de sagesse, misant sur l'équilibre entre les Arabes fatimides au sud et les Turcs seldjoukides au nord et en jouant sur leur rivalité.

— Je vois que tu connais bien la situation locale. C'est la raison pour laquelle j'ai pensé à requérir ton aide. Voici comment tu pourrais nous aider : nous souhaiterions que tu adresses une lettre de recommandation à ce dignitaire afin qu'il reçoive nos envoyés et qu'il écoute avec attention les propositions que nous lui adresserons.

— Eh bien voilà qui ne devrait pas poser problème.

— Fort bien. Sans cette lettre, je doute fort que ce Cadi prenne le risque de recevoir des étrangers chez lui.

— Des Roums, précisa Odon. C'est comme cela que les habitants de Tripoli nomment les chrétiens, qu'ils soient de culte latin ou byzantin. Ce nom provient évidement de l'Empire romain d'Orient auquel tous les chrétiens sont assimilés là-bas. Et c'est là tout ce que vous attendez de moi ?

Odon semblait déçu. Orderic fit mine de ne pas le remarquer.

— Cette introduction serait, de ta part, une belle contribution à notre projet. Ah oui, j'oubliais... Nous pourrions aussi profiter de cette mission diplomatique pour relancer une nouvelle campagne d'acquisition de manuscrits. Après la triste mésaventure survenue à ton équipe, j'ai pensé que nous pourrions joindre à nos ambassadeurs un groupe de copistes expérimentés. Ces hommes feraient route ensemble entre Constantinople, Tripoli et puis Jérusalem.

Orderic s'était tu. Tel un chasseur observant sa proie, il guettait fébrilement la réaction du prieur de Beaulieu. Quelque chose se tramait.

— Des copistes expérimentés, dis-tu ? À qui penses-tu en particulier ? Avec la disparition de Jacques, mon équipe est réduite.

— Nous pourrions compter sur Moïse d'Antioche. Il connaît la région pour en être natif et a désormais assez d'expérience pour prendre la tête d'un groupe.

Se retournant vers nous, Orderic poursuivit.

— Je pense également à Clément de Tours ici présent. Il a déjà participé à une expédition par le passé et a prouvé sa valeur à tes côtés en tant qu'armarius de Beaulieu.

Je pivotai vers Clément, qui restait impassible malgré la proposition du grand prieur.

— Oui, ce sont là des moines et des copistes de grande valeur, répondit Odon. Mais une expédition de cette nature demande de l'expérience et aussi beaucoup d'endurance. Concernant Moïse, il est encore convalescent et je ne sais pas s'il sera capable d'affronter un tel voyage aussi vite. Quant à Clément, il est fort jeune et ne pourra pas encore jouer le rôle que Jacques tenait avec brio dans les dernières campagnes menées. Il a toujours besoin d'être guidé.

Orderic semblait décider à jouer son va-tout.

— Très bien Odon… je m'en remets à ton jugement. Si tu penses qu'une telle mission est prématurée, nous pouvons toujours la remettre à plus tard. C'est dommage car nous avions une occasion unique de canaliser les forces et pour une fois, de vous faire voyager dans de bonnes conditions de sécurité. Cela aurait été aussi l'occasion d'accéder à la bibliothèque de Constantinople et aux ouvrages que vous n'avez jamais pu consulter, avec la recommandation d'Alexis Comnène lui-même. Ces manuscrits sont précieux pour notre Abbaye et son prestige, tu le sais bien.

Odon resta silencieux un instant.

— J'ai peut être une solution à te proposer qui permettrait à la mission d'être menée.

Orderic sourit. Il devait touchait au but. Je jetai un regard anxieux vers mon maître.

— Une solution… et à quoi penses-tu donc ?

— Je prendrai la tête de cette expédition. Clément de Tours me secondera. En fonction de la date du départ, nous déterminerons si Moïse d'Antioche est suffisamment rétabli pour en faire partie ou pas.

La proposition d'Odon avait fait l'objet d'une détonation dans la salle. Le comte et l'archevêque fixaient maintenant Orderic avec admiration.

— Odon, je salue ton courage et ton dévouement. Mais sache que rien ne t'oblige à ce voyage risqué. Personne ne t'en voudrait si tu ne partais pas. Ta présence nous est précieuse ici sur bien d'autres points et je te prie d'y renoncer.

Odon fonça tête baissée.

— Ma décision est prise, Orderic. Je conduirai cette mission. Je connais bien le Cadi de Tripoli et je parle sa langue. Je suis le plus indiqué pour introduire et guider nos diplomates sur place.

Orderic semblait jubiler.

— Tu es donc sûr de toi ?

— Oui ! je pars... mais j'ai tout de même une condition à émettre...

— Une condition ? Laquelle ?

Marquant une pause, Odon jeta un regard vers l'entrée, dans le coin où Clément et moi avions trouvé refuge.

— Joachim de Saint-Ange partira également avec nous en qualité d'assistant copiste.

Mon visage s'irradia. Je dus paraître complétement hébété tant l'annonce d'Odon me surprit. Je n'osais pas y croire. J'allais enfin pouvoir prendre la route avec mon maître et mes compagnons. Découvrir ces mondes inconnus, ces horizons nouveaux tant de fois contés, où je pourrais humer le parfum du jasmin, sentir le souffle brûlant du vent sur ma peau, contempler les vagues de sable du désert et toutes ces merveilles que j'avais tant de fois imaginées.

— Odon, tu n'y penses pas sérieusement ?

Je déchantai immédiatement. Le grand prieur avait pris une teinte vert sombre qui se confondait avec la couleur des murs du chapitre tant il semblait contrarié par la proposition.

— Tu parles bien de ton élève ? De Joachim de Saint-Ange ? Mais, Odon, comment peux-tu imaginer pareille chose ? Il est de la famille de Raymond de Saint-Gilles lui-même.

Un silence glacial tomba sur la salle. Autour de moi, tous les yeux guettaient ma réaction. J'aurais voulu disparaître six pieds sous terre.

— Te rappelles-tu que le comte de Toulouse nous l'a confié personnellement ? Te souviens-tu que le père de ce garçon est mort en combattant contre les Maures pour Cluny, le royaume d'Espagne et la chrétienté ? Et tu voudrais l'envoyer dans ces contrées risquées ? Mais enfin, Odon, Raymond nous arracherait personnellement les yeux s'il arrivait quoi que ce soit à ce novice. Il n'a d'ailleurs que seize ou dix-sept ans et ne possède aucune expérience. Nous sommes chargés d'en faire un dignitaire, rien de plus. Oublie ce projet, pour notre bien à tous.

– C'est à prendre ou à laisser, Orderic. Si je pars, il vient avec moi. J'ajoute que Joachim de Saint-Ange, malgré son jeune âge, pourra nous être d'une aide précieuse. Il parle et copie le grec aussi bien que le latin. C'est un cavalier émérite, qui a déjà démontré ses compétences lors de voyages entrepris dans différents comtés. Penses-tu, Orderic, que les routes de Francie soient réellement plus sûres que celles d'Orient ? Dois-je te rappeler que c'est seulement à quelques lieux d'ici que notre frère Jacques de Molesme est tombé sous les coups de détrousseurs, alors qu'il avait pourtant fréquenté sans encombre une année entière ce que tu qualifies de « contrées risquées » ?

Orderic sembla se résigner. L'obstination d'Odon était connue de tous. Il ne voulait pas, en insistant trop, faire s'écrouler un plan dont je discernais désormais les contours. Il lui fallait temporiser.

– Fort bien, je prends ta requête en compte. Je te donnerai une réponse définitive prochainement sur ce point. Mais sache que cela ne me semble pas une bonne idée. Le comte Raymond est notre meilleur soutien dans toute la Francie. Nous ne pouvons nous permettre aucun incident qui contrarierait nos relations.

Se levant, Orderic mit un terme à la réunion. Sur le seuil du chapitre, je sentis son regard peser sur moi, comme si j'étais désormais le seul grain de sable dans un mécanisme bien huilé. Son rictus me fit froid dans le dos. Il avait manifestement déjà trouvé la solution à son problème.

Chapitre 16
Le lion de pierre

Le lendemain, un peu après la classe de l'armarius Aldebert, le grand prieur me fit chercher. Mon maître avait décidé de prolonger notre séjour dans la grande abbaye afin de préparer le voyage qui s'annonçait. La perspective d'un périple en Orient avait déclenché chez lui une ferveur que je ne lui connaissais pas, et j'étais étonné par l'enthousiasme qu'il mettait aux premiers préparatifs. Sur ma participation, je n'avais encore aucune certitude, mais la présente convocation du grand prieur avait sûrement un rapport avec l'expédition. J'allais être fixé rapidement.

Un moine inconnu était venu me chercher dès notre sortie de la classe. Il était si vieux et si voûté qu'il me semblait avoir l'âge de Noé lui-même. Dès que j'eus franchi le seuil de la salle, il me fit signe de le suivre, sous le regard interrogateur de mes camarades. Je lui emboîtai le pas, nous quittâmes tous deux le noviciat et traversâmes lentement le cloître secondaire. La masse imposante du grand escalier se dressait face à mon étrange guide. Il menait à l'étage, vers le dortoir principal et les cellules réservées aux dignitaires de la grande abbaye. Je vis avec étonnement le frère en commencer l'ascension, alors que je croyais me rendre au chapitre ou au scriptorium, au rez-de-chaussée. À Cluny, l'escalier et l'étage nous étaient strictement interdits, à nous, les jeunes ; pour éviter tout problème, nous disposions de notre propre dortoir, situé à l'écart, dans les bâtiments du noviciat.

Ignorant mes hésitations et m'indiquant la direction, mon étrange guide entreprit l'ascension. Il grimpait si lentement que je crus un instant qu'il ne verrait pas le sommet tant chaque marche gravie semblait le rapprocher un peu plus de la Jérusalem céleste. Une fois à l'étage, il bifurqua sur la gauche, dans un large couloir nous menant tout droit vers les appartements privés du grand prieur, situés juste au-dessus de la salle du chapitre. Arrivés devant une sorte de vestibule, nous fîmes face à une imposante porte en bois, entrouverte, comme si nous étions attendus. Le vieux moine me fit signe de pénétrer à l'intérieur avant de tourner brusquement les talons et de disparaître, si vite qu'il me sembla que c'était au seuil de l'enfer lui-même qu'il m'avait conduit. Pas une seule fois je n'avais entendu le son de la voix de mon mystérieux guide. La lourde porte se referma sur moi, me laissant seul dans la pièce inconnue.

Je me trouvais dans une sorte d'antichambre, qui rompait totalement avec l'atmosphère volontairement austère des abbayes clunisiennes. Quelle opulence ! Hormis dans les appartements privés des comtes de Toulouse, je n'avais jamais vu pareil luxe. La pièce s'apparentait à une salle de travail, richement meublée et décorée.

Tout comme dans la grande bibliothèque clunisienne, il flottait dans l'air un parfum de cuir vieilli, émanant de manuscrits disposés avec soin sur un magnifique présentoir en bois précieux.

Dans un coin, tout proche de la grande table de travail, se trouvait une étonnante statue de pierre blanche aux mille reflets verts. Elle figurait un énorme lion, couché à la façon d'un sphinx, qui semblait veiller sur les lieux. Je n'avais jamais vu de lion ailleurs que sur les chapiteaux sculptés des églises ou des cloîtres, et celui-ci me fascina tant il avait l'air réel. Il était lisse et bien proportionné. Des yeux en amande lui donnaient un air espiègle. D'où je le fixais, le lion de pierre semblait me surveiller du coin de l'œil, prêt à me jouer un mauvais tour.

Détournant le regard afin de lui échapper, mon attention se porta alors sur les murs. De riches tentures ornaient la plupart des parois et donnaient au lieu un aspect feutré. Dans la majeure partie de nos abbayes, ces étoffes aux couleurs vives étaient ordinairement réservées aux églises abbatiales, où elles étaient exposées lors des jours de fêtes afin d'orner le lieu où les moines priaient et chantaient pour rendre grâce à Notre Seigneur. Sur l'une d'elles, située près de la porte, on reconnaissait la cape écarlate de saint Michel, terrassant un dragon de couleur vert sombre. Sur une autre, on pouvait apercevoir une représentation du Christ entouré de ses apôtres. Mais ce fut la plus grande, celle située sur le mur à l'ouest, proche d'une large fenêtre, qui attira irrésistiblement mon attention. La broderie se composait d'un camaïeu subtil de nuances de gris où l'on pouvait admirer un monarque couronné, entouré de quatre dignitaires inconnus. Le souverain, immense, trônait au centre de la tenture avec sceptre et couronne. L'index de sa main droite était levé comme s'il s'apprêtait à rendre un jugement. L'artiste l'avait placé au centre d'un losange, ce qui renforçait l'impression de puissance qui se dégageait du personnage.

— Voici là un homme que nos suzerains feraient bien de prendre pour modèle.

Je sursautai. Le grand prieur avait surgi de la pièce attenante tel un démon sortit de son antre et venait me rejoindre devant la tenture. À travers la large ouverture, son bureau privé surplombait le cloître principal et tout le cœur du monastère. De là, il dominait le jardin central et les chapiteaux sculptés, contrôlant les allées et venues de la communauté monastique tout entière.

Me désignant la broderie, Orderic poursuivit.

— Vois-tu, Joachim, pendant tout son règne, cet homme n'a poursuivi qu'un seul et unique but : l'unification de la nation Franque. Jour après jour, année après année, il a patiemment repoussé les limites de son royaume pour en faire un empire immense. Un empire ayant le Christ comme seul guide. Il a dû livrer, toute sa vie durant, une guerre farouche contre les ennemis de notre foi. Les Saxons, les Lombards, les Sarrasins ont, tour à tour, été combattus et repoussés ou convertis. Cet homme, vois-tu, a été le ciment même de notre peuple et un sage promoteur des lettres. Il a su attirer autour de lui les savants les plus distingués et fonder des écoles permettant l'émergence d'une élite. Il a pu, par son courage, unifier les hommes en jouant sur les trois axes qui font les grandes nations : la force armée, la culture et la religion. Cet homme, Joachim... c'est Charles 1er. Il a vécu et régné il y a bien longtemps maintenant. On le connait désormais sous le nom de Charles le Grand. Mais, dis-moi, que sais-tu de cet empereur ? J'aimerais savoir ce qu'il t'inspire personnellement ?

Je dus afficher une moue si dubitative que je crus déceler de la compassion dans les yeux du lion de pierre, qui m'avait jusqu'alors toisé de son air narquois. Pendant un temps qui me parut démesurément long, je fixai la tenture stupidement. Je savais qu'il me fallait répondre quelque chose de pertinent, pour ne pas risquer de passer pour un sot et me discréditer aux yeux du grand prieur. Contrairement à Odon ou Moïse, qui avaient tous deux un sens inné de la répartie, je n'étais pas doué pour les réponses rapides. J'avais besoin de poser les choses, de les analyser avant de pouvoir proposer mes idées. En bref, j'avais besoin de temps. Mais face à Charles le Grand, le temps me manquait cruellement. Je décidai de me lancer en exploitant la première idée qui me traversa l'esprit.

— L'empereur Charles me rappelle par bien des aspects notre pape Urbain. Tout comme Charles, Urbain cherche à rassembler les chrétiens en les unifiant au travers de leur foi. Tout comme Charles, Urbain veut accroître l'influence de la Chrétienté sur des régions plus vastes et combattre les infidèles et tous ceux qui composent la gent des païens. En réalité, cet homme a l'étoffe d'un homme tel que notre pape Urbain.

Le silence se fit dans la grande pièce. Au fond de moi, cet empereur Charles ne représentait qu'un passé poussiéreux et lointain. Un roi devenu empereur, dont l'empire avait disparu et que tout le monde avait oublié, à l'exception du grand prieur Orderic. Contre toute attente, je vis s'allumer dans l'œil de ce dernier une étrange lueur.

— Bien, mon garçon, cette réponse t'honore. Après la mort de Charles, ce bel empire a été divisé en trois parties égales que se sont partagés trois de ses petits-fils. Savais-tu que Cluny serait aujourd'hui située à la frontière même de ce qu'on appelait naguère la Francie occidentale et la Lotharingie ?

Je ne voyais pas où le grand prieur voulait en venir. M'avait-il convoqué dans sa cellule dans le seul but de vérifier les réminiscences de mes leçons d'Histoire ? J'en doutais fortement. Mais je décidai de continuer à jouer les bons élèves en attendant d'y voir plus clair dans ses intentions.

— Qu'est devenu l'empire de Charles le Grand par la suite ?

— Il s'est effondré dans un indescriptible chaos. Avides de pouvoir, ses héritiers, empereurs ou rois, se sont affrontés et se sont déchirés entre eux, souvent avec la complicité navrante des plus hauts dignitaires religieux de leur siècle. Le territoire de ce qui avait été l'Empire carolingien s'est alors fragmenté en unités de plus en plus réduites et aux frontières si mouvantes que la plupart de nos historiens récents ont renoncé à décrire son délabrement.

— Mais le royaume de Francie existe toujours bel et bien ?

— Le royaume de Francie, tout comme l'Empire romain germanique qui le jouxte, n'est que le pauvre reste visible de l'immense empire que Charles avait légué à ses héritiers. Que représente la Francie aujourd'hui, selon toi ? Combien de duchés et de comtés se combattent désormais et font couler le sang des hommes pour une petite notoriété régionale ? Combien de seigneurs francs et leurs vassaux s'entretuent pour quelques arpents de terres ou de vignes ? Le royaume de Francie existe toujours, cela est vrai, mais comparé à l'immense Empire de Charles le Grand, il ressemble désormais à ces petits morceaux de restes qu'on jette à la volaille dans les basses-cours : émietté et prêt à être dévoré.

— Voilà une vision bien sombre, répondis-je. J'ai peu d'expérience... mais je sais ce qu'on m'a appris ici même et je connais l'histoire de ma famille. Mes parents et mes maîtres m'ont toujours inculqué deux choses : l'amour du Christ et la fierté d'être franc.

— Tu es dans le vrai et je rends hommage à ta famille, à ton père en particulier, qui a su donner sa vie pour servir Dieu et la nation franque. Car voilà bien ce qui subsiste de l'empereur Charles par-delà les siècles. C'est cette idée même de nation. Sais-tu ce qu'est une nation Joachim ?

Sans me laisser le temps de lui répondre, Orderic enchaîna aussitôt.

— La vie d'une nation, vois-tu, est beaucoup plus longue que celle d'une personne normale, comme toi ou moi. Une nation ne meurt pour ainsi dire jamais. Une nation peut être comparée au moine qui t'a guidé jusqu'ici. Elle devient si vieille qu'on finit par ne plus la remarquer. Elle se fond dans le décor et on arrive à oublier jusqu'à son nom. Autour d'elle, des états nouveaux naissent, vivent de façon éphémère, puis finissent par sombrer dans le néant. Mais là, tapie dans l'ombre, la nation continue à vivre silencieusement. Elle attend son heure, elle attend des hommes tels que ton père, qui ont su dépasser leurs intérêts personnels pour la servir. Elle nous attend, Joachim, la nation franque nous attend. Elle a besoin d'hommes comme toi pour nous survivre et perdurer pendant encore au moins mille ans.

— Que voulez-vous dire par des hommes comme moi ? Je ne suis qu'un moine novice qui s'apprête à servir le Christ par la prière.

— Oui comme tous les moines de cette abbaye, nous ne sommes que les humbles serviteurs du Christ et de son représentant sur terre, Sa Sainteté Urbain. Mais notre Pape a désormais besoin que chacun d'entre nous se mobilise à la hauteur de ses possibilités pour servir son grand dessein. Et toi, Joachim, tes possibilités sont immenses. Pensais-tu vraiment que tu allais passer ta vie entière à prier entre ces murs ?

— Et qu'attendez-vous de moi exactement ?

— Tu as désormais atteint le stade final de ta formation de copiste. Je rends hommage à ton maître, Odon, pour l'excellent travail qu'il a réalisé avec toi. Mais il est désormais temps pour toi de passer à un stade supérieur et de te mettre au service du Pape lui-même.

— Vous voulez dire que je devrais renoncer à accompagner Odon à Constantinople ?

Orderic laissa écouler un temps qui me sembla une éternité tellement je redoutais sa réponse.

— Je te parle de servir le Pape et tu me parles d'un petit voyage en Orient ?

— Mais… répondis-je, il s'agit d'accompagner mon maître. Ce voyage est pour moi une formidable opportunité de mettre en pratique tout ce qu'il m'a appris.

Orderic se redressa et prit un ton solennel :

— Mon fils… écoute avec la plus grande attention ce que je vais te dire maintenant : malgré tout le respect que j'ai pour Odon, force m'est de constater qu'à travers ce voyage, il préfère suivre ses lubies personnelles plutôt que servir notre ordre, et j'ai bien peur que cette prédisposition ne commence à déteindre sur toi.

— Mais enfin, il s'agit d'une ambassade officielle. J'étais présent au chapitre. Comment pouvez-vous interpréter ainsi la proposition faite par Odon ?

— Tu étais présent, voilà qui est vrai. Tu pourras donc attester par toi-même que personne ne lui a demandé d'entreprendre ce voyage. Il s'est proposé de lui-même ! N'est-ce pas là la vérité ?

— Oui, effectivement, il s'est proposé de lui-même ; mais n'est-ce pas là tout à son honneur ?

— Non, Joachim, tu commets là une erreur de jugement. Tu sais très bien qu'à son âge il ferait courir un grand risque à cette mission et qu'il serait beaucoup plus utile ici à diriger nos copistes où à former nos moines à la pratique de la médecine. Par ailleurs tu connais Odon. Tu connais son goût pour les manuscrits, pour le voyage et les découvertes de toutes sortes. Sache que je ne le blâme pas pour cela. Ton maître compte parmi les hommes les plus instruits de notre chrétienté et tu sais à quel point son savoir est précieux pour nous tous. Mais il n'en reste pas moins vrai que ce qui pousse ton maître à entreprendre ce voyage n'est rien d'autre que son envie irrésistible de repartir à la chasse aux manuscrits !

J'étais stupéfait par l'affirmation du grand prieur. Je ne savais pas quoi lui objecter. Je repensai un instant au manuscrit d'Agatharchide de Cnide. Se pouvait-il que sa découverte ait joué un rôle dans la décision d'Odon de se proposer pour la mission ?

Avait-il en tête de retourner à Tripoli, là où Jacques et Moïse l'avait déniché, afin de mettre la main sur l'original complet ? Se pouvait-il qu'Orderic ait raison au sujet d'Odon ? Se pouvait-il que mon maître fasse passer ses centres d'intérêts personnels avant celui de notre ordre et de la chrétienté ? J'étais perdu et je voyais dans le regard du grand prieur qu'il savait qu'il avait touché un point sensible. Un instant, je croisai les yeux blanc vert du gros lion couché dans l'ombre qui semblait me dire : « Attends ce n'est pas fini ! Écoute un peu la suite... »

— À ce titre, je souhaite que tu renonces à ce voyage. Qu'Odon l'entreprenne si cela lui chante mais je refuse qu'il t'entraîne à la poursuite de ces chimères qui nous éloignent de notre véritable mission : servir le Christ.

— Mais, Odon est mon maître ! Il est comme mon père ; il vivrait cela comme un abandon...

— Ton véritable père est mort, l'épée à la main, au service de Dieu. Ne l'oublie jamais ! Et que diras-tu à ta mère et au comte de Toulouse, qui t'ont confié à notre cause en sa mémoire ? Que tu préfères suivre le prieur de Beaulieu plutôt que le Christ ? Non, Joachim. Tes responsabilités sont grandes et il est temps pour toi d'y faire face, en rendant à Cluny tout ce que Cluny t'a donné.

Je sentis que ma vie était sur le point de basculer. Orderic reprit, d'un ton ne laissant aucune place à la discussion.

— Dès le départ d'Odon, tu viendras t'installer définitivement en ces murs où tu seras nommé armarius assistant et tu seras placé sous ma responsabilité.

— Armarius assistant, ici, à Cluny ? m'exclamai-je d'une voix stupéfaite. Moi qui pensais que le grand prieur ne connaissait même pas mon nom.

— Mais ma formation de copiste est à peine achevée, protestai-je. Croyez-vous que je saurai être à la hauteur d'une telle tâche ?

— Selon Aldebert lui-même, tu es notre copiste le plus talentueux et j'ai entière confiance dans le jugement de mon armarius. J'ajoute qu'il a lui-même occupé cette fonction à ton âge, ce qui montre que la valeur n'attend pas le nombre des années. Il est enfin probable que tu puisses lui succéder rapidement en tant qu'armarius de Cluny. Aldebert prendra très vite d'autres responsabilités ici même, ou à Rome auprès de notre pape Urbain. Tu es promis à un bel avenir au sein de notre ordre. À toi désormais de te montrer à la hauteur… Alors dis-moi ce que tu comptes faire, car rien ne te sera imposé. En revanche, sache que ta réponse sera définitive et qu'elle t'engagera devant Dieu. Accompagner Odon de Beaulieu sur la route de ses chimères, ou choisir de devenir ici ton propre maître au service de la chrétienté.

Orderic s'était tu. Je sentais sur moi son regard pesant, dénué de toute compassion. Je fixai stupidement mes pieds pour y échapper et apaiser le feu que le grand prieur avait allumé dans mon esprit. Moi, armarius de Cluny ! Comment aurais-je pu imaginer une telle perspective aussi extraordinaire que soudaine ?

Un instant, je repensai à toutes ces heures passées sur mon pupitre de copiste, à noircir de mon calame des montagnes de parchemins. Se pouvait-il que je n'aie pas effectué ce dur labeur en vain ? Se pouvait-il que tous ces efforts me permettent de devenir un dignitaire reconnu de tous ? Se pouvait-il que je fasse la fierté de ma famille et de mon père, mort pour le Christ ? Mais il y avait aussi Odon, qui m'avait tant donné… Comment pourrais-je oublier ? J'avais désormais un sérieux doute sur la véritable motivation de mon maître à prendre la route de Tripoli. Sa fascination dévastatrice pour Agatharchide l'avait bel et bien lancé à la poursuite du savant grec et il faisait passer son intérêt personnel avant celui de notre Ordre… Orderic devait avoir raison au sujet de mon maître : en le suivant je devenais son complice.

– Je choisis de servir Notre Seigneur. Je choisis de servir le Christ. J'accepte de devenir armarius assistant.

– Cette décision t'honore, répondit Orderic, d'un air satisfait Nous officialiserons tout cela dès demain devant la communauté des moines lors du chapitre. Tu t'installeras ici même définitivement dans la journée. J'enverrai mes propres gardes chercher tes affaires à Beaulieu.

Orderic avait clos la discussion en me tournant le dos. En un battement de cils, il disparut dans la pièce attenante d'où il avait surgi quelques instants auparavant. Je restai seul, face au cloître, hagard. Passant le seuil de la grande porte, je repensai à mon vieux guide qui m'avait précipitamment laissé devant l'ouverture avant de disparaître… C'était bien en enfer qu'il m'avait mené.

Chapitre 17
La nuit étoilée

Mon Dieu ! Qu'avais-je fait ?

Combien aurais-je donné pour revenir quelques heures en arrière ? Ressentir à nouveau le vent subtil du mont Saint-Romain et le bruissement des feuilles à son passage... Capter encore le bruit rauque du calame luttant contre le parchemin... Humer une nouvelle fois le parfum enivrant de l'encens dans l'église abbatiale... Ma vie avait brusquement basculé, – l'espace d'un entretien avec le grand prieur –.

Tel un spectre, j'avais traversé la grand-messe solennelle et j'errais depuis, la peur au ventre, à travers l'enceinte du cloître. La seule idée de croiser Odon ou Clément me terrorisait. Qu'allais-je pouvoir leur dire ? Comment narrer l'inexprimable ? Il m'avait fallu peu de temps pour comprendre que j'avais péché par vanité. Le grand prieur m'avait appâté avec un poste que j'avais eu la lâcheté d'accepter tout en discréditant subtilement mon maître. Je n'avais pas su m'opposer à lui. Je n'avais pas su trouver les mots pour défendre mon maître. J'avais laissé cet homme le dénigrer et m'imposer sa volonté. Avec le recul, j'y voyais clair dans son jeu... Il allait faire de moi sa créature et ma décision serait officialisée dès le lendemain.

Accablé par ma propre lâcheté, j'avançais tel un automate dans les couloirs, sans but, la tête baissée, cherchant les endroits les plus sombres du monastère, là où je risquais le moins de croiser quelqu'un. Mes tempes bourdonnaient et semblaient vouloir exploser.

Je me réfugiai finalement à l'étage du noviciat, désert à cette heure, m'effondrant dans un coin sombre de la salle affectée à la toilette des novices. Brisé, j'avais fini par me recroqueviller sur le sol, fixant la masse sombre du plafond. Il me sembla que l'espace qui m'en séparait se réduisait peu à peu, comme si la paroi horizontale descendait vers moi et allait finir par m'écraser. Qu'avais-je fait ? Les pensées les plus noires se bousculaient dans ma tête. Armarius assistant ! La magnifique récompense de ma traîtrise ! Comment avais-je pu accepter ? Comment l'expliquer à Clément, qui méritait mille fois plus que moi une telle fonction ? Et Odon ? J'avais condamné un homme qui me considérait comme son fils depuis toutes ces années ! Mais qui donc étais-je pour juger ainsi ? C'était inconcevable ! Ma famille, c'était eux ! Je venais de les trahir de la plus honteuse des façons. Agatharchide et son manuscrit maudit ! Cause du malheur qui allait nous frapper pour nous disloquer inéluctablement. Ma tête allait éclater. Comme une misérable créature, j'étais cloué au sol. Ah ! Comme j'aurais voulu disparaître sous terre définitivement.

Je manquais d'air. Sous l'effet de l'angoisse je commençais à suffoquer. C'est alors qu'une voix résonna en moi.

— Calme-toi...

Chasse ces pensées négatives...

Fais le vide en toi...

Je n'y prêtai pas attention tout de suite et je continuai à m'accabler. Mais la voix était toujours là.

— Ton esprit est troublé... Chasse les pensées qui t'assaillent pour retrouver la paix...

Sans trop savoir pourquoi, je finis par m'allonger sur le dos. À travers ma coule, je pouvais sentir le dallage dur mais rafraîchissant. Ne plus penser... arrêter le flot qui m'accablait. Trouver de l'air. Me concentrer sur ma respiration. Ne plus penser à rien d'autre. Seulement respirer. Inspirer – expirer longuement et chasser ce mal-être mortel pour reprendre l'inspiration suivante.

Peine perdue ! Le grand prieur et son affreux lion vert occupaient invariablement mes pensées. Odon, Clément, qu'allais-je leur dire demain au chapitre ? J'avais manqué de courage... Comment me justifier ? Comment me racheter ? Je repris ma respiration pour arrêter la panique et je répétai l'opération plusieurs fois de suite. Souffler lentement, le plus lentement possible. À chaque expiration, c'était une partie de mon désarroi que j'expulsais peu à peu.

Je me relâchai légèrement. Je fermai les yeux, décidé à poursuivre la lutte contre l'ennemi invisible qui me rongeait. Je fermai les yeux et étendis mes jambes complètement sur le sol.

Puis, j'allongeai les bras le long de mon corps en les détachant un peu de mes flancs. Je restai fixé sur ma respiration, plus rien d'autre ne devait compter. Inspirer profondément et expirer le plus doucement possible... Après un temps il me sembla que le silence de la salle me pénétrait peu à peu. Encouragé par la pénombre naissante, je fermai finalement les yeux et m'abandonnai un peu plus. Je commençais enfin à lâcher prise. Les pensées négatives m'assaillaient encore par vagues, mais leurs assauts se faisaient plus espacés. L'entretien avec le grand prieur, ma lâcheté, la peur de perdre l'estime de mes amis... Elles glissaient désormais sur moi sans m'atteindre, disparaissant aussi vite qu'elles étaient apparues.

Combien de temps restai-je ainsi ? Je l'ignore. Je sentis qu'une onde subtile me traversait des pieds à la tête, pour se concentrer à la base de ma nuque. Allongé sur le sol, mon corps tout entier se mit à vibrer... comme sous l'effet d'une musique enivrante un soir de fête... Je repensai à l'étrange voix qui m'avait guidé jusque-là. Elle s'était finalement tue en même temps que j'avais chassé les premières vagues du tumulte. Etait-ce ma propre voix ? À bien y repenser, il me semblait maintenant que c'était une voix féminine que j'avais perçue. Je continuai à respirer profondément, laissant ce sentiment de plénitude calmer mon angoisse.

Mon corps continuait à vibrer mystérieusement et j'avais la curieuse impression de m'enfoncer à travers le sol. Par reflexe, je tentai de prendre appui sur le dallage à l'aide de mon bras droit. Mais, à ma plus grande surprise, celui-ci refusa de m'obéir. J'essayai avec le gauche mais j'obtins le même résultat : j'étais paralysé ! Tentant à nouveau de lutter contre la force mystérieuse qui me tirait vers le bas, je dus me rendre à l'évidence. J'étais dans l'incapacité de bouger le moindre muscle. Telle une enveloppe solide, mon corps s'était raidi autour de moi dans une sorte de catalepsie qui m'interdisait tout mouvement. Je n'étais pas troublé pourtant. Porté par ces vibrations subtiles qui s'intensifiaient à la base de mon cou, je me sentais mieux. Je continuai à respirer profondément.

Dans le lointain, un bruit strident retentit… une sorte de corne de brume… semblable à celle qui avertit les marins d'un danger quand le brouillard est trop dense. Mais c'était déjà trop tard… Je tombais dans le vide… comme si mon corps tout entier venait d'être précipité du haut d'un ravin.

Alors l'impensable se reproduisit.

L'onde subtile avait jailli au niveau de ma nuque dans un éclair d'un blanc immaculé. J'avais à nouveau quitté mon corps… l'incroyable se répétait.

Mon premier regard fut pour mon corps allongé sur le dallage : j'étais, à nouveau, deux. Mais c'est une enveloppe vide que j'avais laissée et que je contemplais. Ma conscience était restée avec moi dans cet autre corps lumineux que je percevais déjà.

Je n'avais pas peur. J'avais tellement désiré revivre ce sentiment de liberté que je me sentis euphorique. La nuit était tombée, la pièce était obscure, cependant mes yeux pouvaient tout voir. Chaque chose, même la plus ordinaire, prenait une étonnante luminosité. Une vie intense et mystérieuse émanait des pierres du dallage, du bois des poutres et du mobilier de la salle. Une luminosité qui me rappela aussitôt ma rencontre avec celle qui peuplait mes nuits depuis ma première visite à Saint-Germain.

— Joachim...

Cette voix ! Cette fois, j'en étais certain.

— Alix ? Est-ce toi ?

— Oui...

Elle se tenait là... dans la pénombre, majestueuse, plus vivante que jamais. Elle me dévisageait comme on dévisage quelqu'un qu'on n'a pas vu depuis un long moment.

— Ne m'en veux pas... Je voulais seulement t'aider. Tu semblais souffrir tellement.

Alix rayonnait. Ses longs cheveux descendaient souplement dans son dos. Son front était ceint d'un cercle d'or, semblable à celui d'une reine.

— Comment pourrais-je t'en vouloir ? Mon désarroi est si grand. Mais comment as-tu pu réaliser cela ? M'aurais-tu frappé la tête pendant que j'avais les yeux fermés ?

Elle partit d'un éclat de rire qui aurait damné un saint. L'air enjoué, qui m'avait tant plu chez elle, réapparut immédiatement sur son visage.

— Je l'aurais surement fait si cela avait été nécessaire ! En réalité, j'ai seulement ressenti ta souffrance et j'ai voulu t'apaiser en prononçant quelques mots. Tu as accompli le reste tout seul. Et maintenant tu es là, ici, avec moi. Je suis tellement heureuse de pouvoir à nouveau te parler.

Alix me dévisageait avec une telle intensité que j'en fus profondément troublé. Son visage baignait dans une douce lumière orangée. Elle semblait émue.

— Mais comment ? Tu veux dire que tu étais ici à Cluny ?

Baissant légèrement la tête, comme si elle avait quelque chose à confesser, elle poursuivit :

— Oui. J'étais ici à tes côtés. Depuis notre première rencontre, les choses ont beaucoup évolué. Après ta lutte à mort pour réintégrer ton corps, j'étais inquiète pour toi. J'ai prié pour que tu te rétablisses. Mais je me sentais seule. Je ne souhaitais plus rester dans l'entourage de ma famille, à Saint-Germain, alors je suis revenue auprès de la seule personne en mesure de comprendre mon état d'âme. J'espérais, que comme ma mère, tu pourrais me rejoindre pendant ton sommeil. J'ai prié pour que cela se produise mais en vain. Alors, je t'ai accompagné, et en quelque sorte, j'ai veillé sur toi, à la façon d'un ange gardien.

— Pourquoi t'obstiner à rester seule et prisonnière entre deux mondes ?

La jeune fille s'était tue. Elle me dévisagea intensément et posa son index sur mes lèvres comme pour m'inviter à ne pas la questionner.

— Viens... suis-moi... je veux te faire découvrir un endroit.

Elle prit ma main et nous nous retrouvâmes peu après à l'extérieur. En quelques instants, j'étais passé du désespoir le plus profond au rêve le plus fou. Subjugué par le charme d'Alix, je me laissai guider à travers la nuit étoilée.

La jeune femme m'entraîna à quelques lieues de là, jusqu'au sommet d'un pic rocheux qui s'élevait plus au sud. La masse claire et majestueuse de sa pierre calcaire se dressait fièrement dans le ciel, tel le trône d'un Dieu. Nous nous assîmes sur un tapis de mousse où affleuraient des buissons sauvages parmi des rochers blancs. Du haut de cette roche étonnante, culminant à plusieurs pieds, les collines de Bourgogne paraissaient encore plus belles. Eclairées par une lune naissante, des forêts couleur émeraude prenaient forme sur les hauteurs percées çà et là par les roches blanches.

À flanc de coteaux, un artiste de génie avait placé en abondance de longues ceintures de vignes noblement alignées. Plus bas, on pouvait admirer de vastes pâturages, qui entouraient d'une écharpe verte les petits villages blottis autour de leur clocher. Partout, la présence de l'homme se mélangeait harmonieusement à la présence de Dieu. Un éperon similaire au nôtre se dressait majestueusement face à notre observatoire. Abrupt et érodé par le vent sur une face, tel un sphinx, il descendait en pente douce sur l'autre versant, épousant les collines.

Alix rompit le silence la première. Absorbés par la beauté du lieu, nous n'avions pas échangé un mot depuis notre arrivée.

— Sais-tu depuis combien de temps ces roches s'élèvent ici ? Combien d'hommes et de femmes ont pu les contempler avant nous depuis leur apparition ?

— Je l'ignore. Elles semblent défier le temps des hommes. Elles sont merveilleuses.

— Je savais que tu aimerais cet endroit. Quand j'étais petite, mon père nous conduisait ici chaque dimanche de Pentecôte, en pèlerinage. Nous partions du village en contrebas, un peu après l'office de sexte, et nous empruntions ce sentier jusqu'au sommet de l'éperon. Nous étions parfois plus d'une cinquantaine de piétons à gravir la roche dans son sillage.

— Et pourquoi venir ici chaque année ?

— Un peu avant ma naissance, c'est au pied de cette roche que mon père avait combattu avec ses vassaux contre un seigneur rival et son armée. La bataille tourna rapidement à l'avantage de l'autre camp. Alors que tout semblait perdu, et qu'autour de mon père les chevaliers tombaient un à un, les troupes de Saint-Germain inversèrent finalement l'issue du combat, grâce à une batterie d'archers que mon père avait fait disposer sur ces hauteurs avant la bataille. Alors, pour remercier Dieu, ces hommes, qui avaient échappé à une mort certaine, firent le serment de gravir cette roche chaque année à pareille époque, accompagnés de tous leurs proches. C'est comme cela que j'ai découvert le lieu et sa beauté. J'en connais désormais les moindres recoins et notamment celui où nous nous tenons maintenant. Je m'étais juré de revenir ici avec quelqu'un que j'aimerais et de partager cet endroit avec lui.

Je me sentis rougir comme une pivoine. La présence de la jeune fille, assise à mes côtés, me troublait profondément. Je n'avais aucune expérience en matière de femmes et, mon Dieu, j'étais un moine novice… Que pouvais-je faire ? Alix comprit mon embarras et vint se blottir contre moi, posant délicatement sa tête contre mon épaule. Je sentis la chaleur de son corps contre le mien, la douceur de ses cheveux contre ma joue, son parfum enivrant qui prenait peu à peu possession de mes sens… J'aurais voulu que ce moment dure mille ans !

Machinalement, je levai la tête vers le ciel, faisant mine d'observer les étoiles qui apparaissaient une à une en direction du levant, pour me donner une contenance. Alix avait suivi mon regard.

— Regarde celle-ci, comme elle brille étrangement, murmura-t-elle en pointant son doigt. On dirait qu'un grand feu y brûle et nous transmet son éclat ici-bas.

À ma plus grande joie, elle indiquait une étoile que je savais parfaitement identifier.

— C'est Sirius… répondis-je, d'un ton faussement détaché. Elle fait partie de la constellation du Grand Chien. C'est l'étoile la plus brillante du ciel.

Je perçus dans le regard de la jeune femme un soupçon d'étonnement, qu'elle fit mine de masquer en enchaînant rapidement.

— Un chien dis-tu ? Et que fait-il seul dans le ciel ? N'a-t-il pas un maître pour le guider là-haut ?

Je jubilai. Par jeu Alix avait choisi de me défier sur un terrain qui m'était plus que familier.

— Oui tu as raison ! Un chien ne vaut rien sans son maître. Et, levant le bras un peu plus haut vers la droite : voici là-bas le chasseur Orion. Sirius et les étoiles qui forment la constellation du Grand Chien le suivent comme son ombre toute la nuit durant.

Détournant le regard vers la roche, j'envoyai un « merci silencieux » à Odon et Clément. C'étaient eux, les moines qui m'avaient appris à lire dans le ciel comme dans un manuscrit ouvert. La constellation d'Orion en avait été la première page.

À partir de ces étoiles remarquables, j'étais capable d'identifier un grand nombre d'astres. Je décidai de pousser un peu plus loin mon avantage.

— Vois-tu ces trois étoiles alignées et équidistantes ?

— Oui. Elles ont un éclat identique et évoquent un collier de perles.

— Elles forment ce qu'on appelle la ceinture d'Orion.

— Une ceinture ? Et qui est donc cet Orion dont tu parles ?

— Les anciens Grecs décrivent Orion comme un chasseur capable de tuer n'importe quel animal. Dans le ciel, son corps est constitué de sept étoiles principales qui forment cette sorte de sablier céleste que l'on voit ici et là-bas. Le centre de la constellation est composé de cette triade majestueuse. La géante et rouge Bételgeuse constitue son épaule droite et Bellatrix « la blanche guerrière » la gauche.

— Et qui chasse-t-il, cet Orion, avec son chien scintillant ?

— Regarde dans cette direction. Dans l'axe de la ceinture, mais vers le couchant cette fois, à l'opposé de Sirius. Vois-tu cette étoile à la forte teinte orangée ? Elle se nomme Aldébaran et marque la constellation voisine du Taureau.

— Tu veux dire qu'Orion chasse un taureau céleste ?

— Oui c'est exactement cela. Si tu observes avec attention, tu verras qu'Orion brandit une massue au-dessus de sa tête et défie ainsi ce taureau furieux. Pour les Grecs, le taureau représente Zeus. Son rôle est de protéger des velléités du chasseur, les sept sœurs, situées vers le couchant, qui forment là-bas ce qu'on appelle les Pléiades. Ne trouves-tu pas que le regard de braise de l'animal, incarné par Aldébaran, lui donne un air féroce ? Observe attentivement et tu verras toute la détermination dont il fait preuve pour repousser les attaques incessantes d'Orion et de son chien.

Cette fois je sentis qu'Alix ne cherchait plus à dissimuler son admiration. La jeune fille était toujours blottie contre moi et prenait du plaisir à m'écouter.

— Cela fait six ans que je les observe, juste avant le second sommeil. Ces étoiles me fascinent. Elles sont pour moi comme une invitation au voyage.

— Et tu souhaites donc partir et découvrir le monde ?

— C'est mon vœu le plus cher ! Malheureusement, j'ai compromis mes chances d'accompagner Odon à Constantinople après ce maudit entretien avec le grand prieur.

— En quoi ce prieur pourrait-il t'empêcher d'accomplir ton rêve ? Penses-tu réellement qu'un seul homme pourrait t'empêcher d'aller contre ta volonté ?

Ne sachant pas quoi répondre, je lui retournai la question.

— Et toi, Alix ? Quels sont tes projets ? Tu ne peux pas rester indéfiniment entre deux mondes !

La jeune femme plongea son regard dans le mien d'un air déterminé.

— Demain nous appartient. Comme cette nuit... J'ai pris ma décision : je reviendrai à la vie dès l'aube. J'espère seulement que tu me trouveras aussi belle que ce soir lorsque tu me verras en chair et en os...

La clarté de la nuit illuminait son visage. Elle avait l'air si volontaire...

— Alix, je suis heureux pour toi. Je suis sûr que tu auras la force d'affronter la vie qui te tend les bras. Ta vie !

— Oui, j'ai décidé de vivre, mais il n'est pas question pour moi d'accepter pour autant le mariage qui m'attend. Je veux vivre ma vie et pas celle que l'on voudrait que je suive.

— Ravi, je demandai : que comptes-tu faire alors ? Ton sort semble pourtant bien scellé.

— J'ai eu tout le loisir d'y réfléchir depuis mon accident, de peser le pour et le contre et de prendre ma décision. Je veux agir. Donner un sens à mon existence.

Elle fit une pause, attendant ma réaction.

— Dis-moi... je meurs d'envie de connaître ton projet.

— Je compte me mettre au service des autres. Je veux devenir moniale.

— Moniale ! Tu veux dire que tu veux entrer dans l'ordre ?

— Oui. Mais en aucune façon je ne souhaite vivre comme ces femmes qui ont choisi une cellule contiguë à une église et la solitude comme cadre de vie. Mon choix sera d'intégrer un monastère, devenir nonne, mais dans une communauté ouverte sur le monde.

— Tu veux entrer dans un monastère destiné à des femmes ?

— Non loin d'ici, à Marcigny, il existe un prieuré bénédictin réservé aux dames issues de la noblesse, dirigé par une prieure nommée Hermengarde[11]. Elle y dispose d'un pouvoir considérable. Je l'ai rencontrée plusieurs fois déjà avec ma mère. Dès mon réveil, j'expliquerai que j'ai été frappée par la grâce et que le Christ m'appelle à son service. Mon statut de miraculée jouera en ma faveur. Ni mon père ni mon futur époux ne pourront s'opposer à la volonté divine.

J'étais stupéfait par sa décision. Au loin, rompant le silence de la nuit, une chouette hululait.

— Ne parlons pas de miracle. Est-ce bien là ta volonté propre ? As-tu conscience de l'engagement que tu t'apprêtes à prendre pour ta vie entière ? As-tu conscience qu'un tel engagement ne peut être pris par défaut ? Qu'il ne peut avoir pour finalité de te faire échapper à un mariage ?

— Oui, Joachim, j'ai bien pensé à tout cela. Que puis-je te dire en un tel lieu sinon la vérité ? Je mentirais en affirmant qu'avant mon accident j'avais l'intention de consacrer ma vie entière aux autres. Mais depuis, ma situation a évolué et aujourd'hui je sais que seule une existence faite d'engagements

11. **Hermengarde de Semur** fut la prieure du monastère bénédictin de Marcigny en Bourgogne qui accueillait des femmes moniales clunisiennes dès 1056. Seules les femmes de haute noblesse y étaient admises, comme ce fut le cas pour Hermengarde, sœur d'Hugues et première prieure, Aremburge de Vergy, sa mère, Raingarde de Semur, sa nièce, mère de Pierre le Vénérable. Il y eut aussi Adèle d'Angleterre, fille de Guillaume le Conquérant, les saintes Véraise et Frédoline, filles de rois d'Espagne, Mathilde de Boulogne, femme d'Etienne de Blois, roi d'Angleterre, la sœur de saint Anselme de Cantorbéry.

et d'actions pourra me convenir. Mais comment pourrais-je en être certaine ? Je connais Hermengarde et son prieuré. C'est là que je souhaite aller et travailler à l'émancipation des femmes, par la lecture et l'écriture qui ouvrent les portes de la connaissance et du pouvoir. Nous, jeunes femmes, quelles que soient la condition de notre famille, sommes trop souvent maintenues dans l'ignorance. Moi, c'est grâce à ma mère que je sais lire le latin et que j'ai pu m'intéresser au monde qui m'entoure. Mais combien d'autres n'ont pas cette chance ? C'est injuste. Mais qu'importe, je me rendrai dans ce monastère afin d'aider la prieure et les moniales en me mettant au service de la communauté. Sais-tu qu'à Marcigny la règle de saint Benoît a été adaptée aux femmes et que les activités sociales et économiques y ont un rôle important ?

Après sa déclaration, je vis que la jeune fille attendait mon approbation.

— Alix, je ne peux qu'approuver une telle décision. J'admire la force de ton engagement.

La jeune femme baissa humblement la tête.

— Je te remercie ! Tu en es un peu à l'origine et tu en as la primeur. Et qui sait ? Nous aurons peut-être l'occasion de nous croiser là-bas ? Comme tu le sais, les femmes ne sont pas admises au sacerdoce. Ce sont des moines comme toi qui y assurent les offices et les confessions pour les nonnes. Des clercs résident à Marcigny en permanence dans une dépendance du monastère. Sais-tu que ces hommes sont choisis par Hermengarde elle-même ? Peut-être seras-tu amené à y venir un jour et à me rendre visite…

Mais… toi… Joachim. Qu'as-tu décidé pour toi ?

Je la dévorais du regard. Sa détermination, sa quête d'absolu faisaient d'elle une femme vraie et vivante. Comment rester soi-même face à une telle force ?

Sa seule présence suffisait à me galvaniser. À me faire repousser mes limites. Que pouvais-je lui dire sinon que j'allais être à la hauteur ? Que je l'étais déjà ?

– Je vais faire face. Je vais affronter le grand prieur de Cluny. Je partirai avec Odon. À présent, j'entrevois les subterfuges qu'il a utilisés pour faire de moi un lâche capable de renier ses frères. J'ai été bien faible. Mais il n'est jamais trop tard, je veux pouvoir à nouveau regarder Odon et mes compagnons en face.

– Que comptes-tu lui dire ?

– Demain, la vérité éclatera. Une vérité simple : je ne lui dois rien. Quoiqu'il advienne de moi ensuite, je ne deviendrai jamais sa créature.

J'avais parlé vite, mais cela était dit et gravé. Maintenant, je ne pouvais plus reculer. Je me sentais déjà en paix avec moi-même.

– Mais que sais-tu de cette histoire au juste... connais-tu la teneur de mon entretien avec le prieur et son affreux lion de pierre ?

– J'étais là Joachim. J'ai tout vu et tout entendu.

– Tout ?...

– Je ne t'ai pas quitté depuis notre première nuit. Pendant ta convalescence et lorsque le manuscrit de ce savant grec a été évoqué, j'étais là. De même lorsque tu as révélé notre rencontre irréelle à Odon et lors de ta visite à Saint-Germain où tu ne m'as pas trouvé bien belle, j'étais là. J'étais là encore lorsque tu as su trouver les mots justes pour ma mère. Et quand tu as vibré à l'annonce de l'ambassade en Orient, j'étais là. J'ai compris ce jour-là ton profond désir de suivre ton chemin.

– Tu es restée à mes côtés tout ce temps ? Tu étais là... ! Présente... Mais pourquoi, pourquoi ?

La jeune femme vint à nouveau se blottir contre moi. Une moue délicieuse éclairait son visage. Elle murmura à mon oreille :

– Il y a des choses qu'on ne dit pas. Moi, j'ai aimé ce que j'ai vu : toi !

Alix posa à nouveau un doigt délicat sur ma bouche et poursuivit :

— Cette nuit je ne suis pas une future moniale... Cette nuit, tu n'es pas un moine copiste... Cette nuit est un moment que Dieu nous offre hors du monde et du temps.

La nuit étoilée s'étendait au-dessus de la grande roche. Des grains de poussière, pénétrant soudain l'atmosphère, s'enflammaient, zébrant la ceinture d'Orion d'une clarté immaculée, comme pour célébrer cette nuit qui nous appartenait.

Chapitre 18
Le chapitre des moines

« *Chaque fois que des affaires importantes devront se traiter au monastère, l'abbé convoquera toute la communauté au chapitre et dira lui-même de quoi il s'agit* ».

Règle de saint Benoît.

La nuit étoilée avait laissé place à un petit matin gris et pluvieux. Une douleur aigüe et lancinante au niveau du crâne, voilà tout ce qui restait de mon escapade nocturne. Si j'avais réintégré mon corps sans difficulté, c'est au prix d'un gros effort que j'avais pu me lever et rejoindre péniblement mon lit dans le dortoir attenant. L'heure des laudes était proche. Je visualisais déjà le sacristain au milieu du cloître, attendant le lever du jour pour sonner la cloche, rompant le silence de la nuit pour appeler les moines à l'office.

Mon corps engourdi m'oppressait. J'avais l'impression de peser dix fois mon poids habituel et le moindre geste me coûtait. J'enfilai ma coule avec peine et me mêlai, sans conviction, aux moines qui affluaient du dortoir principal vers l'église abbatiale. Observant le regard de mes camarades réunis au chœur, je compris que mon absence aux vigiles, lors de la nuit écoulée, était passée inaperçue...

L'office qui célébrait le lever du jour se déroula sans encombre. Seule ma voix m'avait donné des signes d'inquiétude en prévision du chapitre qui s'annonçait.

J'avais dû prendre froid quand mon corps était resté étendu sur le dallage glacé : il me faisait payer son abandon momentané.

J'étais si enroué que mes voisins du chœur avaient plusieurs fois réagi lorsqu'était venu mon tour de psalmodier le chant grégorien. Les regards furieux du chef de chœur m'avaient finalement obligé à murmurer la fin de ma prestation vocale. Les psaumes familiers avaient succédé aux chants et j'étais resté muet sous l'œil réprobateur des plus dévots. J'avais traversé le reste de l'office tel un pantin reproduisant machinalement les gestes immuables des novices.

J'étais ailleurs. Mon esprit voguait encore quelque part entre les roches claires et le parfum enivrant d'Alix. Pour une raison que j'ignorais, le chapitre avait exceptionnellement été repoussé. Il devait avoir lieu un peu plus tard, un peu avant Tierce, et je devais, d'ici là, impérativement retrouver un peu d'allant si je voulais y rattraper ma faute de la veille.

Après les laudes, s'ouvrait un temps réservé à la célébration de messes privées et à la lecture dans le cloître. J'y suivis la plupart des moines dépourvus de fonctions particulières. Une bruine fine et pénétrante avait rendu les dalles glissantes et rafraîchi l'atmosphère. J'avais chaud et en même temps je grelottais. La pluie !

Fixant le ciel comme si je venais de voir apparaître un ange, je quittai les arcades pour me diriger lentement vers le centre du jardin où de petites flaques naissaient déjà entre les parterres. Machinalement je relevai la tête. De minuscules gouttelettes se fracassaient sur mes paupières. Le contact de l'eau sur mon visage me sortit de ma torpeur et je restai un long moment immobile, pour mieux capter la fraîcheur de l'ondée.

— Joachim... tu vas bien ?

Je n'avais pas entendu Clément qui, inquiet de mon étrange comportement, était venu à ma rencontre.

— J'ai dû attraper froid durant la nuit. Mais je me sens mieux, la pluie m'a revigoré.

Clément attrapa ma main et me traîna dans son sillage, à l'opposé des lecteurs du cloître. C'est alors que je m'aperçus que j'étais au centre de toutes les attentions. Délaissant leur lecture, les claustraux n'avaient pas perdu une miette de mes mouvements et me dévisageaient comme si j'étais le diable en personne.

— Suis-moi ou tu vas t'attirer des ennuis. File au noviciat, passe de l'eau sur ton visage et revêt une chemise sèche. Tu as une mine affreuse et tu es trempé. Tu ne peux pas te présenter au chapitre dans cet état.

Je répondis à mon aîné par un petit signe affirmatif de la tête. Prenant la direction du cloître secondaire, je me retournai vers mon ami.

— Sais-tu où est Odon ? Je ne l'ai pas vu à l'office.

— Il s'est absenté pour la journée. Il visite les malades dans les prieurés voisins. Il sera de retour dans la soirée et m'a demandé de jeter un œil sur toi.

— Tu veux dire qu'il sera absent au chapitre ?

— Oui, l'assemblée sera dirigée par le grand prieur Orderic. Pourquoi ? Tu comptais battre ta coulpe devant Odon de Beaulieu et lui expliquer les raisons de ton étrange sortie sous la pluie ?

J'avais suivi les consignes de Clément. J'étais passé au lavabo dans la salle même où j'avais quitté mon corps sur le dallage la nuit passée. Je m'étais soigneusement lavé, coiffé et rhabillé, j'avais revêtu au passage ma pelisse d'hiver, qui me donnait une allure plus solennelle. L'heure du chapitre était enfin arrivée. J'allais pouvoir rattraper mes errements de la veille face au grand prieur. Sous l'effet de mon incroyable nuit passée aux côtés d'Alix, je me sentais prêt à affronter la chrétienté tout entière.

Selon l'immuable rituel, les novices, les convers, puis les moines profès prirent place face à face sur les deux rangées d'assises, disposées en gradins de part et d'autre de la grande pièce rectangulaire. Au centre, un grand espace vide figurait une sorte d'arène.

Les principaux officiers clunisiens firent leur entrée et s'installèrent sur l'estrade dominant la salle, sous la grande fresque représentant saint Pierre. Le grand prieur Orderic occupait au centre un fauteuil de bois sombre. À son passage, tous avaient incliné respectueusement la tête. À ses côtés, vinrent s'asseoir le prieur Aymeri et l'armarius Aldebert. Puis ce furent les officiers ayant les fonctions les plus hautes : le sous-prieur, le circateur au visage toujours masqué par son capuchon pointu, le sacristain, ainsi que le prévôt chargé des affaires extérieures. Enfin tout autour, une centaine de moines était désormais rassemblée tandis que la grande porte d'accès au cloître était restée ouverte, donnant ainsi la possibilité à ceux restés à l'extérieur de suivre les échanges. Le chapitre des moines pouvait commencer.

Sur un signal du grand prieur, un jeune novice intimidé s'approcha du volumineux codex ouvert sur un pupitre au centre de la salle. La séance débutait invariablement par la lecture d'un article de la règle. À sa suite, l'armarius Aldebert assura le commentaire du passage lu. De quoi était-il question dans la lecture ? Je ne pouvais le dire tellement mon esprit était focalisé sur la suite et sur ma propre intervention. Après le commentaire, viendrait l'indication du jour de la lune et de la date du mois. Puis on annoncerait les fêtes du lendemain. On procéderait alors à la lecture du martyrologe puis du nécrologe, en hommage aux abbés et aux moines défunts recommandés aux prières du monastère.

Commencerait alors la partie la plus redoutée de la séance : le chapitre des coulpes. À tour de rôle, chaque frère ayant quelque chose à confesser devrait se prosterner au centre de la salle. Puis, sur ordre du prieur, il pourrait se relever afin de s'accuser à voix haute des fautes qu'il avait commises. Avait-il été négligeant dans son travail ? Était-il arrivé en retard à l'office ? Avait-il enfreint la règle ? Chaque faute confessée, légère ou grave, était punie d'une sanction adaptée. Les plus lourdes pouvaient aller jusqu'à l'exclusion des offices ou des repas pris en commun. Après les coulpes, viendrait enfin le chapitre concernant les affaires du monastère, où le grand prieur annoncerait tous les évènements intéressant les moines pour requérir leur avis. Le projet d'Orderic de me nommer armarius assistant y serait évoqué et je pourrais enfin prendre la parole pour exprimer ma position. Quel ton adopter ?... Je m'étais décidé pour la plus stricte humilité. Très honoré par la proposition qui m'était offerte, j'estimais cependant n'être pas suffisamment expérimenté pour la mener à bien. Je souhaitais approfondir ma formation de copiste et de traducteur pour l'exercer plus tard si l'occasion se représentait.

Mais le chapitre des coulpes n'était pas encore clos. Je sursautai lorsque mon voisin de droite, un moine malingre au visage d'ascète d'une pâleur laiteuse, se jeta soudainement sur le sol. Sa ferveur était telle qu'un instant j'eus l'impression qu'il s'était assommé au contact de la pierre et qu'il ne se relèverait pas. Il revint à sa place en titubant quand le grand prieur s'apprêta enfin à passer à la partie réservée aux affaires. Mon heure était arrivée... J'allais pouvoir reprendre en main mon avenir proche.

Je fus sorti de mes pensées par le circateur, qui interpella soudainement l'assemblée :

— Plus aucun des frères ici présents n'a donc encore de faute à confesser devant Dieu et les moines réunis ? Il semble pourtant que certains manquements soient restés sous silence. Leurs auteurs feraient bien de faire amende honorable immédiatement afin de ne pas aggraver leur faute...

Un frémissement parcourut l'assistance. Il était rare que le moine au capuchon intervienne de la sorte au chapitre. Il avait dû se passer quelque chose de grave dont il avait eu connaissance. À ma plus grande surprise, il descendit de l'estrade, fit quelques pas et vint se planter devant moi !

— Frère, prosterne-toi devant ton créateur. Amende-toi pour ta faute. Tu plonges la communauté toute entière dans la honte si tu ne sais pas reconnaître tes torts devant le chapitre des moines.

Je n'avais pas réalisé que c'était moi qu'il visait. Mes yeux suivirent avec inquiétude les regards des frères qui se braquaient dans ma direction. Sous le capuchon, j'aperçus deux petits yeux verts dont la détermination me terrorisa. Mon Dieu, qu'avais-je pu faire qui mérite une telle intervention ? La première chose qui me vint à l'esprit fut mon comportement atypique dans le cloître. Il ne pouvait tout de même pas me pointer ici pour quelques pas sous la pluie ? Quoi d'autre ? J'avais chanté faux ce matin lors des laudes ? Ce ne pouvait être cela non plus. Mais alors quoi ?

— Peut-être souhaites-tu que je te rafraîchisse la mémoire ? Je te laisse encore une chance de t'amender par toi-même, comme le stipule notre règle, mais sache que si tu m'y contrains, je devrai révéler aux frères la nature de ta faute.

J'étais fixé par une centaine de paires d'yeux. Etait-ce là un mauvais coup d'Orderic ? Cela n'avait pas de sens. Un bref coup d'œil vers le grand prieur m'indiqua qu'il semblait aussi surpris que moi par l'intervention du maître de discipline.

— Tu ne me laisses donc pas le choix. Sachez mes frères que ce novice ici présent ne s'est pas rendu aux vigiles cette nuit même. Je constate qu'il n'a pas non plus conscience de sa faute puisqu'il ne juge pas nécessaire de se dénoncer.

Dans la salle, le murmure s'amplifia. L'information étant facilement vérifiable… elle était donc forcément avérée. On pouvait arriver en retard à un office de nuit, cela constituait une faute légère, mais manquer tout un office alors qu'on n'avait pas l'excuse d'une tâche nocturne était considéré à Cluny comme une faute grave.

— Mais peut-être étais-tu souffrant cette nuit et dans l'incapacité de te lever pour te rendre à l'église avec tes frères ?

Flairant le piège, je m'efforçai de ne pas mentir tout en restant évasif.

— Non frère, je n'étais pas malade cette nuit.

— Tu n'étais pas malade ! Alors pourquoi avoir manqué un office complet ?

Le silence se fit plus intense. Les yeux se tournèrent à nouveau vers le capuchon noir. Je tremblais intérieurement car je savais ce qu'il allait maintenant révéler à tous.

– Puisqu'il n'a pas l'excuse de la maladie, vous pensiez sans doute que notre frère était absent par excès de paresse !... et qu'il avait préféré s'adonner au sommeil plutôt qu'à la prière ?... Sachez qu'il n'en est rien...

Il pointa vers moi un index accusateur n'annonçant rien de bon.

– Il n'était pas dans son lit cette nuit ! Ni lors de l'office ni après... Il est réapparu mystérieusement ce matin pour les laudes et il a, depuis, un comportement pour le moins troublant...

Je jetai un regard de détresse à Clément mais je savais qu'il ne pouvait rien faire. La règle de saint Benoît interdisait aux moines de se défendre les uns les autres. J'étais seul, face à ce démon enragé. Cette fois, le murmure se transforma en brouhaha confus. Je fis un gros effort pour réfréner un sentiment de panique.

– Mais sans doute va-t-il pouvoir expliquer devant le chapitre où il était entre vigiles et laudes et à quoi donc il occupe ses nuits ?

Cet homme sous son capuchon... c'est le diable me dis-je. Il voit tout, il sait tout. N'a-t-il pas mieux à faire que d'espionner les moines à toutes les heures du jour et de la nuit ? Mais c'était à moi de parler désormais. J'avais promis à Alix de faire face... je n'allais pas me dérober maintenant. Même si je n'avais pas le premier mot d'une explication à donner à mon inquisiteur, je me levai et me dirigeai lentement vers le pupitre. J'allais devoir me jeter dans le vide en improvisant une réponse.

– Que notre frère le maître de discipline se rassure... Je n'ai enfreint aucune règle et je n'ai donc aucune raison de me confesser devant vous. Je vous confirme, mes frères, que cette nuit a été très différente de celles que j'ai connues jusqu'ici. Je n'ai effectivement pas assisté aux vigiles ni dormi dans le dortoir des jeunes.

Un murmure se propagea dans l'assistance.

– Pourquoi ? Pour une raison très simple : il est advenu hier un évènement important. Un évènement tel qu'il va probablement modifier le cours de ma vie. Aussi j'ai éprouvé le besoin de prendre du recul. Je me suis volontairement isolé du monde entre complies et laudes afin de sonder mon âme et de décider de la position à adopter face à cet évènement inattendu.

– Et quel est ce mystérieux évènement dont tu nous parles et que tu sembles placer avant l'œuvre de Dieu elle-même ? me questionna le circateur.

– Je ne peux en révéler la teneur dans l'immédiat... mais soyez assuré que le chapitre saura bientôt de quoi il est question.

La salle gronda. Autour de moi, les commentaires les plus acerbes fusaient.

– C'est l'élève d'Odon de Beaulieu. Il se moque de nous et de la règle.

– Son insolence dépasse les bornes, il doit se repentir et être puni.

L'affront semblait si grand que les joues du circateur s'étaient violacées sous son capuchon de laine noire. Il me toisa comme si j'étais une mouche tombée dans son bol. Il détestait les mouches... il allait m'écraser.

– Et donc, à t'entendre, nous devrions patienter afin que ce grand mystère nous soit révélé ? Tu ferais mieux de nous avouer où tu as passé la nuit. Es-tu sorti de l'enceinte du monastère ?

Je ne souhaitais pas mentir. Mais que répondre ? Je décidai de rester vague en tentant de gagner un peu de temps.

– Non... Je n'étais pas bien loin. J'ai passé la nuit dans un recoin de la salle attenante au dortoir des jeunes. Je l'ai quittée un peu avant laudes, après avoir trouvé les réponses que je cherchais. Je n'ai donc pas manqué l'office de nuit en vain.

L'homme sans visage était furibond. Il hurlait désormais sans retenue.

— Te rends-tu compte de ton arrogance ? Oses-tu prétendre que ta réflexion est supérieure à la prière et aux offices ?

— Cela suffit !

Le capuchon sursauta comme si la mouche tombée dans son bol s'en était extirpée pour le piquer. Sur l'estrade, le grand prieur Orderic s'était levé et avait mis un terme à l'échange d'un ton sec. Dans le silence, il descendit lentement les trois marches de l'estrade et vint me rejoindre au pupitre. À mon grand soulagement, il me fit signe d'aller m'asseoir.

— Pourquoi accabler ce garçon ? Ne t-a-t-il pas répondu avec clarté et précision ? Je doute fort qu'en pareille circonstance la plupart d'entre nous soient capables de garder une telle contenance. Je suis à l'origine de l'évènement dont il parle et je le félicite de ne pas m'avoir impliqué. Cela démontre chez lui une maturité qui me conforte dans ma décision le concernant. Frères, ce novice ne vous a pas menti. L'évènement qu'il évoque est réel et je vous confirme qu'il va effectivement changer le cours de son existence. Cela ne valait-il donc pas une nuit de réflexion et un office manqué ? Il sera puni pour cela, comme l'exige la règle, mais j'en appelle à votre indulgence.

Dans l'assemblée, les sourires narquois avaient disparu. Alors qu'Orderic regagnait sa place au centre de l'estrade, les moines s'étaient tus. Ils devraient patienter pour connaître la teneur de l'évènement me concernant. Sur l'invitation du grand prieur, je dus me conforter à la règle. Je me prosternai face contre terre, attendant son signal pour me relever et m'amender publiquement.

— Il y a encore plus grave concernant ce garçon !

Allongé sur le sol, je ne pouvais voir d'où provenait cette nouvelle attaque. Sur l'estrade réservée aux officiers, un des moines s'était levé et avait descendu les trois marches. Lorsqu'il arriva prêt du pupitre, je reconnus le prieur Aymeri.

— On m'a rapporté de source sûre que ce novice converse avec l'esprit d'une défunte ! Voici en réalité à quoi ce Joachim de

Beaulieu occupe ses nuits entre complies et laudes… il dialogue avec une morte… Il fait acte d'hérésie !

L'accusation était si grave qu'elle fit trembler les murs centenaires.

Au sol, je serrai les poings. Comment Aymeri pouvait-il avoir eu vent de mon secret le plus cher… et le jeter ainsi en pâture ? Mon sang se glaça dans mes veines. Être convaincu d'hérésie… y avait-il plus grave pour un moine ? Je pouvais finir pendu… Conscient de la déflagration, Orderic semblait accuser le coup lui aussi. Après un certain temps, alors que dans la salle le brouhaha des commentaires tardait à s'estomper, le grand prieur s'était à nouveau levé. Demeurant sous la fresque représentant saint Pierre, il paraissait aussi surpris que moi par ce nouveau rebondissement.

— Voilà une bien grave accusation pour un si jeune homme, lança-t-il à Aymeri. Es-tu en mesure de l'étayer de façon sérieuse ?

Le prieur semblait sûr de son fait.

— Je dispose d'un témoin qui peut affirmer ici-même que notre jeune frère dialogue avec l'esprit d'une femme et défie ainsi la Sainte Bible, qui interdit à quiconque de consulter les morts ou de les interroger.

— Et qui donc est ce témoin que tu évoques ? Ne s'agit-il pas d'une dénonciation calomnieuse ? Tu sais de quelle famille ce novice est issu. Sans doute suscite-il malgré lui convoitise et jalousie chez quelques envieux ?

Aymeri répliqua d'une voix tranchante.

— Non. Car l'homme dont je parle est prêtre… Sa parole ne peut pas être mise en doute.

Les faits qu'il m'a relatés sont si graves que j'ai décidé de le faire venir ici-même, au chapitre, afin qu'il témoigne devant vous tous et que les mesures qui s'imposent soient prises immédiatement.

Un silence de tombe accueillit cette dernière annonce. Nous avions l'habitude de régler nos affaires entre nous. Il était rare d'introduire des étrangers en séance capitulaire, même s'ils étaient clercs. Je comprenais maintenant pourquoi le chapitre ne s'était pas déroulé après prime. Il avait été retardé afin de permettre à Aymeri d'introduire son mystérieux déposant. Les pensées s'entrechoquaient dans ma tête. Qui donc pouvait-il bien citer ? Ne pas céder à la panique… Pourquoi avait-on intérêt à me nuire… ? Malgré l'angoisse qui me tenaillait le ventre, plusieurs choses me paraissaient claires : contre toute attente, Orderic tentait à nouveau de me préserver. Concernant Aymeri, les choses étaient en revanche plus faciles à décrypter. Le mot VENGEANCE semblait gravé en lettres majuscules sur son front. Depuis l'exclusion de son élève Renaud de Vignoray, dont j'avais été indirectement la cause, le prieur claustral avait perdu une partie de son prestige au sein de l'abbaye. N'était-il pas le maître d'un jeune novice chassé du cloître pour avoir tenté d'assassiner l'un de ses frères ?

En me désignant comme hérétique à la communauté, il atténuait un peu la faute de son élève. Renaud de Vignoray aurait alors voulu débarrasser l'abbaye d'un novice pactisant avec le diable. Cela donnait un motif plus acceptable à son geste meurtrier. Aymeri devait tout faire pour me discréditer aux yeux de l'assemblée.

À son signal, l'un des frères assis près de la grande porte attenante au cloître fit signe à l'un des nombreux curieux qui suivait la séance de l'extérieur. Aussitôt un homme petit et gras, vêtu d'une coule noire, pénétra dans la salle pour se diriger vers le centre. Jetant un œil vers sa masse sombre, je compris d'où provenait mon imprudence. Cet aspect trapu, porté par une démarche raide… ce teint blafard et ce visage osseux… Le desservant de la paroisse de Saint-Germain ! C'était donc lui, derrière la porte de la petite église. Ce prêtre avait dû entendre ma conversation avec Odon évoquant Alix et il s'était empressé de la relater au prieur Aymeri.

Dévisagé par tous, l'homme avançait vers le centre, traversant les quatre rangées formées par la centaine de frères. Alors qu'il s'approchait, l'animosité à mon égard semblait s'estomper. Face à cet intrus venu accuser gravement l'un des leurs, les frères préféraient désormais me témoigner un peu plus de compassion. Moi, j'étais toujours immobile, allongé sur le dallage glacé, et malgré ma pelisse, je grelottais. Captant mon désarroi et m'indiquant que je pouvais me relever d'un signe bref, Orderic reprit l'initiative.

— Notre jeune frère doit pouvoir faire face à son accusateur et se défendre des actes d'hérésie dont on va ici l'accuser.

Je vis le desservant blêmir. Aymeri n'avait pas dû lui expliquer comment il avait l'intention de présenter son témoignage au chapitre. Le mot « hérésie », subtilement employé par Orderic, l'avait fait douter et l'homme semblait désormais hésiter, visiblement impressionné par les regards fixes des frères qui ne le lâchaient plus. Je pivotai afin de lui faire face, mais l'homme détourna aussitôt le regard, cherchant le soutien d'Aymeri.

— Eh bien ! Parle donc ! Relate au chapitre ce que tu as vu et entendu concernant ce garçon, aboya Aymeri.

Le regard bas et la voix si basse que les frères les plus éloignés durent tendre l'oreille, le desservant délivra son témoignage.

— Il y a quelques jours, j'avais reçu la consigne d'accueillir le prieur Odon et deux moines de Beaulieu afin de les conduire auprès du seigneur de Saint-Germain. Lorsqu'ils se sont présentés devant l'église où j'officie, le prieur et ce jeune moine ont pénétré tous deux dans l'édifice et y sont restés un certain temps... Interloqué par leur comportement, j'ai décidé de les rejoindre et c'est alors que j'ai involontairement entendu les paroles de ce novice.

Le gros homme fit une pause, comme pour mieux sélectionner les mots qu'il allait devoir prononcer.

— Alors, qu'attends-tu ? Parle donc ! l'apostropha le prieur. Ne sais-tu pas qu'ordre est donné aux enfants de Dieu de juger le MAL ! N'aie donc pas honte du témoignage à rendre à Notre Seigneur.

— Eh bien, pour tout vous dire... lorsque je suis arrivé à la porte... j'ai été interloqué par les paroles du jeune frère. Il soutenait fermement à son prieur qu'il avait conversé avec l'esprit de la fille du seigneur de Saint-Germain dans l'église même. Il disait qu'elle flottait dans l'air comme seules peuvent le faire les âmes des défunts...

Un murmure de surprise accompagna la déclaration du prêtre. Les regards se portèrent à nouveau vers moi.

— Et la suite ? Dis la suite telle que tu me l'as relatée.

— Il a précisé aussi qu'il faisait nuit noire à ce moment-là et que, malgré l'obscurité, elle brillait intensément comme une sorte d'ange.

L'homme s'était tu. La tête basse, il n'osait plus croiser aucun regard. Dans la salle, la gifle flasque du silence avait repris ses droits. Comme un lion sorti de sa cage, Orderic bondissait déjà sur lui afin de réduire son témoignage à l'état de poussière.

— Est-ce là tout ? objecta le grand prieur. Comment peux-tu affirmer pareille chose devant une si noble assemblée ? Passons sur le fait que tu as eu l'audace d'espionner un prieur bénédictin. Es-tu seulement certain d'avoir bien entendu ? N'étais-tu pas à une distance trop grande de ce novice pour être certain de nous retranscrire fidèlement ses propos ?

Le prêtre semblait dépassé par le rôle qu'on essayait de lui faire jouer. Penaud, son regard restait fixé désespérément sur ses chausses tandis qu'il répondait.

— Je ne cherchais pas à les espionner. Lorsque je me suis approché davantage afin de leur signaler ma présence, ils se sont tus aussitôt. Je n'ai rien entendu de plus.

— Tu ne cherchais pas à les espionner mais tu t'es empressé d'aller relater une conversation dont tu as entendu seulement quelques bribes. As-tu seulement conscience de ce que pareils ragots pourraient engendrer ?

— Au nom de Dieu, dit le prêtre, s'approchant d'Orderic avec un mélange d'humilité, de mortification et de honte, et parlant si bas que seul le grand prieur pouvait l'entendre. Ne foulez pas au pied un vermisseau déjà meurtri par tant de tapage.

— Un vermisseau ? s'exclama le grand prieur. Dis plutôt un serpent... Voici là te concernant une bien plus juste comparaison.

Aymeri s'empressa de voler au secours d'un témoin dont il savait désormais qu'il ne tirerait rien de plus.

— Voici donc, mes frères, à quoi ce novice occupe les nuits où il déserte le dortoir, comme nous l'a révélé notre frère circateur. Contrairement à son affirmation, il quitte bien le cloître entre complies et laudes... Il se rend alors dans les églises où il converse avec l'esprit des femmes ! Pourrons-nous supporter de tels agissements ici-même ? Pareille déviance ne mérite-t-elle pas un châtiment exemplaire ?

— À quoi bon juger notre jeune frère sur la foi de propos confus et détournés ? répliqua Orderic. Donnons-lui plutôt l'occasion de s'expliquer sur des mots que ce clerc a sans doute mal interprétés ?

Tous les regards se portèrent à nouveau vers moi. J'allais devoir me justifier à nouveau... Mais cette fois la tâche semblait impossible... Aymeri ressemblait à un loup affamé. Tandis qu'il triturait nerveusement une énorme croix en or qui pendait autour de son cou, j'eus l'impression qu'il aiguisait ses crocs pour une étreinte mortelle dont je devais être la victime. Je n'avais pas d'alternative, je devais démontrer ma bonne foi.

— J'ai conversé avec cette jeune femme, cela est vrai ! Ce prêtre ne vous a pas menti...

Il y eut dans l'assistance un murmure d'effarement teinté de stupéfaction. L'accusation était donc avérée. Tout proche, Orderic semblait déconfit. Il me fixait comme si je venais de signer mon arrêt de mort. Mais je décidai de poursuivre ma défense selon la voie que je venais d'ouvrir.

– Mais à aucun moment je n'ai eu à quitter Cluny pour la rencontrer. En réalité, il s'agissait d'un songe... Ce n'était rien d'autre qu'un songe... Tels ceux que l'on fait aux heures les plus profondes de la nuit. Frères, voici là toute la vérité ! Ce que j'expliquais à Odon dans l'église de Saint-Germain et ce que le desservant a cru bon de rapporter à notre prieur, ce n'était qu'un rêve que j'étais en train de relater. Et dans ce rêve, la fille du seigneur de Saint-Germain flottait dans l'air et semblait baigner dans une lumière dorée. Je l'ai vue comme je vous vois. Sa beauté était telle qu'on aurait dit un ange descendu du ciel.

Le prieur Aymeri se mouvait autour de moi telle une araignée sondant les fils de sa toile. J'étais sa proie... et il n'avait pas l'intention de la voir s'échapper.

– Un songe, dis-tu ? Voilà qui ne changera rien à ton sort. Ne sais-tu pas que ce type de rêverie est inspiré par le démon lui-même. Ne sais-tu pas que le démon peut se substituer à cette femme dont tu nous parles avec tant d'égard ? Ne sais-tu pas quel pouvoir malfaisant les femmes peuvent avoir sur les esprits faibles comme le tien ?

Orderic s'était rapproché discrètement de l'armarius Aldebert et il lui murmura quelques mots à voix basse.

– Sors ce garçon de ce mauvais pas. Il ne doit rien lui arriver de fâcheux, il en va de l'intérêt même de notre ordre...

Sans un mot, et attirant sur lui l'attention de l'assemblée, Aldebert descendit les trois marches et se positionna entre moi et mon accusateur.

– Ne disais-tu pas que ce novice conversait avec les morts ? Qu'il agissait tel un sorcier guidé par le malin ?

Le prieur toisa l'armarius des pieds à la tête. Peu impressionné, il semblait maîtriser les évènements.

– C'est cela même. Dois-je rappeler ici que, selon la Bible et le Deutéronome, celui qui interroge les morts « fait horreur à l'Éternel ». Dois-je te rappeler, à toi, notre armarius, en charge d'enseigner nos textes sacrés aux plus jeunes, que Dieu interdit formellement aux hommes d'entrer en contact avec l'esprit des morts ?

— Oui, c'est exact ! répliqua Aldebert. Notre Seigneur nous a donné son fils Jésus-Christ comme son seul représentant sur terre. C'est vers lui et lui seul que nous devons nous tourner lorsque nous avons quelque chose à demander au Très-Haut. L'esprit d'un homme décédé ne doit jamais être sollicité et dans pareil cas cela peut susciter la colère de Dieu à notre encontre.

— Tu me donnes donc raison, voilà qui est établi : ce novice se livre à l'hérésie !

— Non ! Tu fais erreur... Il ne converse nullement avec les morts comme tu le prétends mais il voit en songe une personne bien vivante comme nous le faisons tous chaque nuit ! Nous parlons bien ici de la fille du seigneur de Saint-Germain ? Elle est certes dans un état inquiétant... mais nul ne peut dire ici avec certitude si elle a déjà franchi le seuil de ce monde.

— Si cette fille est vivante, comme toi et moi, comment expliques-tu qu'elle ne puisse pas se tenir debout et venir nous l'affirmer ici par elle-même ? Mais peut-être est-elle simplement endormie ? Dans ce cas, comment expliques-tu qu'elle ne se réveille pas sinon par le fait qu'elle soit morte ?

— Je ne l'explique pas, lui répliqua Aldebert. Selon Odon de Beaulieu, dont elle est la patiente, elle est atteinte du mal qui s'apparente au sommeil prolongé. Rien ne peut attester en l'état qu'elle soit morte. Elle n'est pas enterrée que je sache ?

— Elle n'est pas enterrée... mais ses propres parents ont demandé à ce qu'elle reçoive sans plus tarder l'onction sacrée. Et se retournant vers le clerc pour le prendre à témoin. N'est-ce pas la vérité ? Son père et sa mère eux-mêmes la considèrent comme morte. Tu es bien le seul ici à penser que cette fille est vivante.

Le prêtre acquiesça de la tête et un grondement sourd monta de l'assistance. Autour de moi, les moines semblaient donner à nouveau raison au prieur Aymeri. À mes côtés, Aldebert restait imperturbable.

— Dois-je rappeler à cette noble assemblée que, dans la Bible, l'onction sacrée, associée à la prière du prêtre, vise à oindre d'huile les malades dans le but d'obtenir leur guérison ? Elle ne signifie en aucun cas que la personne qui la reçoit est morte ou sur le point de mourir ! Par ailleurs, comme notre jeune frère nous l'a exprimé, il n'a pas conversé directement avec cette jeune femme. Il s'est adressé à elle à travers un songe. Un songe où il s'entretient avec une malade. Comment, dès lors, peux-tu l'accuser d'hérésie ou de sorcellerie ? Car qu'est-ce qu'un songe, mes frères ? Les pères de l'église, comme les anciens, ont de tout temps opposé les rêves authentiques aux chimères. Ces rêves véridiques ne se produisent qu'après minuit. De nombreux textes sacrés accordent une valeur à ce type de songes. Je vous invite tous à relire ce passage de Job où il est dit : « Dieu parle d'une façon et puis d'une autre sans qu'on prête attention, par des songes ou par des visions nocturnes. Dieu nous dévoile ainsi les secrets du futur par les rêves ». Notre nouvelle abbatiale n'a-t-elle pas été inspirée par le songe de notre frère Gunzo, chargé par saint Pierre lui-même de demander à notre abbé Hugues de bâtir une nouvelle abbatiale ? Pourquoi ce novice n'aurait-il pas réalisé un rêve dicté par Dieu lui-même ? Quel mal y aurait-il à cela, si ce n'est de vouloir l'accuser sans raison sérieuse ?

Aymeri éclata d'un rire franc. Dans l'assistance, je vis quelques sourires émailler le visage des moines les plus proches, manifestement influencés.

— Ce novice, inspiré par Dieu ? Tu n'es pas sérieux ? Tu oublies en revanche un peu vite que certains songes sont inspirés par le démon. Pour troubler les âmes, le diable excelle à user des esprits séducteurs. Ne vois-tu pas que le malin se substitue ici à cette femme, dont il nous parle comme si elle l'avait habilement envoûté ? Tu cites Job, je pourrais t'opposer les paroles de saint Jérôme qui s'interrogeait sur la femme, se demandant si elle n'incarnait pas « la porte du diable » ? Je pourrais également citer feu l'abbé Odon de Cluny qui dirigea notre belle abbaye elle-même, il y a environ un siècle. N'affirmait-il pas déjà que la femme est le pire danger pour l'homme ? Qu'elle est capable de briser sa force et son esprit en cachant sa pourriture sous son beau corps et ses attraits ? Ne soyons pas dupes, mes frères. Que cette fille soit morte ou pas importe peu. En réalité, c'est avec le diable lui-même que ce novice converse. Il s'est fait abuser par le malin comme il tente maintenant de nous abuser car il est devenu son complice. Renaud de Vignoray, que nous avons exclu ici-même, m'avait pourtant mis en garde contre ce Joachim de Beaulieu et le danger qu'il faisait courir à notre communauté tout entière. Je regrette aujourd'hui amèrement de ne pas l'avoir écouté davantage. Ne commettez pas mon erreur, car je vous préviens aujourd'hui comme il m'a prévenu hier. Je demande à ce qu'on lui applique une peine exemplaire afin de l'empêcher de nuire à Cluny et partout où règne notre ordre.

Mon sang bouillait intérieurement. C'en était trop cette fois. Le prieur avait dépassé les limites du supportable. D'un geste, je demandai la parole.

— Frères, si vous en doutez encore, je ne suis pas un sorcier, et mon esprit m'appartient encore assez pour déceler ceux qui savent se réserver un temps pour la vengeance. Concernant la jeune femme dont il est question, je m'étonne, qu'à l'heure où notre ordre accueille partout en son sein des communautés de moniales, on puisse encore tenir de tels propos. Ne sommes-nous pas l'ordre clunisien ? N'éclairons-nous pas la chrétienté tout entière par notre règle, notre maîtrise des sciences, des arts et des techniques ? Ne dictons-nous pas au monde ce qui est honorable et ce qui ne l'est pas ? N'attend-il pas de notre part des positions plus dignes que ces pauvres considérations sur la femme, qui insultent notre Vierge Marie elle-même ?

Tout proche, l'armarius Aldebert rajusta sa coule. Il semblait boire mes mots. Il me fit signe de lui laisser la parole.

— Frères, je vous le dis sans parti-pris, car comme la plupart d'entre nous, j'ai grandi à Cluny. Je vous l'affirme ici car je connais bien ce novice pour le compter parmi mes élèves. En réalité, nous avons de la chance d'avoir parmi nous un jeune moine tel que Joachim de Saint-Ange. S'il a la pudeur de rester modéré dans ses propos, il ne saurait en être de même me concernant. Le prieur Aymeri ne nous aura ici décidément rien épargné. Peut-être aurait-il pu également rappeler à notre assemblée que la femme est la descendante d'Ève, sur qui repose l'idée même de péché originel ? Ou encore qu'elle est un mâle manqué ou mutilé tout droit sorti de la côte d'Adam ?

Dois-je rappeler à notre prieur que le christianisme affirme l'égalité de la femme et de l'homme, dans le péché comme dans le salut ? Et se tournant vers Aymeri. Dois-je te rappeler que bon nombre des églises que nous bâtissons sont placées sous la protection de Marie mère de Dieu ? Que la branche horizontale de la croix que nous chérissons est rattachée à la Vierge elle-même ? As-tu à ce point peur de la femme pour la mépriser autant ?

Dans la salle, la déclaration de l'armarius fut accueillie par un silence de plomb. Sur le devant, un moine âgé nommé Alcius finit par se lever. Il officiait au scriptorium comme enlumineur et j'avais eu l'occasion de travailler souvent à ses côtés. Il devait avoir une soixantaine d'années et ses cheveux étaient plus blancs que gris. Un sourire aigri éclairait difficilement un visage d'ascète, marqué par une vie de renoncement.

— Comme la règle l'exige, nous sommes tenus de donner un avis concernant ce garçon et l'accusation dont il fait l'objet. Nous devons guider la décision finale qui appartiendra à notre abbé. Si Hugues de Semur était présent dans ces murs, je pense qu'il dirait ceci : notre jeune frère se laisse emporter par la fougue de la jeunesse et il a encore du mal à comprendre pourquoi le strict respect de la règle est notre seule chance de salut. Pour ma part, j'ai eu l'occasion de l'observer au scriptorium où il officie souvent. Il est, certes, un copiste zélé et plein d'ardeur. En revanche, je ne crois pas qu'il adopte l'attitude adéquate pour devenir un bon moine, au sens où nous l'entendons ici. Il n'a pas la patience qu'implique l'obéissance absolue. Il n'est pas encore prêt pour vouer sa vie à la prière. Son esprit tout entier semble accaparé par sa curiosité naturelle pour toutes sortes de choses et son goût immodéré pour l'action. Je ne suis pas certain qu'il parvienne à consacrer son existence entière à la vie monastique. Quant au songe qu'il évoque, je crois que nous n'avons pas suffisamment d'éléments pour déterminer s'il est inspiré par le diable où par Dieu. En revanche, j'en ai assez pour vous affirmer qu'il n'est pas fait pour devenir un moine toute sa vie durant.

— Ce que tu dis est juste, répliqua Aldebert. Mais dis-moi, frère Alcius ? Es-tu déjà si âgé que tu en as oublié ta propre jeunesse ? Combien d'entre nous étaient dans ce même cas lorsqu'ils n'avaient que seize ans ? Peut-on reprocher à un novice la fougue de ses jeunes années ? Ne sommes-nous pas d'accord pour affirmer qu'il faut parfois une vie entière pour devenir ce que tu appelles un « bon moine » ? Tous ces jeunes que nous formons aujourd'hui seront, quoiqu'il arrive, amenés à nous remplacer demain. Ils apporteront nécessairement des évolutions salutaires dans notre façon de voir les choses. Toi qui as bien connu notre pape Urbain pour lui avoir enseigné ici même le secret des enluminures, n'était-il pas en ce temps-là un moine plutôt orienté vers l'action ? Vois donc où sa curiosité naturelle l'a mené et comment il parvient à transformer notre abbaye aux yeux du monde, en nous entraînant dans son sillage. Quoiqu'on puisse penser du comportement et des aptitudes de Joachim de Saint-Ange, cela ne change rien au fait qu'il est innocent de la charge dont on l'accuse ici.

— Si ce novice est inspiré par Dieu, et non par le diable comme nous le subodorons, s'exclama Aymeri, il n'a qu'à nous le démontrer !

Et, se retournant vers moi d'un air méprisant, il enchaîna : si c'est Dieu lui-même qui s'adresse en songe, comme tu le prétends, Notre Seigneur t'aura bien révélé quelque chose par le biais de cette femme pour laquelle tu sembles avoir tant d'attrait ?

— C'est le cas ! Je peux vous prouver que le songe dont j'ai fait l'objet est bien véridique et ne peut être considéré comme une chimère influencée par le malin...

Je sentis à nouveau une centaine de regards aiguisés par la curiosité se pointer sur moi.

— Eh bien, parle donc, vociféra Aymeri. Quel blasphème vas-tu donc bien pouvoir inventer pour t'en sortir cette fois ?

Jetant un œil dans la direction de Clément pour me donner du courage, j'attendis le silence total. En un instant, à la façon d'un joueur de dés attablé à une terrasse, j'avais décidé de miser le tout pour le tout.

— Cette jeune femme dont il est question... La fille du seigneur de Saint-Germain... Elle m'a révélé quelque chose.

Autour de moi, les moines retenaient leur souffle afin de ne rien perdre de la suite. Au-dehors, à travers les portes ouvertes, la foule massée était telle que l'ensemble des personnes officiant au monastère semblait s'y être groupé.

— Et quoi donc ? Parle ! Tu vois bien que tout le monde t'écoute !

— Alix de Saint-Germain m'a révélé la nuit passée qu'elle avait décidé de revenir à la vie aujourd'hui même...

Une clameur exprimant la stupeur monta de la salle et du dehors.

— Je vous l'affirme ici : aussi vrai que je me nomme Joachim de Saint-Ange... avant que le soleil ne se couche... elle sera de nouveau parmi les siens. Vivante et resplendissante ! Qu'on me chasse de l'ordre si cela ne se produit pas !

Mon annonce avait fait l'effet d'une détonation. Les moines profès, les frères lais, les familiers, tous semblaient frappés de sidération tellement j'avais l'air sûr de moi. De part et d'autre, les regards se croisèrent, chacun semblant demander à l'autre s'il avait bien entendu la même annonce. Après un long moment où le temps lui-même semblait s'être suspendu, Aymeri se tourna vers les frères comme pour les prendre à témoin.

— Très bien, qu'il en soit ainsi ! Si cette fille ne se réveille pas d'ici le coucher du soleil, il quittera Cluny définitivement et il sera taxé d'hérésie.

Sous la fresque représentant saint Pierre, Orderic s'était rassis. De son faudesteuil, il m'observait comme s'il tentait de sonder l'intérieur de mon crâne. Nos regards se croisèrent et il me jeta une œillade glacée. Une question semblait l'obséder. Comment n'avait-il pas pu prévoir ce qui venait d'arriver ? N'avait-il pas toujours un, voire deux coups d'avance sur ses adversaires, aussi puissants soient-ils ? Comment avait-il pu se laisser surprendre par un novice de seize ans ? Un novice aussi jeune, capable de tenir tête à ses aînés et de lancer des paris aussi risqués. Soit j'étais totalement inconscient, soit j'étais sûr de mon fait, et dans ce cas une seule question s'imposait ! Comment pouvais-je détenir une telle information sur Alix de Saint-Germain ?

Lorsque son regard croisa le mien, je compris ce qu'il ressentait au plus profond de lui. Quel que soit le dénouement, je lui échappais définitivement...

Si j'avais tort, mon exclusion serait inéluctablement prononcée, au risque de froisser l'un de ses plus puissants alliés et soutiens : le comte de Toulouse. Si j'avais raison... si cette fille se réveillait d'ici le coucher du soleil... aux yeux de tous... je deviendrais celui que Dieu aurait choisi pour exprimer sa volonté. Je serais intouchable... j'échapperais à son contrôle... Et cela, il ne pouvait pas le supporter non plus.

Chapitre 19
Marcigny

Avec le soir, le vent d'est s'était levé et avait chassé la pluie vers les comtés du sud. Le voile humide et froid de la nuit enveloppait peu à peu les collines autour de la grande abbaye. Consigné à l'isolement dans une petite pièce du noviciat, je m'étais accoudé au rebord de l'ouverture donnant sur l'extérieur. Une fois la toile épaisse tirée, je pouvais guetter la lente progression des ténèbres. Tentant de mettre de l'ordre dans mes idées je toisais sans appétit la collation qu'un moine était venu déposer dans un coin un peu plus tôt. Au crépuscule allait bientôt succéder l'obscurité et les premières étoiles n'allaient pas tarder à faire leur apparition dans le ciel de Bourgogne. Aucune nouvelle, bonne ou mauvaise, ne semblait arriver du domaine de Saint-Germain. Comment empêcher la nuit de tomber ? Comment retarder l'échéance ? Il faudrait être Dieu lui-même, me dis-je. Avec la mort du jour, je mesurais les conséquences directes de ma déclaration au chapitre. Mon sort, que dis-je, ma vie entière était désormais suspendue à mon invraisemblable annonce. Pourquoi avoir pris un tel risque ? Pourquoi avoir répondu à la provocation du prieur par cette déclaration insensée dont je commençais seulement à entrevoir les conséquences ? Si Alix ne se réveillait pas, je serais vraisemblablement chassé de l'ordre clunisien et je subirais le même sort que celui qui avait tenté de m'assassiner quelques jours plus tôt. Celui qui, paradoxalement, m'avait précédé ici, enfermé dans cette même pièce.

Qu'allais-je devenir ? Pourrais-je retourner vivre à l'autre bout du royaume avec ceux qui jadis étaient les miens ? Qui étaient-ils aujourd'hui ? Des inconnus que je n'avais pas vus depuis près de six ans, hormis ma mère peut-être, qui s'efforçait de me visiter une fois l'an ? Pourraient-ils tout de même m'accueillir alors que je serais frappé du sceau de l'exclusion ? Au mieux ils me considéreraient comme un affabulateur. Au pire je serais le moine qui pactise avec le diable et je connaîtrais le sort de ceux qui ont trahi la promesse placée en eux. J'en étais sûr à présent. Une vie d'exclu m'attendait. La vie de ces moines anachorètes des premiers temps chrétiens, errant, seuls, dans les déserts d'Égypte et dans les forêts sombres du royaume. Voilà ce qui m'était promis si ce que j'avais imprudemment révélé aux frères ne se produisait pas.

Fatalement, la nuit avait fini par tomber. Toujours aucune nouvelle de Saint-Germain. Seul le sifflement strident des rafales surgies des hauteurs du mont Saint-Romain animait encore l'enceinte désertée. Ce vent nocturne avait fini par chasser les nuages et la pluie, en même temps qu'il me glaçait le sang et l'âme. Au-dessus de moi, parmi l'immensité céleste, les étoiles n'allaient pas tarder à apparaître dans la pureté retrouvée d'un ciel bleu nuit. À l'est, j'aperçus d'abord Sirius et son scintillement hypnotique : l'étoile la plus brillante du ciel et la première à éclore dans le crépuscule.

Trois petits points lumineux familiers s'étaient ensuite levés à sa droite. D'un éclat étonnamment similaire, les trois rois de la constellation d'Orion me saluaient. Ces étoiles étaient mes amies. Leur apparition dans l'obscurité naissante me ramenait à la douce nuit passée avec Alix à les contempler. Je fixai « mes complices » à l'alignement quasi parfait : la ceinture du chasseur se tenait là, majestueuse, au centre de la constellation. Depuis la nuit des temps, ces trois étoiles fascinaient les hommes et façonnaient leurs légendes. D'après Odon, il existait une corrélation entre cette incroyable triade et la position des trois grandes pyramides du pays d'Égypte. Mon maître m'avait souvent expliqué que, des milliers d'années avant notre ère, les bâtisseurs égyptiens avaient peut-être pris ces trois étoiles comme modèles pour construire leurs pyramides, reproduisant sous forme de géants de pierre la disposition et la taille des trois astres ainsi que le léger décalage vers l'est pour la plus petite d'entre elles. Les verrais-je un jour, les trois pyramides dont ces étoiles semblaient être les modèles ? Irais-je un jour dans ce mystérieux pays d'Égypte dont tous les moines qui y avaient fait le voyage m'avaient tant parlé ?

J'avais toujours la tête dans les astres lorsqu'un bruit de pas retentit derrière moi. Des voix, puis le bruit sec de la clé qui tourne et d'une porte qui s'entrouvre.

— Eh bien, Joachim ? Que fais-tu donc le nez dehors à une heure si avancée ?

Cette voix ! Je me retournai prestement. Là, dans la pénombre de la pièce, à travers l'embrasure de la porte, le prieur de Beaulieu se tenait tel un libérateur.

— Père !

Sur le seuil, Odon me contemplait de son air malicieux. Dans la pénombre, je reconnus Clément à ses côtés. Je me précipitai vers lui comme un condamné à mort se précipite vers son sauveur et l'embrassai comme on étreint un père de retour après une longue absence.

— Clément m'a rapporté tes exploits au chapitre. Je devrais plutôt dire les invraisemblables imprudences auxquelles tu t'es livré. N'as-tu pas encore compris que toutes les vérités ne sont pas bonnes à dire ? Je t'avais pourtant interdit de faire état de cette fille ! Et voilà donc que tu claironnes devant tout l'ordre réuni qu'Alix de Saint-Germain brille dans la nuit telle une vestale entretenant le feu du temple et qu'elle va se réveiller au petit matin ! Une bien belle histoire qui pourrait nous mettre dans de bien vilains draps ! Qu'est ce qui t'a pris au juste ?

— Pardonnez-moi, mon Père. J'ai été trop présomptueux et j'ai sans doute mal réagi aux pièges qu'on m'a tendus. Mais quelles nouvelles m'apportez-vous ? Je suis coupé du monde depuis sexte et, plus que tout, c'est l'incertitude qui me tue.

— Assieds-toi. La journée a été longue et j'ai beaucoup de choses à t'apprendre concernant Alix de Saint-Germain.

Le regard du prieur était devenu impénétrable. Le connaissant, je n'avais plus qu'à m'asseoir et à écouter.

— J'étais, ce matin, en visite au prieuré voisin de Marcigny. Nous y sommes arrivés juste à temps pour assister à l'office de prime. Comme tu le sais, ce prieuré regroupe des moniales vivant selon la règle de saint Benoît. Il est dirigé par une femme nommée Hermengarde, qui porte le titre de prieure. Un peu après l'office, alors que nous nous entretenions dans la salle capitulaire, cette dernière a reçu la visite d'un messager en provenance du domaine des Saint-Germain.

— Un message des Saint-Germain pour la prieure de Marcigny ?

Mon visage s'était soudainement éclairé.

— Oui, un message à l'intention d'Hermengarde. La mère d'Alix lui faisait savoir qu'un évènement important venait de se produire au château et que sa présence y était requise d'urgence. J'ai tout de suite pensé que cet évènement avait un rapport avec ma jeune patiente et que, par conséquent, on devait aussi me chercher. J'ai donc proposé à Hermengarde de la suivre là-bas en tant que médecin d'Alix.

— Vous vous êtes rendu à Saint-Germain ce matin ? Avez-vous vu Alix ? Comment était-elle ?

— Oui je l'ai vue. Plus vivante que jamais, ton Alix ! Peut-être même un peu trop au goût de certains, présents sur place.

D'un bond je me levai et attrapai la coule du prieur comme on attrape un trophée.

— Alix vivante ? Alors c'était vrai ! Elle ne m'a pas menti ! Merci, Seigneur ! Elle est vivante, elle est revenue parmi nous !

— Attends ! Ne te réjouis pas trop vite et écoute la suite.

Je me rassis brusquement. L'expression prise par Odon ne laissait présager rien de bon.

— La prieure de Marcigny n'était pas la seule à avoir été appelée à Saint-Germain. Le futur époux, le seigneur d'Helgon avait également été convié, ainsi que l'évêque Ganelon qui suit cette affaire de près car c'est lui qui doit célébrer le futur mariage.

— Le seigneur d'Helgon et l'évêque Ganelon ? Et que s'est-il passé ? Leur a-t-elle parlé ?

— Lorsque nous sommes arrivés, un peu après sexte, Alix était apprêtée et nous attendait de pied ferme en compagnie de ses parents dans la grande salle de réception du château. J'ai eu du mal à reconnaître la jeune femme alitée quelques jours plus tôt tant elle semblait rétablie. Elle souhaitait faire une déclaration une fois que tous les conviés seraient réunis.

— Une déclaration ?

Odon fit une pause pour mieux me dévisager d'un air soupçonneux. Se doutait-il que j'en connaissais la teneur à l'avance ?

— Pendant sa longue période d'inconscience, elle aurait fait un songe qui l'aurait éclairée sur sa destinée ici-bas. Elle y aurait conversé avec un ange qui l'aurait convaincue de revenir en ce monde. Selon lui, l'heure de rejoindre Notre Seigneur n'était pas encore arrivée pour elle et elle avait encore beaucoup de choses à accomplir parmi les hommes avant de pouvoir gagner la Jérusalem céleste.

Selon les explications de l'ange, le choc reçu, cause de son profond sommeil, était un accident qui n'aurait pas dû se produire. En aucun cas cet évènement fâcheux ne devait l'empêcher de vivre ce à quoi Notre Seigneur la destinait.

— Et à quoi donc est-elle destinée selon l'ange ?

— Il lui aurait dévoilé que sa vie à venir n'aurait un sens que si elle la mettait pleinement au service de Notre Seigneur. Elle devrait désormais se consacrer aux pauvres et aux nécessiteux.

— Et donc ?

— En d'autres mots, elle est convaincue qu'elle doit rejoindre sans tarder une communauté de moniales et entrer dans un ordre comme novice afin d'y devenir profès.

— Ceci explique sans doute le message envoyé à la prieure Hermengarde et sa convocation à Saint-Germain.

— Mais si Alix devient moniale, elle ne pourra donc pas se marier avec le seigneur d'Helgon ? Comment a-t-il réagi ?

— Helgon, tout comme le père d'Alix, a semblé très contrarié par les déclarations de la jeune femme. Les deux seigneurs ne pouvaient néanmoins pas s'opposer ouvertement à ce qui semblait être la volonté divine. Il faut dire qu'aux yeux de tous, le réveil soudain d'Alix s'apparentait déjà à un petit miracle.

— Et que s'est-il passé ensuite ?

Odon fit une nouvelle pause, son regard passant successivement de Clément à moi.

— Les évènements ont alors pris une curieuse tournure. Après l'intervention d'Alix, alors que nous étions tous encore sous le coup de sa déclaration, l'évêque Ganelon a demandé un aparté avec la prieure Hermengarde. Tout comme le domaine d'Helgon dans lequel il est situé, son évêché se trouve de l'autre côté de la Saône, sur le territoire de l'Empire germanique. L'Empire n'est pas Cluny. À ce titre, il ne se trouve pas sous l'autorité du Pape mais affiche au contraire une certaine connivence avec l'empereur Henri IV avec lequel il partage les attributs de la noblesse : tenues somptueuses, belles demeures, parties de chasse, femmes...

Je fixais mon maître stupidement, me demandant où il voulait en venir.

— Après une longue discussion dans une pièce attenante, l'évêque a fait appeler les seigneurs Helgon et de Saint-Germain. Ils sont finalement tous revenus dans la grande salle, à l'exception d'Hermengarde.

— La prieure a quitté Saint-Germain avant même de répondre à Alix ?

— Oui, elle a dû regagner Marcigny où elle était attendue.

— Et alors ? demandai-je, de plus en plus anxieux.

— À leur retour, Ganelon a été catégorique.

— Catégorique ?

— Il a déclaré qu'il était impossible d'accéder à la requête d'Alix.

— Comment... impossible ? Mais pour quelle raison ? Marcigny n'est-il pas voué à l'accueil des femmes, quand celles-ci manifestent clairement leur vocation ?

— Oui, c'est le cas, mais il a expliqué que les conditions d'accès y étaient limitées.

Depuis sa fondation, le monastère ne peut accueillir plus de quatre-vingt-dix-neuf moniales, la centième place étant réservée à la Sainte Vierge qui est Notre Dame abbesse de Marcigny. Selon l'évêque, ce quota étant atteint, Alix doit attendre le décès d'une des profès avant qu'Hermengarde ne puisse examiner les nouvelles candidatures.

— Mais ils ne peuvent tout de même pas opposer une fin de non-recevoir aussi brutale. Ne peuvent-ils pas accorder à Alix le statut de novice et lui faire intégrer tout de même le cloître ?

— C'est aussi ce que je pensais. Mais selon l'évêque, cela ne se peut pas.

— Mais pourquoi ?

— Il existe une seconde règle à Marcigny. Elle a été érigée par son fondateur lui-même, lors de la création du prieuré. L'âge minimum pour y être accepté comme novice est de 20 ans, or Alix n'est que dans sa 17ème année.

— 20 ans ? Mais l'âge normal du noviciat peut être bien inférieur. N'est-ce pas la règle en vigueur dans toutes les abbayes du royaume ?

— Il semble que Marcigny constitue une exception. Son fondateur a jugé qu'on ne pouvait y accueillir des religieuses trop jeunes ou inexpérimentées.

Hermengarde a été formelle sur ce point. Suivant les deux raisons exposées, Alix ne pourra pas être accueillie à Marcigny avant sa vingtième année.

Un silence de plomb envahit la petite pièce. J'étais tellement stupéfait par les arguments avancés que Clément se chargea de poser la question suivante.

— Père, comment expliquer une position aussi ferme ?

— Je pense que l'évêque et la prieure appliquent bien la loi bénédictine, mais ils le font au sens strict. Je connaissais la règle des vingt ans, qui me paraît en effet difficilement contournable. En revanche j'ai été surpris par celle concernant le quota à ne pas dépasser !

— Et pourquoi donc ?

— Eh bien, ce matin même, j'ai, par pure curiosité, posé la question du nombre de moniales vivant à Marcigny à l'un des moines chargés de leur confession. Selon la réponse de l'homme elles seraient environ quatre-vingts, ce qui laisse une marge importante avec le quota évoqué. Mais il se peut que ce moine se soit trompé dans son estimation.

— Cela fait tout de même une différence de vingt nonnes ! Ce peut-il qu'Hermengarde ait été influencée par l'évêque et qu'on l'ait incitée à être aussi catégorique ?

— Je ne peux le dire. Ce qui est troublant, c'est qu'habituellement, nous autres prieurs ou abbés faisons preuve de la plus grande mansuétude face aux laïcs exprimant leur vocation. Nous ne devons jamais décourager une femme ou un homme désireux de mettre sa vie entière au service de Notre Seigneur. Toutes les demandes ne sont pas acceptées bien sûr, et la sélection reste sévère car la vie monastique impose des contraintes telles qu'il est nécessaire d'écarter ceux qui nous semblent les moins aptes. Dans le cas d'Alix, le refus a non seulement été abrupt mais l'évêque lui a aussi clairement conseillé de se marier plutôt que de patienter jusqu'à l'âge légal.

— Comment est-ce possible ? poursuivit Clément.

– J'avoue avoir été très surpris par son intervention, précisa Odon. Ainsi que par le départ précipité d'Hermengarde, qui n'a même pas pris le temps de nous saluer.

– Et le songe inspiré par l'ange ? s'indigna Clément. Ganelon ne peut tout de même pas faire comme s'il n'avait rien entendu ? Je peux comprendre qu'elle ne puisse être accueillie à Marcigny pour les raisons évoquées. Mais dans ce cas, pourquoi ne pas la diriger vers un autre monastère comme Notre-Dame du Ronceray ? Ma propre sœur s'y trouve bien depuis ses quinze ans. Il y a aussi Notre-Dame de Saintes dans le Duché d'Aquitaine, qui accueille les filles de haute lignée dès leur plus jeune âge. Pourquoi ne pas au moins lui suggérer d'autres opportunités ?

– Je te l'ai dit, cela est troublant. Mais les arguments avancés sont solides. Les moniales ayant des vocations précoces ne font pas de bonnes religieuses. L'évêque a tenu à préciser qu'au moins la moitié des nonnes présentes dans le cloître de Marcigny ont été mariées avant de vouer leur vie à Dieu. Parfois même elles le sont toujours et prennent le voile à la suite de leurs maris abandonnant également la vie laïque. Il est convaincu que l'engagement envers Dieu des femmes déjà éprouvées par l'expérience de la vie est plus solide. Ce qui corrobore la position du fondateur quant à l'âge minimum requis.

– Je comprends bien ce point. Mais de là à la jeter dans les bras du seigneur d'Helgon, il y a une subtilité qui m'échappe.

– La subtilité, c'est que ce mariage arrange tout le monde ! rétorquai-je à Clément d'un ton amer. Même l'argument de l'âge requis ne tient pas ! Quel âge avais-je moi-même lorsque je suis entré à Cluny ? Pouvez-vous me le rappeler ?

Les deux moines me regardèrent d'un air consterné. Ils connaissaient la réponse aussi bien que moi.

– Je n'avais même pas onze ans ! Et savez-vous pourquoi, dans mon cas, on s'est bien moqué d'appliquer la règle dans l'autre sens ? Je vais vous le dire, moi : par pur intérêt. Il fallait favoriser les rapports entre l'ordre et mon parent le comte de

Toulouse. Et pour cause, c'est l'un de nos principaux soutiens ! On se moquait bien à l'époque de ce que je souhaitais, moi, au fond, et peu importait si j'étais trop jeune ou trop vieux. Il fallait des liens forts entre le pape et Raymond de Saint-Gilles. Quoi de mieux que le tout jeune parent du comte comme futur dignitaire de l'ordre clunisien ! Ne voyez-vous pas que, pour Alix de Saint Germain, la même logique s'applique en sens inverse ? Elle ne peut entrer au monastère car elle doit se marier dans l'intérêt des parties en présence.

— Je peux comprendre l'intérêt que les deux familles auraient dans ce mariage, m'objecta Clément. En revanche, je ne vois pas celui d'un prieuré bénédictin à ce qu'il n'ait pas lieu ?

— Clément a raison. C'est l'intérêt des familles qui prévaut mais que fait-on de l'intérêt de ceux et celles qui sont animés par la foi ? Père, pourquoi n'êtes-vous pas intervenu pour dénoncer ce jeu de dupes ?

Mon maître soupira.

— Je comprends vos questions et votre indignation. Mais les choses ne sont pas si simples. En réalité je ne pouvais pas intervenir car il existe un lien entre Cluny et Marcigny.

— Un lien ? demanda Clément d'un air perplexe.

— Oui un lien familial fort, avec Hermengarde plus précisément.

— Avec Hermengarde, que voulez-vous dire ?

— Notre abbé de Cluny, Hugues de Semur et la prieure : ils sont frère et sœur.

— Frère et sœur ?

— Oui frère et sœur ! Comme toi tu as une sœur moniale et que tu es toi-même armarius !

— Le fondateur de Marcigny est notre abbé Hugues de Semur lui-même. C'est lui qui a fixé les règles d'accession au prieuré pour les femmes voulant y entrer. Il m'était donc impossible d'intervenir pour dénoncer leur caractère abrupt. Je suis tenu à un devoir d'obéissance stricte.

– Et comment expliquer le départ précipité d'Hermengarde ? Pourquoi n'a-t-elle pas répondu à Alix elle-même et a-t-elle laissé ce rôle à l'évêque ?

– En Bourgogne, les intérêts de certaines grandes familles et ceux des évêques sont souvent liés. Il y a quelques années, alors qu'aucun d'entre vous n'était né, lors d'un banquet qui s'est tenu chez Eudes d'Helgon, le père de l'actuel seigneur d'Helgon, une violente querelle a éclaté entre cet Eudes et un seigneur faisant partie des convives. Eudes s'est soudainement levé et a frappé ce dernier de son épée jusqu'à ce que mort s'ensuive, et cela, devant tous les invités présents.

– C'est horrible ! Et qu'est-il advenu de l'agresseur ?

– Le scandale fut tel qu'Eudes d'Helgon dut partir effectuer un long pèlerinage à Rome et consacrer à son retour une partie de sa fortune à l'église pour se faire pardonner ce geste criminel par ses pairs. À son retour, Eudes a permis à certains proches de son entourage d'acheter des charges ecclésiastiques importantes dans le comté. Parmi les bénéficiaires, on trouve notamment l'évêque Ganelon. Par ce geste, ce dernier est devenu redevable à Eudes d'Helgon et à sa descendance du titre ecclésiastique qu'il porte toujours aujourd'hui. J'imagine qu'il tente de favoriser ce mariage qui permettrait à Helgon d'accroître son influence, comme le père de ce dernier lui a permis jadis d'accroître la sienne en accédant à un titre qu'il n'aurait jamais eu autrement.

– Vous voulez dire que l'évêque doit son titre à la fortune des seigneurs d'Helgon ?

– Oui, en quelque sorte, répondit Odon. Il y a encore peu de temps, ces pratiques étaient monnaie courante, chez nous comme dans tout l'empire voisin. Vous êtes tous les deux trop jeunes pour avoir connu cette période.

– Mais enfin c'est insensé ! m'emportai-je. Comment l'Église peut-elle supporter de tels comportements ?

– C'était il n'y a pas si longtemps. L'achat de charges ecclésiastiques par des membres de la noblesse était une pratique répandue. Elle a été fermement combattue depuis par le pape Grégoire VII[12] lui-même et la réforme dont il a été à l'origine. Malheureusement, je crains que certains vieux réflexes aient encore la vie dure aujourd'hui.

— Et donc, Alix serait la victime d'un cumul d'intérêts ?

— Je le crains. Mais ce n'est pas tout.

— Quoi encore ? Que peut-il y avoir de pire ?

— Le reste concerne la réaction d'Alix.

— J'imagine qu'elle a été aussi révoltée que nous ? l'interrompit Clément.

— Non, elle est restée imperturbable face au refus catégorique de l'évêque. Elle n'a pas insisté et a simplement demandé à se retirer à la chapelle pour prier.

— Et après ?

— Alors que nous attendions tous son retour et sa réponse, son père, impatient, est parti à sa rencontre pour s'enquérir de sa position.

— Et alors ?

— Alix n'était plus dans la chapelle. Ni ailleurs dans l'enceinte. Elle a été aperçue alors qu'elle passait la grande porte du château sur son propre cheval.

Un éclair de soulagement dut briller dans mes yeux. Je reconnaissais bien là la fille que j'avais rencontrée : imprévisible et déterminée.

— Vous voulez dire qu'elle s'est enfuie ? demanda Clément. A-t-elle été suivie, ou rattrapée ? Sait-on où elle a pu se réfugier ?

— Non, un vent de panique a soufflé sur tout le domaine. Les seigneurs de Saint-Germain et d'Helgon ont aussitôt pris la tête de deux groupes de cavaliers chargés de la retrouver.

---

12. **Grégoire VII** est connu parfois comme le moine bénédictin Hildebrand. D'origine italienne, il devient pape en 1073. Il fut le principal artisan de la réforme grégorienne qui entendait purifier les mœurs du clergé (obligation au célibat, lutte contre le nicolaïsme, la simonie, le trafic des bénéfices et notamment des évêchés), ce qui provoqua un conflit majeur avec l'empereur Henri IV. Celui-ci considérait en effet comme relevant de son pouvoir de donner l'investiture aux évêques.

On sait qu'elle a traversé le village et suivi la voie principale descendant à la grande route.

Mais sa trace s'est perdue ensuite. Impossible de savoir si elle est partie à l'est vers Mâcon où à l'ouest vers Cluny. Elle a peut-être même quitté la route, s'aventurant à travers bois ou dans les collines. Selon son père, c'est une excellente cavalière et elle connaît la région dans ses moindres recoins. À cette heure, elle peut être n'importe où.

– Y a-t-il un endroit où elle aurait pu trouver refuge ? Chez des proches ?

– Je ne sais pas. J'ai moi-même quitté Saint-Germain un peu après les vêpres pour regagner Cluny. Jusqu'à mon départ, Alix restait introuvable malgré le message qu'elle a laissé en partant. C'est comme si elle s'était volatilisée dans les airs. Cette fille réserve décidemment bien des surprises.

– Un message ? Elle a laissé un message ? m'écriai-je.

– Avant de quitter l'écurie, elle s'est adressée au palefrenier qui l'a aidée à seller sa monture. Elle lui a juste confié ceci : « Dis-leur que je me tiendrai sous les étoiles d'Orion ».

– « Sous les étoiles d'Orion » répéta Clément. Qu'a-t-elle voulu dire ? Cela peut être n'importe où ! »

Odon se tourna vers moi et me fixa de son regard bleu pénétrant.

– J'imagine que ces mots s'adressent à quelqu'un en particulier ? Personne au domaine, pas même sa propre mère, n'a été en mesure de comprendre ce que cela signifiait.

Mon sang se mit à bouillir et je sentis mes tempes bourdonner comme si elles allaient exploser. Alix avait trouvé un moyen de m'adresser un message que moi seul pouvais comprendre. Elle savait qu'il m'arriverait immanquablement grâce à Odon de Beaulieu. Dans sa fuite, la jeune femme avait choisi de mettre son sort entre mes mains.

Mais que devais-je faire à présent ? Il me fallait agir ! Mais comment… ? Croisant le regard du prieur, je vis qu'il avait senti mon désarroi.

— Joachim, la nuit est tombée. Quel que soit l'endroit où elle se cache, on ne peut pas la laisser seule en pleine nature.

— Père, je sais où Alix se trouve à présent. Mais ne comptez pas sur moi pour la trahir et la livrer.

— Ecoute-moi : quoi qu'il advienne ensuite, il nous faut intervenir immédiatement et la mettre en sécurité au plus vite. Elle est restée alitée plusieurs jours. Son corps doit être si faible qu'elle va immanquablement se mettre en danger. Je te promets de tout faire pour trouver une solution. Mais nous devons aller la chercher maintenant.

Odon prit mon silence pour un consentement tacite. J'avais une confiance aveugle en lui et il avait manifestement décidé de prendre les choses en main. Loin de le contrarier, secourir celle qui restait sa patiente semblait un rôle à sa mesure.

— Voici ce que nous allons faire. Nous quittons tous Cluny dès à présent.

Et, s'adressant à moi :

— Elle doit faire à peu près ta taille. Va lui chercher discrètement des vêtements secs, des chaussures, une pelisse d'hiver ainsi qu'une couverture. Il a plu une bonne partie de l'après-midi et elle doit être transie de froid. Rejoins-moi ensuite dans ma cellule ». Puis, se retournant vers Clément en lui tendant cinq deniers d'argent : « Cours chercher Moïse, récupérez vos effets et rendez-vous tous les deux au relais du bourg, où tu feras préparer cinq montures et quelques provisions. Nous vous rejoindrons là-bas, Joachim et moi. Interdiction à tous d'emprunter la porte principale. Vous sortirez discrètement par le chantier de la nouvelle abbatiale. Personne ne doit savoir où nous nous rendons. Si vous croisez le circateur ou tout autre moine un peu curieux, dîtes que je suis rappelé d'urgence à Beaulieu et que vous m'y accompagnez. Est-ce clair ? »

Clément enchaîna l'air inquiet :

— Nous partons en pleine nuit sans escorte armée ?

— L'escorte c'est toi ! lui répondit Odon d'un ton presque joyeux. Et maintenant filez !

Nous quittâmes tous les deux la petite pièce dans des directions opposées. Alors que je parcourais le dédale de couloirs sombres, fonçant tête basse vers le dortoir des jeunes, je sentis une sorte d'excitation me gagner. J'avais une mission, j'allais secourir Alix : je me sentais enfin vivant.

Devant le coffre ouvert qui m'était attribué, contemplant mes pauvres effets de moine, je déchantai rapidement. Comment vêtir une princesse avec ces hardes sombres et usées ? J'imaginai déjà l'étonnement d'Alix lorsque je lui tendrais ma coule de moine à capuchon pour qu'elle l'enfile. Finalement amusé par l'idée, je fourrai dans mon sac de cuir mes chaussures de rechange, un caleçon, des bas, une tunique propre ainsi qu'une épaisse couverture de laine. Tout ce que je possédais au monde à vrai dire ! Autour de moi, le monastère tout entier semblait s'être endormi. Au loin, seul le bruit entêtant du coassement de centaines de grenouilles des marais voisins donnait à ce départ précipité des allures de fête. Une faible lueur provenait de la cellule d'hôte occupée par Odon. Sur place, le prieur finissait la rédaction d'une courte lettre, qu'il signa et laissa en évidence sur sa table de travail.

— Et maintenant, en route, murmura-t-il.

Eteignant la lampe à huile, il saisit son sac de médecin, ainsi qu'une lourde bourse qu'il extirpa d'un petit coffre, et s'engouffra dans le couloir sombre, me faisant signe de le suivre en silence.

Chapitre 20
La roche de Solutré

Nous quittâmes le monastère et gagnâmes le bourg en évitant la rue des tavernes, d'où montaient les rires des derniers clients éméchés. Nous atteignîmes sans un mot le relais à chevaux qui se trouvait à l'autre extrémité. Conformément aux consignes du prieur, Clément et Moïse s'y tenaient sur le seuil. Cinq montures déjà sellées n'attendaient plus que nous.

— Où se trouve-t-elle ? me questionna Odon au moment où nous montions en selle.

— Le grand éperon rocheux, au sud, sur la route de Mâcon, répondis-je de la voix la plus basse possible.

— La roche de Solutré ? C'est donc cela « sous les étoiles d'Orion » ! C'est vrai qu'on ne peut pas trouver meilleur endroit pour observer le ciel dans les environs.

Nous étions désormais tous en selle. Nos montures piaffaient d'impatience, visiblement excitées par la balade nocturne qui s'annonçait.

— Allons-y, murmura le prieur. Et, s'adressant à tous : nous contournerons la grande route pour éviter les patrouilles et les rôdeurs. Nous suivrons ensuite la Grosne vers le sud, puis cap sur Bourgvillain. Nous passerons par le col des Enceints pour rejoindre Solutré par les collines. Si, pour n'importe quelle raison, nous sommes séparés ou contraints, rappelez-vous : nous avons été surpris par la nuit et nous nous sommes égarés alors que nous nous dirigions vers Beaulieu. Quoiqu'il arrive, nous nous y retrouvons tous demain matin pour prime.

— Père ? Que fait-on de la jeune fille si nous la retrouvons avant les hommes d'Helgon ? demanda Moïse d'un ton narquois. On ne peut tout de même pas la ramener à Beaulieu ? Même vêtue de la coule de Joachim...

Odon et Moïse esquissèrent un sourire.

— J'ai la route entière pour trouver une solution, répondit le prieur. Mais j'ai déjà une petite idée.

Nous quittâmes Cluny par une nuit sans lune. Sur la route boueuse menant vers le sud, un crachin froid et insistant rendait notre progression difficile. Je devais sans cesse ralentir ma monture, tant la visibilité était faible, et me concentrer sur chaque soubresaut afin de rester en selle. Mes camarades, plus aguerris, semblaient moins gênés par les conditions et j'étais à la traîne. Après Bourgvillain, nous prîmes un chemin sinueux qui devait nous conduire jusqu'au col des Enceints. À mi-crête, nous pénétrâmes dans une sombre forêt recouvrant le haut de la colline. Plus bas, une petite lueur provenant d'un hameau disparut avec les premiers arbres. L'obscurité était désormais totale... Vous êtes-vous déjà trouvé dans le noir, seul, en pleine forêt ? Loin de toute trace humaine ? Dès les premiers pas, je ressentis comme une pression dans le dos, qui m'incitait à m'arrêter et à retourner à l'endroit d'où je venais. La forêt qui nous avait engloutis me glaçait le sang. Comme si la réalité, désormais invisible, laissait place à l'imaginaire et à son cortège de fantasmes les plus fous.

Des ombres fugaces se précipitèrent sur moi et m'assaillirent de toutes parts. J'étais comme encerclé par leur ballet diabolique, qui semblait vouloir m'attirer dans les profondeurs de la forêt, hors de l'étroit sentier. Si j'avais été seul, à ce stade, j'aurais vraisemblablement rebroussé chemin. Mais cette fois, malgré l'obscurité, j'avais un but. De l'autre côté, Alix m'attendait. Elle avait mis son sort entre mes mains. Galvanisé par ce rôle inattendu, je m'accrochais dans le sillage de mes aînés. Porté par leur progression rapide, nous atteignîmes le col plus dégagé où je retrouvai quelques repères. Je tentai de faire bonne figure.

— Eh bien, Joachim, tu es si pâle qu'on dirait que tu as croisé un spectre dans ces bois ! ironisa Moïse.

— Silence ! l'interrompit le prieur. Ce n'est plus le moment de plaisanter. Nous risquons de nous faire repérer par les soldats qui cherchent Alix. Descendons maintenant et ne traînons pas en route.

Qu'aurais-je pu faire sans eux ? Qu'aurais-je pu faire pour elle sans ces moines rompus aux routes difficiles et à l'adversité ? Sans Odon surtout ? La force qu'il dégageait était digne du plus valeureux des chevaliers. Par son courage et son dévouement, il rendait possible aujourd'hui ce qui semblait perdu hier. Chevauchant dans ses traces, je mesurais dès lors pleinement le chemin qu'il me restait à accomplir pour devenir un homme tel que lui.

Le sentier sinueux devint chemin et se transforma finalement en plaine. Nous longeâmes des pâturages entrecoupés de bois et de parcelles de cépages. Nous touchions au but. Au loin, la silhouette sombre de la grande roche se découpait sur le ciel obscur et donnait à cette imposante masse calcaire des allures de vaisseau fantôme voguant sur un océan de vignes. Odon nous fit signe de mettre pied à terre alors que nous traversions un petit bois à couvert. Il me fit signe d'approcher.

— C'est à toi maintenant. Va la chercher et dis-lui qui t'accompagne. Demande-lui de revêtir tes habits de moine et de rabattre le capuchon dès que vous serez à découvert. Ramène-la aussi vite que possible. Je vous expliquerai mon plan à ton retour.

Je partis seul, traversant la plaine entourant la masse rocheuse. Autour de moi, le vignoble s'étendait tandis que le chemin menant vers la cime de Solutré s'élevait progressivement. Je dus contourner l'édifice calcaire par la droite et emprunter un étroit sentier où ma monture progressait difficilement. De là, il m'était impossible d'apercevoir le promontoire sur l'autre versant, où je pensais retrouver Alix. Après un long détour je l'atteignis enfin. Il était désert ! Aucune trace de la jeune fille. En face de moi, la roche jumelle de Vergisson se dressait dans la nuit tel un lion tapis dans l'ombre. Mais cette fois j'étais seul à lui faire face. Alix n'était pas là.

Dans le froid et le vent, je décidai de poursuivre jusqu'au sommet. Abandonnant ma monture sur le promontoire, je continuai mon ascension à pied. Dans la partie supérieure de la roche, une atmosphère irréelle régnait. Le plafond épais des nuages gris noirs était si bas que j'aurais pu les toucher de la main. Aucune trace d'Alix. Où pouvait-elle être à présent ? Peut-être le servant, à Saint Germain, avait-il mal compris les quelques mots qu'elle avait prononcés ? Non ! Impossible, me dis-je. « Dis-leur qu'ils me trouveront sous les étoiles d'Orion ! » C'était bien à moi que ce message s'adressait ! Même si les trois astres étaient, pour l'heure, totalement masqués par l'épaisse couche nuageuse, il n'y avait qu'un endroit possible et c'était ici, sur la roche de Solutré ! Se pouvait-il qu'elle ne soit pas venue, qu'elle ait changé d'avis, qu'elle ait décidé de retourner au château rependre le cours de sa vie ? Le doute m'envahit… l'espace d'un instant… Peut-être étais-je venu en vain…

— Je suis là… murmura une voix sortie du néant.

Une forme surgit d'un coin obscur le long de la paroi, où une ouverture se dessinait. Comme une sorte de cavité où elle avait dû trouver refuge. De nuit, les choses et les êtres se distinguent difficilement et l'obscurité masquait ses traits. J'étais comme pétrifié par cette apparition. Là, pour la première fois, nous étions face à face.

— Tu ne dis rien, Joachim de Saint-Ange… J'avais tellement hâte d'entendre le son de ta voix et de contempler ton visage.

Sa voix était si faible qu'on la percevait à peine.

— Alix ! Mais dans quel état es-tu ?

J'eus du mal à reconnaître la princesse qui hantait mes songes tant elle paraissait affaiblie. Ses doigts, comme ses lèvres, avaient pris une inquiétante teinte violacée. La boue épaisse et sombre maculant son visage dissimulait mal l'extrême pâleur de son teint. Plus grave encore, son corps tout entier tremblait convulsivement dans l'espoir désespéré de se réchauffer. Le jeûne forcé de douze jours l'avait épuisée. Je savais qu'un afflux inespéré d'énergie l'avait levée de son lit, lui avait donné la force de tenir tête à l'adversité et le courage de fuir. Elle avait jeté ses dernières forces pour se traîner en haut de cette roche. Mais l'ombre de la mort planait sur elle. Il me fallait agir, et vite ! J'arrachai la couverture de ma besace, mais trop tard. Tel un pantin qu'on tire violement hors de scène, je vis Alix partir à la dérive. Je la rattrapai de justesse avant qu'elle ne touche le sol, inconsciente.

— Alix !

Le premier contact avec son corps me terrifia : elle était glacée. Il me fallait faire vite avant que le froid ne transforme la roche de refuge en pierre tombale. Je n'avais plus qu'une seule idée en tête : la sécher et la revigorer au plus vite. N'étais-je pas l'élève d'un moine médecin ? N'avais-je pas vu mille fois mon maître porter secours à des malheureux en haillons, victimes des graves froidures de l'hiver ? Plutôt que de réchauffer les extrémités je savais qu'il fallait masser dans la région du cœur, afin de permettre au sang de circuler dans les endroits d'où il s'était retiré.

Enveloppant la jeune fille dans ma couverture, je la transportai à l'abri du vent glacé dans la cavité. La couchant délicatement sur la pierre, je calai son dos contre mon torse afin de garder mes deux mains libres et de pouvoir concentrer mes gestes sur son cœur. C'était la première fois que je touchais une femme... Combien de temps mes mains s'acharnèrent-elles ? Je ne saurais le dire, mais redoublant d'effort, je finis par ressentir des battements qui résonnaient contre ma poitrine. Alix vivait. L'action de mes mains portait ses fruits. Doucement, sa peau tiédissait, et je la sentais revenir à la vie.

— De l'eau… murmura-t-elle.

D'une main j'attrapai la gourde restée dans mon sac et la fis boire avec précaution. Elle ouvrit les yeux et posa sur moi son regard.

— Je savais que tu viendrais, chuchota-t-elle.

Par réflexe, je retirai la main demeurée contre sa poitrine sous la couverture. Alix le sentit : ses lèvres pâles esquissèrent un sourire dans la pénombre. Je pouvais sentir son odeur, son souffle contre ma joue et je m'en trouvai à nouveau profondément troublé. Elle dut prendre conscience que je l'avais dévêtue pour la masser et qu'elle était blottie contre moi… Je la vis, à son tour, rougir jusqu'aux oreilles. C'était la première fois que je sentais une petite gêne chez elle.

— Ne traînons pas ici. Odon nous attend en bas et nous devons encore te mettre à l'abri quelque part. Je t'ai apporté des vêtements secs.

J'aidai Alix à se relever et détournai le regard lorsqu'elle se vêtit en moine. Un peu plus tard, ayant récupéré ma monture, je l'aidai à se hisser en selle et nous descendîmes le sentier escarpé pour retrouver au plus vite la plaine et le petit bois, où mes camarades nous attendaient. Qu'allait-il se passer maintenant ? Quel pouvait être le plan d'Odon ? Nous cheminions au pas. Malgré la proximité qui nous liait sur ma monture, Alix restait silencieuse. Elle devait s'interroger sur la suite des évènements… Ce n'est qu'à l'orée du bois que je compris que ma cavalière s'était endormie. Elle avait posé sa tête contre mon épaule et enlacé ma taille de ses deux mains. Plus bas, fidèles, solides, imperturbables, les frères de Beaulieu nous guettaient. À l'abri du petit bois, une collation nous attendait. Nous nous assîmes sur un tronc et mangeâmes en silence. Je croisai le regard inquiet d'Odon tendit qu'il observait la jeune fille. Alix dut lui paraître si faible qu'il semblait désormais douter de la suite de son plan. Hésitait-il sur la marche à suivre dorénavant ? Moïse se leva et interrogea le prieur du regard :

— Et maintenant, que fait-on ? On ne peut tout de même pas passer la nuit ici !

— Nous allons la conduire à Mâcon, répondit Odon d'un ton ferme interdisant toute objection. Et, s'adressant à la jeune femme.

— Peux-tu tenir seule en selle ?

— Je pense que oui, Père.

— Écoute-moi attentivement alors : lorsque nous arriverons aux abords de la cité, chacun ne devra voir qu'un groupe de cinq moines rejoignant la ville. Est-ce compris ? Quoi qu'il arrive, tu ne devras pas parler ni baisser ton capuchon, jusqu'au moment où je te l'indiquerai.

Alix acquiesça en silence et se leva fébrilement.

— Alors allons-y, Père, je vous ai assez retardés comme cela.

— Nous la conduisons à Mâcon ? intervint Moïse. Mais que va-t-on faire à Mâcon, à une heure aussi tardive ?

— Je veux vous présenter quelqu'un... répondit Odon. Et maintenant, en route, et d'ici là, plus de questions.

Chapitre 21
Paula

La nuit était bien avancée quand nous aperçûmes les murs de Mâcon. Adossées au grand fleuve, les fortifications, hautes et massives, encerclaient totalement la cité du comte Renaud II. Entre complies et prime, seules deux portes, situées à proximité des grandes tours de défense, en permettaient l'accès. Evitant la porte principale et la tour du Palais, nous longeâmes l'enceinte pour gagner la tour du Paradis, plus modeste et moins surveillée. Nous passâmes à proximité d'une sorte de monticule sombre, où d'étranges formes semblaient se balancer au gré du vent. Malgré les rafales, nous fûmes saisis par une odeur effroyable. Un haut le cœur de dégoût me saisit lorsque je compris de quoi il s'agissait. Au pied de la muraille, tel un avertissement sans frais aux visiteurs trop zélés, trois silhouettes déchiquetées se balançaient au bout de leur corde verdâtre. Sous son capuchon, je vis Alix détourner le regard. Une myriade d'oiseaux de nuit se disputait des lambeaux de chair. Sous l'effet de la brise, les trois corps sans âme se balançaient sinistrement, tels des pantins désarticulés.

— Malheur à celui qui se dresse contre le comte et sa justice, murmura Clément.

Au pied de l'imposante tour du Paradis, la lourde porte en bois était close. À hauteur d'homme, un minuscule guichet laissait entrevoir un filet de lumière, émise par les lampes du poste de garde.

— Qui va là ? interpella une voix.

Derrière la porte massive, des gardes guettaient notre arrivée, repérée par le guet, situé sur la tour, et signalée aux soldats du poste en contrebas. Odon s'approcha, accompagné de Clément.

— Je suis le prieur de Beaulieu, et voici les moines qui m'accompagnent.

— Des moines ? Approchez dans la lumière pour que je voie vos visages, dit la voix.

Odon et Clément ôtèrent leur capuchon et firent deux pas vers la porte, tandis que nous restions à distance. De l'autre côté, une autre voix murmura :

— Je le connais, c'est le prieur Odon, et l'autre, à côté, le jeune, c'est son bibliothécaire. Ce sont des moines médecins. Ils ont soigné mon frère, l'hiver passé.

La première voix resta imperturbable.

— La ville est fermée la nuit, sur ordre du comte. Il vous faut un laissez-passer pour y pénétrer.

— Un laissez-passer ? répondit Odon. Je n'en ai point. En revanche j'ai reçu ce soir même un message urgent en provenance du palais, me demandant de m'y rendre au plus vite. Une personne y est malade et je suis requis pour lui porter secours.

— Tu vois… je te l'avais dit, murmura l'autre voix. C'est un moine médecin – et plutôt efficace à ce que j'en sais. Laisse-les entrer. S'ils vont au palais, il ne faut pas les retarder par excès de zèle.

Il se fit vite rabrouer :

— Et quelle sorte de garde es-tu donc ? maugréa la première voix, en direction de celui qui semblait être son subordonné.

Et, se retournant vers Odon :

— Je n'ai reçu aucune consigne vous concernant. La procédure exige que nous soyons avertis à l'avance pour les arrivées nocturnes.

— Et que dit la procédure, si le malade décède faute d'autorisation ?

Le garde hésita.

— De quelle personne s'agit-il ?

— Je ne puis te divulguer une information confidentielle, rétorqua Odon d'un ton grave. Accompagne-nous jusque chez le comte et pose-lui toi-même la question !

Devant la déroutante assurance d'Odon, le garde obtempéra à contrecœur. Nous entendîmes le bruit du mécanisme. Le portillon s'ouvrit, laissant assez d'espace pour le passage d'un cavalier.

— Prenez garde aux pointes de défense de la porte, conseilla le second garde. Elles pourraient bien éventrer vos montures si vous les frôlez d'un peu trop près.

Empruntant l'étroite ouverture, je vis scintiller, dans la lumière des torches, d'inquiétants pics argentés couvrant toute la surface du portail. À en juger par les nombreuses traces d'impacts, ces pointes de métal avaient dû freiner ou briser bien des béliers ennemis. Mais... elles n'avaient point arrêté Odon de Beaulieu.

Sous le regard suspicieux du garde, nous prîmes la direction du palais dans le sillage d'Odon. Une fois hors de vue, le prieur bifurqua brusquement en direction de la Saône. Clément pâlit et comprit : Odon avait menti aux gardes... Notre destination était autre. Il n'eut alors de cesse de se retourner anxieusement, craignant sans doute d'apercevoir les gardes sur nos talons.

— Malheur à ceux qui transgressent la loi comtale, murmura-t-il.

Où donc le prieur pouvait-il nous conduire, à travers ces ruelles sombres et endormies ?

Un peu plus tard, alors que nous approchions de la place de la Baille, Odon fit halte devant une habitation cossue. Comme la plupart des maisons de la rue, elle s'élevait sur deux étages et offrait à la vue des passants d'élégantes claires-voies dont on distinguait les colonnettes finement sculptées malgré la pénombre. Mais, déjà, le prieur s'était emparé du heurtoir, dont il se servit pour frapper deux séries de coups secs, comme pour annoncer son arrivée par un code convenu à l'avance.

Nous n'attendîmes guère longtemps. À l'étage, à travers les claires-voies, le profil d'une femme apparut.

— Je descends, murmura-t-elle.

Peu après, alors que la porte donnant sur la rue se déverrouillait de l'intérieur, Odon se retourna vers Moïse.

— Plus loin, sur la gauche, il y a une sente menant à un petit patio couvert, où tu trouveras un enclos. Conduis-y les montures et rejoins-nous ici.

Sur le seuil de la demeure, j'échangeai un regard étonné avec Clément. Manifestement, Odon avait ici des habitudes que nous ignorions. Je n'étais pas au bout de mes surprises. Une odeur caractéristique m'alerta.

— Un atelier de copistes !...

Tout y était. Autour de moi, j'aperçus d'abord les contours familiers de deux pupitres, placés devant une grande baie donnant sur la rue, identiques à ceux du scriptorium de Beaulieu. Dans la pénombre de la lampe, je distinguai une série d'encriers foncés, des rangées de calames impeccablement alignés sur leur support, ainsi qu'une ribambelle de pots à pigments, classés méthodiquement par couleur. Sur le côté, se trouvait l'inévitable coffre, dans lequel on devinait les piles de parchemins prêts à l'emploi. Partout flottait l'odeur de l'encre et de la colle... Aucun doute, des manuscrits étaient rédigés, ici, chaque jour.

Ma surprise fut plus grande encore, lorsqu' à la lumière d'une lampe, je découvris le visage de notre hôtesse... Ce regard bleu vif... ce front grand et large, cette taille haute sur un corps athlétique. « C'est la sœur d'Odon me dis-je ! » J'étais abasourdi. Jamais je n'aurais imaginé que le prieur puisse avoir une famille, en dehors de ses frères bénédictins. Quand Moïse arriva à son tour dans la vaste pièce désormais éclairée par une douce lumière, il sembla, lui-aussi, surpris, en découvrant le visage de cette femme.

Hormis de longs cheveux simplement noués en un chignon, dont s'échappaient d'épaisses boucles noires, l'inconnue était la copie parfaite d'Odon. Le prieur s'avança au centre de la pièce. Un sourire mystérieux illuminait son visage...

— Puisque tout le monde est là, il est temps pour moi de vous présenter Paula.

— Paula, reprit Clément. Mais, nous ignorions que vous aviez une sœur à Mâcon !

— Une sœur ! Mais Paula n'est pas ma sœur ! Quelle idée ! rétorqua-t-il d'un ton amusé.

Paula et lui éclatèrent de rire devant nos mines ahuries.

— Elle vous ressemble tellement... alors, qui est-elle ?

— Vous ne vous en doutez pas un peu ?

— J'ai compris, réagit Moïse. Et, s'adressant à la dame : ne nous sommes-nous pas croisés il y a quelque temps ?

— Je suis sa fille ! coupa court Paula, et me voilà ravie de vous rencontrer tous enfin.

Clément et moi restions bouche bée. La nouvelle nous semblait aussi irréelle que si elle nous avait appris qu'Odon avait été le basileus de l'Empire byzantin. Odon enchaîna.

— Vos mines déconfites me donnent l'impression que cette parenté vous dérange... Oui ! un prieur peut avoir une fille, des enfants, une épouse, une concubine, comme beaucoup de clercs dans le Royaume et dans l'Empire. Ceci existait avant que la réforme clunisienne et le pape Grégoire n'imposent le célibat aux futurs prêtres postulants et en exigent, de ceux déjà mariés, le renvoi immédiat des conjoints et des enfants. J'ai été moi-même confronté à ce dilemme lorsque je suis devenu moine.

Avant même d'entrer dans notre ordre, il y a près de trente-cinq ans maintenant, j'ai été marié et de mon union est née Paula. Puis j'ai décidé de changer de vie, j'ai prononcé mes vœux et j'ai dû les laisser toutes les deux... Pourtant, se vouer à Dieu n'a jamais signifié « devoir renier sa famille ». Mon épouse est morte il y a longtemps maintenant, mais je continue à voir Paula, de temps en temps, car je reste son père pour la vie.

— Pourquoi nous avoir caché son existence ? Vous n'aviez pas confiance ? demandai-je à Odon.

— Je ne vous ai rien caché. J'évite simplement d'en parler. Vous connaissez tous la défiance à laquelle je suis confronté en tant que moine médecin aux pratiques souvent décriées. Exposer ma femme et ma fille publiquement, c'était accroître un peu plus cette différence qui nous joue souvent des tours à Beaulieu. Chacun de vous a déjà payé personnellement pour le savoir et j'ai donc préféré la discrétion sur leur existence. Dans l'intérêt même de notre prieuré, seuls certains officiers clunisiens connaissent ma vie passée et l'existence de ma fille.

Mais laissons cela et venons-en au but de notre visite. Paula, voici Alix de Saint-Germain qui, malgré son habit, n'est pas plus moine que toi. Alix ôta son capuchon et dégagea ses cheveux blonds qui s'étalèrent en cascade sur la pelisse d'hiver de Joachim, sous le regard étonné de Paula.

— Une fille !

Et, s'adressant à Odon sur un ton enjoué :

— C'est incroyable ! Et que fait donc cette belle inconnue aux boucles d'or avec de pauvres moines, au beau milieu de la nuit qui plus est ?

— C'est une longue histoire, qu'elle te racontera tout à l'heure. La priorité est de l'héberger cette nuit. Nous repartons immédiatement chez ses parents pour les rassurer et surtout, tenter de les convaincre qu'elle n'est pas prête pour le mariage auquel ils la destinent. Dans tous les cas, elle sera partie dès demain.

Alix fixa Odon d'un regard plein d'espoir.

— Dois-je comprendre que vous allez intercéder pour moi auprès de mes parents ?

— Oui, je vais plaider ta cause, puisque telle est ta volonté. Tu l'as prouvé aujourd'hui devant nous tous, mais ce sont tes parents qui décideront. Donc je ne peux rien te promettre. Même si ton entrée à Marcigny comme moniale semble compromise, je vais tenter de gagner un peu de temp afin que les esprits échauffés se calment.

Déjà, Odon se levait pour prendre congé.

– Joachim, toi tu resteras ici pour te reposer après tes exploits du jour au chapitre. Moïse et Clément, j'ai encore besoin de vous.

Les deux moines s'étaient levés comme un seul homme, mais Paula, s'adressant à tous, déclara :

– Vous êtes tous les bienvenus ici. Moïse, nous nous sommes rencontrés au marché, où vous achetiez souvent des pigments en compagnie d'un moine plus âgé. Je me doutais bien que vous étiez des moines de Beaulieu mais je ne pouvais vous révéler mon lien de parenté avec votre prieur.

– Ah ! je me souviens, maintenant, s'exclama Moïse. Vous êtes la copiste du marché ! Vos encres et vos calames nous ont accompagnés sur bien des routes. Ils nous ont rendu de précieux services.

– Et où est le moine qui vous accompagnait ? demanda Paula.

Moïse s'assombrit avant de répondre.

– Vous voulez parler de Jacques de Molesme. Il a, hélas, perdu la vie dernièrement.

Paula blêmit. Elle semblait surprise par l'annonce de Moïse.

– Mort... ? Mais de quelle manière ?

– Nous avons été attaqués sur la route de Mâcon alors que nous rentrions d'un voyage en Orient.

Quelque chose dérangeait manifestement la fille du prieur. À la façon dont elle regardait Odon je compris que la réponse ne la satisfaisait pas.

– À quand exactement remonte cet évènement ?

– Il y a environ un mois.

– Etes-vous certain que votre frère a perdu la vie, ce jour-là ?

– Oui... Enfin... euh... nous avons été attaqués et dépouillés par une bande de pillards qui infestent les bois et détroussent les voyageurs. Ils m'ont laissé pour mort. Quant à Jacques, nous n'avons malheureusement pas pu retrouver son corps. Ils ont dû l'emporter afin d'effacer les preuves.

— Donc vous ne l'avez pas vu mort ! l'interrompit Paula. Vous supposez qu'il est mort et vous supposez que les agresseurs ont emporté son corps.

Moïse répondit, d'un ton où pointait l'incompréhension :

— Oui. Il ne peut pas y avoir d'autre explication... Les hommes qui m'ont secouru ont fouillé les environs des heures durant, sans le trouver. Nos agresseurs l'ont forcément emmené avec eux.

— Mais peut-être l'ont-ils emmené avec eux vivant ? Dans ce cas, rien ne prouve qu'il soit mort...

Tous perplexes, nous regardâmes Paula. Où voulait-elle en venir... ? Odon enchaîna le premier :

— Tu penses à un enlèvement ? Nous avons aussi envisagé cette éventualité. Les moines clunisiens représentent effectivement une valeur d'échange. Pourtant, jusqu'à ce jour, nous n'avons pas reçu de demande de rançon ni de preuve de vie concernant ce pauvre Jacques.

Paula semblait hésiter sur le choix des mots qu'elle devait prononcer.

— Je ne sais ni comment ni pourquoi, mais moi je puis vous affirmer que votre frère n'est pas mort !

— Quoi ? Que dis-tu ? sursauta Odon.

Pesant chaque mot, elle déclara :

— Si c'est bien de Jacques dont il s'agit, votre frère est venu ici même hier matin. Il est passé à l'atelier déposer un manuscrit à copier pour le compte de l'évêché. Je vous jure qu'il était bien vivant et qu'il n'était ni blessé ni contraint par quiconque.

L'annonce de Paula retentit comme une déflagration sourde dans la pièce.

— Es-tu sûre qu'il s'agissait bien du moine que tu as rencontré au marché en compagnie de Moïse ? interrogea Odon, ébranlé.

– Oui père. Aussi sûrement que je suis votre fille. Et j'en ai même ici la preuve.

Elle se rapprocha d'un des deux pupitres et se saisit d'un parchemin, qu'elle tendit aussitôt à Odon.

– Voyez ce document. C'est un cartulaire, appartenant à l'évêché, que Jacques a lui-même annoté à plusieurs endroits. Un clerc lui a commandé une copie de ce manuscrit pour les archives de la ville et votre frère m'a chargée d'effectuer ce travail, en me demandant d'y intégrer ses propres corrections. J'ai trouvé sa demande un peu étrange, car les moines disposent généralement de scriptorium mieux équipés que mon modeste atelier. Mais il a précisé qu'il résidait actuellement en ville et ne disposait pas du matériel nécessaire pour faire ce travail par lui-même. Il m'a payé dix deniers d'avance pour cela.

Aussi fébrile que s'il examinait son premier manuscrit, Odon dévora le parchemin à la lumière d'une lampe. Son visage exprima alors un mélange d'incompréhension et de stupéfaction.

– C'est bien son écriture ! C'est l'écriture de Jacques. Mon Dieu ! Jacques est vivant !

– Mais enfin, c'est incompréhensible, explosa Moïse S'il a survécu à l'attaque et s'il est libre, pourquoi ne s'est-il pas manifesté ? J'ai pleuré Jacques comme j'ai pleuré mes propres parents, assassinés par les Seldjoukides...

Avant que nous n'ayons pu dire un mot, Odon répliqua.

– Mettons l'affect de côté. Essayons seulement de comprendre calmement pourquoi il agit de la sorte... Il doit être contraint ! La question, maintenant, est celle-ci : pourquoi, et par qui ?

– C'est insensé, s'emporta Clément. Nous l'avons cru mort et il est ici, libre de ses mouvements, à quelques lieues à peine de Beaulieu ? Pourquoi ?

Odon trancha :

– Il y a une raison qui nous échappe, mais il est vivant ! C'est déjà une nouvelle merveilleuse. Je suis tellement soulagé de savoir que notre frère a échappé à la mort à laquelle nous l'avions condamné un peu vite. Maintenant, nous devons terminer ce que nous avons entrepris ce soir. Paula, je te confie Alix et Joachim. Nous reprenons la route de Saint-Germain. Nous nous occuperons de Jacques plus tard.

Et, remettant son capuchon sans un mot de plus, Odon sortit dans la nuit sombre.

Chapitre 22
Odon de Beaulieu

J'étais resté, silencieux, en compagnie d'Alix et de Paula. Bercées par la clarté diffuse, leurs silhouettes incertaines semblaient flotter dans la lumière douce et subtile des lampes à huile. Quoique plus âgée, Paula était d'une grande beauté. Elle dégageait une « présence » indéfinissable qui forçait le regard. Tandis que les deux femmes faisaient connaissance, mon esprit restait figé sur l'incroyable retour à la vie de Jacques et je ne remarquai pas qu'elles m'observaient désormais.

— Joachim, es-tu avec nous ? Tu sembles bien songeur, dit Alix.

Les yeux dans le vague, je répondis.

— Je pense à Jacques. Mon esprit n'arrive pas à s'en détacher. Je veux comprendre pourquoi il ne s'est pas manifesté, puisqu'il est vivant.

— As-tu une réponse ? demanda Paula.

— Aucune. Je ne comprends pas. À Beaulieu, il est le doyen après Odon et il bénéficie d'un grand prestige en qualité de copiste. Odon le considère comme son propre fils, comme nous tous d'ailleurs, et Jacques lui doit la presque totalité de son savoir, sans lequel il ne serait rien aujourd'hui. Je crois même savoir qu'Odon s'apprêtait à le proposer comme sous-prieur de Beaulieu pour qu'il puisse le remplacer par la suite.

Paula se leva soudainement. Une étrange lueur brillait désormais dans son regard.

— Sous-prieur de Beaulieu ! La voilà, la clé de l'énigme… Malgré toi, tu viens de trouver la réponse.

— La réponse ? Que veux-tu dire ?

Paula s'était tue. Elle semblait regretter sa spontanéité et les mots sortis de sa bouche.

— Je ne voulais rien dire de particulier.

— Es-tu sûre ? Tu viens de nous dire que tu pouvais expliquer le comportement de Jacques. Nous avons le droit de savoir !

Devant mon insistance, Paula céda.

— Vous, les moines de Beaulieu, vous êtes tellement dans votre monde que vous en oubliez la triste réalité.

— De quelle réalité parles-tu ?

Paula esquiva la question.

— Oublie cela, veux-tu. Allons nous coucher. Nous sommes tous fatigués...

— Non ! coupai-je. Ton avis m'importe. Que veux-tu dire par « triste réalité » ?

— Elle soupira. Beaulieu n'est qu'un simple prieuré de tutelle. Dans le comté, et au-delà, seul Cluny a de l'importance. Seul Cluny attire la lumière, les honneurs, le pouvoir et tout l'argent qui va avec. C'est à Cluny que se doit d'être un moine un tant soit peu ambitieux, s'il veut faire une belle carrière, et non à Beaulieu.

— Tu fais erreur, m'exclamai-je avec indignation. Odon a su rassembler à Beaulieu des moines d'une grande valeur, qui contribuent chaque jour à la renommée de notre ordre.

Paula semblait gênée par ce qu'elle venait de provoquer. Elle hésita encore mais, aussi impulsive que son père, elle se décida, cette fois-ci en haussant le ton, à exprimer le fond de sa pensée.

— Et où sont-ils ces moines ? Tu veux parler de Moïse, que tout le monde à Cluny assimile à un demi-païen parce qu'il vient d'Orient ? De Clément de Tours, qui n'a pas la chance d'appartenir à une grande famille bourguignonne et dont les mérites ne sont pas reconnus comme ils devraient l'être ? Ouvre les yeux Joachim ! Malgré tous les efforts de mon père, Beaulieu ne représente rien, pour personne. C'est un prieuré de second ordre où Cluny décide de placer ceux qui n'entrent pas encore dans le moule Clunisien et d'y confiner jusqu'à leur mort ceux qui n'y entreront jamais ! Jacques faisait partie de cette seconde catégorie et, l'âge arrivant, il aura fini par le comprendre et aura sans doute manœuvré, à votre insu, pour échapper à ce que tu appelles, toi, « une belle destinée ».

— Mais comment peux-tu caricaturer Beaulieu à ce point ?

— Je ne caricature rien, crois-moi. Rester à Beaulieu trop longtemps c'est l'assurance de toucher le vide du doigt...

— C'est une provocation ? Comment peux-tu dire une chose pareille !

— Non. Je ne veux ni te provoquer ni te choquer. Je pense sincèrement ce que je dis. Je veux simplement te donner un avis extérieur. Mais laisse-moi l'illustrer par un exemple concret. Connais-tu un moine nommé Aldebert, âgé d'environ trente ans ?

— Oui, je le connais c'est l'armarius de Cluny et je suis l'un de ses élèves. Il est voué à un bel avenir selon le grand prieur lui-même. On parle même de lui comme futur évêque auprès de notre pape Urbain à Rome. Mais quel rapport avec les moines de Beaulieu ?

— Savais-tu qu'Aldebert avait été confié à Odon lorsqu'il était novice ?

— Aldebert ? Non, je l'ignorais.

— Eh bien, apprends qu'il a passé près de cinq ans aux côtés d'Odon, à Beaulieu, où mon père l'a instruit sur toutes sortes de choses. Aldebert l'a même accompagné lors d'un périple à Constantinople pour y apprendre le grec. Et sais-tu ce qui s'est produit lorsqu'ils sont revenus à Cluny ?

J'étais stupéfait par cette nouvelle révélation et en même temps je redoutais la réponse.

— Aldebert lui a été arraché comme on enlève un veau de lait à sa mère. La vérité, la voilà. Cluny confie des jeunes moines prometteurs à Odon, qui les instruit, leur fait voir du pays, et lorsqu'ils sont suffisamment mûrs et aguerris, ils reviennent à

Cluny, où ils pourront œuvrer pour la grandeur de l'ordre. Voilà comment fonctionne Cluny vis-à-vis de Beaulieu.

Je me sentis pâlir. Je cherchais le regard d'Alix pour obtenir son soutien. Au travers de l'exemple d'Aldebert, c'était ma propre mésaventure avec Orderic que j'avais l'impression de revivre. Pour moi aussi la grande abbaye avait décidé de sonner l'heure du rappel.

Alix interpella Paula :

— Mais enfin, Odon est un prieur admirable faisant honneur à son ordre et au Christ. Il agit chaque jour pour le bien de tous, dans les respects de la règle de saint Benoît. N'est-ce pas là l'essentiel pour un moine bénédictin ?

Paula sourit :

— Vous êtes jeunes et purs tous les deux. Vous avez toujours la candeur de ceux qui sont en quête d'absolu. Mais vous n'avez encore rien vécu. Vous ne savez pas encore comment le monde se fait et se défait.

Sans se troubler Alix répondit :

— Ce que je sais c'est que j'aurais aimé avoir un père tel que le tien. Un père à l'écoute de ses enfants et de leurs aspirations.

Cette fois, la copiste fixa Alix d'un regard amer.

— Tu ne sais malheureusement pas de quoi tu parles, il faut vivre les choses pour les comprendre. Il faut connaître les êtres pour saisir leur complexité. Mais tu as raison sur un point. C'est vrai, mon père a fait de l'empathie le fil conducteur de sa vie. C'est sans doute cela qui l'a conduit un beau jour à se faire moine. Mais l'empathie n'est pas la seule raison à son entrée dans l'ordre. Comme chaque être, Odon a, lui aussi, un côté sombre… plus difficile à percevoir. Chacun de nous est semblable à la lune : nous possédons une face cachée que personne ne voit…

J'étais outré.

— Comment peux-tu dire cela ? J'ai toujours vu mon maître faire le bien autour de lui.

— Attends. Je ne voulais pas te blesser ni diminuer les mérites de mon père. Laisse-moi t'expliquer ce que j'entends par « côté sombre ». Penses-tu qu'Odon agisse uniquement pour le bien commun ? Qu'il soit désintéressé à ce point ? Non ! En vérité, Odon est le premier à bénéficier d'une situation qu'il a su intelligemment créer, car elle lui convient parfaitement. Mon père a très vite compris que seul le statut de moine pouvait lui permettre de vivre pleinement ses passions. En finançant ses nombreux voyages, Cluny lui a donné les moyens matériels d'étudier la médecine à Salerne, puis d'acquérir des connaissances sur notre monde. Dès lors, mon père s'est contenté de cette situation très favorable. Certes, il est rapidement devenu infirmier, puis armarius, et finalement prieur de Beaulieu, mais il n'a en revanche jamais cherché à devenir prêtre, ce qui lui aurait ouvert la possibilité de devenir abbé et de briguer des responsabilités plus importantes, à Cluny ou ailleurs. Ne pensez-vous pas, qu'avec tout son savoir et son expérience, Odon aurait fait un merveilleux abbé ? C'est là tout le paradoxe de mon père. Son moteur n'est pas, comme la plupart des officiers clunisiens, l'ambition et le pouvoir. Son objectif n'est pas de vivre dans le cloître et d'appliquer la règle, comme ces nombreux moines qui vivent pleinement leur foi au travers de la prière et des offices. Non. Son but ultime… c'est de continuer à vivre ses passions… à partir de Beaulieu… et avec le soutien financier de Cluny.

Au silence qui suivit sa déclaration, Paula comprit qu'elle m'avait à nouveau vivement heurté.

— Mais enfin, comment peux-tu affirmer qu'il agisse par pur égoïsme ? C'est inconcevable ! Lui qui s'est fait moine sans y être contraint par aucune exigence familiale… Lui qui a fait vœu de pauvreté et qui ne possède rien en ce monde… Lui qui a renoncé à sa femme et à sa fille pour suivre le Christ !

Je vis dans son regard que, cette fois, elle puisait profondément en elle pour me répondre.

— Cela va te sembler étrange… mais je l'ai détesté pour cela.

— Détesté ?

— Parce qu'il nous a abandonnées, ma mère et moi. En devenant moine, il nous a préféré la terre entière. J'ai eu beaucoup de mal à l'accepter quand c'est arrivé. J'étais enfant à l'époque et j'ai souffert de son choix comme j'ai vu ma mère en souffrir profondément. Quand on est jeune, on a besoin de son père et on se fiche bien qu'il soit parti suivre le Christ. Ce que l'on voit c'est qu'il n'est plus là. Seule l'absence compte.

Cette fois, j'accusai le coup. Le parallèle avec ma propre histoire et avec le départ de mon propre père pour combattre les ennemis de Dieu était flagrant. Guettant nos réactions, Paula se décida à poursuivre.

— Les premiers temps qui ont suivi son départ ont été terribles. Très vite, Odon est parti loin de Bourgogne pour se rendre en Italie, à Salerne, où il a étudié près de trois années durant la médecine grecque et perse, en compagnie des plus grands maîtres. Mais, en partant, il nous a laissées sans ressources. Comme la plupart des familles des prêtres qui ont dû eux-aussi abandonner femmes et enfants suite à la grande réforme grégorienne[13], nous nous sommes retrouvées pauvres. Pendant près d'un an, nous avons vécu de mendicité. Notre sort était suspendu à la générosité et à la complaisance de rares proches. Mais, le temps passant, les aides se sont taries. Ma mère a alors dû effectuer les plus viles besognes pour m'élever, alors qu'elle savait pourtant lire le latin. Puis, à l'issue de sa formation, Odon a fini par revenir à Mâcon et il nous a enfin rendu visite. Lorsqu'il a vu dans quel état nous nous trouvions, mon père a été pris de remords et il a alors décidé de s'occuper de nous, comme un homme doit s'occuper de sa famille...

Incrédule, j'avais du mal à reconnaître mon maître dans ce terrible portrait.

---

13. Dès 1073, Le pape Grégoire VII prit un certain nombre de mesures pour restaurer la primauté de l'église sur tous les pouvoirs temporels existants. La « **réforme grégorienne** », fut alors engagée. Le célibat des prêtres fut notamment imposé.

— Qu'a-t-il fait ? demandai-je.

— Sa première mission, en qualité de moine infirmier à Beaulieu, fut de recopier quelques-uns des traités de médecine étudiés à Salerne, afin de les diffuser dans d'autres monastères de Francie. Il prit cette tâche très au sérieux car, de son propre aveu, notre médecine était très en retard sur celle qu'on lui avait apprise là-bas.

— Malgré cela, dès qu'il en avait l'occasion, il venait nous voir, à Mâcon, dans le quartier pouilleux de la ville basse où nous résidions. C'est là qu'il eut l'idée d'initier ma mère au travail de copiste. Son projet était de nous rendre autonomes le plus vite possible, en nous donnant les moyens de nous assurer une existence digne. À cette époque, Mâcon devenait une place commerciale importante car idéalement placée sur la Saône, entre Lyon et Chalon. La cité voyait prospérer de riches commerçants et négociants et, avec leur établissement en ville, il s'était créé une demande pour la rédaction d'actes écrits de toutes sortes. Il nous a alors patiemment appris à préparer les parchemins, afin d'y rédiger les manuscrits, mais aussi l'art de fabriquer l'encre, de tailler les roseaux pour en faire des calames et à choisir les parchemins chez le tanneur. Nous avons commencé modestement, sur le marché de Mâcon et sur le port, en proposant aux bourgeois et aux marchands de la cité nos travaux d'écriture. Puis, avec le temps, je suis devenue moi-même copiste. Notre clientèle s'est diversifiée peu à peu. On nous sollicitait pour des commandes de plus en plus variées, où nous réalisions à la demande toutes sortes de lettres, des actes de propriété, des contrats de commerce, voire même des cartulaires, pour le compte du palais et de l'évêché. Notre commerce a ainsi prospéré au fil des années et nous avons pu finalement nous installer ici, dans cette maison dont j'ai transformé le rez-de-chaussée en scriptorium. J'ai travaillé ici au côté de ma mère jusqu'à sa mort… c'était il y a quelques années.

— Et le second pupitre ? demanda Alix. Par qui est-il utilisé aujourd'hui ?

— Lorsque ma mère m'a quittée, mon père m'a incitée à former des apprentis à mon tour. Je l'ai écouté. J'apprends désormais, ici même, à des jeunes gens, filles et garçons de toutes conditions, à lire et à écrire le latin. C'est une merveilleuse façon de rendre ce que mes parents m'ont appris.

Paula sourit en se retournant vers nous.

— J'espère que vous ne m'avez pas trouvée trop dure avec mon père... mais, qui aime bien châtie bien n'est-ce pas ? Le temps a fait son œuvre depuis l'époque où il nous a quittées. À la lumière de son engagement et au travers de l'aide qu'il a su nous apporter ensuite, j'ai fini, avec le temps, par accepter son choix initial. Je lui ai finalement pardonné de nous avoir un jour abandonnées pour privilégier sa propre voie... Voici là toute mon histoire avec mon père.

— Mais pourquoi nous avoir confié tout cela ? demandai-je d'un ton plus apaisé. Tu nous connais à peine.

— Je te connais, Joachim... Je te vois cette nuit pour la première fois, mais je te connais. Pourquoi me suis-je permis de le faire ? Voici la bonne question... Je suis la confidente de mon père, comme ma mère l'était avant moi. À chacune de ses venues, il me raconte ses joies et ses peines et je devine ses espoirs et ses désillusions. Depuis toujours, il me parle de toi. Je connais ton parcours comme ta valeur. Ce soir, j'ai voulu t'éclairer un peu, comme une sœur aînée parlerait à son jeune frère. Cela requiert de la franchise, et pour tout te dire, je pense qu'Odon souhaitait que te soient révélés tôt ou tard ces pans secrets de son passé... avant que tu ne les découvres par des bouches moins bien attentionnées que la mienne.

Je voyais désormais Paula sous un autre jour.

— Pardon de m'être emporté... Un instant j'ai cru que tu détestais ton père et que tu essayais de m'influencer.

– Non, loin de moi l'idée de changer ton regard sur Odon. Mais la vérité des êtres peut être parfois cruelle. Mon seul souhait était de te dire cette vérité, qu'il aurait eu beaucoup de mal à te donner par lui-même. Sache que, loin de détester mon père, je l'admire au contraire, pour le savant qu'il est et pour le père qu'il a su devenir.

Il est pour moi un homme comme il en existe peu, capable de vivre plusieurs vies en une seule. Moine, médecin, copiste, voyageur, père... je le compare souvent à cette étoile que les moines nomment « Aldébaran », qui brille dans le ciel d'une vive couleur orangée.

– L'œil du taureau qui protège les Pléiades ? l'interrompit Alix.

– Exactement ! Je vois que tu as fréquenté la bonne école, la complimenta Paula. S'il devait être un astre, Odon serait Aldébaran de la constellation du Taureau. Tel cet animal céleste, mon père fonce à travers la nuit des hommes, s'attirant souvent les pires ennuis et se créant aussi de féroces ennemis. Comme lui, il est mû par une force brute que rien n'arrête, au service de Dieu et des faibles, et je l'aime infiniment pour cela...

Chapitre 23
Masconus

Je dormis le reste de la nuit d'un sommeil de plomb, où aucun rêve inspiré ni par Dieu ni par le Diable ne put trouver la moindre place. Les évènements les plus fous s'étaient enchaînés tellement vite ! Un sommeil réparateur, dans un lit plus confortable qu'à l'accoutumé, c'était là, pour l'instant, tout ce dont j'avais besoin. Le soleil était déjà haut dans le ciel quand enfin j'ouvris l'œil. Au travers des claires-voies du premier étage, j'entendais à peine les clameurs de la rue. Curieux de découvrir la ville dans la lumière du matin, je m'approchai de l'ouverture et jetai un œil à l'extérieur. Bien que située dans le centre, la maison de Paula se tenait dans une voie tranquille, joliment baptisée « rue du marché-aux-herbes », bordée essentiellement d'habitations cossues. Le scriptorium de Paula constituait la seule échoppe visible et elle bénéficiait ainsi de la quiétude nécessaire au travail de copiste. À deux pas, la voie débouchait sur une petite place, plus animée, d'où provenaient les clameurs familières du matin. Je sursautai lorsque la voix de mon hôtesse résonna dans le couloir.

— Joachim, tu dors encore ? Un message d'Odon vient d'arriver pour nous !

Un message ! Odon n'avait pas perdu de temps. J'enfilai précipitamment ma coule, me propulsai hors de la chambre et dégringolai l'escalier. Déjà prêtes, les deux femmes m'attendaient en bas.

J'eus du mal à reconnaître Alix tant la nuit semblait l'avoir transformée. Vêtue d'une robe pourpre et d'une élégante coiffe, débarrassée de mes pauvres hardes, elle avait retrouvé tout son éclat. Face à l'effet trop visible que suscitait chez moi la jeune fille, Paula esquissa un rire discret qui me rendit rouge de confusion. Mais, sans plus attendre, elle sortit d'un pan de sa robe un petit rouleau de parchemin, qu'elle déroula et lut à voix haute :

« *Chers enfants,*

J'ai rencontré le seigneur de Saint-Germain et son épouse en fin de nuit. J'ai pu les rassurer sur leur fille, désormais en lieu sûr. À la lumière des évènements récents, du réveil soudain d'Alix, de sa volonté d'entrer au monastère, et surtout de sa fuite, preuve de sa détermination pour ce projet, ils consentent à l'ajournement provisoire de son mariage. Une condition est néanmoins fixée. Alix doit revenir chez elle ce soir au plus tard et y demeurer jusqu'à ce qu'une solution soit trouvée dans l'intérêt de tous.

Je viendrai donc la chercher aujourd'hui même, avant complies, comme je m'y suis engagé. En attendant, profitez de cette journée en ville et de la compagnie de votre hôtesse.

Post-scriptum : Joachim, concernant ton aventure récente, je t'invite à jeter un œil au livre VII de la République de Platon et notamment au passage de la caverne. Paula en possède une copie en latin dans sa bibliothèque, elle te le prêtera volontiers.

Gardez toujours en tête que, quoi qu'il advienne, nos petits-enfants nous considérerons toujours comme des arriérés ou des idiots... Toutes ces choses qui nous paraissent aujourd'hui fantastiques ou irréelles seront demain des faits indiscutables à leurs yeux...

Prenez garde à vous et que Dieu vous protège.

Odon »

Paula fixait la lettre comme si elle lui parlait encore. Ses boucles noires caressaient le vélin tanné par les moines.

— Voilà de bonnes nouvelles, commenta Paula. Et, se retournant vers Alix : Ainsi tu préfères donc devenir moniale plutôt que faire un beau mariage ?

D'abord un peu embarrassée, Alix répliqua aussitôt.

— Tu le disais toi-même hier, ne faut-il pas prendre le temps de connaître les êtres pour saisir leur complexité ?

— Bien répondu, jeune fille ! Bonne répartie pour un jugement trop rapide. Décidément, notre monde est bien étrange... En voici une à ma droite qui prend tous les risques pour entrer dans l'ordre et l'autre, ici, à ma gauche, qui ne rêve que de quitter le cloître. Tous les deux, vous n'étiez manifestement pas faits pour vous rencontrer !

Mon regard croisa celui d'Alix. Paula avait raison sur ce point. Deux étoiles contraires : voilà ce que nous étions. Nos trajectoires s'étaient croisées l'espace d'un instant, mais nous étions programmés pour nous éloigner inéluctablement. Je décidai fermement de changer de sujet pour suivre les conseils d'Odon : profiter de l'instant présent, de la ville et de la compagnie de la jeune femme.

— Pourrais-je consulter l'ouvrage dont parle Odon ?

— Bien sûr... mais je serais curieuse de savoir de quelle aventure parle mon père te concernant ?

Mon silence fit comprendre à Paula que je n'avais aucune intention de lui expliquer quoi que soit à ce sujet. Elle préféra enchaîner.

— Pourquoi ne profiteriez-vous pas du beau temps pour vous promener en ville ? proposa-t-elle d'un ton plein de malice. Les bords de Saône sont magnifiques au printemps. Vous pourriez emporter le livre avec vous et vous trouver un coin tranquille pour le parcourir au calme ? Ton maître a également laissé un peu d'argent à votre intention.

Nos deux sourires approbateurs répondirent à son invitation. Un peu plus tard, manuscrit sous le bras, nous franchissions le seuil de la demeure. Quelle sensation nouvelle ! Alix se tenait à mes côtés, la ville s'offrait à nous. Le vent matinal avait chassé les nuages de la nuit et un soleil insolent rayonnait à nouveau. Pour la première fois depuis longtemps, je me sentais bien. L'âme en paix. Libre ! Tout simplement libre.

La maison de Paula se situait sur le plateau de la Baille, où l'antique cité romaine de Matisco s'était créée il y avait plus de onze siècles. La ville haute, considérée comme la partie aisée, regroupait, outre le château du comte Renaud et ses administrations, plusieurs couvents et des églises en grand nombre. C'est là que l'on trouvait quelques-unes de ces belles demeures en pierre, en bordure de larges artères pavées. Dans ce quartier dominant la ville basse, l'influence architecturale clunisienne se faisait sentir par endroits. On y voyait quelques façades en pierre taillée, abritant d'élégants porches couverts à colonnades, où de magnifiques claires-voies décoraient les étages. Bon nombre de notables installés dans cette partie aisée profitaient de la proximité du chantier de la nouvelle abbatiale pour passer commande auprès de maîtres artisans renommés y travaillant à l'année. Ainsi, l'on pouvait admirer, au hasard des habitations, des sculptures murales révélant des détails étonnants : ici un petit sonneur de cor, là un cordonnier de pierre à côté d'une vieille femme demandant l'aumône, où encore ce musicien de pierre qui attirait l'attention des badauds.

À mesure que nous descendions vers le port, les larges maisons entourées de cours, de jardins et d'enclos se faisaient plus rares. Comme un animal se protégeant du froid, la ville s'enroulait sur elle-même. Les rues de la cité se rétrécissaient et montraient au visiteur un visage bien différent. Dès les premières pentes, la « ville basse » se dévoilait en dégringolant jusqu'au grand fleuve.

Une foule bigarrée, composée de piétons, d'animaux, d'encombrants chariots, de cavaliers, se pressait entre un enchevêtrement de maisons aux façades étroites et hautes, percées d'une ou deux fenêtres à chaque étage. Là-haut, les pignons semblaient vouloir se rejoindre, ne laissant que peu d'ouverture au soleil. Les rez-de-chaussée construits en pierre supportaient les étages tout en bois et torchis. Au sol, le pavage soigné avait laissé place à la terre battue boueuse ou poussiéreuse. Un sillon profond, au centre de la rue, permettait l'écoulement des immondices et des eaux grasses jusqu'au fleuve.

Ici, l'air pur et vivifiant des vertes collines de Bourgogne était neutralisé par la puanteur âcre et écœurante des rues. Elle infestait l'air, emplissant nos poumons, irritant nos gorges jusqu'à la nausée. Les échoppes innombrables exposaient les marchandises à même la rue. Partout, l'avancée des auvents, des enseignes, rendaient notre progression difficile et fascinante à la fois. Les porcs vivaient ici… ils se vautraient dans la fange et les déjections, éclaboussant les passants inattentifs.

Des enfants jouaient là, au milieu de vieillards édentés demandant l'aumône. Chaque voie disponible avait peu à peu été investie par une corporation imposant ses propres codes. Les mieux lotis y exploitaient une échoppe ouverte sur la chaussée. Les autres, itinérants ou colporteurs, devaient exposer leurs produits ou exercer leur métier en plein air. Ici les orfèvres, là les bouchers, plus loin les cordonniers puis les apothicaires. À l'approche du port, s'ouvrait sur la gauche un dédale de minuscules ruelles sombres, parsemées de petites tavernes glauques, où s'exhibaient sans crainte des femmes de tous âges, proposant leurs charmes aux badauds attablés.

Enfin, sur les quais bordant le grand fleuve, nous retrouvâmes avec délice un peu d'air frais, d'espace et de clarté. Tout le long, se tenait un ballet de grues et d'hommes chargeant et déchargeant les nombreuses barges à fond plat amarrées aux quais. Sur la Saône, la navigation se faisait principalement dans le sens du courant, en direction du sud. Dès lors, les bateaux remontant vers le nord, en provenance de Lyon, arrivaient à vide, tirés depuis la rive par des attelages de bœufs, afin de charger les marchandises prisées telles que bois, laine, draps et vin. Ils repartaient ensuite, lourdement chargés, en direction des cités méridionales, en profitant du courant descendant. Ce manège incessant occupait une foule de personnages s'affairant autour des nombreuses nefs. Arrimeurs, déchargeurs, maîtres des ponts, passeurs, portefaix... s'y échinaient du matin au soir, sous le regard froid des agents comtaux qui contrôlaient et taxaient l'usage des eaux fluviales de tout ce petit monde.

Face aux quais, se tenaient de nombreuses auberges où se pressaient la multitude de voyageurs, marins, pèlerins et négociants en transit. Des quantités de petits traiteurs y proposaient aux passants leurs pâtés de viande, saucisses, poêlons de tripes, gaufres et une nuée de petits gâteaux dorés parfumés au miel et à l'amande. Dans la ville basse, les maisons n'avaient pas de cuisine, faute de place et afin de limiter les risques d'incendie. Dès lors, dès les premières heures de la journée et jusqu'à complies, la plupart des habitants du bas prenaient leurs repas à l'extérieur, faisant vivre ainsi les très nombreux marchands ambulants, qui cuisinaient et proposaient leurs plats sur la chaussée.

J'éprouvai un sentiment nouveau en extirpant de ma besace l'un des deniers laissés par Odon. Je pus offrir à Alix un déjeuner de reine, composé de petits pains sucrés et salés que nous allions pouvoir déguster dans un endroit tranquille, un peu plus loin en bordure de Saône.

Atteignant la limite des quais, l'imposant mur d'enceinte de Mâcon se dressait devant nous. À cet endroit, la muraille semblait plonger dans le fleuve, formant une sorte de redan qui protégeait le port de toute intrusion terrestre. Devant la poterne perçant l'enceinte, une file de chariots fraîchement chargés patientaient pour quitter la cité en évitant ainsi les encombrements du centre. Passant à notre tour le poste de garde sans encombre ni question, nous sortîmes de la ville.

À environ cent pas de là, nous dûmes nous acquitter d'une taxe pour emprunter la voie longeant la Saône en direction de

Tournus. Une sorte de prévôt hors d'âge, installé dans une petite guérite de bois décrépite équipée d'un misérable guichet, tendit la main à notre approche. Je l'aurais pris pour un mendiant si je n'avais reconnu la bannière comtale de Renaud de Mâcon flottant au-dessus de la cabane ! Alix éclata de rire en découvrant ma mine circonspecte face au bras tendu.

– La liberté a un prix, murmura-t-elle, ravie, me montrant du doigt le nombre de piécettes qu'il fallait débourser pour passer.

J'étais mal à l'aise vis-à-vis de l'argent. Je n'en avais jamais possédé moi-même ni même eu besoin du moindre denier pour vivre. L'ordre clunisien subvenait à tout, nous fournissant vêtements, gîte et couvert en toute circonstance. La conséquence était terrible : j'étais incapable d'évaluer le prix d'une chose par moi-même, aussi simple soit-elle. Mon seul repère était la défiance qu'avaient les moines de Cluny vis-à-vis de ces péages qui se multipliaient dans le comté. L'abbaye militait pour l'établissement d'une zone franche dans un grand périmètre autour de Cluny, où ces péages privés seraient exclus afin de garantir la libre circulation des personnes et de leurs biens.

Une demi-lieue plus loin, nous nous installâmes en contrebas des berges de la Saône. Un soleil radieux, un ciel parsemé de nuages légers, une brise venant du sud : le printemps nous accueillait. Dans les hautes herbes où nous avions trouvé refuge, la fraîcheur de l'eau et celle de l'ombre d'un grand saule nous protégeaient idéalement de la chaleur de midi.

Pour la première fois depuis la nuit précédente où je l'avais secourue, je voyais Alix détendue et souriante s'allonger dans l'herbe à mes côtés, contemplant les berges et le ciel dégagé. Comme elle semblait loin la journée de la veille, avec ses terribles rebondissements. Aujourd'hui était un jour nouveau et l'avenir proche se dégageait enfin pour nous deux.

Nous mangeâmes nos provisions en silence, en contemplant la rive opposée. À deux portées de flèches, de l'autre côté du grand fleuve frontière, se dressait l'Empire romain germanique.

— Si jamais je me marie avec le seigneur d'Helgon, je devrai vivre de l'autre côté, murmura Alix d'un air sombre.

— Tu veux dire que son domaine se trouve dans l'Empire... qu'Helgon est vassal de l'Empereur ?

— Oui... répondit-elle, les yeux dans le vague et tournés vers le courant. Mais Helgon est d'abord sous la tutelle du comte de Mâcon. Comme tu le sais sans doute, le comte Renaud a cette double particularité d'être le chef d'un territoire situé à cheval entre le Royaume et l'Empire. Par le comté de Mâcon, il est vassal du roi de France Philippe et par le comté de Bourgogne, dont les terres se trouvent de l'autre côté du fleuve, il est vassal de l'empereur Henri.

Je hochai la tête. Je connaissais cette particularité mais Alix semblait maîtriser le sujet. Prenant le parti qu'on en apprenait plus en écoutant, je la laissai poursuivre.

— Ma mère me l'a expliqué un jour. Le comte Renaud est un homme particulièrement habile, épris d'indépendance et utilisant intelligemment ses liens avec chacun pour n'être au final contrôlé par personne. Il profite de la présence sur ses terres de la puissante abbaye de Cluny, alliée du pape, et en même temps il garde l'appui de l'Empereur, farouche opposant d'Urbain II.

Cette fois, j'acquiesçai de façon plus affirmée. Je connaissais, par mes différents maîtres, la querelle incessante opposant le Pape à l'Empereur. Ce dernier dirigeait de vastes contrées rassemblant la partie orientale de l'ancien Empire de Charlemagne : des duchés et des royaumes s'étendant de la rive opposée jusqu'à la lointaine Moravie et l'Italie. Tout comme ses prédécesseurs à la tête de l'Empire, Henri IV se sentait investi du rôle d'unique représentant de Dieu sur Terre, affirmant la prééminence de son pouvoir sur celui de l'Église. C'était lui seul qui y nommait ses évêques et Henri s'opposait farouchement aux papes romains depuis des années sur cette question des « investitures ».

— Joachim, à quoi penses-tu ? dit la jeune femme.

Perdu dans mes pensées entre l'Empereur et le Pape, j'avais oublié Alix !

– Je me demandais quel intérêt pouvait avoir le comte à ce que tu épouses le seigneur d'Helgon ?

– Eh bien, le comte Renaud veut profiter de cette union pour tisser des liens forts entre ces deux comtés séparés par ce fleuve. Quoi de mieux qu'un mariage entre deux familles se trouvant de part et d'autre pour souder ses vassaux et assurer l'unité sur ses terres !

– Et ce seigneur d'Helgon ? Que penses-tu de lui ?

La jeune femme se tut, accrocha son regard sur une barge qui descendait le fleuve, avant de répondre.

– C'est un homme déjà âgé et réputé pour son caractère tyrannique et son impiété, répondit-elle froidement, ne cachant pas le dégoût que lui évoquait le simple nom « d'Helgon ». On m'a rapporté que ses propres gens l'appellaient « Helgon le cruel ».

– « Helgon le cruel » ? Et pourquoi cette réputation ? demandai-je, un peu inquiet.

– Ils le fuient comme la peste dès qu'ils l'aperçoivent. Son humeur est trop imprévisible et nulle prière n'arrête sa fureur guerrière. Il passe son temps à guerroyer contre les seigneurs de son voisinage, refusant ainsi « la trêve de Dieu » imposée par les évêques. Il est rebelle à l'Empereur comme à Dieu. Seul le comte de Mâcon parvient à le soumettre à son autorité. D'ailleurs, mon mariage serait sa récompense pour cette soumission. Il rêve aussi d'avoir un héritier mâle pour lui transmettre sa fortune. En m'épousant, il accéderait aussi à un statut plus élevé.

– Il n'a jamais été marié ?

– Si, il l'a été. Mais on raconte qu'il aurait fait assassiner sa première épouse, Radegonde, originaire de Saint-Gall dans l'Empire germanique.

– Assassiner !

— Oui… elle l'aurait agacé par sa piété excessive. Radegonde passait tout son temps à prier dans les églises et on dit aussi qu'elle était dans l'incapacité de lui donner un fils. Officiellement, la pauvresse se serait suicidée. Mais on dit encore qu'il s'en est débarrassé en la faisant étrangler…

— C'est horrible ! m'écriai-je.

— Je ne sais si tout cela est vrai, mais en aucun cas je ne veux lier mon destin à cet homme ni faciliter son ascension sociale en m'offrant sur un plateau d'argent.

— Mais comment tes parents peuvent-ils t'obliger à accepter un tel monstre ?

— Ma mère s'y est opposée un temps. Mon père ne veut rien entendre, pour des raisons financières. Les revenus fonciers de notre domaine sont en baisse depuis des années. Ce mariage permettrait de regrouper des terres et d'accroître les rendements agricoles.

Alix s'était tue. Pensive, elle contemplait l'eau qui s'écoulait vers le sud. Dans l'autre sens, un bateau toussotait en s'échinant à remonter le courant en direction de Chalon.

— Mais je ne veux plus parler d'Helgon. Tu as apporté le livre qu'Odon t'a conseillé. Peut-il nous éclairer sur ce que nous avons tous les deux vécu ? Nous n'avons pas encore eu l'occasion d'échanger à ce sujet. C'est peut-être le moment et l'endroit opportun…

Je redoutais un peu cet instant. Je répondis avec peu de conviction.

— Oui, mais par où commencer ? C'est si peu ordinaire.

— Les couleurs : c'est cela qui m'a le plus marqué, commença Alix, heureuse de pouvoir enfin se confier. Toutes ces teintes étonnantes émanant du moindre objet ! Les pierres, les végétaux, toute la création me paraissait vibrer étrangement. Elle semblait magnifiée. Chaque chose, chaque personne, chaque animal irradiait d'une énergie lumineuse propre, qu'aucun peintre ici-bas ne pourrait restituer. Quelle déception de ne plus retrouver cet éclat à mon réveil... Malgré la beauté de ces berges, j'ai l'impression que tout est devenu plus terne. Comme si la gamme des couleurs perceptibles s'était subitement réduite de moitié. As-tu ressenti la même chose ?

— Exactement la même chose. Les couleurs, mais aussi les sons. Même les bruits les plus familiers étaient exaltés...

Après un silence, Alix continua.

— Tout cela ? Qu'en penses-tu ?

— Je ne sais pas, répondis-je le plus sincèrement du monde. Il nous faut du recul... un peu de temps, pour comprendre. On dit que certains animaux peuvent distinguer des sons et des couleurs non perceptibles à l'homme. J'en déduis que nos cinq sens sont insuffisants pour saisir tout ce qui existe.

— Nous avons peut-être été victimes d'hallucinations causées par un choc... Peut-être avons-nous inventé tout cela...

— Non, répondis-je d'un ton assuré. D'abord, parce que nous étions deux à avoir vécu des évènements semblables, en des lieux différents. Ensuite avec notre rencontre, puis avec le coffret de ton père dans l'église. Tout ceci est réel, et bien réel ! La seconde raison est que mon second dédoublement ne s'est pas produit à partir d'un choc. Mais j'ai reproduit le phénomène involontairement, en m'allongeant sur le dallage, en respirant profondément, alors que l'angoisse me tenaillait...

— Peut-être étais-tu impatient de me revoir, dit malicieusement Alix.

Je lui souris et lui renvoyai la balle.

— Oui, j'ai pensé que tu devais te sentir bien seule à errer de la sorte au-dessus de ma tête... alors j'ai utilisé toute mon énergie pour te rendre cette petite visite...

Alix avait l'air ravie que je réponde enfin à ses taquineries, mais elle revint à nos réflexions.

— Crois-tu que nous ayons fait l'expérience de la mort ? Mais... que notre heure n'était pas encore arrivée ?

– J'y ai réfléchi pendant ma convalescence. Nous avons peut-être vécu le début du processus qui mène de la vie à la mort.

La mine d'Alix se troubla.

– Qu'y a-t-il ? demandai-je.

– Une chose me dérange particulièrement. Nous n'avons tous deux rencontré ni anges, ni démons... Toutes ces créatures dont parlent les Saintes Ecritures et qui figurent sur les représentations du Paradis et de l'Enfer... Où étaient-elles ? Hormis ta présence et celles d'animaux bien vivants, j'étais seule.

Je ne savais pas trop quoi dire... mais j'étais novice et copiste dans un prieuré. Je lui devais une explication.

– Je pense aussi que notre temps n'était pas venu... C'est lorsque notre heure aura sonné que nous pourrons voir les saints, les anges et les créatures que tu évoques, qui peuplent la Jérusalem Céleste. Moi aussi, hormis toi, je n'ai vu personne, ni anges ni saints, et je ne peux donc affirmer avec certitude qu'ils existent, mais il y a une chose dont je suis sûr désormais.

– Laquelle ?

– Que nous sommes immortels... qu'au-delà du corps il existe une réalité, plus subtile et plus riche. L'âme des écritures saintes existe bel et bien. Le corps, ce n'est rien d'autre qu'une enveloppe de matière qui conduit l'âme ici-bas. Quand vient la mort, le corps est comparable à une pelisse d'hiver qu'on abandonne au printemps, parce qu'elle est trop usée et qu'elle ne servira plus... Ne l'as-tu pas ressenti ? J'en suis certain à présent : la mort n'existe pas... ce n'est qu'un passage vers autre chose et cet autre chose, cela doit être Dieu...

Alix me fixait en silence et semblait acquiescer.

– D'ici là il nous faut remercier Notre Seigneur, car notre mort ne serait pas survenue dans l'ordre naturel des choses...

– Que veux-tu dire par « ordre naturel des choses » ? questionnai-je.

– Connais-tu l'histoire très ancienne de ce seigneur nommé Ibelin ?

— Non, ce nom ne me dit rien...

— Le jour où sa mère mourut, il se mit à gémir si fort qu'un moine assistant aux obsèques vint le voir. « Seigneur, lui dit-il, il te faut remercier Dieu... car dans sa bonté, il a fait partir ta mère avant toi. Aurais-tu préféré l'inverse et voir ta mère pleurer sur la dépouille de son propre fils ? ». Ibelin sécha alors ses larmes et remercia Dieu d'avoir épargné à sa mère un tel chagrin.

— C'est une belle histoire, répondis-je. Et toi, que retiens-tu d'autre de tout cela ?

Alix semblait songeuse...

— À quoi rime cette expérience ? À quoi bon traverser les murs si nous ne pouvons pas les toucher ? À quoi bon voir des couleurs incroyables si personne ne peut les partager avec nous ? Le monde des hommes est plus terne, il est vrai... mais c'est notre monde... Finalement je ne regrette pas de l'avoir réintégré. Nous avons une vie à vivre ici-bas... La mort, aussi belle soit-elle, peut bien nous attendre encore un peu.

Elle ramassa une pierre qu'elle lança dans l'eau du fleuve.

— T'ai-je seulement remercié de m'avoir sauvée la nuit dernière, en venant me secourir à Solutré ? Sans toi, je ne sais pas ce que je serais devenue...

Je dus rougir comme une pivoine. Imperceptiblement, Alix s'était rapprochée de moi. Elle passa doucement sa main au creux de ma nuque et déposa un baiser sur mes lèvres. Sa bouche était douce et sucrée. Mon cœur se mit à battre à tout rompre sous l'effet de ce baiser inattendu auquel je n'aurai mis un terme pour rien au monde.

— Merci... murmura-t-elle.

À ce moment précis, un bruit de piétinement se fit entendre sur la berge. Levant la tête, je reconnus la silhouette voûtée du prévôt de la guérite.

— Ils sont là ! s'exclama le vieillard qui nous pointait du doigt.

Derrière lui, apparurent cinq soldats, la main sur la poignée de leur arme, casques et cottes de mailles étincelant sous le soleil. Sans un mot, et alors que notre délateur s'empressait de remonter le talus, les hommes d'armes nous entourèrent, nous acculant à la rive, sans possibilité de fuite. Sur leurs boucliers, j'entrevis le blason de Renaud de Mâcon. C'étaient les soldats du comte… les gardiens de la cité.

— Est-ce toi Alix de Saint-Germain ? questionna le plus jeune, qui semblait être leur chef.

— Et que lui voulez-vous ? répondis-je machinalement, en me relevant brusquement.

— Ici c'est moi qui pose les questions ! me coupa le jeune homme sèchement.

— Oui, c'est bien moi. répliqua la jeune femme en s'interposant. Que se passe-t-il donc ?

— Il se passe que tous les soldats du comté sont à ta recherche depuis hier soir. Et, se retournant vers ses hommes :

— Emparez-vous du moine !

— Mais pourquoi ? protesta Alix, que lui reprochez-vous ?

— Nous l'arrêtons pour enlèvement ! Cela va lui coûter cher, à lui, comme à ses frères de Beaulieu. Et, s'adressant à nouveau à moi : « Tu peux commencer à prier saint Benoît pour qu'il intercède en ta faveur. Le comte Renaud a très peu apprécié votre petite plaisanterie de cette nuit ».

Deux soldats se jetèrent sur moi pour lier mes mains rapidement avec une épaisse corde. Je fus fait prisonnier par les soldats sous les yeux médusés d'Alix.

Chapitre 24
La geôle de Mâcon

Les hommes casqués et ferrés me traînèrent à travers la ville comme on exhibe l'un de ces ours venus du froid, les jours de foire. Empruntant la poterne dans l'autre sens et pressés par les gardes, nous pénétrâmes sur les quais de Saône et remontâmes la ville en longeant, cette fois de l'intérieur, la muraille par son flanc nord. Devant moi, deux hommes ouvraient la marche, se frayant un chemin à travers la foule des badauds, attirés par les cris ayant accompagné notre entrée dans la ville. « Les soldats ont arrêté le moine et la jeune femme ! ». La rumeur se propageait au fur et à mesure que nous remontions vers la ville haute. Que faisait donc cette demoiselle de si noble lignée en compagnie de ce novice ? Pourquoi les soldats l'avaient-ils ligoté ? Une foule grossissante, composée d'enfants, d'oisifs et des inévitables curieux attirés par le bruit, accompagnaient désormais notre petite troupe, gesticulant et criant derrière nous. De toutes parts, des propos hostiles alternaient avec des messages de soutien. Mais certains commentaires de la foule me firent froid dans le dos. « Il a dû abuser d'elle... » ou encore « ce sont nos filles qu'ils achètent, avec tout leur argent ». Les mains entravées par la corde, j'étais tenu en laisse par un garde qui me tirait dans son sillage. Derrière moi, deux soldats encadraient Alix, demeurée libre, formant ainsi l'arrière-garde de notre cortège.

– Ils nous conduisent vers le palais du comte, me dis-je, confiant. Je pourrai alors m'y expliquer et justifier la présence d'Alix à mes côtés.

Un peu plus haut, après avoir longé les casernes, puis la prison, notre curieuse procession déboucha sur la place du palais comtal. La grande bâtisse fortifiée écrasait l'esplanade de sa façade haute et large, constituée d'une multitude de pierres gris-jaune et parsemée de minuscules ouvertures comme de redoutables meurtrières. À la base de l'édifice, dernier rempart possible en cas d'invasion de la cité, les pierres avaient été disposées et maçonnées « en épis » sur environ quatre coudées de hauteur. Prisée par les bâtisseurs de châteaux forts, cette technique rendait les murailles quasi indestructibles et imprenables même pour des assaillants aguerris à l'art de l'écroulement des enceintes. Sur l'arrière, le palais s'adossait à la muraille nord de la ville et à l'imposante tour du Palais, qui semblait veiller sur la demeure du comte tout en marquant l'entrée principale de la cité. Sur un signe du chef des gardes, notre petite troupe fit halte devant la lourde porte à double battant, dont un portillon était demeuré ouvert.

Sur le seuil, une sorte d'écuyer vêtu d'un haubert à manches longues, fendu sur le devant, guettait déjà notre arrivée. Il fit deux pas en notre direction et glissa quelques mots à l'oreille du chef en me fixant. Il fit signe aux deux soldats encadrant Alix de la faire s'approcher.

Les gardes l'empoignèrent et suivirent tous trois l'écuyer qui avait tourné les talons et s'engouffrait à travers la porte, aspirant Alix et les deux hommes d'armes dans la cour du palais. La jeune femme me lança un regard rempli de crainte et d'interrogation alors qu'elle disparaissait de mon champ de vision. Je fis trois pas dans son sillage, en vain. Le garde qui me tenait toujours au bout de sa corde me tira si fortement en arrière que je volai dans la direction inverse. Il me gratifia d'un coup de coude si violent, au moment où j'atterrissais, que je m'écroulai à ses pieds, le souffle coupé. Leur chef me toisa d'un regard noir :

– Où pensais-tu aller par-là ? Tu souhaitais être reçu au palais ? Tu vas aussi bénéficier de l'hospitalité du comte, mais toi, c'est à l'humidité de ses geôles que tu vas goûter.

À ces mots, le garde qui me tenait en laisse me gratifia d'un sourire sinistre faisant apparaître une mâchoire édentée qui me terrifia. Toujours entravé à la corde, si rêche qu'elle m'avait mis les poignets en sang, nous nous dirigeâmes vers la prison de la ville, bâtiment sombre et austère à la droite du palais. Avant d'être propulsé sans ménagement à l'intérieur, je jetai un dernier coup d'œil vers le ciel, me demandant ce qui allait bien pouvoir m'arriver ici.

Mon comité d'accueil fut à la hauteur de la procession à travers la ville. Les gardiens du lieu me prirent en charge tandis que pleuvaient les commentaires les plus hostiles. Rassemblant les bribes de conversations glanées entre les soldats, puis les geôliers autour de moi, je compris peu à peu que, sur ordre du comte Renaud lui-même, la plupart des hommes de la garnison avait passé la nuit entière à chercher Alix, sans succès, partout dans le comté. Les hommes étaient fourbus et énervés par cette nuit sans sommeil. Pour eux, j'étais le responsable puisqu'on avait retrouvé la jeune fille en ma compagnie... Malgré mon statut de moine, et quelle que fut ma responsabilité, je devais payer la note.

Nous descendîmes un escalier de pierre humide et glissant qui menait à un couloir obscur. Après quelques pas difficiles sur un dallage disjoint où je manquai de perdre l'équilibre, je fus introduit dans une petite pièce sombre qui sentait fortement l'urine. On m'attacha à un anneau fixé solidement à la paroi de pierre. Les geôliers me laissèrent alors seul dans la cellule, en prenant bien soin de fermer la porte à clé avant de disparaître. L'anneau auquel l'un de ces hommes m'avait arrimé était vicieusement fixé en hauteur. Il avait raccourci la corde de façon à ce que je dusse tenir mes bras en l'air pour empêcher le lien verdâtre d'entamer davantage mes poignets meurtris.

Je me tenais ainsi face au mur, mains levées, pouvant à peine tourner la tête pour appréhender le reste de la cellule. Peu à peu, je réalisai avec effroi la fonction de la pièce où l'on m'avait conduit. À l'endroit où j'avais été entravé, l'odeur d'urine était si forte que je compris que d'autres avant moi avaient dû patienter longtemps, ici-même, dans cette position, accrochés à l'anneau. Je ne pouvais ni m'asseoir ni fléchir les jambes. Dans l'angle opposé, à la faible lueur d'un vasistas donnant sur la cour intérieure de la geôle, je distinguai une petite table et deux tabourets de bois. Pas de paillasse, pas d'écuelle... je n'étais pas dans une cellule ordinaire... c'était dans une salle d'interrogatoire que l'on m'avait conduit !

Le temps passa mais rien ne se produisit. Seul dans la pénombre de cette cellule puante, j'attendais, immobile, le corps douloureusement tendu comme un arc. Je sentais mes tempes bourdonner. Les soldats allaient finir par revenir... on allait m'interroger sur la raison de ma présence avec Alix. Qu'allais-je dire ? Je pensai à Odon, à mes frères de Beaulieu, à Paula qui nous avait accueillis chez elle... Je réfléchis furieusement. Que répondre sans les compromettre ni les mettre en danger ? Au loin, j'entendis les cloches annonçant les vêpres. Plus le temps s'écoulait, plus j'étais déboussolé. Ma bouche et ma gorge étaient sèches et l'odeur fétide de la petite pièce commençait à me donner des haut-le-cœur.

Que faire ? Chaque traction que j'exerçais sur la corde, pour soulager mes bras et mes jambes ankylosés, tailladait mes chairs un peu plus, m'occasionnant une douleur si aigüe que je crus plusieurs fois défaillir. Mes deux poignets saignaient désormais, je pouvais sentir les gouttelettes de mon propre sang maculer mon visage. Pour garder mes forces sans céder à la panique, je tentai de projeter mon esprit ailleurs. J'étais plus fort que cette corde, plus fort que cette muraille. N'étais-je pas celui qui connaissait le secret pour traverser sans mal les murs les plus épais ? Je me figurai les trois rois d'Orion scintillant dans le ciel de la nuit. J'admirais leur éclat, si délicat qu'Alix l'avait comparé aux perles d'un collier. J'étais assis, là, dehors, je contemplais le grand fleuve aux côtés de la jeune femme. Je pouvais ressentir la fraîcheur de l'eau claire, la toucher de la main, percevoir l'onde subtile de l'eau vive et même me désaltérer à sa source.

Je reçus sur la tête un seau rempli d'un liquide puant. Derrière moi, dans la pénombre, trois hommes avaient pénétré dans la cellule et m'avait « réanimé ». Le moment était arrivé. Mon interrogatoire allait commencer... Dans la pénombre, j'eus la mauvaise surprise de reconnaître le garde qu'Odon avait dupé la nuit précédente. Derrière des sourcils épais et arqués, luisait le même regard noir en ses profondes orbites. Cette fois, c'était la haine de s'être fait berner, ainsi qu'un éminent désir de vengeance, que je pouvais lire dans ses yeux.

La jeunesse et l'uniforme du second ne me laissa aucun doute sur son identité : c'était le chef des gardes qui m'avaient conduit jusqu'au seuil de la prison. Il me toisa des pieds à la tête. J'eus la désagréable impression qu'il tentait de mesurer mes chances de résister à ce qui m'attendait. Le troisième me terrifia. C'était le geôlier qui m'avait attaché aussi confortablement un peu plus tôt. Le physique de cet individu était digne de sa geôle. Grand, les cheveux hérissés, la barbe épaisse et hirsute, vous l'eussiez pris pour un « écorcheur » sorti d'un abattoir. Par-dessus son haubert, il portait, tel un boucher, un tablier blanc maculé de sang. C'est lui qui tenait à la main le seau avec lequel il venait de m'asperger. Il laissa le récipient nonchalamment tomber au pied d'une imposante barrique de bois remplie d'une eau saumâtre, que je n'avais pas encore remarquée. Vraisemblablement le maître de cérémonie ! me dis-je cyniquement.

– Il a l'air à point, dit l'écorcheur aux deux autres. Vous allez voir ! Ma technique est impayable. Ils avouent tout tellement vite avec ce truc qu'on est obligé de les assommer pour qu'ils s'arrêtent de parler.

Pensant que j'étais toujours inconscient, le chef des gardes tenta de modérer les ardeurs du geôlier.

– Attends ! On doit juste l'interroger. On n'est pas censé l'abîmer davantage. Il a déjà l'air dans un sale état. Regarde comme il est jeune. Et en plus c'est un moine... Je ne veux pas avoir d'ennui avec le comte si cela tourne mal par ta faute.

— Sois sans crainte, ça ne laisse aucune séquelle physique. Il en sortira comme neuf... Par contre, dans la tête, ça fait pas mal de dégâts ! Beaucoup de mes clients deviennent fous peu après.

— Allez, on va juste s'amuser un peu, ricana le troisième. Après la sale nuit qu'il m'a fait passer, il mérite une bonne leçon.

Joignant le geste à la parole, le garde aux yeux exorbités s'approcha de moi et me décocha un coup de pied si violent dans les mollets qu'il me contraignit à fléchir complétement. La douleur fut si vive dans mes poignets que je vis des étincelles tandis que je m'écroulais, suspendu à l'anneau.

— Alors, comme ça, tu viens soigner un malade chez le comte ? hurla-t-il dans mes oreilles. Sais-tu que, par ta faute, j'ai été blâmé par Renaud de Mâcon lui-même, devant mes propres hommes, pour négligence ?

Alors que je tentais de reprendre pied afin de soulager la pression de la corde sur ma chair, il se mit à s'acharner sur mes mollets avec son pied, tapant et tapant encore pour me faire fléchir toujours davantage les jambes.

— Ça suffit maintenant, siffla le chef des gardes. Tu as eu ta vengeance. Délivrez-le. On va se contenter de l'interroger.

Je fus détaché de mon anneau comme on décroche une carcasse de viande de son croc. Tout mon corps n'était que souffrance. J'étais déjà une immense plaie ouverte alors que je n'avais encore répondu à aucune question.

Comme un mécanisme de défense naturelle qu'il m'aurait inoculé, les conseils du vieux Carles, qui m'avaient bien servi dans le cloître face à Rémi, revenaient par vague.

— « Face à l'adversité, fils, tu dois toujours te montrer courageux ! me répétait-il. Le plus vil des hommes respecte toujours l'homme qui sait faire face avec dignité. Celui qui se plaint ou qui geint sera abattu comme un chien. Quand tout va mal, seul celui qui se comporte en homme à une chance de survivre ».

Je me laissai glisser sur le sol afin de récupérer quelques forces et de soulager mes muscles, tétanisés par les coups et les heures passées à attendre. Le répit fut de courte durée. Je subis une nouvelle volée de coups de pieds dans le ventre et au visage. Les deux hommes se déchaînaient sur moi sous l'œil impuissant du chef des gardes, manifestement dépassé par la situation.

— Debout, debout ! criaient-ils.

Rassemblant le peu de forces qui me restait, je me relevai en titubant. Le geôlier récupéra la corde qui traînait au sol et m'entrava à nouveau les poignets, mais dans le dos cette fois-ci. La douleur était insupportable, mais je devais faire face. Je lisais, dans les yeux des deux hommes, l'excitation malsaine propre à ceux qui font souffrir sciemment. Ils vont me tuer, me dis-je. Ils ne sont pas humains.

Tentant de retrouver un semblant de contenance, le chef des gardes posa enfin une première question.

— Qui es-tu ? Et que faisais-tu avec la fille de Saint-Germain ?

À nouveau sur mes deux jambes et faisant face à mes bourreaux, mon esprit réfléchissait à toute vitesse. Le chef semblait en désaccord avec les méthodes des deux autres mais il n'osait s'opposer à leur fureur. Je devais jouer là-dessus et tenter d'accroître leur désunion.

— Je m'appelle Joachim de Saint-Ange. Je suis moine novice à l'abbaye de Cluny et proche parent du comte Raymond de Toulouse.

Les deux furieux n'eurent pas l'air impressionnés par mon curriculum. Le garde aux yeux exorbités fit deux pas en ma direction.

— Vous, les moines de Cluny, vous êtes plus riches que le roi Crésus alors que vous avez fait vœu de pauvreté ! Vous vous croyez tout permis, avec vos titres et vos phrases savantes. Mais à quoi te servent donc ton or et tes titres ici ?

— Je n'ai pas d'or… répondis-je. Et je n'ai rien fait de mal. Conduisez-moi chez le comte afin que je puisse m'expliquer.

Le geôlier à la barbe épaisse essuya ses mains grasses et poisseuses à son tablier maculé tandis qu'il me fixait d'un regard haineux.

— Tu désires parler au comte Renaud... Et pourquoi tu ne veux pas nous parler à nous ? On n'est pas assez éduqués pour toi sans doute ? Ça pue la pisse chez nous ? Dis-le donc que ça pue la pisse !

J'esquivai la question pour mieux fixer le chef des gardes, espérant provoquer chez lui une réaction.

— Ah ! tu ne veux pas répondre ! Eh bien je m'en vais te montrer que chez nous, les gueux, nous savons recevoir des hôtes de marques. Monseigneur boira bien quelque chose ?

L'écorcheur m'attrapa alors par les cheveux et me tira violement vers l'avant afin de me positionner devant la barrique remplie d'eau saumâtre. J'eus à peine le temps de remplir mes poumons d'air. L'homme me précipitait déjà dans le liquide puant et visqueux la tête la première. Tout mon corps bascula d'un coup. Cette fois, la panique me gagna. Les mains entravées par la corde, je ne pouvais me dégager seul. Mon bourreau le savait bien et ne prenait même pas la peine de me maintenir la tête dans l'eau. Seules mes jambes battaient l'air frénétiquement au-dessus de la barrique dans laquelle j'allais immanquablement me noyer. Après un temps qui me parut infini, l'homme me remonta enfin en me saisissant par la corde qui entravait toujours mes poignets.

— Repose-lui ta question maintenant ! Tu vas voir, le résultat est surprenant.

Manquant de m'étouffer en reprenant mon souffle, je vis le chef des gardes hésiter sur la conduite à tenir. Je devais en profiter maintenant.

— Il va me tuer ! criai-je au chef. Et vous serez complice de l'assassinat d'un moine innocent et sans défense.

— Ferme-la, hurla l'écorcheur. Tu parleras quand on t'interrogera.

Vomissant toujours l'eau putride que j'avais avalée, je poursuivis.

– Le comte Renaud est le principal soutien d'Hugues de Semur, abbé de Cluny. Vous finirez au bout d'une corde si vous n'intervenez pas maintenant.

Pour toute réponse, l'écorcheur m'envoya un coup de poing dans le ventre et me précipita à nouveau dans la barrique. Mais cette fois, je n'eus pas le temps de gonfler d'air mes poumons. Je n'avais plus rien à expulser. Je savais que si le liquide puant pénétrait dans mes voies respiratoires, j'étais mort... Je devais retarder l'échéance le plus possible et surtout ne pas respirer.

– Remonte-le ! cria le chef des gardes. Tu vas le tuer. On ne sait même pas ce qu'il faisait avec cette fille ! Remonte-le, je te dis !

Malgré l'injonction du soldat, le geôlier n'obtempérait pas. J'étais sur le point de lâcher prise. Comme par réflexe, et malgré ma volonté tenace, j'allais inéluctablement devoir reprendre ma respiration et me noyer dans cette barrique immonde. C'était absurde... Mes jambes ne battaient presque plus.

– Ne panique pas, répondit l'écorcheur au chef des gardes. Ici c'est moi qui les mets « en condition » et crois-moi, j'en ai fait parler des plus coriaces que ton moinillon. Toi, ton rôle c'est de l'interroger c'est tout ! Compris ?

– Et à quoi bon l'interroger si tu ne le laisses pas parler. Abruti !

Immergé dans l'eau putride, le temps s'était subitement arrêté pour moi... Dans un dernier spasme, mes jambes avaient cessé de battre et étaient retombées brutalement sur le bord de la barrique.

– Sors-le de là, nom de Dieu ! Tu vois bien qu'il est en train de crever !

Sur ces mots, le soldat s'empara de l'épais seau en bois qui traînait par terre et, d'un revers de main faisant décrire à l'ustensile un arc de cercle, le lourd récipient vint percuter le geôlier en pleine tête. Le choc fut terrible et assourdissant. L'écorcheur vacilla un temps mais, solide comme un roc, il fit un pas de côté et se stabilisa sur ses deux jambes. Une lueur de rage passa dans ses yeux au moment où il pivotait vers le jeune chef.

— Tu vas me payer ça ! grinça l'écorcheur. Je me disais bien que tu semblais un peu trop tendre pour ce genre de mission.

Il sortit une sorte de poignard à la curieuse lame courbée, qu'il brandit en direction du soldat.

— Vois-tu ceci ? dit-il d'un ton anormalement calme, c'est un souvenir emprunté à un Maure… que je venais d'égorger, lors de la bataille de Sagrajas[14]. Je l'ai expérimenté sur son propriétaire lui-même et crois-moi, sa lame est bien suffisamment affûtée.

Sans se démonter, le jeune chef dégaina son épée et fixa la cible froidement. Il fit un pas rapide vers l'avant pour se mettre à portée, exécuta une feinte d'école et sans un mot, vint planter son arme dans le torse de l'écorcheur, du côté opposé.

Le coup fut net et précis. Le métal glacé de la lame pénétra le corps gras au niveau du sternum, venant percer le ventricule gauche. Une puissante gerbe de sang jaillit de la poitrine du geôlier et vint maculer généreusement le haubert et le visage du second garde, dont le regard fou s'exorbita encore un peu plus. Les yeux révulsés, le teint pâle, l'homme aux cheveux gras et à la barbe hirsute s'effondra bruyamment sur le dallage, alors que le jeune chef me saisissait précipitamment par les cheveux pour me faire basculer en arrière. Son geste fut si brusque qu'il emporta tout avec lui : mon pauvre corps inerte et le tonneau, dont le contenu puant se déversa dans la cellule.

Ma dépouille tuméfiée par les coups se retrouva au sol. Je gisais, les mains entravées, baignant comme un poisson mort dans le liquide putride où se mélangeaient désormais dans un cloaque monstrueux le sang et les tripes de l'écorcheur.

14. La **bataille de Sagrajas** se déroula le 23 octobre 1086 entre les troupes almoravides et celles du roi de Castille, Alphonse VI, soutenu par Cluny. Cet épisode de la Reconquista vit la victoire des armées musulmanes (Maures).

Chapitre 25
Le chevalier de Saint-Ange

Cette fois, tout était différent... J'étais plongé dans le noir... Une obscurité totale et absolue. Je ne flottais plus comme un oiseau dans le ciel du monde. Que s'était-il passé ? La dernière image dont j'avais conscience était celle du chaos sur terre : mon corps gisant dans une mare de sang, après un déchaînement de violence et de haine. Et puis plus rien... Un profond voile noir était tombé. Au fond de moi, je redoutais cet épilogue... Le rideau s'était refermé et j'avais définitivement quitté la scène. C'était injuste, je voulais vivre ! Je voulais les voir, ces pyramides ! Ces trois rois qui m'avaient tant fait rêver. Ne pas seulement les survoler tel un fantôme dans la nuit. Je voulais les mériter : braver la mer et la tempête, traverser le désert brûlant, ressentir la soif et la fatigue, et au bout de la route, les découvrir de mes yeux, les toucher de mes mains d'homme et percer leur sens caché. Il y avait aussi Alix... La grâce et la volonté incarnées en un seul être. Je l'avais aimée dès la première seconde... Pourquoi devais-je la quitter maintenant ?

Et puis subitement, au travers du néant où j'étais plongé, il y eut cette voix. Sa voix, qui résonnera toujours en moi désormais :

— Fils...

Une émotion intense m'envahit. L'espace d'un instant, je crus à nouveau avoir huit ans. Comment était-ce possible ? Et pourtant, j'en étais certain, c'était bien sa voix.

— Fils... ne sois pas troublé... écoute-moi attentivement.

— Père ? Est-ce toi ? Père... par quel prodige...

— Fils… Écoute-moi… Le temps m'est compté ici-bas car je ne suis pas de ce monde.

— Père ? Mon père ! Par quel miracle ? Mais puis-je te voir ? Où es-tu ?

— Fils… Ne cherche pas à me voir. Entends avec la plus grande attention ce que j'ai à te dire… Tu as subi une agression mortelle. Ta vie, telle que tu l'as vécue jusqu'ici, va évoluer, tu dois te préparer.

— Père ! Mon père, j'ai tellement prié pour que tu ne meures pas ! Mais tu es bien parti pourtant et je me suis retrouvé seul ici-bas.

— Fils, je te comprends, mais tu n'as jamais été seul.

— Père, tu m'as tellement manqué. J'aurai tellement aimé avoir une vie comme la tienne et vivre à tes côtés. Au lieu de cela, j'ai dû devenir novice dans un monastère et respecter une discipline de fer.

— Fils… Écoute-moi… Je t'ai laissé alors que tu étais encore bien jeune. Cela est vrai. Mais crois-tu que j'aurais pu te donner tout ce que ton maître t'a apporté ? Il n'a pas ton sang et il ne manie pas l'épée comme je la maniais… Quelle importance ? Ne devrais-tu pas être reconnaissant d'avoir eu un tel maître ? Tu as l'excuse de la jeunesse, mais ne manques-tu pas de discernement ? Crois-tu que beaucoup à ton âge aient pu acquérir des connaissances si vastes en si peu de temps ? Aurais-tu été plus heureux, si, comme la plupart des jeunes, tu avais dû garder les troupeaux ta vie durant ? Tu vis dans un monastère. Sais-tu que ce sont les moines qui font avancer le monde, beaucoup plus que les chevaliers ? Sais-tu que la plupart de ces hommes qui combattent pour un seigneur ou un duc sont illettrés et qu'ils finissent tous par mourir l'épée à la main, après n'avoir semé que violence et chaos ? Ton maître et tes frères comptent parmi les plus grands savants de votre temps. Ils éclairent le monde par leur savoir et leur engagement. Tu as eu la meilleure destinée que l'on puisse souhaiter à un homme. Elle a été conforme aux conditions de ta naissance et même si ta vie terrestre est sur le point de prendre fin, sois reconnaissant pour toutes les choses que tu as reçues. Elles t'appartiennent désormais...

Je me trouvai comme pétrifié. Nous restâmes silencieux un long moment. Les mots de mon père se gravaient en moi comme dans du marbre.

— Père... es-tu toujours là ?

— Je serai toujours là fils, la frontière est ténue entre ceux qui vivent leur vie et ceux qui l'ont finie. Tu dois te préparer maintenant car le temps presse.

— Père ! Mais que dois-je faire ? Où dois-je me rendre ? Il n'y a personne ici... L'Évangile dit que « Nous devrons tous nous présenter devant le tribunal du Christ. Alors chacun recevra ce qui lui revient pour ce qu'il aura fait en bien ou en mal, pendant sa vie sur la terre ». Mais où est-il ce tribunal ? Ici tout est noir !...

— C'est à toi-même que tu vas être confronté. Il n'y aura pas de juge plus lucide pour estimer ce que tu as fait de ta propre vie... Fais la paix avec toi-même, rends grâce à tes amis et rappelle-toi mes paroles : tu es et tu seras toujours le maître de ta destinée...

— Père... mon père ? Ma vie a été si courte ! Que vais-je pouvoir juger, je n'ai encore rien accompli...

Sa voix s'était tue et avait laissé place au silence et à l'obscurité.

— Père ? Tu as raison... J'avais toutes les cartes en main... Père ? Comment vais-je pouvoir me juger moi-même ? Le temps m'a manqué et maintenant il est trop tard ! Père ? L'heure de rejoindre la Jérusalem Céleste est-elle arrivée cette fois ? Et puis, il y a Alix ! Je n'ai pas eu assez de temps... Dois-je donc tout laisser, maintenant ?

Autour de moi, j'eus l'impression que les ténèbres s'estompaient. Loin, très loin, à travers l'obscurité, l'horizon s'éclaircissait... au bout d'une sorte de tunnel. Je perçus d'abord des couleurs diffuses, qui lentement se transformaient en formes confuses. Tandis que je progressais vers cette clarté, ma perception s'affinait peu à peu. Là, tout proches, j'en étais certain, je distinguais des êtres autour de moi. À moins que ce ne fusse moi qui me rapprochais d'eux ?

Au bout d'un certain temps, arrivant presque au terme de l'étrange couloir qui me happait, les sons se firent à nouveau entendre. Les inconnus semblaient me parler mais le sens de leurs paroles était insaisissable. Qui étaient-ils ? S'adressaient-ils à moi ? Etaient-ce eux les anges des Saintes Écritures ? Venaient-ils m'accueillir sur le seuil de la maison du Père ?

C'est alors que je compris... j'étais arrivé au terme du tunnel. Tout s'éclaircit en l'espace d'un instant. Ce n'étaient pas des anges vers qui je me dirigeais... C'était Odon... Clément... et Moïse... Que faisaient-ils là ? Ils paraissaient affairés mais je ne discernais pas ce à quoi ils étaient occupés. Manifestement ils n'avaient pas perçu ma présence alors que moi je les distinguais désormais de plus en plus nettement.

Et soudain je compris ce qui les occupait ainsi ! Là, au centre de leur attention : c'était mon cadavre ! Agenouillés dans la fange de la cellule, les trois moines s'affairaient sur mon corps gisant sur le sol souillé. Ils tentaient de le réanimer ! J'étais de retour dans le monde et je flottais dans la salle de torture comme une chauve-souris survole l'antre du diable.

— Continue, dit Odon à Clément. Ne t'arrête pas surtout.

Agenouillé près de ma dépouille, le jeune armarius appuyait méthodiquement ses deux mains jointes sur mon thorax, par à-coups successifs, suivant une sorte de rythme mystérieux. Les yeux rivés sur mon visage, Odon guettait mes réactions, tout en comptant à voix haute en s'efforçant de donner le rythme à Clément. Puis, d'un geste clair, il fit signe au jeune moine de cesser son geste pour se pencher aussitôt sur mon visage en pressant sa bouche contre la mienne. Le moine médecin s'efforçait d'insuffler de l'air dans mes poumons tout en me pinçant le nez afin de me forcer à respirer. Dans ma pauvre tête les questions s'entrechoquaient trop vite ! Étais-je mort ?

Comment mes frères m'avaient-ils retrouvé aussi vite sans être inquiétés eux-mêmes par les soldats du comte ? Où étaient donc passés le jeune chef et l'autre furieux ? La cellule était vide et la dépouille de l'écorcheur avait disparu. Seule la barrique, dernière trace visible de mon supplice avait été poussée dans un coin.

Et Alix ? Qu'était-il advenu d'elle ? Avait-elle aussi été interrogée ? N'y tenant plus et prêt à tout pour quitter ce lieu de souffrance, je me précipitai contre le mur et d'un seul jet je traversai l'épaisse muraille.

Dehors, la soirée était douce. L'imposant palais comtal baignait dans la lumière du soir. Où la chercher ? Le palais était si vaste qu'il devait comporter plusieurs dizaines de pièces. Je prenais de la hauteur pour mieux me repérer quand soudain j'eus l'impression que le diable lui-même tirait sur une corde invisible à laquelle j'étais relié. Inexorablement, je fus attiré vers le bas. Une force mystérieuse me ramenait, m'attirant irrémédiablement vers ce corps inanimé que j'avais pensé abandonner à tout jamais. C'était sans compter sur l'obstination bienveillante de mes frères de Beaulieu. Leurs efforts répétés pour me réanimer avaient produit leur effet. Je respirais à nouveau et je replongeais dans le chaos des hommes. J'étais vivant...

Chapitre 26
Jacques de Molesmes

Cette fois, ma convalescence fut plus longue. Tout déplacement étant impossible, on m'installa dans une chambre du palais comtal. Incapable du moindre mouvement malgré de vaines tentatives, je tuais le temps en écoutant les bruits de la ville haute qui me parvenaient de ma fenêtre : palabres de négociants, prêches de rue, cris d'animaux, tintements de cloches... Je respirais les odeurs et senteurs portées par le vent de mai. Et la nuit, je profitais d'une vaste ouverture dans le toit pour admirer la mystérieuse splendeur des astres. Mais mon corps tuméfié me faisait souffrir et me pesait... Mes frères de Beaulieu me rendaient visite chaque jour et je lisais dans leurs yeux et dans leurs gestes que mon état était inquiétant.

Mon esprit restait invariablement focalisé sur Alix de Saint-Germain... Alix ! Si la terre de Bourgogne ne m'avait offert que ce présent, elle méritait pour toujours ma reconnaissance... Je savais par Odon que la jeune fille avait dû regagner la seigneurie familiale le soir même de notre arrestation. Alors que j'étais moribond dans le sous-sol de la prison, le seigneur de Saint-Germain était venu chercher sa fille, demeurée dans les appartements du comte ; et ils étaient repartis aussitôt. Je demandai de ses nouvelles à mes visiteurs. Malheureusement, personne ne savait ce qu'il était advenu d'elle depuis son départ du palais....

Dès le second jour, je reçus la visite du comte lui-même, qui me relata l'épilogue de l'histoire la plus traumatisante de ma jeune vie. Les conditions de mon arrestation et la mort du geôlier avaient provoqué une enquête. Il m'apprit ainsi que le jeune chef, après une rapide investigation sur les circonstances de la mort du geôlier, avait simplement été suspendu de toutes ses fonctions. On lui reprochait surtout d'avoir laissé la situation dégénérer. Alix elle-même avait vite démontré qu'elle n'avait nullement été enlevée et qu'elle était entrée, de son plein gré, en notre compagnie dans la ville. En revanche, le garde aux yeux exorbités avait été arrêté pour complicité d'assassinat d'un moine et torture injustifiée. Dans le comté, seul Renaud de Mâcon était habilité à prononcer une sentence après jugement, peine capitale incluse. À ma grande surprise, lors de notre entretien, il me demanda mon avis, me faisant comprendre qu'il prendrait ma recommandation en compte. Que pouvais-je lui conseiller ? Je pris l'affaire à cœur et je lui demandai à bénéficier d'un jour de réflexion. Le dialogue avec mon père hantait toujours mon esprit et je me répétais sans cesse ses paroles. Une phrase, en particulier, m'avait marqué : « aucun juge ne sera plus lucide que toi-même pour estimer ce que tu as fait de ta propre vie ». Le message était clair. Je décidai de pardonner à mon bourreau : en aucun cas la mort, une peine légère suffirait. Je souhaitais qu'il regrette son acte pour se juger et se condamner lui-même.

— À quoi bon le faire pendre ? dis-je au comte, venu s'enquérir de ma position... Ne devons-nous pas pardonner aux autres pour le mal qu'ils nous ont fait ? S'il doit être puni, qu'il le soit par notre Créateur ou par lui-même, mais pas par moi !

Le comte Renaud avait apprécié la sagesse de ma position mais je le suspectai de s'être attendu à moins d'indulgence de ma part. J'avais dans l'idée, qu'au cas où j'aurais opté pour la mort, il aurait confirmé la sentence et fait exécuter ce malheureux. Il aurait ainsi pu faire sentir son autorité tout en reportant habilement sur moi la responsabilité du choix de la peine. Il m'avait aussi présenté des excuses pour la conduite de ses soldats à mon égard. Mais je n'étais pas dupe. Il m'avait fait libérer aussitôt que le grand prieur Orderic lui avait dévoilé mon identité, ma parenté avec le comte de Toulouse et mes liens avec Cluny. Que serait-il arrivé si je n'avais pas bénéficié de ce coup de pouce clunisien ? Je remerciai tout de même le comte pour la promptitude de son intervention.

Le matin du second jour, je reçus une visite inattendue. J'étais encore si faible qu'une jeune servante du palais avait été désignée pour m'apporter mes repas et m'assister dans ma toilette. Je n'avais pas l'habitude de la proximité des femmes et encore moins à ce qu'elles me lavent de la tête aux pieds… La servante paraissait avoir mon âge et semblait aussi avenante que souriante. Je l'observai d'abord pendant qu'elle mettait de l'ordre dans mes affaires. Elle avait des yeux verts, en amande, qui brillaient comme ceux des chats. Son visage était ovale et ses cheveux clairs et longs, coiffés en tresse. Je devins rouge de confusion lorsqu'elle s'approcha de moi pour me déshabiller afin de changer mes pansements et faire ma toilette. Et je fus encore plus troublé de son comportement, complétement déconcertant… Prenant bien soin de ne pas appuyer sur les plaies, elle me lavait délicatement avec un linge humide trempé dans l'eau chaude. Mais de temps à autre, elle posait sa main à plat sur ma peau en fermant les yeux. Elle semblait psalmodier à voix basse des paroles hélas inaudibles… Appliquait-elle une méthode particulière de soin à la demande d'Odon ? Un peu plus tard, d'un air amusé, celui-ci m'assura qu'il n'était pour rien dans ce traitement et que – sûrement – elle était sensible « au charme de mes ecchymoses sur ma peau bleutée ».

Plus étrange encore fut la conduite de la servante, le lendemain. Je fis mine de dormir et l'observai d'un œil pendant qu'elle mettait de l'ordre dans ma chambre. Elle s'approcha de mon armoire et, munie d'une paire de ciseaux dorés, je la vis découper un petit morceau d'étoffe dans ma tunique et un autre dans mon caleçon de laine, puis les glisser rapidement dans son corsage ! J'étais éberlué, et devant une telle attitude, je restai sans voix.

C'est le troisième jour que je compris. Ce jour-là, la visite de Paula avait ensoleillé ma journée et m'avait éclairé sur ce qui animait cette femme. C'est elle qui me raconta comment Alix et moi étions devenus le principal sujet d'intérêt de toute la ville. Mon épique passe d'armes du chapitre avec le prieur Aymeri avait largement dépassé le cadre de Cluny. Les nombreux familiers du monastère l'avaient racontée à l'extérieur. J'étais devenu ce novice courageux qui avait osé, malgré son jeune âge, s'opposer à l'intolérant prieur Aymeri. Mieux encore ! J'étais celui qui avait publiquement prédit « le réveil » de la fille du seigneur de Saint-Germain, pourtant promise à une mort certaine. Pour couronner le tout, notre promenade à travers la ville avait été remarquée ! Notre arrestation et notre rocambolesque remontée vers le château comtal, mon emprisonnement dans des conditions dramatiques et mon retour à la vie étaient connus de la ville entière. « Dans tout Mâcon, disait Paula, on ne parle que de vous – le novice et la fille du seigneur ». Aux yeux de tous, tels ces pèlerins adulés ayant bravé la route de Jérusalem et qui en étaient revenus vivants pour témoigner de la passion du Christ, nous étions devenus des « élus ». Ceux qu'on rêvait d'approcher mais aussi de toucher, afin de s'en approprier les vertus miraculeuses !

J'avais toujours été étonné par l'importance que pouvaient prendre certaines personnes ou les objets leur ayant appartenu. Beaucoup de fidèles étaient capables d'accomplir plusieurs centaines de lieues, à pied, et de braver bien des dangers, afin de pouvoir approcher et contempler de simples fragments d'os ou d'objets, ainsi que des morceaux d'étoffes ayant appartenu à nos saints ou aux personnes ayant marqué l'opinion pour leurs actions ou leurs paroles. J'interrogeai mon maître, l'après-midi même, sur les raisons de tels comportements.

— Le culte des reliques est souvent une aide précieuse pour l'affirmation de la foi, me répondit-il. Pourquoi es-tu moins sensible à cela que la plupart des croyants selon toi ?

— Je ne sais pas… répondis-je.

— Rappelle-toi que la majorité des fidèles ne savent ni lire ni écrire. Tu as la chance d'avoir accès aux Saintes Ecritures et de les étudier avec les meilleurs professeurs. Mais combien sont dans ton cas ? Pour la majorité des croyants, ces reliques, tout comme le long chemin qu'ils doivent accomplir pour les voir et les approcher, prennent une valeur énorme car elles leur permettent de matérialiser leur foi au travers d'une représentation concrète. Grâce à elles, ils mettent des images fortes sur des savoirs qui ne leur sont transmis qu'oralement. La vie des saints, qu'ils approchent au travers de ces objets, prend ainsi une profondeur tangible qu'ils garderont gravée en eux toute leur vie.

Je revoyais ma servante découpant les bouts d'étoffe… et reposai aussitôt une question.

— Maître… de telles pratiques, cette vénération d'objets, pourrait-elle conduire à l'idolâtrie et détourner les croyants de la vraie foi ?

— Non. Le propre de notre religion est de savoir s'adapter à chacun. Certains n'ont pas besoin d'images ou de statues pour se recueillir. Pour d'autres, cela revêt une importance vitale. Chaque individu se fait sa propre idée de la religion. Chaque personne peut y trouver des choses parfois bien différentes. Le plus important n'est-il pas que chacun puisse pratiquer sa foi selon ses capacités, même si cela prend parfois des formes bien surprenantes ?

Donc, à mon corps défendant, j'étais devenu une icône ! Malgré moi, je me sentais flatté, surtout quand la jeune femme s'approchait et me regardait. Le récit de Paula m'avait amusé mais aussi touché… mais je ne me laissais pas griser par mon nouveau statut de « relique vivante ». Car, qu'allait-il advenir de tout cela avec le temps ?

C'est le quatrième jour de ma convalescence qu'Odon m'apporta des précisions sur la réapparition mystérieuse de Jacques de Molesme. La veille, le frère que nous pensions tous mort, s'était rendu dans l'atelier de Paula pour y récupérer le manuscrit déposé. À sa plus grande surprise, Paula elle-même lui apprit qu'elle était la fille d'Odon de Beaulieu et qu'elle avait révélé à son père qu'elle l'avait vu, bien vivant. Le copiste avait d'abord semblé contrarié… Mais très vite, il confessa toute l'histoire à la fille du prieur, disant que pour lui c'était un vrai soulagement de sa conscience.

Il voulait s'expliquer au plus vite devant tous ses frères de Beaulieu, « qui lui manquaient plus que tout au monde », et suggérait d'organiser une rencontre. Odon accepta la proposition et nous réunit tous dans ma propre chambre du palais comtal, pour que chacun entende les explications du moine.

Dès le matin du cinquième jour, dans un silence de tombe, Jacques entra dans la pièce, précédé de Paula. Les trois frères de Beaulieu le dévisagèrent comme s'il revenait des enfers, portant le diable sur son dos. Sans un mot, il s'avança, n'osant s'asseoir… Il restait planté là, triturant un pan de sa coule, en laissant ses yeux fixés sur ses chausses…

J'eus du mal à reconnaître le brillant copiste de Beaulieu. L'homme semblait s'être vidé de son être et suintait l'abattement. Avec ses cheveux grisâtres et clairsemés, sa mâchoire crispée, ses gestes empruntés, il me fit penser à ces pauvres moines gyrovagues qui, comme Antoine le Grand et les Pères du désert, erraient, sans règle, solitaires, d'un monastère à l'autre à travers le royaume. Paula rompit le lourd silence.

— Père, voici Jacques qui vient ici s'expliquer sur cette étrange affaire qui l'a conduit à se faire passer pour mort aux yeux de vous tous.

La bienveillance habituelle avait disparu du regard du prieur.

— Soit ! Qu'il s'explique.

Tétanisé par le ton glacial du prieur, Jacques se mit à balbutier ses explications.

— Tout a commencé quelques jours à peine avant notre départ pour Constantinople. J'avais été convoqué à

Cluny – secrètement – dans une antichambre dominant le cloître, que je ne connaissais pas. Là, un dignitaire me fit comprendre que mon temps à Beaulieu était terminé et que l'on me voulait dorénavant au service de notre ordre dans une fonction plus importante.

Malgré des efforts visibles pour se contenir, Odon explosa.

— Traître ! comment as-tu pu ? Te faire passer pour mort à nos yeux ! Nous, tes frères depuis des années !

Je fis un bond dans mon lit. Ce dignitaire dans cette antichambre... mais c'est Orderic ! me dis-je. Je l'imaginais, debout, face à ses riches tentures, son inquiétant lion de pierre tapi dans l'ombre...

— J'ai eu cette faiblesse, continua Jacques. Je ne souhaitais pas me faire passer pour mort et encore moins vous inquiéter. Mais, malgré moi, j'y ai été contraint. J'ai mis le doigt dans un engrenage que je n'ai pas eu la force d'arrêter lorsque les choses se sont emballées.

— Qui ? Dis-moi qui t'a proposé une telle chose ? Quel est le nom du félon qui t'a conduit à trahir ainsi tes propres frères ?

Jacques releva la tête et risqua vers Odon un regard plein d'humilité.

— Je comprends ta colère Odon... elle est légitime. Mais je ne suis pas venu ici pour livrer des noms en pâture. À quoi bon rajouter la délation à la honte ? Je suis là pour vous éclairer sur mon geste et ses circonstances.

Moïse prit le relais dans un souci d'apaisement.

— Que s'est-il passé exactement lors de cette entrevue ?

— Cet homme m'a fait comprendre, qu'à l'issue de la mission que nous nous apprêtions à accomplir toi et moi, je serais amené à prendre des responsabilités importantes, ici même, à Cluny.

— Lesquelles ?

— Il m'a proposé le poste d'armarius assistant.

— Et tu as accepté sa proposition ? questionna Moïse.

— Oui… On m'a expliqué que les activités scripturales de Beaulieu seraient transférées à Cluny d'ici peu. Il fallait que j'accepte la proposition de suite pour ne pas me retrouver simple copiste à notre retour à Cluny…

La déclaration de Jacques avait créé la stupeur générale. Nous échangions des regards incrédules. Clément explosa.

— Transférées ? Tu as dit transférées… ? Mais alors que devient Beaulieu ?… Que devenons-nous ?

— On m'a assuré que l'équipe actuelle serait intégrée totalement… Voilà… C'est tout.

— C'est tout ! C'est tout ! surenchérit Clément. On nous pousse vers la sortie, voilà la vérité, et toi tu t'es vite empressé d'accepter pour prendre la place !

— Non, articula faiblement Jacques, on m'a certifié qu'il y avait un projet pour chacun de nous… mais… ce n'est pas tout…

— Quoi encore ? demandai-je, très inquiet.

Pour obtenir le poste, il fallait accepter une contrepartie.

— Mon Dieu qu'as-tu donc encore accepté ? demanda Moïse.

— Lors de l'expédition à venir, je devais donner – secrètement et régulièrement – toutes les informations concernant nos actes, les personnes rencontrées, les lieux traversés et la nature de nos acquisitions.

— Quoi ? s'étrangla Moïse. Tu veux dire, qu'avant même notre retour dans le comté, cet homme saurait à l'avance quels manuscrits nous avions découverts ?

— Oui… je lui ai fait parvenir plusieurs lettres détaillant nos déplacements et le détail des ouvrages négociés à chaque étape, de même qu'une retranscription précise des lieux parcourus, avec tous les renseignements utiles sur les différents gouverneurs, les fortifications des villes et des armées en place.

— Un espion ! Un vrai travail d'espion, conclut Odon. Mais cela n'explique toujours pas ta disparition.

Jacques, fixant toujours ses chaussures, soupira profondément.

– Je n'y suis pour rien. Je le jure ! Cette agression a mal tourné, elle devait me permettre de m'exfiltrer.

Moïse était horrifié.

– Ne me dis pas que cette attaque était planifiée et qu'elle faisait partie de ce projet monstrueux !

Jacques baissa à nouveau la tête.

– Il faut me croire ! Je ne savais rien. Je n'ai été mis au courant qu'au dernier moment. Lors de notre dernière étape, au monastère d'Ambronay, c'est un moine aussi vieux qu'Hérode qui m'a informé que c'était un simulacre d'attaque afin de simuler un enlèvement. Bien sûr, j'ai refusé ! Alors il m'a menacé de dévoiler publiquement mes lettres de voyage et mon double jeu à mon retour.

Des larmes coulaient des yeux sombres de Moïse.

– Jacques, je t'aimais comme mon frère. Comment as-tu pu te salir dans une aventure aussi sordide. Ces hommes voulaient me tuer.

Jacques baissa la tête. Au son de sa voix, on sentait un vrai repentir.

– Je suis un misérable. Pourrez-vous me pardonner... ? Comment vous expliquer... J'ai été piégé par une machine infernale bien plus forte que moi...

– Ces hommes n'avaient aucun besoin de s'en prendre à Moïse. Pourquoi l'ont-ils fait ?

– Le vieux moine m'avait assuré qu'aucun mal ne nous serait fait, ni à Moïse ni à moi. Mais c'était sans compter sur la fougue dont Moïse a fait preuve pour nous défendre. Il a grièvement blessé l'un deux, qui s'est vengé en lui brisant la jambe. Mais ce n'était pas prévu dans leur plan.

Pendant les échanges, mon maître écoutait. Il rassemblait peu à peu, en silence, les pièces du casse-tête livrées par le copiste. Manifestement, il en manquait encore quelques-unes...

— Pourquoi devais-tu disparaître ainsi ? Quel était le projet derrière tout cela ?

Jacques resta silencieux un instant. Il hésitait, tant ce qu'il devait maintenant dévoiler renforçait sa culpabilité.

— Le vieux moine a insisté sur le fait qu'il fallait que je m'esquive – si je voulais obtenir le poste d'armarius – jusqu'à ce que vous soyez tous repartis.

— Comment cela, tous repartis ? Repartis où ? le coupa Odon.

Jacques n'osait même plus regarder le bout de ses chaussures et répondit, les yeux clos.

— Il m'a appris qu'une nouvelle expédition de recherche de manuscrits était d'ores et déjà programmée, et que tu devais y prendre part. Je devais reparaître seulement après votre départ, prétextant le rapt dont j'avais été victime et expliquant avoir enfin pu échapper à mes ravisseurs. Alors... pour récompenser ma bravoure, on me nommerait armarius assistant. À votre retour, vous auriez tous été mis devant le fait accompli.

Odon était livide. Maintenant, il connaissait tous les détails du plan infernal. Dans la pièce, le silence était total.

— Encore une chose ! reprit Odon brusquement, nous faisant tous sursauter. Dans les correspondances avec ton commanditaire, as-tu révélé l'existence du manuscrit d'Agatharchide de Cnide en votre possession ?

Jacques fixait l'horizon à travers la fenêtre au moment où il répondit. Il aurait voulu être loin... là-bas...

— Oui... je me suis dit que... évidemment, ce serait ce manuscrit tellement important qui t'inciterait à repartir aussi vite en Orient.

Je crus que mon maître allait défaillir. Il se rassit, comme pour mieux estimer l'ampleur du piège qu'on lui avait tendu.

— Orderic... murmura-t-il, le regard lointain. Le comploteur de génie...

Comment ne l'ai-je pas compris plus tôt ? Il a bien su m'appâter avec ce manuscrit, certain que j'allais foncer, décider moi-même de repartir à sa recherche et mener sa mission. Il m'en a même fait déchiffrer un extrait – dont il connaissait parfaitement le contenu et l'auteur – ! Là vraiment, c'est du grand art...

Un long moment, nous restâmes tous silencieux, accablés par tant de manœuvres et de compromissions. Comment un grand prieur pouvait-il manipuler, sans aucun scrupule, ses propres frères... Tout était clair désormais. Orderic avait mis son plan redoutable en place dès qu'il avait appris, par Jacques, la découverte d'un document inestimable pour Odon. En premier lieu, le simulacre d'attaque destiné à sortir « l'espion » du jeu, puis la convocation urgente à Cluny, pour nous faire déchiffrer un manuscrit opportunément « oublié » par les pseudo-agresseurs et enfin la réunion avec le comte et l'archevêque, pour inciter habilement Odon à prendre de lui-même la tête du groupe. Qui d'autre que mon maître était capable, grâce à ses contacts sur place, d'ouvrir les portes des palais et des places-fortes du Liban et de Syrie.

— Dieu me pardonne ! J'ai envie de le tuer ! avoua Odon. Son plan est génial. Exploiter nos faiblesses pour nous utiliser tels des pions sur un échiquier.

Notre indignation commune fut interrompue par l'irruption d'un serviteur du comte.

— Mon père, un visiteur est là qui demande à être reçu immédiatement.

— Qui est-ce ? demanda Odon, toujours perdu dans ses pensées.

— C'est le grand prieur de Cluny...

Orderic fit son apparition dans un silence de tombe. Apercevant Jacques, toujours planté au milieu de la pièce, il mesura vite ce qui venait de se passer dans la chambre.

— Bien... tout le monde est là, constata Orderic. C'est parfait ! Nous allons économiser le temps des explications.

Clément se leva aussitôt pour faire face au grand prieur.

— Quel homme es-tu donc, Orderic, pour te jouer ainsi de tes propres frères ? Sommes-nous donc devenus des marionnettes que tu manipules au gré de tes intérêts personnels ? N'as-tu donc pas honte ! Tu ne vaux pas mieux que ces détrousseurs, que tu as payés pour frapper ce pauvre Moïse ! Compte sur moi pour faire connaître tes sombres combines à notre abbé Hugues et au Pape lui-même. Tu es la honte de notre ordre !

Orderic toisa Clément, comme seul, un jour, dut le faire Jules César face à Vercingétorix, après sa défaite d'Alésia.

— Le problème avec vous, les moines de Beaulieu, dit-il, c'est que vous êtes des affectifs… Vous êtes – pétris – de bonnes intentions. Mais, continua-t-il en haussant le ton, ces bonnes intentions ne vous ont jamais menés nulle part ! Penses-tu réellement, jeune homme, qu'on fasse marcher ensemble des milliers de moines à coup de bons sentiments et de paroles pieuses ? Tu dis que je suis la honte de notre ordre. Soit ! Mais dis-toi bien que si notre ordre est aujourd'hui si puissant, si tu as pu devenir toi-même un lettré, si tu as pu voyager à travers le monde, c'est grâce à moi, à mon soutien, à mes actions, que tu qualifies de « sombres combines ».

Moïse s'offusqua.

— As-tu besoin d'utiliser ces moyens indignes pour obliger les moines à avancer selon tes plans ?

— Apprends que le grand prieur n'agit jamais pour ses seuls intérêts mais toujours pour celui de l'ordre et du pape. Comment crois-tu, Moïse d'Antioche, qu'on prépare, en coulisse, le plus grand projet d'invasion armée que la terre ait jamais connu ? Libérer Jérusalem du joug des infidèles ! Car c'est bien de cela dont il s'agit. ! Envoyer dans ces régions, que tu connais si bien pour y être né, des milliers de chevaliers francs et de fantassins qui vengeront ta famille et tes proches assassinés par les Seldjoukides. Et au bout de la route, qui conduira notre armée au Saint-Sépulcre, pour faire rayonner le Christ et planter sa bannière sur les terres qui l'ont vu naître et mourir. Devant un tel projet, ne crois-tu pas que la fin justifie les moyens ? Aurais-je dû attendre le bon vouloir d'Odon pour nous aider alors que le temps presse ?

Et d'ailleurs... l'aurait-il seulement fait ? Et, se retournant vers Odon :

Dis-nous un peu, Odon ! Si j'étais venu t'expliquer le projet d'invasion de la Syrie, du Liban et de la Palestine, aurais-tu approuvé et pris la tête de la mission, afin que nous puissions profiter de tes contacts et jauger ainsi nos ennemis et les forces en présence ?

— Non ! répondit Odon sans hésiter. Et mon refus tient à deux raisons essentielles. La première est que tu me demandes de trahir des dignitaires qui vont, en toute confiance, m'ouvrir leurs portes.

— Et la seconde ?

— La seconde est que tu vas envoyer à la mort des milliers de soldats et d'innocents et provoquer des grands malheurs de part et d'autre. C'est la guerre que tu nous annonces, Orderic ! Avec son cortège de drames, de sièges, de pillages, d'exactions de toutes sortes ! Une guerre, au nom du Christ, celui-là même qui prône l'amour et le pardon dans les Écritures. Comment oses-tu mêler Notre Seigneur à un tel projet de destruction et de malheur ? Peut-être suis-je « un affectif »... mais ce qui est sûr, c'est que je n'aurai pas sur la conscience les milliers de morts et la souffrance que tu t'apprêtes à provoquer.

— C'est le grand dessein de notre pape Urbain que tu réfutes, Odon. Je ne suis que son serviteur de l'ombre. N'as-tu pas encore compris que, dans notre monde, le vice est le bras de la vertu ? Que les meilleurs actes sont accomplis pour les pires raisons et les pires actes pour les meilleures raisons ? Les projets de reconquête de l'Espagne et de la Terre sainte ne visent qu'à une chose : redonner à l'église la place qui lui revient : commander les armées et diriger les états.

— Urbain entrera assurément dans l'Histoire pour cela ! rétorqua Odon. Mais ne compte pas sur moi pour cautionner cette funeste entreprise, qui causera tellement de ravages qu'on en parlera encore dans mille ans...

— Tu oublies que ce sont des païens qui martyrisent les chrétiens et nos pèlerins sur place. Et toi tu préfères rester ici, bras croisés, sans rien faire ?

— Ne confonds pas le comportement de quelques califes fanatiques et excités avec celui des populations innocentes. Leur dieu porte un nom différent du nôtre, cela est vrai, mais cela ne nous donne pas le droit de massacrer au nom du Christ. Et nos chevaliers, que tu envoies à la mort. Te soucies-tu de leur famille, femmes, enfants, dont tu feras des veuves et des orphelins ?

— Tu plaisantes !... Voyons, Odon, sois un peu réaliste. Nos chevaliers et seigneurs passent leur temps à se combattre dans le Royaume comme dans l'Empire. Ils ne nous ont pas attendus pour s'entretuer, et ce, malgré la Trêve de Dieu. Ils ont une épée à la place du cœur et s'affrontent pour quelques arpents de terre ou de vigne. Ne vois-tu pas que ce projet d'invasion de la « Terra Sancta » nous offre l'occasion unique d'associer ces forces opposées pour les regrouper derrière la bannière du Christ. Recréer enfin une unité politique ! Voici le véritable dessein d'Urbain. Il y aura des dommages collatéraux, sans doute. Mais la constitution d'une nation franque chrétienne et unie se fera à ce prix. Et nous, les Clunisiens, nous allons l'orchestrer ! Avec ou sans ton aide...

Orderic marqua une courte pause pour enchaîner sur un autre sujet.

— Mais laissons là ces considérations qui m'éloignent du véritable but de ma visite. Je me moque bien de vos états d'âme et je ne suis pas venu pour vous convaincre.

Une inquiétude, palpable, s'empara de chacun de nous.

— Et pourquoi donc es-tu là ? questionna Odon.

Alors, Orderic me regarda. Ce que je vis dans ces yeux ne me rassura point.

– C'est le seigneur d'Helgon qui m'amène. Il est devenu incontrôlable. Face à la détermination d'Alix à ne pas épouser son promis, le seigneur de Saint-Germain vient de renoncer à lui accorder la main de sa fille. Comprenant que le vent tourne et que son mariage s'éloigne, Helgon cherche à sauver la face. Il va se venger. Il est d'autant plus furieux qu'il a appris, comme nous tous, que sa future épouse se promène à Mâcon au bras de ton élève ici présent. « Famat vola » La rumeur vole ! On lui a même relaté que les deux tourtereaux roucoulaient à la vue de tous... Aussi, il ne pense qu'à une chose désormais.

– Et à quoi pense-t-il, ce seigneur d'Helgon ? interrompis-je, du fond de mon lit.

– À t'occire lui-même et à t'embrocher comme un poulet ! me répondit-il froidement. Il ajouta d'un ton ironique : félicitations ! Tu t'es fait là un puissant rival ! Sais-tu que c'est au nombre de ses ennemis qu'on mesure la qualité d'un homme ? Décidément, tu m'impressionnes !

Il ricana avant de poursuivre.

– Ce n'est pas tout. Helgon nous tient, nous clunisiens, directement responsable de son mariage avorté. Alix a demandé elle-même à Hermengarde, la prieure de Marcigny, de l'accueillir comme novice, ce qu'elle a, cette fois, accepté de reconsidérer. Voyez donc, Messieurs, à quoi nous conduisent vos errements et vos promenades nocturnes avec une future mariée. Helgon est vassal de l'empereur germanique ne l'oubliez pas ! En se refusant à lui, cette petite dame de Saint-Germain risque d'attiser les querelles interminables entre l'ordre clunisien et l'empereur Henri IV, cela au moment même où nous allons avoir besoin d'unir toutes les forces disponibles pour suivre le grand dessein du Pape.

– Qu'avons-nous à craindre d'Helgon ? questionna Odon. Jusqu'où est-il prêt à aller selon toi ?

— Il ne peut pas s'en prendre directement à Cluny. Mais je sais de source sûre qu'il prépare une attaque contre Beaulieu.

— Une attaque ?

— Il faut le craindre. Comprenez bien. Comme il ne peut plus se marier, il veut se battre pour sauver son honneur, et Beaulieu est la cible idéale. Aussi ai-je immédiatement pris des mesures et dépêché sur place un escadron de soldats de Lourdon, afin de défendre le prieuré.

J'ai également fait rapatrier tous les moines de Beaulieu vers Cluny. En ce moment, ils doivent être en route sur le chemin des Moines.

— Vite ! Il nous faut immédiatement retourner à Beaulieu dans ce cas, ordonna Odon.

— Je ne vous le conseille pas… Vous allez mettre vos vies en danger. Le comte Renaud lui-même a déclaré qu'Helgon était ingérable et avide de sang. Vous ne m'aidez pas beaucoup, mais je n'ai vraiment aucune envie de voir vos têtes décorer les lances de ses hommes.

— Il y une chose pourtant que nos soldats pourront difficilement protéger, répondit Odon, d'un air préoccupé.

— Quoi donc ? demanda Orderic. Tout le monde a été évacué, les moines, les frères lais et tous les familiers. Hormis les soldats, ton monastère doit être vide désormais.

— Les manuscrits, Orderic, les manuscrits ! Il faut mettre les manuscrits à l'abri. Notre bibliothèque abrite un trésor inestimable, et malheureusement elle est exposée. Malheur à nous s'ils attaquent. Une seule flèche incendiaire et tout s'enflamme. Les soldats n'arrêtent pas les flèches.

— Combien d'ouvrages y a-t-il à Beaulieu ? demanda le grand prieur.

— Plusieurs dizaines dans la bibliothèque et d'autres répartis entre le scriptorium et nos cellules, répondit Odon. Nous devons les protéger. Nous pourrions les descendre dans la crypte située sous le chœur de l'église pour les préserver des flammes s'ils décidaient de mettre le feu.

— Dans ce cas, vous partirez encadrés par ma propre escorte armée. J'espère que vous n'arriverez pas trop tard. Maintenant, je dois m'entretenir avec Renaud de Mâcon afin de trouver avec lui la meilleure stratégie pour neutraliser ce seigneur d'Helgon définitivement.

Au moment où nous quittions tous la pièce, Orderic lui adressa un dernier message.

— Odon, quels que soient nos divergences, ne commets aucune imprudence. J'ai besoin de toi à Cluny et, dès que possible, sur les routes d'Orient.

— Te voilà bien affectif à ton tour, lança Odon d'un ton narquois. Prends garde à ne pas te perdre toi-même...

— Et toi, méfie-toi d'Helgon et n'essaie pas de jouer au plus malin. Il est sans pitié et il n'hésitera pas à te trancher lui-même la tête, tout prieur que tu es. Sais-tu comment l'appellent ses propres gens ?

— Non je l'ignore.

— Ils le nomment Helgon le cruel...

Chapitre 27
Helgon le cruel

Le soleil de sexte blanchissait les monts du Mâconnais lorsqu'Odon et ses moines arrivèrent au prieuré de Beaulieu. Dans la vallée, en contrebas, ombrés de reflets jaune argent, les murs d'enceinte apparurent, déjà encerclés par une fourmilière de soldats placés sous le commandement du seigneur d'Helgon. Trop tard ! L'accès au monastère était coupé. Partout dans la plaine, les étendards se déroulaient, faisant flotter dans le vent les emblèmes de sa seigneurie.

Restant à couvert sur le flanc de la colline, les moines de Beaulieu observaient, impuissants, les préparatifs d'un assaut imminent. On voyait un groupe d'hommes s'activer à l'installation de deux balistes, capables de projeter des pierres à plusieurs centaines de coudées. Derrière eux, écuyers et palefreniers préparaient minutieusement les cuirasses argentées et étincelantes d'une demi-douzaine de montures. Ces destriers, lancés dans la bataille, étaient d'aussi redoutables machines de guerre que leurs cavaliers. Malheur aux fantassins qui croisaient leur course. Ils mouraient nombreux, piétinés par les sabots ou mordus férocement, souvent à la base du cou, par ces bêtes puissantes, affolées par la bataille.

Mais c'était surtout les hommes à l'arrière, un bataillon entier de fantassins, qui inquiétaient Odon. Avec leurs casques coniques à protection nasale et leurs longs boucliers arrondis, ils formaient comme une étrange carapace de fer. On en comptait plus de deux cents. Sur leurs flancs, deux compagnies d'archers, occupant toutes les positions de tir, se déployaient sur tout le pourtour de la muraille. De là-haut, la lutte semblait inégale. Certes, Beaulieu était fortifié, et sa double porte de bois, robuste. Mais sa muraille, trop basse, ne résisterait pas longtemps aux dents de fer, crocs et grappins de la première ligne d'assaillants. À Beaulieu, ni pont-levis, ni douves, ni herse. Pas de pics en fer sur la grande porte pour retarder les coups de bélier chargés de la défoncer.

Quelle que soit la bravoure des soldats de Lourdon, qu'on apercevait massés sur les murailles, la position semblait intenable. Odon et le chef de l'escorte mise à disposition par Orderic partageaient le même constat amer.

— Le monastère est perdu. Nos hommes sur place sont trop peu nombreux et ne pourront rien quand l'enfer se déchaînera.

Odon restait silencieux et évaluait les options. Alors Clément suggéra :

— Peut-être faudrait-il aller chercher du renfort à Mâcon ?

— Oui, car les soldats du comte pourraient dégager les nôtres en les prenant à revers, compléta Moïse.

— C'est trop tard, enchaîna le chef. Nous serons à peine arrivés à Mâcon que les assiégés seront déjà tous morts. La troupe d'Helgon est en place. Le monastère sera dévasté et incendié.

— Nous sommes à peine dix. Que pouvons-nous faire, lâcha Moïse, découragé.

Tout à coup, le son sinistre de l'olifant annonça la fin des préparatifs et l'imminence de l'assaut. Quasi simultanément, comme en réponse, les cloches de l'église carillonnèrent à toute volée, affolant une myriade de pigeons, pies et hirondelles, qui envahirent le ciel en tournoyant.

— Seul un miracle pourra sauver ces hommes, dit le chef. Prions le Très-Haut pour leur salut...

— Pour le miracle, attendons encore un peu, répondit Odon d'un ton résolu. J'ai peut-être une idée... Clément, tu vas retourner immédiatement à Mâcon, prévenir le comte et Orderic. Il nous faut des renforts, en chevaliers, suffisamment, pour pouvoir disperser leurs forces, essentiellement composées de fantassins.

— Que voulez-vous faire ? demanda Moïse.

— Tenir mon rôle de prieur. Et j'ai besoin de toi. Allons parler à ce seigneur d'Helgon. Puisque le monastère est condamné, à quoi bon engager un combat perdu d'avance ? Nous devons sauver les défenseurs avant tout.

Aussitôt en selle, les deux moines s'engagèrent sur l'étroit sentier conduisant au pied de la colline. Les gardes les suivirent du regard jusqu'à ce qu'ils disparaissent dans les bois. Ils n'auraient pas parié un denier sur leur réussite.

Dans la plaine, Odon et Moïse chevauchèrent vers le monastère. À la vue de leur coule sombre, les soldats formant l'arrière garde s'écartèrent de part et d'autre, constituant une haie humaine qui leur laissait un étroit passage. Tandis qu'ils fendaient lentement la masse des soldats, le silence se fit glaçant. Ils sentaient le souffle des combattants excités par l'imminence du combat. Ils étaient si proches qu'ils auraient pu toucher de la main les pointes de leurs lances.

Le seigneur d'Helgon se dressait sur sa monture, flanqué de ses vassaux, à quelques jets de flèches... Odon vint se planter, le regard assuré, à une portée de lance du groupe de commandement. Helgon renifla les deux moines, comme un animal jaugeant sa proie avant l'attaque. D'où sortaient-ils ces deux-là ? Que voulaient-ils ?... Négocier une reddition ? Jamais il n'accepterait une issue aussi rapide. Il lui fallait un combat. Faute de mariage avec la fille de ce fourbe seigneur de Saint-Germain, il voulait, ici, une victoire écrasante, dont on parlerait longtemps dans les comtés de Mâcon et de Bourgogne réunis.

Au physique, l'homme faisait honneur à sa réputation. Grand, la barbe épaisse, le teint jaunâtre et des yeux qui étincelaient au fond de ses orbites creusées, telles les flammes de l'enfer.

— Que veux-tu, moine ? tonna-t-il d'une voix aussi cassante que le tonnerre. Tu sembles t'être égaré. Rien de bon ne t'attend ici...

— Je suis Odon de Beaulieu. Le prieur de ce monastère. Non, je ne suis pas perdu. J'ai une proposition à te faire.

Helgon scruta le regard bleu acier du moine et le jaugea : il ne suintait pas la lâcheté et il lui avait fallu du courage pour traverser les rangs de son armée. L'homme n'avait pas peur... Redoutant un piège, il dit, dédaigneusement.

— Parle, je t'écoute !

— Pourquoi attaquer Beaulieu ? Il n'y a aucun butin ni pour toi ni pour tes hommes. Nous n'avons pas de reliques et nous n'avons pas d'or. Notre seul trésor est dans ma cellule : un coffre rempli de deniers d'argent.

Helgon partit d'un rire sinistre. Il fixa Odon comme s'il allait l'écraser d'un seul revers de main.

— Je me moque bien de tes piécettes ! Vous, les clunisiens, vous pensez pouvoir acheter la terre entière avec votre argent et votre arrogance. Mais je suis déjà assez riche...

— Alors que veux-tu ? demanda Odon.

Une lueur de rage parcourut les yeux de braise d'Helgon.

— Vous m'avez volé un bien précieux. Un bien auquel je tenais beaucoup et qui s'est évaporé, par votre faute, chez ces moniales si chères à votre abbé. J'exige une compensation... Il me faut une vengeance !

— Les hommes qui sont ici, à l'intérieur, n'ont rien à voir avec ton affaire.

Laisse-les partir et je te livre le monastère.

— Les hommes que j'aperçois sur ces remparts sont des soldats. Ne sais-tu pas que la mort est leur métier, aussi sûrement que la fourberie est le tien ? Vous, les soi-disant hommes de Dieu, vous êtes plus puissants que le roi de France. Les troupes ne vous manquent pas pour vous défendre et vos chevaliers du Christ partent combattre les Maures, par-delà les Pyrénées, pour votre seul intérêt. Et vous voulez qu'on vous épargne !

— Faire couler un sang innocent ne nous servira ni toi, ni moi. Si tu épargnes ces hommes, tu épargneras aussi à bon nombre de tes soldats de vivre leur dernier jour, ici, sur ces remparts.

Je te laisse le monastère et tu auras ta vengeance. Ainsi nous serons quittes et ce sera tout à ton honneur.

Un seigneur vassal s'approcha pour murmurer à l'oreille d'Helgon. Un méchant rictus émailla le visage du chef.

— Prieur, tu sembles avoir du courage, bien plus que tes congénères encapuchonnés. Au lieu de te tuer tout de suite, je vais à mon tour te faire une proposition... Livre-moi ce moine qu'on appelle Joachim de Saint-Ange, et je te promets d'épargner tes frères ici retranchés. En revanche je ne te promets rien pour les soldats et le monastère...

Odon hésita un instant. La situation se présentait mal. Il regrettait amèrement de s'être mêlé des affaires d'Alix de Saint-Germain. Mais que pouvait-il faire d'autre ? Joachim – et cela, Helgon l'ignorait– était toujours alité à Mâcon... Gagner du temps ! décida-t-il, et espérer que les chevaliers du comte puissent intervenir assez vite pour disperser ce fou et sa troupe.

— Très bien. Je rentre dans mon prieuré prendre les mesures pour accéder à ta demande.

Helgon était satisfait. D'un geste bref, il fit signe à ses hommes de libérer l'accès à la lourde porte, située à deux portées de flèches.

— Je te conseille de faire vite. Je n'ai aucune patience. Regardant le ciel pour jauger la position du soleil, il ajouta aussitôt : « Dès que le soleil aura franchi la cime de ces monts, sans signe de ta part, nous lancerons l'assaut qui fera de ton monastère votre tombeau ».

Sans répondre, Odon fit faire demi-tour à sa monture et talonna ses flancs. Il galopa, suivi de Moïse, pour s'engouffrer par le minuscule portillon, ouvert, puis aussitôt refermé derrière eux. Le prieur était de retour, chez lui, à Beaulieu. Mais il savait qu'ils avaient tous peu de chances d'en ressortir vivants.

À l'intérieur, la situation était bien plus désespérée qu'Odon ne l'imaginait. Tout juste une vingtaine de fantassins et d'archers, encadrés par une poignée de cavaliers. Leurs chevaux, ressentant la peur qui gagnait les hommes, piaffaient et frappaient de leurs sabots le sol de la petite cour trop exigüe. Sans perdre un instant, Odon s'adressa à leur capitaine. Il se voulait rassurant.

— Les troupes de Renaud de Mâcon sont prévenues de notre situation. Les chevaliers du comte seront bientôt là en soutien. Il nous faut tenir d'ici là. Il faut nous préparer à les combattre et à les repousser.

— Mais, Père, c'est impossible, répliqua le chef d'un ton surexcité. C'est une armée entière qui est là dehors. Les murailles sont trop basses pour que nous puissions les retenir. Toute la vaillance de mes hommes n'y suffira pas. Nous sommes faits comme des rats...

— Non ! coupa Odon d'une voix forte, pour que toute la troupe disséminée dans la cour et sur les murailles l'entende. « Cela ne se peut. Dieu est avec nous ! Il nous protège. Ce ramassis de mendiants et de renégats qui combattent pour Helgon sont des gueux provenant des restes de l'armée de l'empereur Henri IV. Après leur défaite à Canossa, ils ont écumé la Suisse et l'Italie du Nord, détroussant les voyageurs en montagne, avant de se faire engager par cette brute bardée de fer qui se prétend chevalier et seigneur. Ils ne peuvent vous être comparés ! C'est vous qui avez vaillamment combattu les Almoravides en Navarre ! C'est vous qui êtes les valeureux soldats de l'armée du Christ ! Portons haut sa Sainte Bannière ! Notre détermination nous fera tous sortir d'ici victorieux ! »

Comme une vague soudaine, les hommes s'étaient redressés, arcs et pointes des lances embrassant à nouveau le ciel. La peur s'était un peu dissipée. Il fallait en profiter, vite !

— Mettons à profit le temps qui nous reste pour réfléchir, déclara Odon, et s'adressant au chef : « Reste-t-il encore des frères, quelque part dans le monastère ? »

— Non Père, nous les avons tous évacués par le chemin des moines, en direction de Cluny, et cela juste avant l'arrivée de ces bâtards de l'Empire. Mais nous ne pouvons à présent ni défendre notre position ni tenter une sortie en force. Nous devons trouver une autre issue.

Odon réfléchissait à toute vitesse. Dans le ciel, des corbeaux tournoyaient, anticipant une lutte féroce et flairant déjà l'aubaine que pouvait constituer la bataille annoncée.

— Voici ce que nous allons tenter.

— À part prier Notre Seigneur, que pouvons-nous faire, Père ?

— Prier, oui, mais pas encore... En revanche, je peux vous apprendre à chanter...

Devant le regard médusé du capitaine, Odon fit signe à Moïse de s'approcher, afin d'expliquer son plan aux deux hommes.

— À deux jets de flèche en direction du nord, sur l'arrière du monastère, se trouve un marais que nous avons vainement tenté d'assécher, mais il en reste assez pour engloutir une armée entière. Voici comment nous allons procéder...

Un peu plus tard, ne perdant pas de vue la course du soleil, Odon grimpa sur les remparts au-dessus de la porterie. Le temps imparti par Helgon arrivait à son terme. Déjà, la première ligne des assaillants se présentait, boucliers sortis, prête à parer les flèches des défenseurs.

— Alors ? cria Helgon, d'un ton agacé. Où est-il ce Joachim de Saint-Ange ? Il semble plus doué pour détourner les promises que pour affronter mon épée !

Autour de lui, les rires graveleux fusaient. Impassible, Odon attendit le silence. Gagner du temps et marquer les esprits... il allait devoir être convaincant... Tous les archers et les soldats quittèrent les remparts à son signal. Il était maintenant seul face à l'armée ennemie. Une immense croix blanche en bois apparut, la croix de l'autel de l'église, tendue par Moïse, qui était allé la chercher sur ordre du prieur. D'un geste majestueux et théâtral, Odon la dressa au-dessus de la porte principale, là où la muraille était la plus haute, pour être vue de tous. Les rires déjà avaient cessé lorsque, solennellement, sa voix prophétique résonna au-dessus des hommes.

— « Dieu nous regarde. Dieu nous écoute. Dieu est là ».

Ses paroles emplirent tout l'espace. Certains baissèrent la tête. D'autres se mirent à genoux.

— « Ô Seigneur, implora Odon, les bras levés vers le ciel. Prends pitié des hommes qui vont mourir au pied de ta croix. Cette croix qui relie le monde des hommes et le royaume des Cieux. Accueille tous ces valeureux combattants et pardonne-leur leurs crimes ! »

Aucun rire ni injure. Le silence.

Comme Odon l'espérait, une bonne moitié des soldats se signaient devant la croix immaculée. Les autres hésitaient… Odon leur avait offert un moment de répit avant le combat.

Helgon fulminait, impuissant, face aux remparts. Intelligent, il laissa passer le vent de piété qui immobilisait son armée. Mais il se jura bien de s'occuper personnellement de ce prieur par la suite.

— « Tu as raison, moine ! cria-t-il, figé sur son cheval. Dieu nous regarde ! Mais il attend aussi que tu tiennes ta promesse. Livre-nous immédiatement ton protégé. »

— Tu vas avoir ta vengeance, répondit Odon. Pour sauver ses frères, Joachim de Saint-Ange consent à se livrer.

— Alors qu'il sorte maintenant !

— Il est dans l'église. Il prie pour son salut. Il ne se présentera que lorsque tous les frères seront sortis et hors de danger.

— Donne-moi la preuve que tu dis la vérité !

— Je reste ici… avec les soldats, en gage de ma bonne foi. Un prieur n'abandonne pas son monastère, même s'il est menacé par une armée.

L'homme à cheval fixa longuement ce moine resté seul près de sa croix. Il connaissait les hommes, leurs calculs et leur fourberie. Ils les connaissaient, ces évêques et ces clercs qui manipulaient les naïfs en utilisant leur ferveur et leur foi pour mieux les contrôler et servir leur propre intérêt. Mais, décidément, ce moine était différent et surprenant.

— Très bien, dit-il, puisque tu tiens à mourir, tu peux faire sortir tes moines. Je n'ai qu'une parole.

Au signal d'Odon, un chant s'éleva de derrière l'enceinte. Le portillon s'ouvrit sur Moïse en tête d'une étrange procession. Une vingtaine de moines sortirent l'un après l'autre, capuchon relevé et coule noire les couvrant de la tête aux pieds. Les moines défilèrent le long de l'enceinte, calmement, devant toute l'armée d'Helgon. Le Kyrie eleison, litanie en langue grecque, montait de leurs rangs sombres.

« Seigneur, prends pitié
Christ, prends pitié
Seigneur, prends pitié… »

Y avait-il un chant sacré plus beau que le Kyrie eleison ? Alternance d'un soliste et d'une assemblée, dont la réponse était brève et uniforme. Tellement simple qu'on l'apprenait aux enfants… Atteignant l'angle nord-ouest, les moines en procession passèrent à proximité des archers déployés aux avant-postes.

Puis, sous la conduite de Moïse, qui chantait en tête, ils prirent la direction du nord, pour atteindre la limite de la zone défrichée par les frères, à l'arrière du monastère. Suivant leur guide pas à pas, ils s'enfoncèrent dans les herbes hautes du marais. Sous les coules et les capuchons qu'ils avaient revêtus en hâte, les soldats avaient retrouvé l'espoir et la foi… Dans sa grande miséricorde, Dieu leur accordait un répit.

Seul, débout au-dessus de la muraille, Odon faisait face à l'armée.

— J'ai rempli ma part, moine ! À toi de remplir la tienne ! lui lança Helgon.

Il n'y eut aucune réponse. Odon avait disparu. Volatilisé dans les entrailles de Beaulieu... On n'était pas loin de none. L'air bruissait d'insectes et de croassement de corbeaux qui, eux aussi, attendaient...

Alors, Helgon réalisa qu'Odon s'était joué de lui...

— À l'assaut ! hurla-t-il, écumant de rage et de haine. Pas de prisonniers, tuez-les tous !

L'olifant sonna l'attaque. La première ligne se rua aux pieds des remparts. Les soldats déployaient les échelles, préparaient les grappins. Partout, les traits se creusèrent, les battements de cœurs s'accélérèrent...

Odon se trouvait dans la cour quand un premier jet de flèches s'abattit, soulevant des jets de poussière dorée du sol en terre battue. Adossé au portillon, qu'il venait de barricader à la hâte, il s'attendait à une seconde salve. Des hennissements terribles se firent entendre. Les montures étaient prises au piège de la petite cour et s'écroulaient, percées de flèches.

Les cris des assaillants à l'assaut des parois l'assourdissaient. L'enfer se déchaînait autour de lui. Devant un tel chaos, il semblait hébété, la peur l'avait gagné. Blotti contre le battant de bois, il ne bougeait plus. Le capitaine avait raison, pensa-t-il, je suis fait comme un rat. Un énorme coup dans le dos le sortit de sa torpeur et le projeta à deux coudées de là, allongé au milieu des chevaux, dont le sang se répandait sur le sol terreux. C'est en se relevant qu'il comprit : dehors, les assaillants enfonçaient la lourde porte contre laquelle il avait trouvé refuge. Mais elle ne résisterait pas longtemps au bélier chargé d'en venir à bout. La providence l'avait poussé hors de son refuge sur l'écume d'une mer démontée. Il enjamba à la hâte les cadavres des chevaux, contourna les amoncellements de cottes de mailles, de boucliers et de casques abandonnés là par les hommes de Lourdon et atteignit la porte donnant sur le cloître. La deuxième salve s'abattit... mais il était sauf et à l'abri, provisoirement.

Dehors, Helgon continuait de hurler. Mais, il avait compris : aucun soldat sur les remparts, aucune flèche ennemie pour arrêter l'assaut ! Ils avaient réussi à fuir... La procession des moines... pensa-t-il trop tard. Ces couards de soldats à la solde de Cluny ! Ils étaient sortis à leur nez et à leur barbe. Sans même combattre !

— Ce ne sont pas des hommes, se dit-il. Dussé-je les poursuivre en enfer, ils paieront pour leur lâcheté.

Il fit signe à ses chevaliers. En bon stratège, il savait que leurs destriers étaient inutiles dans l'intérieur exigu d'un monastère. Pire, ils y devenaient des proies faciles pour les fantassins, plus libres de leur mouvement. Protéger la piétaille contre une éventuelle riposte extérieure venues des collines. Voilà le seul rôle dévolu à sa cavalerie. Il hurla.

— Les moines ! Ce sont des soldats ! Rattrapez-les et rapportez-moi leurs faces au bout de vos lances. J'offre cent deniers pour chaque tête !

Déjà, le premier assaillant à prendre pied sur le rempart confirmait l'intuition du chef.

— Personne dans la cour ! Le monastère est vide. Ces gueux ont abandonné leur équipement sur place !

L'olifant sonna la charge. La vague de fer et de cuir des chevaliers s'élança, tel un essaim de frelons mortels. Les puissants destriers faisaient trembler la terre. Ils atteignirent leur pleine vitesse à l'angle sud-ouest de l'enceinte, juste à l'endroit où « la procession » avait disparu. Les chevaux, hors d'haleine, montraient les dents, ils écumaient tandis qu'ils ravageaient de leurs sabots les terres cultivées de la plaine. Quand ils surgirent devant la masse verte et humide du marais, les capuchons des fuyards étaient en vue. Leurs frêles silhouettes progressaient difficilement à travers les hautes herbes, sur d'invisibles sentiers. Les chevaux au galop auraient tôt fait de les rattraper et les « moines » soldats sentiraient bientôt leur souffle sur leur visage et le couperet sur leur nuque.

Dans un mouvement savamment orchestré, les chevaliers calèrent leur lance au ras de la tranche droite du bouclier, afin de former comme une herse imparable pour exterminer les fuyards.

Le marais de Beaulieu était un espace humide aux terres gorgées d'eau en permanence. De minuscules courants y formaient des îlots et des mares, qui évoluaient en constituant des zones marécageuses. Cette vaste étendue végétale n'avait jamais permis la culture, et ce, malgré la persévérance des moines pour assécher ces zones immenses. On y voyait bien des fraises sur les abords, mais on y trouvait surtout d'étonnantes plantes, si hautes qu'on ne voyait plus le sol. C'était le royaume de l'angélique sauvage, qui ressemblait aux pages d'un livre ouvert, et du cirse des marais, appelé « bâton-du-diable », dont les capitules faisaient la joie des abeilles. C'était une terre fascinante... Le royaume des moustiques, des grenouilles, des hérons et de tant d'autres espèces... Mais dans ce monde végétal et animal, l'homme n'était pas le bienvenu.

Emportés par leur vitesse, les coursiers n'avaient pas conscience du piège mortel. Dès les premières zones vaseuses, ils furent stoppés en pleine vitesse. La masse énorme des bêtes, les protections de métal qui ornaient leurs flancs, conjuguées aux équipements des hommes, les condamnaient fatalement à l'enlisement. Sentant le sol se dérober sous leurs poids, les montures s'affolèrent et désarçonnèrent les cavaliers agrippés à leur encolure. Cherchant désespérément à s'extirper de la vase gluante, ils ne purent que s'y enfoncer. Le marais pacifique et monstrueux allait avoir le dernier mot. Il serait leur tombeau.

Odon pénétrait dans l'avant-nef de l'église quand un vacarme assourdissant l'avertit que la porte extérieure du monastère venait de céder. Un flot furieux de soldats allait envahir tous les bâtiments et le traquer. Que faire ? Deux choix étaient possibles... deux impasses qui repousseraient à peine l'échéance pensa-t-il...

D'abord le clocher. On y accédait par le cloître, sur la droite, au niveau de l'autel. Il pouvait se réfugier à son sommet et couper provisoirement l'accès aux poursuivants, en hissant successivement les échelles qui permettaient l'accès aux plateformes de bois graduant la montée. Une fois en haut, il aurait l'avantage de pouvoir observer ses agresseurs à travers les baies en plein cintre, guetter un improbable secours, voire signaler sa présence.

La seconde option était la crypte, sous le chœur. On y accédait de derrière l'autel, au niveau de l'abside en cul-de-four, grâce à une discrète trappe de bois dans le sol du petit déambulatoire. La cachette était plus sûre, mais elle le rendrait aveugle. Il préféra la proximité du ciel à la mortelle compagnie des gisants de ses prédécesseurs, conservés ici-bas. Il opta donc pour le clocher. Mais comment retarder la progression des soldats qui étaient à sa poursuite ? Idéalement, il aurait fallu qu'il ait des projectiles à leur lancer. Il y avait bien longtemps qu'il n'était pas monté là-haut lui-même et il n'imaginait pas y trouver quelque chose d'utile à sa défense.

À son arrivée, haletant, au niveau de l'autel, une idée lumineuse le traversa : sa réserve de naphte ! Elle était là !… toute prête… à sa disposition… Sans hésitation et suivant son instinct, il s'engagea à droite dans le transept, délaissa, pour l'heure, l'accès au clocher et se rua dans sa cellule. Il saisit aussitôt l'outre contenant le précieux liquide, ramassa en hâte son nécessaire pour faire du feu, s'empara de toutes ses chaussettes et fourra le tout dans un grand sac de chanvre.

De retour au pied du clocher, hors d'haleine et les yeux hagards, il déversa une grande partie du naphte au pied du seul accès, de façon à former une large flaque. Il s'élança dans l'escalier de pierre menant à un premier étage, juste au-dessus de la voûte de la nef, puis s'attaqua à l'ascension des trois plateformes de bois qui conduisaient au sommet, non sans avoir hissé les échelles après son passage, afin de couper la route vers son refuge.

Un premier groupe de soldats déboucha dans le cloître au moment même où il s'écroulait, épuisé par l'effort, sur la dernière plateforme, au pied des deux énormes cloches.

— Il est là-haut, cria une voix, qui, après un court silence, continua : « Il a retiré toutes les échelles ! »

Une autre voix donnait des ordres.

— Les échelles d'assaut ! Allez les chercher... Vite. Ce chien est coincé là-haut. Prévenez le seigneur d'Helgon, il ne peut pas nous échapper !

C'était mal connaître la détermination du prieur. Il avait déjà formé de petits bouts de tissu imbibés de naphte. Se saisissant d'une torche qui servait à l'éclairage nocturne du clocher, il tentait en vain de l'enflammer. Sous l'effet de l'affolement, les gestes les plus simples devenaient difficiles. Ses mains tremblaient, et il dut s'y reprendre à trois fois avant de faire jaillir suffisamment d'étincelles en percutant sa pierre de silex contre la lame d'acier. L'amadou de la torche s'embrasa enfin dans un crépitement sec. Disposant fébrilement ses munitions improvisées sur l'épaisse rambarde, à l'aplomb de la porte d'accès au clocher, il les alluma et, une par une, les précipita dans le vide.

Sur le sol, la nappe de naphte s'embrasa aussitôt. Un rideau de flammes projeta une onde de chaleur telle qu'Odon put la percevoir, cent pieds romains plus haut. Des hurlements jaillirent ! Des assaillants, transformés en torche humaine, faisaient fuir tous les autres à plusieurs coudées.

Si Odon avait gagné un répit, il savait qu'il serait bref. Il connaissait son combustible. Il savait comment en ralentir la combustion en y ajoutant différents adjuvants. Mais, employé pur, le naphte était volatil et il se consumait vite. Alors les soldats viendraient le cueillir comme un fruit mur...

La voix sarcastique d'Helgon l'interpella.

— Tu aimes jouer avec le feu, prieur ? Parfait ! Tu vas brûler ici aussi sûrement que la gent des païens en enfer ! Je te jure aussi que je ferai brûler autant de tes moines que tu m'auras tué d'hommes. Dussé-je y passer une année entière, je les traquerai tous ! « Vie pour vie, œil pour œil, dent pour dent, et brûlure pour brûlure » comme dans l'Exode ! Compte sur moi pour obéir aux Saintes Écritures.

Odon risqua un œil à travers la baie. Le cloître et le monastère étaient investis par des hommes d'armes dont les hauberts étincelaient au soleil. Il contempla ses armes dérisoires : trois bouts de tissus et une outre presque vide. Il sourit de dépit. On ne luttait pas contre une armée avec de vieilles chaussettes imprégnées de naphte, même si elle venait de Perse... Il était allé au bout de ses possibles. La suite dépendait de Dieu.

— Alors, prieur, tu ne dis plus rien ? Admire donc la surprise que je t'ai préparée !

Le naphte brûlait toujours au pied du clocher. Au lieu de se calmer, il semblait au contraire plus vigoureux. Des volutes épaisses de fumée montaient jusqu'à lui. L'atmosphère était âcre et cotonneuse.

— Ils veulent m'asphyxier se dit-il. Ils alimentent le feu avec quelque chose. Il observait le manège des soldats, qui s'affairaient autour d'un bûcher... Soudain il comprit. Son sang se figea.

— Les manuscrits !

Dans le cloître, en bas, on vidait méthodiquement les rayonnages de la bibliothèque pour les jeter dans un brasier qu'il avait lui-même allumé. Dans son souci de sauver les hommes, il avait oublié pourquoi il était revenu à Beaulieu...

Il chancela, tomba à genoux, comme s'il avait été poignardé. Des larmes brûlantes coulaient de ses yeux bleu acier. Les livres, les manuscrits, c'était toute sa vie. Des parcelles de savoir, patiemment recherchées, recueillies, rédigées des années durant, qui s'évanouissaient dans d'épaisses volutes de fumée. Monstrueux autodafé ! Devait-il se rendre pour le stopper ? Helgon le cruel le jetterait lui-même dans le bûcher. Alors, à quoi bon rajouter sa mort rapide à la catastrophe !

Il s'assit, se recroquevillant sur lui-même, écrasé de chagrin et d'impuissance.

— Alors, moine, tu ne dis plus rien. Tu préfères chanter sans doute ?

Et les soldats – en bas – de se gausser... La chaleur, soudain, s'intensifia. De l'autre côté du cloître, face au clocher, la bibliothèque tout entière s'embrasait. Les flammes se propageaient, par les toitures, au réfectoire et au cellier. Beaulieu était en feu. Odon était détruit. Son œuvre se consumait, livre après livre, bâtiment après bâtiment...

— Non !

Une volonté farouche le releva. Il était debout. ! Non ! Il était plus fort que ces barbares. Près de lui, les lourdes cloches attendaient. Alors, il se saisit des cordes et actionna les battants. Les sonneries graves retentirent et se répandirent en ondes infinies. Le prieuré brûlait mais l'esprit de l'homme était vivant. Ni les épées ni les flammes ne pouvaient le terrasser. L'esprit était plus fort, immortel... la vibration qui s'élevait à travers la plaine était son messager.

Pris dans le tumulte, Odon n'entendit pas le son de l'olifant qui sonnait le rappel des troupes d'Helgon. Au pied des collines, à l'est, l'étendard rouge et noir des Saint-Germain était apparu. S'extirpant de la colline boisée, un escadron de chevaliers se déployait rapidement, sous les yeux médusés des fantassins regroupés sous les murailles, fascinés par le spectacle du prieuré en flammes.

— Que Dieu vous protège, cria le seigneur de Saint-Germain au moment où il lançait la charge, rabattant le heaume de son casque.

Il allait nettoyer la vermine venue de l'Empire. Ils avaient osé s'en prendre à des moines et à un monastère. Comment avait-il pu envisager de donner sa fille en mariage à un homme capable de tels actes. Puisse le Seigneur lui pardonner son manque de discernement ! Il allait les faucher comme les mauvaises herbes aux beaux jours de l'été. Un frisson parcourut l'échine des cavaliers. Les talons du seigneur de Saint-Germain frappèrent les flancs de son destrier et il montra la voie en dégainant son épée. Le galop était lancé. Le flot de cavaliers fonçait sur la masse des soldats acculés devant la muraille. Les chevaliers de Saint-Germain étaient déjà sur la première ligne adverse, formée en urgence. Il y eut bien quelques framées et quelques flèches qui fouettèrent le vide. Mais à l'endroit de l'impact, l'avant-garde d'Helgon se disloqua. Les lances et les épées des chevaliers fracassèrent les crânes des défenseurs dans un vacarme assourdissant.

Le sang gicla une première fois. Adoptant la technique du harcèlement, employée par les cavaliers maures combattus en Navarre, le seigneur de Saint-Germain se repliait déjà pour former la seconde vague de son attaque. Il avait l'avantage du terrain et connaissait la topographie des lieux. Dans la plaine, trente chevaliers à peine pouvaient triompher de centaines de fantassins en évitant le corps à corps.

Helgon avait rejoint le haut de la muraille, à l'endroit même où Odon avait planté sa croix blanche. Il jaugeait les dégâts de la première charge : le constat fut accablant. Ses archers dispersés n'étaient plus en position pour contrer efficacement de nouvelles vagues d'attaques. De plus, privé de sa cavalerie, victime des marais, ses fantassins acculés allaient inexorablement se faire embrocher par les lances de ces monstres d'acier lancés à vive allure. Pour aggraver le constat, le feu se propageait dans l'enceinte de Beaulieu, rendant tout repli impossible à l'intérieur. Il enrageait. Il aurait sa vengeance contre Saint-Germain et ces diables de moines mais la seule possibilité du moment était la fuite.

La ligne des fantassins céda une seconde fois. Les hommes, écrasés par la charge, hurlaient de douleur et de terreur. Derrière, les combattants étaient si serrés qu'ils n'avaient aucune possibilité de manœuvre. Déjà, cédant à la panique, quelques-uns abandonnaient la position et se réfugiaient dans le marais. De dépit, Helgon sauta de la muraille et rejoignit son commandement et ses vassaux, regroupés devant la porte enfoncée. Enfourchant sa monture, il fit sonner le signal du repli. La panique générale avait gagné tous les rangs. L'armée d'Helgon ne voulait plus rien, ne pouvait plus rien. Abandonnant leurs armes, les hommes s'enfuyaient en direction des collines.

Trente chevaliers et un moine avaient eu raison de trois cents hommes.

Se détournant du spectacle des fuyards, le seigneur de Saint-Germain regarda le clocher de Beaulieu qui émergeait d'un océan de flammes. Le son puissant avait mystérieusement rythmé la charge et puis, d'un coup, il s'était tu, sans raison. Qu'était-il advenu du prieur et de l'autre frère ? Lorsque Clément de Tours était venu quémander son aide urgente pour secourir Beaulieu, le moine lui avait bien précisé qu'ils se trouvaient dans le monastère. Où étaient-ils maintenant ? Où donc étaient passés les hommes de Lourdon, censés défendre les lieux ? Helgon les avait-il tous fait massacrer en donnant l'assaut, puis fait incendier le prieuré ? Etait-il arrivé trop tard, avec ses chevaliers vassaux ?

Sur sa monture, Clément vint le rejoindre. En face, le feu s'intensifiait encore, se propageant désormais à l'église. Sidéré par le spectacle des flammes, Clément retenait difficilement ses larmes : le lieu où il avait passé toute sa vie sombrait dans le néant. Comme il avait bien fait d'aller chercher du secours auprès des Saint-Germain, plus proches de Beaulieu que Mâcon ! Mais une inquiétude terrible se lisait maintenant dans son regard. Qu'était-il arrivé à Moïse et à Odon ?

— Je vais à la recherche de mes frères... murmura-t-il d'un air navré, tout en se dirigeant vers la porterie.

— Non, c'est inutile, répondit Saint-Germain. Regarde ! N'est-ce pas le prieur Odon que j'aperçois là-bas ?

Sous la grande croix blanche, une silhouette noire et fumante venait d'apparaître devant la grande porte. La forme oblongue et titubante se frayait un chemin chaotique entre les débris et les cadavres, qui encombraient l'entrée de ce qui fut autrefois le monastère de Beaulieu. Traînant derrière lui, et avec mille précautions, un objet lourd, l'homme encapuchonné progressait lentement. Clément fit quelques pas en sa direction. S'agissait-il de Moïse… d'Odon ? Qu'est-ce que cet homme pouvait bien tirer ainsi ? On aurait dit un gros sac de chanvre… plein à craquer… le moine le faisait progresser difficilement, par à-coups successifs.

Mais, à mi-chemin, le tissu céda sous la charge. Le sac éventré révéla son contenu : une petite montagne de manuscrits se répandit dans l'herbe… hors de la portée des flammes. Alors, Odon, ôtant son capuchon, se retourna et leur sourit. Dans son regard brillait une intense lueur de satisfaction. Il était en vie. Il contempla respectueusement les quelques livres arrachés aux flammes et se mit à genoux afin de remercier Dieu pour sa miséricorde…

Tout proche, un soldat gisait dans l'herbe, face contre terre. Le bassin brisé par la charge des destriers, il baignait dans son sang et attendait le diable avec résignation. Odon n'eut pas conscience du poignard qui s'était levé dans son dos. Clément n'eut pas le temps de prévenir le prieur de Beaulieu. Lorsque la lame scintilla dans l'air, il tendit bien la main vers le prieur, comme pour ralentir le geste qui s'esquissait… mais, c'était trop tard : d'un bras vengeur, la lame glacée s'abattit sur la poitrine du prieur, transperçant Odon en plein cœur.

Epilogue

Amarrées sur les quais de Saône, deux nefs à fond plat, identiques, étaient prêtes à appareiller. L'une d'elle était destinée aux clercs et aux moines, l'autre aux soldats et à leurs chefs. Leurs proues, orientées vers le levant, se dressaient fièrement en attendant le signal du départ, pour descendre le fleuve en profitant du courant. À partir de Lyon, après la Saône, elles allaient devoir affronter le terrible Rhône, qui les amènerait sur les rives de la Méditerranée. Sur le grand fleuve, la navigation était difficile. Le courant violent et la forte pente de son lit mettaient les embarcations à rude épreuve. Les deux équipages s'affairaient aux dernières vérifications sur les robustes ponts de chêne. Ils dirigeraient leurs bateaux à l'aide de longues rames à l'avant et, à l'arrière, – à gré d'eau – selon leur langage, pour descendre le fleuve, frontière entre « Empire et Royaume ». Déjà, les montures et les bagages avaient été chargés à la poupe. Il ne manquait plus que les hommes à l'avant.

Assis sur un pieu d'amarrage, au pied de l'une des passerelles, j'admirais l'écriture bien droite que je m'étais appliqué à coucher sur un vélin. Je supervisais depuis quelques jours les préparatifs de l'expédition, à la demande du prévôt de Cluny, et je venais à peine d'achever mon inventaire, sous l'œil impatient d'un agent comtal chargé de récupérer le précieux document. Le relevé en main, le fonctionnaire du palais monterait à bord pour établir le montant des taxes, la rémunération des portefaix et des arrimeurs, sans oublier la part revenant au comté de Mâcon.

Ce serait alors aux passagers d'embarquer. Un long voyage commençait qui devait les conduire jusqu'en Arles, en descendant le Rhône. Là, cavaliers et montures transiteraient par voie de terre jusqu'à Marseille où, de nouveau, ils embarqueraient, pour gagner par la mer la première grande ville étape de l'expédition : Rome, la capitale des chrétiens d'Occident.

Comme l'avait ordonné le grand prieur Orderic, le voyage devait être rapide. Pas de chariots, ni de marchandises encombrantes. Seuls des cavaliers et des moines, aguerris à des déplacements et des conditions difficiles, avaient été scrupuleusement sélectionnés. La mission devait ensuite mener ces hommes de Rome à Constantinople, pour y rencontrer l'empereur des chrétiens d'Orient, Alexis Comnène, afin de lui confirmer un soutien armé dans la lutte contre les turcs Seldjoukides. De là, l'expédition traverserait le détroit et passerait en terre infidèle pour rejoindre l'Anatolie, puis Antioche, Tripoli, et enfin, au bout de la route, Jérusalem. Leur mission achevée, un bateau les ramènerait alors directement en Francie, via Jaffa, « le port des pèlerins ». Alors qu'un voyageur ordinaire ne pouvait l'accomplir qu'en deux ans, la mission n'avait que six à huit mois pour réaliser cette incroyable odyssée. Dès leur retour, grâce aux informations que les chevaliers, mêlés aux moines, auraient pu recueillir, le plan d'invasion des armées franques serait établi, avec pour seul objectif final : libérer Jérusalem.

Trente jours s'étaient écoulés depuis l'attaque de Beaulieu et la mort tragique d'Odon. Assis le long des quais, je restais songeur. J'avais perdu mon second père, et avec sa disparition, le fil directeur de ma vie s'était à nouveau brisé... Odon était mort... Beaulieu était en ruine... Mon cœur était en peine et mon avenir incertain... « Lorsque le Seigneur ferme une porte, il ne tarde pas à en ouvrir une nouvelle », me répétait mon maître. Où était-elle cette porte ?

Je jetai un regard résigné vers la berge et les hautes herbes, où j'avais pour la dernière fois parlé avec Alix. Aucune nouvelle de la jeune fille depuis ce jour... J'avais bien croisé ses parents le jour des funérailles d'Odon. J'avais espéré l'apercevoir à Cluny, dans l'église abbatiale, lors de la cérémonie, mais Alix ne s'était pas montrée… Elle demeurait invisible… comme si elle n'avait jamais existé… Son image fugace me retenait encore un peu sur les bords de la Saône. Ne devais-je pas me faire une raison ? Paula l'avait dit, ce jour-là, « nous n'étions pas faits pour nous rencontrer ». Oui, nos destins s'étaient croisés, mais pour mieux nous séparer.

L'arrivée des deux premiers passagers me détourna de mon abattement. M'apercevant sur le quai, le plus jeune des deux m'adressa une œillade complice au moment où il grimpait à bord, comme si nous étions de vieux amis. Il avait les cheveux châtains et longs, qu'un chignon retenait vers l'arrière, dégageant ainsi un front solide et des yeux pétillants.

Il avait la grâce de ces voltigeurs que l'on voit, les jours de fête, accomplir mille acrobaties sur leur coursier. Je reconnus le jeune palefrenier de la grande cour, chargé du dressage des montures. Ils avaient pour mission, avec son compagnon, de veiller sur les chevaux tout au long d'un voyage aussi périlleux pour les hommes que pour les bêtes. On pouvait lire dans ses yeux la fierté d'avoir été choisi. Il partait vers l'espérance d'une vie nouvelle, où il pourrait parcourir le vaste monde et le découvrir amoureusement, comme on déshabille une mariée le soir de sa noce.

Voici maintenant que les moines de Beaulieu arrivaient, groupés au pied de la passerelle. Clément, Moïse et Jacques avaient, eux aussi, porté le deuil d'Odon pendant ce funeste mois. Jacques de Mosleme s'était réconcilié avec ses frères et il affichait à nouveau la vivacité que j'appréciais chez lui. En déclinant le poste promis par Orderic en récompense de sa traîtrise, il avait fait la paix avec lui-même et nous lui avions pardonné ses errements, comme Odon aurait probablement pardonné à un fils égaré. Tous les trois voulaient tourner la page des évènements récents. Beaulieu n'existait plus. Cluny les considérait comme des étrangers. Pour eux, ce nouveau périple tombait finalement à point. En partant, n'allaient-ils pas retrouver des contrées déjà connues ? Celles-là même où le christianisme était né et s'était répandu, avant d'arriver jusqu'en Occident ? Des lieux qu'ils avaient tous fréquentés, avec Odon, et où ils pourraient à nouveau marcher dans ses traces...

Les trois moines s'étaient aussi résolus à accepter les clauses fixées par Cluny, et notamment la présence de soldats camouflés en moines à leur côté. En échange, ils avaient pu poser leurs propres conditions : ils s'occuperaient de manuscrits et rien d'autre. Une fois à Jérusalem, il avait été convenu que les frères de Beaulieu ne rentreraient pas en Francie immédiatement. Ils se rendraient en Egypte, pour étudier les trois pyramides décrites par Agatharchide dans le document qu'ils auraient préalablement récupéré à Tripoli. À travers ce voyage, ils s'apprêtaient à réaliser le rêve d'Odon. Un rêve vieux de plus de trente ans... Il avait enfin été convenu que tous les fruits de leurs recherches reviendraient à Cluny... comme cela avait toujours été le cas...

Le grand prieur Orderic parut sur les quais. Manifestement, il cherchait quelqu'un. Quand il m'aperçut sur mon pieu d'amarrage, il se précipita sur moi. Il avait l'air anxieux et préoccupé. Sa voix était éraillée, comme celle d'un prédicateur de foules à évangéliser. Sa barbe drue avait viré au gris. Que n'aurait-il donné pour accélérer le temps de huit à neuf mois... Je savais, par ailleurs, qu'il avait glissé parmi les soldats assez d'informateurs pour être constamment renseigné, à chaque étape du voyage.

Il s'était vite consolé de la volte-face de Jacques le concernant. Son départ pour l'Orient l'arrangeait. Son expérience, sa connaissance des routes et de certains dignitaires locaux ne pouvaient que renforcer la mission. En le laissant repartir, c'était les propres intérêts de l'ordre qu'il servait.

— As-tu vu Paula ? me demanda Orderic, impatient.

— Paula ? Mais non... répondis-je sur un ton volontairement distant.

Depuis l'épisode de Jacques et la révélation de cette manipulation sordide, je préférais garder mes distances. Et puis, sa question m'avait troublé… Que pouvait-il donc vouloir à la fille d'Odon ? J'étais même étonné qu'il puisse connaître son existence… Le visage d'Orderic blêmit quand il aperçut Paula, débouchant de la ville basse. Il se précipita vers elle.

– Ce n'est pas prudent de t'exposer seule à la vue de tous. Ne sais-tu pas qu'Helgon a juré ta perte, comme celle de tous les proches de ton père ?

Paula haussa les épaules et me fit un signe amical lorsqu'elle m'aperçut sur le quai.

Ma surprise fut encore plus grande quand Paula emprunta la passerelle et vint rejoindre les moines de Beaulieu sur le pont, me gratifiant au passage d'un sourire complice. Elle portait un sac en bandoulière et était habillée à la façon d'un homme. Elle avait attaché ses grands cheveux noirs. Je demeurai bouche bée ! Paula embarquait avec les soldats et les moines…

– Tu as l'air surpris… m'interpella Orderic. C'est la fille de ton maître… ne t'inquiète pas pour elle. Paula est têtue comme son père et aussi déterminée que lui. À ta place je m'en ferais plutôt pour les hommes qui vont devoir voyager à ses côtés…

Je fixai Orderic stupidement. Je m'attendais à tout de sa part, sauf à de l'humour…

– Elle est en danger ici, à Mâcon, précisa-t-il. Tout comme toi et tes frères de Beaulieu… Je ne peux pas la faire protéger indéfiniment chez elle et encore moins la faire venir à Cluny. Aussi ai-je décidé de l'éloigner temporairement du comté, tout en lui confiant une petite mission…

Orderic fut interrompu par l'arrivée d'Aldebert. C'était son tour d'embarquer. Deux moines clunisiens et deux clercs représentant l'archevêque l'accompagnaient à bord. C'était lui, l'armarius de Cluny, qui avait été choisi pour diriger la mission. Cela ne m'étonnait guère. Qui d'autre que l'ancien élève d'Odon pouvait prétendre s'acquitter d'une telle tâche ? Son savoir, son érudition et son intelligence le faisait apprécier de tous.

Aldebert serait aussi l'œil d'Orderic pendant tout le voyage, me dis-je... C'est lui qui dirigerait le groupe des moines jusqu'en Terre sainte et assurerait la coordination avec les chevaliers chargés de la reconnaissance des lieux traversés. Nul doute que cette mission le rapprocherait un peu plus du Pape. Dès son retour, il serait vraisemblablement appelé à Rome à ses côtés, où une belle carrière l'attendait.

Aldebert se retourna vers moi au moment où il rejoignait les autres voyageurs sur le pont.

— Eh bien, Joachim, à quoi rêves-tu donc ? Tu as l'air bien songeur. En route !

Tu ne voulais donc pas découvrir Rome et toutes ses merveilles ?

D'un bond je me levai et tendis prestement mon inventaire au fonctionnaire du port. Mon regard croisa celui d'Orderic.

— Qu'attends-tu pour disparaître de ce quai ! Crois-tu vraiment que je souhaite m'encombrer d'un fauteur de troubles de ton espèce !

Jetant un dernier coup d'œil en direction des hautes herbes, le long du fleuve, je saisis mon sac et rejoignis d'un pas volontaire les frères réunis sur le pont. Pour moi aussi, il était temps de tourner la page. Une vie nouvelle commençait maintenant...

— Attendez !

La voix d'Orderic avait retenti, couvrant le tumulte des quais.

— Il y a encore un passager qui ne s'est pas présenté ! Je le vois qui arrive là-bas.

Au loin, se présentaient deux silhouettes à cheval, escortées de quelques hommes d'armes portant un blason rouge et noir... Je reconnus le port altier d'Almodis de Saint-Germain. Elle était accompagnée d'un page en tenue de chasse. En bas du quai, le page me souriait... Alix... je reconnus Alix... habillée comme un soldat... les cheveux dissimulés sous un casque... Alix... méconnaissable... je crus m'évanouir...

Orderic s'adressa à son armarius.

– Je te confie cette jeune fille... ainsi que Paula, la fille de notre regretté Odon. Nous devons, tout comme Joachim de Saint-Ange, les tenir éloignées quelque temps du comté, en attendant de calmer les ardeurs d'Helgon. Nous sommes convenus avec les parents d'Alix de lui faire effectuer le pèlerinage jusqu'à Rome, sous votre protection. Paula l'accompagnera et mettra à profit le voyage pour l'initier à la calligraphie.

– Penses-tu pouvoir t'acquitter de cette charge supplémentaire ?

Aldebert sourit.

– Je ne suis pas certain que ma compagnie les passionne. Mais elles peuvent compter sur notre protection. À vrai dire, comme notre règle l'exige, il faudrait que je prenne l'avis de nos moines. Il s'agit de jeunes femmes tout de même... et la route sera longue d'ici Rome. Qu'en pensez-vous, vous-autres ?

Tous les regards convergèrent vers moi... j'étais écarlate Mes frères de Beaulieu éclatèrent de rire...

Mais j'étais trop ému et ravi pour me laisser contrarier. Je devais lui faire bon accueil... et dire quelque chose. Je décidai d'improviser.

– Je ne sais pas d'où vous sortez, mais c'est la première fois que je vois une jeune fille habillée en soldat. Je crois bien que vous débutez dans la profession...

Comprenant l'allusion à notre première rencontre dans l'église, Alix se piqua au jeu immédiatement.

– Par tous les anges, vous me voyez ? s'exclama-t-elle, à ma plus grande satisfaction.

– À qui ai-je l'honneur, Mademoiselle ?

– Je suis Alix, Alix de Saint-Germain. Et vous ? me demanda-t-elle, ravie.

– Je suis Joachim de Saint-Ange.

— Joachim de Saint-Ange ? Voilà qui sonne bien élégamment. Ne dit-on pas qu'à Rome, il existe un château qui porte justement ce nom ?

— C'est exact. On dit même qu'il sert parfois de refuge au Pape[15] lui-même. Sans doute aurons-nous l'occasion de le visiter...

Alix rayonnait.

Je la dévorais du regard alors qu'elle nous rejoignait en empruntant la passerelle. Quelque chose brillait sur sa gorge...

Trois perles...

Trois scintillements...

Trois éclats...

Identiques...

... les trois étoiles d'Orion.

FIN

Retrouvez la suite des étoiles d'Orion, dans le tome 2 :
Mare Nostrum, 1096.

15. Le pape Grégoire VII se réfugia au **château Saint-Ange** en 1083, lorsque Rome fut prise par l'empereur Henri IV et qu'il y installa l'antipape Clément III.

Présentation des personnages

On me demande souvent, si parmi les nombreux personnages, certains ont existé et lesquels sont purement fictifs. Il arrive que la lecture se fasse sur une période assez longue. On laisse le livre de côté plusieurs jours, puis on le reprend, et fatalement on oublie qui est qui... Pour aider le lecteur, voici la liste exhaustive des personnages apparaissant ou étant simplement cités, ainsi qu'une brève présentation pour chacun d'entre eux.

Les personnages fictifs :

Joachim de Saint-Ange

C'est le narrateur et le personnage principal. Originaire du puissant comté de Toulouse par sa mère et fils d'un chevalier franc mort au combat lors de la Reconquista, il est âgé de dix-sept ans au moment du récit. Depuis l'âge de onze ans, novice au prieuré de Beaulieu, il reçoit une formation de copiste et de traducteur grec. Comme la plupart des jeunes issus de la noblesse et confiés aux moines, il se prépare à embrasser une carrière ecclésiastique au service de l'ordre bénédictin.

Alix de Saint-Germain

Elle est la fille aînée du seigneur de Saint-Germain, dont le vaste domaine se situe dans le comté de Mâcon. À dix-sept ans, elle est destinée, contre sa volonté, à épouser le seigneur d'Helgon.

Odon de Beaulieu

Il est le prieur du monastère de Beaulieu, dépendant de l'abbaye de Cluny, et le maître de Joachim. Savant et médecin reconnu, il s'est spécialisé dans la traduction de manuscrits grecs qu'il a patiemment dénichés et traduits, pour le renom de Cluny, au cours de nombreuses pérégrinations en Orient. Devenu trop âgé pour voyager, il forme et dirige depuis Beaulieu une équipe de copistes qui parcourent le monde méditerranéen afin d'enrichir la bibliothèque clunisienne.

Orderic de Cluny

C'est le grand prieur de Cluny et le second personnage après l'abbé Hugues de Semur. En l'absence de ce dernier, souvent occupé par son rôle diplomatique, c'est lui qui dirige le monastère et toutes les abbayes et prieurés qui sont rattachés à Cluny en 1095.

Aldebert de Chalon

C'est l'armarius (bibliothécaire) et l'écolâtre (enseignant) de l'abbaye de Cluny. Brillant pédagogue et théologien reconnu, il dirige la formation des novices à Cluny.

Clément de Tours

Il est armarius du prieuré de Beaulieu. C'est un moine copiste formé à la médecine et au grec ancien par Odon de Beaulieu.

Moïse d'Antioche

C'est un moine chrétien de rite byzantin. Il a fui sa ville tombée aux mains des turcs Seldjoukides en 1084 et a fait la connaissance d'Odon qui l'a ramené à Beaulieu. Il a mis ses connaissances de l'Orient au service du prieur et de Cluny.

Jacques de Molesme

Il est un moine copiste expérimenté du prieuré de Beaulieu. Il a longtemps accompagné Odon sur les routes d'Orient.

Guillaume de Saint-Germain

Seigneur de Saint-Germain et vassal du comte de Mâcon, il règne sur un vaste domaine et compte lui-même plusieurs chevaliers vassaux. Il est proche de l'abbaye de Cluny dont il assure la défense.

Almodis de Saint-Germain

Elle est l'épouse du seigneur de Saint-Germain et la mère d'Alix. Lettrée, âgée de trente-cinq ans, elle est la gestionnaire du domaine familial.

Paula de Mâcon

Agée de quarante ans et lettrée, elle a fondé un petit scriptorium privé, dans la ville haute de Mâcon, où elle réalise des travaux d'écriture pour les notables de la ville.

Conrad d'Helgon

Seigneur puissant, veuf, dont le domaine se situe outre Saône dans le comté de Bourgogne, sur les terres de l'Empire romain germanique. Il est néanmoins vassal du comte Renaud de Mâcon. Il souhaite épouser Alix de Saint-Germain pour avoir des héritiers et accéder à un rang social plus élevé.

Aymeri de Nevers

Prieur de Cluny, il est le troisième personnage de l'abbaye en importance. Il est entré tardivement à Cluny, à la suite de son seigneur, plus par devoir que par vocation religieuse.

Renaud de Vignoray

Novice à Cluny, il est âgé de dix-huit ans. Originaire de la noblesse bourguignonne, il a comme maître d'apprentissage le prieur Aymeri de Nevers.

Les personnages historiques

Urbain II

Issu de la noblesse champenoise, ancien prieur de Cluny, Eudes de Châtillon devient pape sous le nom d'Urbain II en mars 1088.

Entièrement d'accord avec les thèses de son illustre prédécesseur Grégoire VII, et décidé à accroître le prestige moral de la papauté, il poursuit la réforme grégorienne. Il renouvelle les décrets contre le concubinage des clercs et l''investiture laïque. Mais surtout, il lance en novembre 1095, au concile de Clermont, un appel à la croisade pour permettre, d'une part, à la chrétienté de récupérer les Lieux saints et, d'autre part, pour rassembler tous les chevaliers d'Occident dans cette grandiose entreprise religieuse et politique. Il organise cette première croisade qui aboutit à la prise de Jérusalem en 1099.

Hugues de Semur (Saint ; 1024 – 1109)

Appartenant à la famille des comtes de Semur en Brionnais, Hugues devient abbé de Cluny à vingt-cinq ans, en 1049. Il occupe cette charge pendant soixante ans, déployant une activité extraordinaire, et porte Cluny à son apogée. Excellent diplomate, il est le conseiller écouté de tous les papes qui se succédèrent durant son abbatiat et notamment d'Urbain II. Hugues est aussi le parrain de l'empereur Henri IV. Dans les graves conflits entre le Sacerdoce et l'Empire, il garde une attitude modérée. C'est lui qui édifie la grande abbatiale de Cluny.

Hermengarde de Semur

Sœur de l'abbé Hugues de Semur, elle est la première prieure du monastère clunisien de Marcigny en 1061. Prieuré affecté aux femmes issues de la noblesse, Marcigny est fondé par son frère Hugues de Semur. Leur mère y fut moniale.

Renaud II de Mâcon

Fils du comte Guillaume Ier de Bourgogne. Il lui succède en 1087 et devient comte de Bourgogne et de Mâcon. Il fait partie d'une puissante et influente lignée familiale, avec les mariages de ses frères et de ses sœurs à la plupart des puissances voisines. Il meurt en 1097 lors de la première croisade (1096-1099), à l'âge de 41 ans.

Alexis Comnène

Alexis Ier Comnène (né vers 1058, mort en 1118) est l'empereur byzantin qui a régné de 1081 à 1118 sur l'Empire romain d'Orient. Il profite de la première croisade pour reprendre Nicée et la partie occidentale de l'Asie mineure aux turcs seldjoukides en 1097.

Sources : Universalis.fr

Table des matières

Dépôt légal : mai 2022
Achevé d'imprimer : mai 2022
COPYMÉDIA
IMPRIM'VERT®
www.copy-media.net
imprifrance
Avenue de Guitayne - 33610 CANÉJAN
Imprimé sur papier Clairefontaine fabriqué dans les Vosges.